1岁决定宝宝一生大全集

林久治◎主编

科学技术文献出版社
SCIENTIFIC AND TECHNICAL DOCUMENTATION PRESS

图书在版编目（CIP）数据

1岁决定宝宝一生大全集：专家指导版／林久治主编．—北京：科学技术文献出版社，2012.1

ISBN 978-7-5023-7096-1

Ⅰ.①1… Ⅱ.①林… Ⅲ.①婴幼儿－哺育②婴幼儿－智力开发 Ⅳ.①TS976.31 ②G610

中国版本图书馆 CIP 数据核字（2011）第 231211 号

1岁决定宝宝一生大全集

林久治 主编

策划编辑：樊雅莉　责任编辑：薛士滨　责任校对：张吲哚

出 版 者　科学技术文献出版社
地　　址　北京市复兴路15号　邮编 100038
编 务 部　(010)58882938，58882087(传真)
发 行 部　(010)58882868，58882866(传真)
邮 购 部　(010)58882873
网　　址　http://www.stdp.com.cn
发 行 者　科学技术文献出版社发行　全国各地新华书店经销
印 刷 者　北京德富泰印务有限公司
版　　次　2012年1月第1版　2012年1月第1次印刷
开　　本　787×1092　1/16 开
字　　数　300 千字
印　　张　14
书　　号　ISBN 978-7-5023-7096-1
定　　价　19.90元

FOREWORD

前言

如何培养出健康聪明的宝宝是每位父母的心愿。宝宝出生伊始，是没有任何认知的，他的一切都等待着父母去开发、去引导、去培养。那么，怎样才能轻松培养出健康聪明的宝宝呢？当年轻的父母面对刚刚出生的宝宝而无所适从时，本书将会助你一臂之力！如何喂养与护理宝宝？如何让宝宝拥有健康的身体？如何在早期让宝宝的智力得到最好的开发？这些，你都将在本书中找到答案。

本书集宝宝营养、护理、保健、智商开发与情商开发为一体，根据0～1岁宝宝不同的发育阶段，以同步指导的方式，为父母们提供了专业、实用、贴心的指导。

营养篇：从宝宝不同阶段的喂养常识及不同营养素的补给常识入手，囊括了0～1岁宝宝营养与喂养要点，让宝宝在成长的每个阶段都能吃得营养，吃得健康。

护理篇：睡眠、排泄、清洁、着装、防晒、玩具、外出、安全……宝宝生活中的每一个细节，这里都有最佳的指导方案。

保健篇：本篇将教会父母怎样在生活细节中了解到宝宝的健康状况；怎样避免宝宝受到疾病的“侵袭”；怎样在宝宝生病时给予最及时、最科学的护理。父母做好充足的准备，可以更加轻松地应对宝宝的各种不适。

智商开发篇：0～1岁是宝宝大脑发育的关键时期，本篇通过丰富多样的亲子互动小游戏，对宝宝的自然感知能力、听觉记忆能力、视觉记忆力、数学能力等进行了专业的培养与训练，能够轻松自然地提高孩子的智商。

情商开发篇：从宝宝的语言能力、社会适应能力、人际交往能力三个方面，对宝宝进行循序渐进的指导，协助父母尽早培养宝宝的完美情商。

阅读本书，可让新手父母少走弯路，用最少的时间、最省力的方法教养出最健康、最聪明的宝宝！

目录

智商开发篇
——科学开发潜能，成就高智商天才宝宝的关键

绪论：0～1岁铸就天才宝宝

为什么0～1岁决定宝宝一生

1岁前是宝宝智力发展、生长发育的最重要时期，如果错失了宝宝智力发展的关键期，等于错过培养宝宝的最佳机会。在这段时间里，宝宝存在四个敏感期，即四大“黄金时期”。因此，爸爸妈妈在这期间内促进宝宝发展相应的能力，则可以得到事半功倍的效果，为宝宝一生的发展打下坚实的基础。

秩序的敏感期

秩序敏感期表现：一个刚刚满月的宝宝，家人把他抱到楼下，就哭了，过了一会儿，把他抱到原来的房间，宝宝就不哭了。这表明，宝宝对环境、对原来生活的房间的秩序有了感觉。

秩序敏感期作用：给宝宝一种有秩序的生活，能稳定宝宝的情绪，并且建立良好的生活规律。

动作的敏感期

0～1岁是宝宝最活泼好动的时期，爸爸妈妈应充分让宝宝运动，使其肢体动作熟练，以使左、右脑均衡发展。除了身体肌肉的训练外，还需注意动作练习，即手眼协调的细微动作教育，不仅能养成良好的动作习惯，也能帮助智力的发展。

动作敏感期表现：宝宝从出生学习蹬腿到学会走路这个过程中，是非常愿意运动的，而且不愿意让家人辅助，手的动作也是配合下肢运动来协调发展的。

动作敏感期作用：宝宝的学习都是通过身体的运动来进行和获得的。肢体运动连着大脑，受到大脑的支配。

语言的敏感期

宝宝开始注视父母说话的嘴形，并发出咿呀学语声时，就开始了他的语言敏感期。学习语言对成人来说是件困难的工程，但宝宝能轻松学会母语，因为宝宝具有与生俱来的语言敏感力。

语言能力影响宝宝的表达能力，爸爸妈妈应经常和宝宝说话、讲故事，或多用“反问”的方式加强宝宝的表达能力，为日后的人际交往奠定良好基础。

语言敏感期表现：宝宝最喜欢的是妈妈的声音，十月怀胎就听着妈妈的声音，所以宝宝识别最敏感的声音是妈妈的声音。然后从爱听妈妈的声音到听懂妈妈的声音，到听见后有动作反应，最后才有语言表达。

语言敏感期作用：0～1岁是前期语言时期，宝宝从爱听到听懂；1～3岁是语言期，宝宝18个月开始就出现词汇爆发，24个月是语句的爆发期，不但会自言自语，而且会模仿成人说话。

所以，在前期多进行准备和训练，在语言爆发期，给宝宝提供良好的语言环境。

感官的敏感期

宝宝有特殊的感官敏感，包括声音、影像、颜色、气味、味道等方面。当胎儿7个月时，听觉已经成熟，可以听到外界的声音，出生后宝宝看到成人在说话时都会很专注地学习、模仿。比如父母常会忽略周围环境中的微小事物，但宝宝却常能捕捉到其中的奥秘。因此，若宝宝对泥土里的小昆虫或衣服上的细小图案产生兴趣，正是你培养宝宝的好时机。

感官敏感期表现：宝宝对小的物体特别感兴趣，比如宝宝面前同时有一支笔、一粒花生米、一粒小豆，宝宝会首先抓住小豆。因为宝宝的视野和成人的视野不一样，成人视野是开放的，宝宝的视野是关注细节的，哪个微小，宝宝就关注哪个。

感官敏感期作用：宝宝对细小物体的关注其实就是宝宝观察力的开始。成人不要打断宝宝的关注，应该在安全的前提下保护他的兴趣。

在宝宝智力发展的关键期，早期教育特别重要。宝宝的观察力、想象力、记忆力都是在这时形成的。因此，妈妈应该从多种能力的培养入手，有计划、有步骤地开发宝宝的智力。

0～1岁宝宝成长中的大事件

在宝宝出生的头一年里，宝宝的表现对他的成长发育来说非常重要，爸爸妈妈要对这些表现有足够的了解。

追视移动物体

1～2个月的宝宝，他的眼睛可以追视90度范围内的移动物体，不过，这个物体需要离他很近（大约20厘米），而且具有明亮的颜色足够引起他的注意。3个月左右，宝宝就差不多能像成人一样开始有意识地看东西了，这时他的两眼可追随180度范围内移动的物体。

视觉系统的组织结构和生理功能是在宝宝出生后才逐渐发育完善的。年幼的宝宝尚不会诉说，及时观察宝宝的追视现象可以帮助我们及早发现宝宝的视力问题。

抬头

3个月的宝宝，在练习趴着时，小脖子可以比较稳当地撑起脑袋，头也可以抬起90度。到了4～5个月大时，他们可以熟练地做出俯卧抬胸的姿势。

宝宝抬头是一个健康信号，可以看出宝宝上半身的肌肉力量和协调能力发展的状况。此外，抬头、挺胸的动作可以使宝宝上半身得到锻炼，也为以后的翻身、坐、爬打好基础。

抓握及倒手

刚出生的宝宝经常双拳紧握，如果爸爸妈妈把手指或者一个玩具放到他胖乎乎的拳头里，他会使劲地握住。在这一阶段，这种抓握还只是一种无意识的条件反射行为。3个月大的宝宝可以去抓妈妈手里的拨浪鼓，但却很难控制手的力量和方向。到了5～8个月大，他的小手能捡起一个物品，抓紧它，把它放到自己的嘴里，或者从一只手转到另一只手里，甚至两只手各抓一块积木对敲几下。

手的有意识运动表明大脑发育正常，控制小手的运动过程是宝宝手、眼协调运动能力的发展，使宝宝的活动更有目的性。

独坐

通常情况下，大多数宝宝会在6～8个月大的时候学会独坐。刚开始时，宝宝身体前倾，用双手帮忙才能支撑身体，而且坐一小会儿就会歪倒。慢慢地，他的平衡能力得到发展，脱离双手支撑也可以坐直。到了8个月大，宝宝坐得越来越好了，甚至还会向前倾着身体去抓玩具。

独坐是宝宝发育的里程碑之一，标志着宝宝从一个无助的新生儿开始走向独立。

咿呀出声

在3～5个月的时候宝宝开始发出啊啊的声音，表示出和你交流的兴趣；4～8个月的时候，你会发现他开始不知疲倦地咿咿呀呀地叫个不停。

在语言发育方面，宝宝之间的差异很大。但是如果宝宝5个月大还不会咕咕发音，或者8个月大的时候还没有开始咿呀发声，有可能意味着他的听力有一些问题。

转向声源

出生后不久，宝宝就能对你的声音有所反应；但是直到4～6个月大，在没有被其他事情吸引的前提下，你叫他的名字他才能明确地转向你，这时他也能够对某一方向的声音产生回应。

这是判断听力发育是否异常的一个信号。新妈妈应该知道：听和说是联系在一起的，如果6个月时头不能转向声源，8个月时还不能咿呀学语。尽快带他去医院耳鼻喉科请医生进行听力检查。

说出第一个词

大多数宝宝会在9～14个月说出第一个真正意义的词。和以前纯粹的发音游戏不同，这时的他为语言交流储备了足够的素材。比如，他知道某个东西是灯，陪伴他的人是妈妈等，当他再要某个东西的时候，可以不再用手指点，而是说出要什么，语言的交流开始了。语言是交流的工具，宝宝可以通过说来表达他的感觉、要求，更好地融入社会。另外，语言具有的抽象、概括的特点，也可以促进思维发展。

第一次迈步

宝宝迈出的第一步，是宝宝开始迈向独立的关键一步。宝宝在出生后的头1年里，逐步发展着整个身体的协调性和肌肉力量，慢慢学会了坐、翻身和爬，他的腿部肌肉力量会不断加强。到8个月左右时，他开始能够扶着东西站立起来。经过两三个星期掌握了这种站姿后，宝宝就会开始扶着东西走上几步，即从一件家具移向另一件家具靠着。到9或10个月大时，宝宝会开始掌握如何弯曲膝盖，并学会从站立的姿势坐下来，在9～12个月时，宝宝不用任何帮助，就能迈出人生的第一步。当有一天，那个还在扶着沙发挪动的小娃娃，摇摇晃晃地朝着你伸开的双臂走了过来，那就意味着，你的宝宝要告别他的婴儿时期了。

0～1岁宝宝智力开发的“三部曲”

1岁前宝宝虽然年纪小，但却处于大脑和情感发育的重要时期，爸爸妈妈除了要注意宝宝的饮食营养和健康护理外，最重要的是对宝宝进行智力开发，最大限度的激发宝宝的潜能。在0～1岁这段时间，对宝宝的智力开发，要根据不同月龄段的特点来进行。

0～6个月：建立安全与依恋

爸爸妈妈在面对这个月龄阶段的宝宝时，首先要满足其生理需要，这是最重要的任务，与此同时也要关注宝宝的心理、智力发展。

0～6个月阶段，爸爸妈妈首先要为宝宝创造安全稳定的抚养环境，提供较好的抚养条件。其次要与宝宝建立起安全与依恋的关系，这也是这个月龄阶段的宝宝最需要的。爸爸妈妈要多观察宝宝，从宝宝的各类反应中寻找规律，学会从宝宝的哭闹、微笑等反应中读懂宝宝的需要；其次要帮助宝宝形成稳定的生活规律，养成良好的生活习惯；另外，爸爸妈妈如果需要暂时离开宝宝，一定要给予宝宝语言或表情提示，给予安抚，不要以为宝宝年纪小就忽略掉这一点。

7～9个月：好奇心的初步萌发

这个月龄阶段的宝宝开始对外部事物表现出好奇，他们要开始学习爬行了。从这个月龄起，爸爸妈妈可以开始对宝宝进行认知、语言、运动、感觉等各项能力的培养。

首先，学习爬行是这个阶段的重要工作。它能促进宝宝动作的发展，为学习站立和行走打基础，也能满足宝宝探索外部事物的好奇心，爸爸妈妈可以对其进行精细的手部动作训练。

其次，这个月龄段的宝宝自我意识开始觉醒，爸爸妈妈可以教宝宝勇敢地在别的小朋友面前介绍、表达自己，从而让宝宝认识自我，学会与人交往。

良好的亲子阅读习惯，也需要在这个阶段建立起来。爸爸妈妈可选择一些以图画为主、色彩鲜亮、页数不超过20页、纸质较硬不容易被宝宝撕破的读物，将宝宝同向抱在怀中，把书摆在离宝宝视线15厘米左右的位置，用轻柔的语气为宝宝讲述书中的故事。虽然这个阶段的宝宝还没有理解能力，但他可以感受到愉悦的氛围，也能潜移默化地促进宝宝语言能力的发展。

10～12个月：探索精神进一步激发

这个月龄段的宝宝已经学会爬行，并开始学习站立和行走。逐步解放双手后，他们的好奇心和探索精神进一步被激发。

宝宝的认知能力在这个阶段有了进一步提高。爸爸妈妈可以借助一些漂亮的玩具，教宝宝理解大小、里外、因果等逻辑概念。

宝宝的语言天赋也即将觉醒。7～9个月期间还只会说单音节，这个阶段的宝宝开始朝着双音节发起进攻了。1岁以后宝宝就将进入语言能力的爆发期，在这个阶段爸爸妈妈应多跟宝宝进行交流，为其语言的发展打好基础。

营养篇

——好妈妈必备同步喂养方案，奠定宝宝一生好体格

第一章
同步喂养让宝宝更聪明

0～3个月喂养常识

新生儿母乳喂养的益处

母乳是宝宝的天然营养品和最理想的食物，具有其他营养品所不具备的优点：

母乳中的营养成分最适合宝宝的需要，而且这些成分的比例和分泌量会随着宝宝的生长发育而改变，另外，母乳易于消化吸收。一个足月产宝宝，在出生后4～6个月以前，只要有充足的阳光照射，单靠母乳喂养便能获得近乎全部的营养素，能够得到最佳的生长发育。

母乳的各种营养素比例适当，易于宝宝消化、吸收。母乳蛋白质含量虽较牛乳低，但乳清蛋白含量较高，在胃内易形成较细软的凝块，便于消化；母乳脂肪含较多不饱和脂肪酸，并含有丰富的脂肪酶，易消化、吸收；母乳乳糖含量较高，还有多种低聚糖，能促进宝宝肠道生成乳酸杆菌及双歧杆菌，抑制大肠埃希菌的繁殖，还有利于宝宝大脑发育。另外，母乳钙、磷比例适宜（2∶1），易吸收，母乳喂养的宝宝较少发生低钙血症及佝偻病。

母乳除含有必需营养素外，还有多种抗感染因子，能保护宝宝免受细菌、病毒的侵袭，增强抗病能力。母乳喂养的宝宝，患胃肠炎、上呼吸道感染、气管炎、肺炎等病症的概率明显较低。

与牛奶相比，母乳中不含常见的食物过敏原，还能抑制过敏原进入身体。也就是说，有过敏体质的宝宝用牛奶喂养，可能会引起过敏反应，患上湿疹、哮喘等过敏性疾病。而母乳喂养能防止宝宝出现食物过敏反应。

母乳喂养的宝宝不会过多地增加脂肪，可以避免宝宝超重或肥胖。

母乳喂养时，通过皮肤的接触、眼神的交流等，能使母婴双方在心理和感情上得到亲近和满足，有助于建立母婴感情。随着宝宝年龄的增长，这种良性刺激能使宝宝产生良好的情绪，经常处于活跃、愉快、反应灵敏的状态，有益于宝宝的心理健康和智力发育，利于良好性格的形成。

对妈妈来说，母乳喂养也有很多好处，比如用母乳喂养宝宝需要消耗更多的能量，妈妈产后恢复体形比较容易；哺乳妈妈患乳腺癌的概率比不哺乳的妈妈要低；母乳哺育宝宝还可以刺激子宫及早恢复。

新生儿哪些情况不宜母乳喂养

尽管母乳是宝宝最佳的天然食品，然

而并不是所有宝宝都能接受母乳喂养，了解这些特殊情况才能确保母乳喂养的成功。

首先，患有半乳糖血症的宝宝应谨慎喂养，凡是喂奶后出现严重呕吐、腹泻、黄疸等反应，应考虑是否患有此病，并立即停止母乳及奶制品喂养。另外，宝宝啼哭时尽量不要喂奶；宝宝熟睡时最好不要中途叫醒进行哺乳；宝宝不想吃奶，不应强行哺乳，可在两次母乳喂养之间，喂宝宝一些温开水。

其次，当新妈妈处于某些不适情况或是患有某些疾病时，也要停止母乳喂养，以免引起妈妈和宝宝的不适。如：

患有乳腺炎或乳头出现皲裂的妈妈应暂停哺乳，待痊愈后再恢复母乳喂养。

患有性病、肝炎的妈妈也应停止母乳喂养，以免影响宝宝的健康。

妈妈感冒高热要暂停哺乳，同时要定时挤奶，待痊愈后再恢复母乳喂养。

妈妈患有活动性肺结核时要禁止母乳喂养。

妈妈如果患有严重心脏病、慢性肾炎，禁止哺乳。

妈妈如果患有尚未稳定的糖尿病，应该禁止哺乳，否则会引起严重的并发症。

妈妈患有癌症，正在接受化疗或长期服用激素类药物时，禁止哺乳。

患有癫痫而长期服用抗癫痫药物的妈妈，不宜进行母乳喂养。

妈妈情绪低迷，精神不愉快，身体疲惫时要暂停哺乳。

如何对新生儿按需哺乳喂养

不同的新生儿每次吃奶量不相同，有的宝宝吃奶后1小时就又饿了，而有的宝宝间隔达3小时还不那么想吃。这些都是正常的生理现象，为此，妈妈喂养宝宝时要按需哺乳。按需哺乳是一种顺乎自然、省力，又符合宝宝生理需要的哺乳方法。

简单地说，就是只要宝宝想吃，就可以随时哺喂，如果妈妈奶胀了，而宝宝肯吃，也可以喂，而不局限于是否到了“预定的时间”。尤其在宝宝出生后的前几周，按需哺乳更是母乳喂养取得成功的关键之一。事实上，这种按需哺乳的方法既可使乳汁及时排空，又能通过频繁的吸吮刺激母体分泌出更多的催乳素，让妈妈的奶量不断增多，同时还能避免妈妈不必要的紧张和焦虑。

如何提高母乳质量

妈妈摄取的营养素直接影响到乳汁的质量，而乳汁也会直接影响到婴幼儿的生长发育。为了提高母乳的质量，妈妈应做到以下几点：

要加强营养，多吃营养丰富且易消化的食物，如瘦肉、鱼、蛋、牛奶、豆类及其制品等，还要多吃富含维生素和微量元素的新鲜蔬果。经常煲骨头汤、鱼头汤饮用，以补充体液。还要多喝豆浆，以促进乳汁分泌。

首次哺乳时间越早越好，而且初乳营养最丰富，免疫物质含量很高，通常以产后立刻哺喂为宜。

培养宝宝的早期吮吸，以刺激催乳素的产生，同时，增加宝宝的吮吸次数，可以刺激乳汁分泌，提高乳汁分泌量。哺乳期间，乳母要充分休息，否则会降低乳汁的分泌量。

乳汁分泌的多少与乳母的精神状态有密切关系。哺乳期间，乳母一定要保持心情愉快、平静，这样才能保证乳汁的正常分泌。而过度紧张、忧虑都会影响催乳素的分泌，减少乳汁。

家庭成员应尽量减轻乳母的家务负担，提供良好的生活环境与家庭气氛，保证母乳喂养成功。

新生儿什么情况下需要进行混合喂养

有的妈妈在分娩后，经过努力仍然无法保证充足的母乳喂养，或是特殊情况不允许母乳喂养时，可以选择其他代乳食品。那么，对宝宝有益的混合喂养方式有哪些呢？

一种是先母乳，就是每次照常进行母乳喂养，喂完母乳后再补喂一定量的配方奶或代乳品，这种喂养方式叫补授法。宝宝先吸吮母乳再补充其他东西，这既可以在一定程度上维持母乳分泌，也能让宝宝吃到尽可能多的母乳。另一种是完全用配方奶或牛、羊奶等代替一次或多次母乳喂养，这种喂法容易使母乳减少，所以混合喂养每日最好仍然坚持不少于3次的母乳喂养。

无论采取哪种方法的混合喂养，每天一定要让宝宝定时吸吮母乳，而且要保证补授或代授的奶量及食物量充足。给1个月内的宝宝添加代乳品时，尽量选择母乳化奶粉，如果哺喂鲜牛奶，应根据浓度加适量水稀释，以保证大便正常。另外，混合喂养的宝宝，应该在两餐之间饮用适量的温开水。

混合喂养要注意什么

当母乳量不足时可以采用混合喂养的方式哺喂宝宝，但一定要坚持母乳喂养优先，因为母乳具有营养丰富、全面、比例适合、利于消化吸收等优点，尤其是所含的蛋白质、脂肪、糖类三大营养素的比例适当。

混合喂养时，还要继续想办法增加母乳量，因为这时宝宝对乳房的吸吮可在很大程度上刺激乳汁分泌。妈妈要多吃营养食物，饮食要多样化，并尽量保证营养均衡，或是吃些有催乳功效的中药加以调理，但是要在医生的指导下进行，不能随便乱用中药催奶。

新生儿人工喂养的奶粉如何配制

给新生儿配制奶粉要严格按照奶粉包装说明和新生儿体重用量。目前，市场上有适用于不同年龄的奶粉，如早产儿奶粉、宝宝奶粉、幼儿奶粉，这些奶粉在奶粉袋（罐）上都标有营养成分及冲调方法，新妈妈可以参照宝宝的年龄选择适合的配制方法。一般来说，调配奶粉可参考下面两种方法：

按容积比例调配：按1∶4的比例，即1份全脂奶粉配4份水，但要配足宝宝每次的需求量。

按重量比例调配：按1∶8的比例，即10克全脂奶粉加水80毫升，也要注意配足每次宝宝的需求量。

将适量的温开水调配好放入奶瓶中，根据奶粉冲调说明用袋内或罐内的塑料勺舀取适量奶粉，倒入瓶中与温水混合搅匀。为了准确计量，最好用奶粉专用计量勺盛奶粉，要保持奶粉与勺成一个平面，不要压实勺内奶粉。当然，每次配奶一定要用消毒过的奶瓶，如果中间需要加水或是奶粉，一定要把奶嘴与瓶盖一起拧下来，放在干净的纸巾上，并且奶嘴朝上放置，不能口朝下扣在桌子上。冲奶粉的动作要快，以免被空气中的细菌污染。喂奶前为了避免烫着宝宝，可将兑好的牛奶滴几滴在妈妈手腕内侧皮肤上，用以检查牛奶的温度，以不烫为准，温度适宜后再哺喂宝宝。

人工喂养宝宝不宜喂高浓度的糖水

许多家长喜欢给宝宝喝些高浓度的糖水或是喂些高糖的乳制品，其实这样不仅不能给宝宝补充营养，反而易导致宝宝腹泻、消化不良、食欲不振，甚至营养不良等病症。因为高浓度的糖会伤害宝宝的肠黏膜，糖发酵后产生大量气体会造成肠腔充气，发生肠黏膜与肌肉层损伤，严重时还会引起肠穿孔。

人工喂养的新生儿可以在两餐之间喂点糖水，家长不要以自己的感觉为标准，因为新生儿的味觉要比父母灵敏得多，父母觉得甜时，他们喝起来往往会甜得过头。喂新生儿的糖水以父母觉得似甜非甜即可。

哪一种奶粉更适合宝宝

为宝宝选择奶粉可不是一件容易的事情，尤其是现在，市场上销售的奶粉品种繁多，到底哪种奶粉最适合宝宝呢？按照专家的建议，家长在给宝宝选奶粉时要注意：

一般含有铁质的宝宝奶粉，都是以牛奶和乳糖为基础。大部分不喝母乳的宝宝都应该选择这些以牛奶为基础，含铁质的奶粉。

大豆配方奶粉以大豆蛋白为基础，不含乳糖，适合有乳糖过敏和蛋白过敏的宝宝。

天然奶粉以水解蛋白为基础，也不含乳糖，而且容易消化，适合蛋白过敏的宝宝。

一些含有DHA和ARA的新型宝宝奶粉也逐渐进入市场，这两种营养成分母乳都具备，有助于宝宝的成长和发育。

怎样安全选购配方奶粉

根据国家标准，配方奶粉有Ⅰ、Ⅱ、Ⅲ三种。配方奶粉Ⅰ是以鲜牛奶、白砂糖、大豆、饴糖为主要原料，加入适量的维生素及微量元素制成，适合6个月以上的宝宝食用。配方奶粉Ⅱ和Ⅲ以鲜牛奶、脱盐乳清粉、麦芽糊精、精炼植物油、奶油、白砂糖为原料，加入适量的维生素及微量元素而制成，适合6个月内的宝宝。爸爸妈妈为宝宝选购配方奶粉时，除了要考虑品牌和适用年龄外，最重要的是要根据宝宝的特点，详细核对该配方奶粉所标明的营养素及其含量的指标，再按规定的方法调配给宝宝食用。宝宝食用时要密切观察有无不良反应及其生长发育状况，如果感到满意可继续饮用，一旦出现异常情况要随时进行调整和更换。对一些有特殊情况的宝宝，在选择配方奶粉时还应注意下面几点：

对牛奶蛋白过敏的宝宝，可采用以大豆蛋白为蛋白质来源生产加工的配方奶粉，以免发生牛奶蛋白质过敏症。

患有半乳糖血症或对乳糖不耐受的宝宝要尽可能选择不含乳糖或乳糖含量极低的奶粉，以免加重病情。

早产儿因消化能力和大脑发育有待完善和成熟，可选择蛋白质含量稍低并添加DHA（脑黄金）、双歧杆菌等营养成分的配方奶粉，有利于胃肠消化和大脑发育。

宝宝患有母乳性黄疸，要停用母乳3～5天，待黄疸消退后再喂母乳，其间，可选择适当的配方奶粉食用。

给宝宝喂配方奶须知

尽管母乳是宝宝天然营养的食品，但是对于母乳缺乏或是没有母乳的婴幼儿来说，婴幼儿配方奶粉可谓是专为这类宝宝设计的健康食品。婴幼儿配方奶粉根据不同时期婴幼儿生长发育所需营养特点而设计，以新鲜牛乳为主要原料，以大豆、乳精粉等为辅料，加工过程强化了人体生长发育所需的维生素和微量元素，调整了脂肪、蛋白质、糖类的比例，可以满足0～36个月不同年龄段的婴幼儿食用。哺喂时，应注意好以下几点：

注意营养成分：前面已经介绍了多种配方奶的选购方法，请家长们参考前面的相关内容。不过，需要提醒的是，配方奶包装上的营养成分表，家人一定要留心。表中一般要标明热量、蛋白质、脂肪、糖类等基本营养成分及其含量。

选择适合的年龄段：一般来说，0～6个月的宝宝可选Ⅰ段宝宝配方奶粉。6～12个月的宝宝可选Ⅰ或Ⅱ段宝宝配方奶粉。12～36个月的幼儿可选用Ⅲ段婴幼儿配方奶粉等。清楚了这些问题，在选择时，就要选择最恰当的，即适合2个月宝宝的Ⅰ段宝宝配方奶粉。

调配必知：调配配方奶粉时要牢记几个问题，一是冲奶粉时奶瓶和奶嘴要洁净、消毒。二是冲奶粉的水一定要用烧开后再晾凉的水，而不要用沸水，因为水温过高会使奶粉中的乳清蛋白产生凝块，影响消化吸收，并且某些维生素也会被破坏。三是幼儿食用奶粉时最好配有其他辅助食品一起食用。四是喂奶时家人的手一定要清洗干净，不能带有细菌，以免感染宝宝。总之，只要掌握了正确的冲调方法，宝宝就能健健康康地成长。

建立正常的哺乳规律

出生第1个月的宝宝哺喂时只吃空妈妈一边奶可能就够了，而宝宝到了第2个月每顿要吃空妈妈两边的奶才能满足，奶量有300～400毫升。此时喂养宝宝，一定要遵循正常的哺乳规律。

正常生长的宝宝在第2个月进食量开始增大，进食时间也日趋固定，每天要吃6～7次奶，每次应间隔3～4小时，夜里间隔5～6小时。

对于哺乳的时间长短，妈妈也要灵活掌握，如果起初乳汁排出不畅通，可以把哺乳时间延长到15分钟，但是最好不要超过20分钟。食量惊人的宝宝在最初的5分钟内会吃下需要量的一半左右，其后的5～10分钟将吃下需要量的大部分。但是如果宝宝持续吮奶30分钟以上或是吃完奶不到1小时肚子就饿了，体重也不增加，可能就是母乳不足，这种情况非常常见。应对的方法就是用人工喂养或是混合喂养的方法来继续哺喂宝宝。

2个月母乳喂养的要点

经过1个月的“磨合”，妈妈和宝宝已达成了一定程度的默契，母乳很充足的妈妈喂养1～2个月的宝宝会很顺利。喂奶次数要根据宝宝的个性逐渐确定，比如说宝宝食量小的话，即使白天过3小时也不饿，晚上不喂奶也可以，这样的宝宝晚上排便的次数也少。相反，宝宝把两个满满的乳房都吃净的情况下，排便的次数就多，而且多数都是“腹泻便”，即宝宝会把喝多了的奶排出来，这种现象在人工喂养的情况下也经常出现。不过只要宝宝能很好地吃奶且常微笑，父母就不用担心。

为了帮助宝宝形成良好的饮食习惯，从这个月起，妈妈应逐渐固定喂奶时间，并将哺乳次数逐渐减少为每天6～7次。同时，1个多月的宝宝吸奶力量变得很大，经常会弄伤乳头，如果细菌从伤口侵入就容易引起乳腺炎，喂养时一定不要让每侧乳头持续被吸吮15分钟以上。喂奶前妈妈也要把手洗干净，用洁净的小毛巾洗净乳房，保持乳房的清洁，不要弄脏乳头。

另外，由于配方奶中的营养不如母乳均衡，其蛋白质及矿物质含量高，肾脏溶质负荷高。在人工喂养和混合喂养时，妈妈要注意在两餐之间给宝宝适当补充水分，以保证正常尿量。

2个月宝宝人工喂养的要点

进入第2个月的宝宝，如果母乳不足或是不能喂母乳，要考虑实行人工喂养。不过要提醒妈妈的是，一定不要轻易认为自己的母乳不足，有时可能是休息或是饭量不足而引起暂时的奶量不足。人工喂养宝宝时，最重要的是不要喂得过量，以免增加宝宝消化器官的负担；而且还会带来超重和肥胖的困扰。那么，如何判断人工喂养的宝宝每次能否吃饱就成了一个大问题。

细心的妈妈会发现宝宝吃不饱常有这样两种表现：一是如果每周体重增长低于100克，就是奶量不足，应该加牛奶了；二是宝宝晚上醒来的次数增多，而且要求吃奶的时间间隔缩短，吃奶时一脸不满的表情，这都表明宝宝吃不饱，要为宝宝加牛奶。可是，看着宝宝“嗞、嗞”地吸空奶瓶，不再发牢骚时，家长可能会在不知不觉中给宝宝喂多了。这里有个标准大家不妨参考，出生时体重在3000～3500克的宝宝，满月时每天喝奶应分7次喂，每次喂120毫升；分6次喂的话，每次大概喂140毫升就可以了。不过，这只是一个大致情况，因为爱哭闹的宝宝，一般吃得更多，而安静睡觉的宝宝却吃得较少。食量大的宝宝每次可以喂150～180毫升，最好不要超过180毫升。如果喝了奶宝宝还是哭闹，就要给他喂些温开水了。

适合宝宝的果汁有很多，每个季节都有时令水果，春天的苹果、草莓；夏天的番茄、西瓜、桃；秋天的葡萄、梨；冬天的苹果、柠檬。把新鲜的水果制作成果汁，一定要注意清洁卫生，防止被细菌污染。

为了预防细菌的侵入，还要把榨汁器用沸水或消毒柜进行杀菌。同时，还可以给宝宝加服浓缩鱼肝油，开始哺喂时，可每日喂2滴，渐增到6滴。

3个月内的宝宝饮食中不宜添加过多米粉

3个月以内的宝宝可以适量添加些米粉，但是不能完全用米粉代替母乳或是配方奶粉，因为米粉中的营养成分不能满足宝宝生长发育的需求，而这个月龄的宝宝消化道中淀粉酶的含量很少，宝宝吃了米粉后，淀粉颗粒往往很难被分解和消化，宝宝会出现腹胀、大便多泡沫等问题，过多添加米粉，还有可能导致宝宝肥胖。

另外，用米粉代替乳类食品喂养宝宝，还有可能让宝宝患上蛋白质缺乏症，这会严重影响宝宝的神经系统、血液系统及肌肉的健康发育，让宝宝的生长发育变得缓慢。

3个月宝宝要添加维生素D和钙剂吗

对于吃配方奶粉的宝宝，很多家长关心的问题就是要不要另外添加维生素D和钙剂，添加后会不会过量？

市场上配方奶粉的种类繁多，不同品牌的配方奶粉中所含的营养素种类及含量并不完全相同，而多数配方奶粉维生素D的添加量大概是每100克配方奶粉（冲成奶为800毫升）含维生素D200国际单位。而正常宝宝每天维生素D的推荐进食量约为400国际单位。显然宝宝一天吃800毫升奶，每天维生素D的摄入量只有200国际单位，仅为推荐量的一半，这远远不能满足宝宝生长发育的需求。而且奶粉冲调时要拆开包装，打开密封罐，一旦保存不好就容易被阳光照射而降低维生素的效用。为此，建议每天或隔天补充维生素D400国际单位。

为宝宝选择代乳品要适当

人工喂养的宝宝，要注意代乳品的选择。市面上销售的牛奶与配方奶粉的品牌较多，很多家长会为到底给宝宝选择哪种代乳品而觉得无从下手。其实无论哪种牌子的配方奶粉，只要宝宝吃过之后体重增加的速度正常、精神状态很好，而且也没有大小便异常的问题，就是适合宝宝的代乳品。当然选择了一种代乳品后尽量不要随意更换品牌，以免宝宝对某种牛奶产生过敏反应。

保证充足的饮水量

宝宝的身体比父母更需要水分，到了这个月龄，除了从妈妈的奶水中获取水分外，父母还要额外给宝宝补充水分。因为3个月的宝宝肾脏浓缩尿的能力较差，摄入盐过多时，水就会随尿一并排出，所以一定要保证宝宝饮水量的充足。但是，怎么补、补什么样的水是很多妈妈烦恼的问题。

父母首先要明白一点，母乳中所含盐分较低，而牛奶中则含有较多的蛋白质和盐分，因此，牛奶喂养的宝宝要比母乳喂养的宝宝多喂一些水，以补充代谢的需要。

对于宝宝来说，温开水是最佳的补水选择。因为水是人体必备的营养素之一，不仅能补充宝宝流失的水分，还有散热、调节水和电解质平衡等功效，而且温开水是完全安全的，不会产生任何的负面影响，作为日常的液体补充是最好的。

一般婴幼儿每天需要补充的水分大概占自身体重的10%～15%，将宝宝每日的饮水量控制在这个范围内就可以了，不过也要根据宝宝的实际情况来安排。

为终止夜间哺乳做准备

从宝宝3个月开始，妈妈要适当地拉长夜间哺乳的间隔时间，可以用大麦芽汁、牛奶等代替夜间母乳喂养，为中止夜间哺乳做好准备。

另外，也可以让宝宝尝试母乳和奶粉之外的食品，如果汁、蔬菜汁、各种代乳品等。但是这个月龄的宝宝消化功能还不是很完善，在尝试一种新的食物时，第一次喂食，可以先喂一小勺，观察宝宝的大便情况，如果没有什么异常，以后再逐渐加量。否则，要暂停哺喂，隔一段时间，再慢慢试喂，逐渐加量。

4～6个月喂养常识

给宝宝喂辅食的窍门

4个月的宝宝可以正式添加辅食了。首先，要及时添加辅食，改变宝宝食物的性状不仅是营养上的需要，更是咀嚼能力的培养。其次，要坚持添加辅食，如果宝宝生病，应该暂停添加新品种的辅食，而不应暂停所有固体食物的哺喂，退回只喝奶的状态。最后，辅食添加一定要先用勺子喂，不要装在奶瓶里让宝宝喝。最好不要由妈妈来喂辅食，因为妈妈身上散发的奶味太具诱惑力。

父母在给宝宝喂辅食要注意一定的技巧。

饭前做好准备：为了避免弄脏衣服，应事先给宝宝穿好小围嘴。另外，为了让宝宝能够培养起良好的饮食习惯和饮食条件反射，可以在给宝宝喂辅食前，放上一首固定的音乐，曲调一定要轻柔、明快，适合宝宝听。这样，时间长了之后，这些餐前准备和音乐，就可以让宝宝形成进餐的条件反射。

鼓励宝宝进食：有的宝宝吃辅食时，会用舌头将食物往外推，父母要鼓励宝宝把食物吞下去，并且要一点一点地喂，不要着急。放慢速度多试几次，渐渐地宝宝就会适应了。

品尝各种新口味：有的宝宝讨厌某种食物，父母应在烹调方式上多变换花样。在宝宝喜欢的食物中加入新材料，并要注意色彩搭配。富于变化的饮食能提高宝宝的食欲，让他养成不挑食的习惯，但口味不宜太浓。

不能喂太多或太快：喂宝宝辅食时，要按他的食量喂食，速度不要太快，喂完后，让宝宝休息一下，不要有剧烈的活动，也不要马上喂奶。

添加辅食的误区

宝宝从准备断乳到添加辅食不是一个容易的过程，稍一疏忽就可能会把宝宝的胃肠搞坏，又或是引起消化不良、过敏等情况，为此，父母给宝宝添加辅食时一定要注意以下问题，比如：

过晚添加辅食：有些爸爸妈妈对添加辅食过于谨慎。宝宝早已过了4个月，还只是吃母乳或牛奶、奶粉。殊不知母乳或牛奶、奶粉已不能满足这个时期宝宝对营养、能量的需求了。而且，宝宝的消化器官功能已逐渐健全，味觉器官也具备添加辅食的条件。

辅食过滥：有的家长从小对宝宝娇生惯养，要吃什么就给什么，想要多少就给多少。其实，这个月龄的宝宝虽能添加辅食了，但消化器官还不是很完善，如果任意添加，很容易造成消化功能紊乱，营养不平衡，养成偏食、挑食等不良习惯。添加辅食应视宝宝的消化功能的发育情况一点一点地逐渐添加，过滥是不合适的。

辅食做得过细：宝宝的辅食做得过于精细的话，宝宝的咀嚼功能得不到应有的锻炼，而且食物未经咀嚼不会勾起宝宝的食欲，也不利于味觉的发育。长此以往，还会影响宝宝大脑智力的发育。

怎样给宝宝吃蛋黄

鸡蛋蛋黄能补充宝宝生长发育所需的优质蛋白质和铁质，还容易被宝宝消化吸收。

但是在给宝宝喂蛋黄时，切不可连同蛋白一起喂。因为此时的宝宝胃肠功能还不健全，吃了蛋白不容易消化，会导致腹泻，而且有的宝宝还可能会对蛋白中的异种蛋白产生过敏反应，严重时还会引起湿疹或是荨麻疹。一般最好在8个月前都不要给宝宝喂蛋白。那么，怎么给宝宝喂蛋黄才更有营养呢？

先把生鸡蛋洗净外壳，放在清水锅中煮熟后，取出冷却，剥去蛋壳。取一个干净的小勺，把蛋白弄破，取出蛋黄后，再在宝宝专用碗里用小勺切成几个小份。之后，取出其中一小份蛋黄用沸水或是米汤调成黏糊状，用小勺挖取宝宝可以食用的量喂给他就可以了。如果宝宝吃过后，没有出现腹泻或是其他不适反应，可以逐渐增加蛋黄的喂食量。

不宜用炼乳作宝宝的主食

4个月的宝宝尽管可以添加些辅食，但还是应尽量以母乳及牛奶为主。有些妈妈担心宝宝的营养不够，经常给宝宝喂些炼乳。炼乳具有易存放、易冲调、宝宝爱吃等优点，许多父母也认为炼乳同样是乳制品，与鲜牛奶一样有营养。但事实上，只喂炼乳有许多弊端。

炼乳的糖分太高，如果稀释成适宜宝宝进食的比例后，又会降低蛋白质、脂肪的含量，不能满足宝宝的营养需要；如果不稀释，则会因宝宝摄入糖分多，引起宝宝消化不良，甚至肥胖等不良症状。炼乳喂养的宝宝起初生长发育还很正常，但久而久之会出现面色苍白、肌肉松软、抵抗力低、易生病等问题。因此，不要用炼乳作为主要食物来喂养宝宝。

辅食的营养标准

给宝宝添加辅食的同时，还要保证营养均衡，宝宝辅食的营养必须达到以下标准：

富含维生素和矿物质群，尤其是富含有益身体发育的铁和钙，如蔬菜、水果、菌菇类等。

富含糖类的食物，宝宝吃了才能能量充沛，比如谷类以及含淀粉类的食物。

富含优质蛋白质也是宝宝的理想食物，这类食物包括肉、鱼、蛋、乳制品、大豆制品等。

父母可以把上述食物做成宝宝爱吃的口味，比如鱼泥、肉泥、猪肝泥等，也可以给宝宝吃软烂的米粥、面条等食物。

不宜给宝宝吃的辅食

添加辅食有益宝宝健康是最关键的，有些食物是不宜给宝宝吃的，父母要格外注意。

颗粒状的食物，如花生仁、爆米花、大豆等，这些食物对于宝宝来说，太硬，吃不了，也消化不了。并且，宝宝吃了这些食物还可能会吸入气管，造成危险。

带骨的肉块、带刺的鱼肉，这些食物容易卡住宝宝的嗓子。另外，即使没有骨、刺，肉类食物，也必须炖得软烂成糊状才好喂给宝宝食用。

不易消化吸收的食物，如生萝卜、竹笋等不宜给宝宝食用。

太咸、太油腻的食物对宝宝健康也不利，不宜食用。

辛辣刺激的食物，如咖啡、浓茶、辣椒、饮料等都不宜给宝宝食用。

添加辅食的方法

添加辅食可为后期的断奶做好准备。添加辅食有各种各样的方法，不过要让宝宝吃有形的食物，必须先从练习用勺喂食开始，这是很重要的。如果宝宝不喜欢用勺吃东西，或是即便用勺也会把食物全吐出来，这时父母最好再观察一段时间，看看宝宝的自然状态如何，再决定是否重新开始添加辅食。也有的宝宝从上个月开始就练习用勺吃东西了，而且非常爱吃菜汤之类的食物，如果这样的话，父母则可以放心地将之前的准备再推进一步。

在开始添加辅食之前，家长首先要对小儿的健康状况以及消化功能做一个简单评估，才可以实施辅食添加计划。给宝宝添加食物时要遵循由一种到多种、由少到多的原则，而且添加一种食物后最好持续3～5天再更换另一种食物。添加辅食的过程中，父母要时刻注意观察宝宝的大便是否正常，身体有没有出现什么不良反应。而且刚开始给宝宝添加食物，一定要多花些工夫，做得精细些，越是黏糊状的食物越适合宝宝，当然，父母也不能按自己的口味给宝宝添加调味料。

给宝宝喂辅食最好在喝牛奶或是喂母乳前，开始时可以一天一次，夜间可以不喂。但要记着在两次喂食之间加喂一次果汁或水，最好用小勺试着喂，以训练宝宝习惯用勺进食，为后面添加新的辅食或固体食物做好准备。

随着宝宝月龄的增长，胃里分泌的消化酶逐渐增多，可以考虑在宝宝5个月时，给他进食一些淀粉类流质食物，开始时先从一两勺开始，以后逐渐增加。如果宝宝不爱吃就不要喂，千万不能勉强。

5个月宝宝喂奶禁忌

有的妈妈担心人工喂养的宝宝吃不饱，影响身体健康发育，很多时候会强迫宝宝多喝些配方奶粉或是牛奶，即便是在宝宝已经吃得很饱的情况下，也还是一定要喂哺不可。

其实，不按说明书的比例，超量、过浓配制奶粉，宝宝往往会摄入过多的热量，容易导致肥胖。而且父母的这种强迫宝宝进食法，还会让宝宝对吃奶产生厌烦情绪，日久会导致食欲减退，削弱消化功能，甚至还会引起宝宝营养不良，影响正常的生长发育。

另外，给宝宝喂奶时，应尽量把奶一次性喂完，不要分两次喂食，因为这种做法不仅不卫生，还可能导致宝宝腹泻。

宝宝吃完奶后，也不要让他养成叼着奶嘴的习惯，而是要把奶嘴拿走，清洗干净，以备下次使用。

可以进食糊状蔬菜

5个月宝宝身心发育较快，而且大部分宝宝的乳牙已经长出来了。此时无论是母乳喂养的宝宝，还是人工喂养的宝宝，都要开始添加辅食，不然很难满足宝宝生长发育的需要。辅食中含有大量小儿生长所需的营养元素，而且泥糊状的食物还能促进宝宝咀嚼功能的发展，对日后的喂养也能起到一定的过渡作用。泥糊状辅食包括很多种，家长要多为宝宝做蔬菜泥糊辅食。蔬菜中含有非常丰富的维生素和矿物质，它能给宝宝提供更加全面的营养，让宝宝健康地成长。

植物脂肪对宝宝有益

人脑中脂肪的绝大部分是由植物脂肪中的不饱和脂肪酸构成的。家长要知道，脂肪在人体内可以起到良好的滋润作用，而且还可以在代谢的过程中转化为热量，给人体提供足够的“马力”。

对于宝宝而言，常吃植物性油脂还能扩大脑容量。所以家长最好在日常的烹饪中给宝宝提供足量的植物油脂。

植物油脂就是我们所说的植物油，它多是从植物中压榨得来。在日常生活中，家长可以使用花生油、核桃油、菜子油、葵花子油等。

辛辣、油炸食物是宝宝饮食的禁忌

6个月宝宝的饮食自然成为父母关注的重要环节。在众多的食物种类中，辛辣和油腻的食物会对宝宝造成一定的不利影响，所以需要适当远离。

食物经过油炸后，会产生“丙烯酰胺”，它是一种致癌物质，摄入过多会严重威胁宝宝的健康。另外，油炸食物的营养在制作过程中都会有一定程度的流失，如果小宝宝吃了过多的油炸食物，就会出现不同程度的营养缺失。除此之外，油炸食物还会造成消化不良。因为油炸食物的表面普遍都被油脂包裹，食用后会在胃里停留很长时间，加重胃肠的负担，同时也影响其他营养的吸收。油炸食物的热量通常都很高，过多的热量进入宝宝体内会加重其代谢负担，并且很容易转化成脂肪，使宝宝变得肥胖。

宝宝年龄尚小，口腔、胃肠等功能都没有完全发育好，如果在这时给宝宝食用辛辣食物，很有可能引发宝宝出现便秘、上火、感冒或其他疾病。辣椒、胡椒、花椒、葱、姜、蒜等食物都属于辛辣食物。家长在给宝宝做饭的时候，最好不要加辛辣的食物。

鱼肝油服用须谨慎

众所周知，鱼肝油具有预防、治疗佝偻病和促进钙吸收的功效。鱼肝油已经成为宝宝在成长时期强壮骨骼所必需的营养品。鱼肝油中含有维生素A和维生素D。维生素A对宝宝夜间的视觉和上皮细胞的完整性有重要的促进作用，它可以防止缺乏维生素A而引起的夜盲症。而维生素D可以帮助钙质充分吸收，促进宝宝骨骼钙化。由于鱼肝油具有如此多的好处，所以颇受家长欢迎。

但是有些家长认为，越是好的东西就越要多吃，只有这样才能让宝宝的身体得到更多的营养。这其实是一种极为错误的理解，物极必反就是这个道理。0～1岁的宝宝每日需要维生素A1000～1500国际单位，而维生素D的需要量则为400国际单位，两者比例应保持在3∶1或4∶1，比例失调则会引起中毒。如果给宝宝过量地服用鱼肝油，就会造成宝宝发生慢性中毒，给宝宝的身体健康造成伤害。

锻炼宝宝的咀嚼能力

此时小宝宝的牙齿还没有完全长出来，或者有的宝宝还没有牙齿，不能咀嚼食物。所以有时家长就喜欢用自己的嘴巴把食物嚼碎，再喂给宝宝吃。这样虽然能让宝宝吃到更多的食物，但是这种方式也很容易传播疾病。而且食物经过咀嚼，部分营养也被咀嚼的人吸收了，不利于宝宝健康成长。

除此之外，宝宝的咀嚼能力是一种需要锻炼的技能，通过自己的嘴咀嚼食物还能刺激牙龈，促使宝宝的乳牙快点长出来。

因为宝宝的牙已经长出来一些，可以自己吃比较稀软的食物。所以家长从这个时候就要练习用勺子给宝宝喂辅食，让他自己用乳牙或牙龈咀嚼。如果宝宝开始的时候表现得比较抗拒，家长可以多尝试几次，时间久了宝宝自然能够学会如何咀嚼食物。

注意宝宝出牙时的饮食

6个月左右的宝宝已经开始出牙了，爸爸妈妈千万不可忽视对牙齿的保健。

坚持母乳喂养有利于保护乳牙：母乳喂养的宝宝要经常锻炼吮吸动作，这样可以使下颌调整到最佳状态，有利于宝宝颌骨及口腔牙齿的正常发育。如果是人工喂养的宝宝，妈妈也要尽量选用模仿母乳喂养状态的仿真奶嘴，并采取正确的哺乳姿势。同时，喂养时要注意奶瓶的倾斜角度，让宝宝吮吸时下颌可以做前伸运动。

及时正确地添加辅食是宝宝牙齿和口腔健康发育的保证：辅食不仅能满足宝宝生长发育对营养的需求，而且像苹果条、磨牙饼干等食物还能有效锻炼宝宝乳牙的咀嚼能力，有助于牙齿的健康发育。

出牙时适量补充含钙、磷等矿物质及多种维生素的食品：钙、磷等矿物质是宝宝牙骨质的重要组成成分，B族维生素和维生素C又能满足牙釉质和骨质的形成，而且牙龈的健康还离不开维生素A和维生素C的供给。因此，要给宝宝提供富含这些营养素的食物，如蛋、奶、豆浆、鱼汤、蔬菜、水果等。

出牙后要控制含糖食物的摄食量：宝宝开始长出牙齿后，父母要适量控制宝宝进食那些含糖量较高的食物，即便是果汁也要适度，睡前最好不要给宝宝吃东西或是喝奶，尤其要避免喝着牛奶入睡。如果宝宝有睡前进食的习惯，最好是喝点水漱漱口再睡。

如何使宝宝的牙齿长得更好

避免使用四环素类药物，因其容易让宝宝的牙齿变色并造成发育不良。

每天适当补充维生素D、钙及磷，因为这些营养物质与牙齿的生长发育息息相关，平时勤晒太阳也能使宝宝自身合成维生素D。

定时给宝宝用温水漱口，不给宝宝吃过甜的食物。

常吮吸手指或口里含着奶嘴的宝宝，要多观察牙齿，一旦发现异常，要及早去医院诊治。

奶瓶喂奶姿势不正确也会直接影响宝宝的牙齿发育。为此，喂养宝宝时最好是让宝宝半坐式地躺在妈妈怀里，妈妈拿着奶瓶喂宝宝吃奶。

什么时候开始给宝宝吃点心

6个月的宝宝活泼好动，强烈的好奇心促使他不断探索陌生的世界，不停地运动就会消耗掉他身体中的能量，因此宝宝很容易饥饿。妈妈会渐渐发现，平常的一日三餐好像已经不能满足宝宝的营养需要，需要“加餐”才能保证宝宝拥有足够的营养和能量。但是什么时候开始给宝宝喂食点心呢？

如果宝宝开始准备断奶了，那家长就可以逐渐地让宝宝尝试着吃点点心。因为此时宝宝能够也愿意吃一些母乳及牛奶以外的食物。这样不仅能够锻炼宝宝的咀嚼能力，还能提供给宝宝不同的营养。

7～9个月喂养常识

增加固体食物好处多

7个月的宝宝牙齿已经长出来了，这时的宝宝对吞咽和咀嚼产生了浓厚的兴趣，每当他们看到父母吃东西时就会主动伸出手去要。在这个阶段妈妈完全可以给宝宝添加一些辅食了。

在喂宝宝食物时，妈妈要考虑到这阶段的宝宝刚长出牙齿，牙龈会发痒、疼痛。因此，为帮宝宝消除长牙的疼痛，妈妈应该准备一些硬度适中的固体食物，最好是宝宝幼嫩牙床能够承受的小食品，如面米食品、炖得较烂的蔬菜、去核去茎的水果等，这样能有效帮助宝宝乳牙萌生及发育，并锻炼咀嚼肌，促进牙弓、颌骨的发育，从而促进宝宝牙龈、牙齿健康发育。

防止零食过量

宝宝7个月时，妈妈的奶水已经基本不能满足他的需求了。很多妈妈怕宝宝营养跟不上，会不断地给宝宝吃一些小零食。对于不喜欢吃零食的小宝宝，妈妈在给他选择零食时需要不断地更替品种，逐步掌握添加的时间，注意喂食时的气氛和宝宝的情绪，把培养良好的饮食习惯与营养调配相结合，这样宝宝就会爱上零食。

在宝宝喜欢吃零食后，妈妈要在每天正餐后，适当给宝宝补充一些零食，但是一定要有节制，定时定量。此外，妈妈对零食的精心选择对宝宝来说是非常重要的。例如，不能给宝宝吃过甜、肥腻、油煎的食品。还有，饭前30分钟最好不要给宝宝吃任何东西，哪怕是一块糖、一块饼干也不要给他吃，以免抑制食欲，影响宝宝的正餐摄入量。

多吃富含蛋白质的食物有益健康

蛋白质对宝宝有着非同一般的作用。人体的生长发育、机能的正常运作和疾病的预防都需要蛋白质，特别是在快速发育时期。同时，人体对蛋白质的利用也是多方面的，比如，建造新肌肉及其他组织，伤口的愈合和旧组织的更新，帮助抵抗外界病毒的感染，以及血液里营养素和氧气的运送等，都需要蛋白质的帮助。所以，在宝宝可以添加辅食后，可适当多给宝宝补充蛋白质。

蛋白质的主要来源是肉、蛋、奶和豆类食品，一般而言，动物蛋白品质较高，并含有人体必需的氨基酸。在植物中以豆类蛋白比较优良。为此，给宝宝添加辅食时可以多吃富含优质蛋白质的食物：牲畜的奶，如牛奶、羊奶、马奶等；畜肉，如牛、羊、猪等；禽肉，如鸡、鸭、鹅、鹌鹑等；蛋类，如鸡蛋、鸭蛋、鹌鹑蛋等；鱼类及虾等；大豆类，如黄豆、大青豆和黑豆等，其中以黄豆的营养价值最高，它是婴幼儿食品中优质蛋白质的来源。

此外像芝麻、瓜子、核桃仁、杏仁、松子等干果类的蛋白质含量均较高。由于各种食物中氨基酸的含量、所含氨基酸的种类各异，且其他营养素（脂肪、糖类、矿物质、维生素等）含量也不相同，因此，给宝宝添加辅食时，以上食品都是可供选择的，还可以根据当地的特产，因地制宜地为此期的宝宝提供蛋白质高的食物，可以将玉米、小麦、黄豆这三种食物按比例混合后食用，蛋白质的利用率可达77%。

夜间喂奶可取吗

8个月的宝宝，应该会睡一整夜了，即从半夜12 点至清晨5点之间。但是宝宝吃奶的习惯是很难改掉的。所以，妈妈早期就要逐渐使宝宝适应夜间不吃奶的习惯。

宝宝半夜醒了哭闹，妈妈的第一个反应就是把奶头送进宝宝嘴里，这样宝宝经常是吃着吃着就睡了。这样做不仅不利于宝宝对营养的消化和吸收，还会影响宝宝的睡眠。

妈妈可在白天多喂宝宝几次，帮助宝宝建立有规律的睡眠习惯。假如宝宝白天小睡超过3小时，应唤醒宝宝，使其建立起良好的睡眠规律。

如一定要夜间起来喂宝宝，灯光要暗，同时将互动减到最低程度。尽量不要刺激宝宝，应安静地给宝宝换尿布后再喂奶。这样既能保证母子充足的睡眠，也能逐渐改变宝宝夜间吃奶的习惯。

吃磨牙棒练习咀嚼

8个月的宝宝大多数已经开始出牙了。牙龈会有不适的感觉，所以宝宝总是吮手指、咬东西。这时磨牙棒就起到作用了。

有些磨牙棒是长长的，很适合宝宝自己抓着摩擦痛痒的牙龈。

好的磨牙棒在口味上相对更加清淡，可以逐步培养宝宝健康的饮食习惯。

磨牙棒都具有一定的硬度，可以通过与磨牙棒的摩擦，使宝宝的牙龈及牙床健康发育，帮助乳牙健康生长。同时，还可以缓解牙龈痛痒，强健牙床。

在给宝宝吃磨牙棒时，先洗净宝宝的双手和磨牙棒，让宝宝自己抓住磨牙棒食用。应该每天都给宝宝使用磨牙棒，用量可根据实际情况而定。另外，在宝宝吃磨牙棒时应保持坐立姿势，并应有父母陪伴在旁，避免磨牙棒的碎屑被宝宝吸入气管，或是卡住喉咙，出现危险。

有些磨牙棒还添加了多种儿童必需的营养成分，如纤维素、维生素、钙等，对宝宝的成长很有好处。

总之，好的磨牙棒可以帮助乳牙健康生长，缓解宝宝出牙期的牙龈痛痒，强健牙床，有助提高宝宝的咀嚼能力。

有益于宝宝的自然断奶法

虽然现在人们普遍认为宝宝在1周岁之前断离母乳比较科学，但在人类大部分文化中，儿童的平均母乳喂养期为2～4年，自然断奶也是最为常见的断奶方式。有些妈妈选择自然断奶，因为她们认为这样做正确，且不麻烦。

许多妈妈唯恐自己不主动采取断奶措施，宝宝就会一直吃下去。事实上，宝宝总会自动脱离吃奶的要求，就像他们会逐渐摆脱宝宝气的行为一样。这需要多长时间，没有一定的答案。就像开始走路、长牙、控制大小便等都没有一个统一的时间表一样，个体之间的差异很大。

自动断奶允许每一个宝宝按照自身独特的规律来成长。所有的宝宝都有一个共性，就是他们最终都会停止吃母乳。所以父母不要着急，可以由着宝宝的性子来，也可通过添加辅食取代母乳帮宝宝断掉母乳。

宝宝稀粥的做法

稀粥利于宝宝吞咽，很适合7～9个月的宝宝，最初可以给宝宝喂食稀一点的稀粥，之后可以慢慢过渡到稠粥。而且，稀粥还可以与父母的米饭同时做，很方便。具体做法是：

七倍稀粥：将大米与水按1：7的比例配比好，装入宝宝的煮粥杯，置于锅的中央，隔水熬煮至米烂，粥成，放温后，喂给宝宝食用。如果宝宝的喉咙特别敏感，可先将稀粥压烂后再进行喂食。

五倍稀粥：将大米与水按1：5的比例配比好，与上面步骤相同，熬煮成粥，即为五倍稀粥。放温后，喂给宝宝食用。如果在给宝宝喂五倍稀粥时，宝宝显得很敏感，同样也可以将稀粥放在搅拌机中打碎，然后再喂给宝宝。

增加粗纤维的食物

粗纤维与其他人体所必需的营养素一样，是宝宝生长发育所必需的，其主要作用有：

- 能锻炼咀嚼肌，增进胃肠道的消化功能。
- 能促进肠蠕动，防止宝宝发生便秘。
- 减少蛋糕、饼干、奶糖等细腻食品对宝宝牙齿及牙周的黏着，从而防止龋齿的发生。
- 改变肠道菌丛，增加粪便量，稀释粪便中的致癌物质，并减少致癌物质与肠黏膜的接触，预防大肠癌。

如果在日常生活当中，吃的粮食过于精细，就会造成某种或多种营养物质的缺乏，引发一些疾病。粗粮中含有宝宝成长发育所需的赖氨酸和蛋氨酸，这两种蛋白质人体不能合成。因此，粗纤维食品在我们生活中是不可缺少的。一般来讲，粗纤维广泛存在于各种粗粮、蔬菜以及豆类食物中，如玉米、豆类、油菜、韭菜、芹菜、荠菜、花生、核桃、桃、柿、枣、橄榄等。

8～9个月宝宝补钙的误区

妈妈们都知道宝宝补钙的重要性，但是日常补钙时却难免走入误区：

误区一，听信夸大的承诺：一些商家利用人们对补钙的渴望，往往夸大其作用，宣称自己的产品可吸收率达到99%。而实际上，人体对各种补钙品的吸收率只能达到30%，因此，购买时必须弄清产品的钙含量、吸收率、有无副作用等，不能轻信“高效、高能、活性”等泛泛之词。

误区二，过多补钙：补钙虽然重要，但并非多多益善。据儿科门诊统计，不少宝宝发生厌食和便秘，都和补钙过多有关。此外，少数宝宝长期严重补钙过量，还可能增加泌尿系统结石概率，及患上“奶碱综合征”。这类宝宝往往还伴有消瘦、智力低下、心脏杂音等疾病。因此，给宝宝补钙要适量。

误区三，维生素D不怕多：维生素D可以促进钙的吸收，但也不是越多越好。如果给宝宝服用过多的维生素D就有可能引起维生素D中毒，可表现为食欲下降、恶心、腹泻、头痛等症状。所以，给宝宝补充维生素D，不要过量，这样会导致宝宝维生素D补充过量，只要给宝宝配合良好的饮食和晒太阳，一般都不会缺乏维生素D。

误区四，忽略其他营养素：专家建议，宝宝补钙的同时应补锌、补铁。缺锌会降低机体免疫能力，使宝宝多病，患病之后又影响锌和钙的摄入和吸收，形成恶性循环。宝宝6个月以后，因体内原有的铁已耗尽，母乳中含铁量低，极易发生缺铁性贫血。因此，在补钙的同时应积极补锌、补铁等。

10～12个月喂养常识

配主食和辅食

在宝宝断奶后，其食物种类也相应增多了不少，而且在制作宝宝食品时，一般含四种成分：

1	主食	谷类、薯类
2	蛋白质	奶类、肉类、鱼类、禽蛋、豆类等
3	矿物质、维生素	蔬菜、水果等
4	热能	油类或糖类

一般来讲，用这四种成分以适当比例制作出的饮食就可以基本上平衡宝宝所需的营养。主辅食的比例合理分配原则是：65克米可配合25克禽畜肉或30克蛋或15克豆类，有时可采用两种提供蛋白质的食物，如豆类和鱼类，且最好能采用动物蛋白质以增加生物利用率，最好能选富含维生素C、维生素A、钙的深绿色和黄红色的蔬菜水果。

适当给宝宝吃面食

这个月的宝宝咀嚼和消化能力又有了新的进步，可以吃的食物更丰富了，可以适当给宝宝吃一些面食。面食的主要营养成分为糖类，糖类能够为宝宝提供日常活动和生长所需要的能量。同时，面食中还含有蛋白质，可以促进宝宝身体组织的生长。但是，宝宝的面食与父母的面食在处理上是有一些区别的。

熟面食的处理方法：将煮熟的面条放在保鲜膜里包好，隔着保鲜膜用擀面杖由上而下不断地压滚，直至将面条压烂，然后拿走擀面杖，揭开保鲜膜，适合宝宝咬嚼的面食就处理好了。

科学吃点心

吃点心对宝宝来说是件十分快乐的事情，在前几个月，由于宝宝的牙还没有长出来而不能吃，但是到了10～12个月的宝宝，除了较硬的饼干和糖果外，一般的点心都可以吃了，比如蛋糕、布丁、西式点心、小甜饼干、咸饼干等。但是，如果给宝宝过多的点心，宝宝就会成为挑剔的“美食家”，而不吃一般的食物了。

宝宝吃完点心后要给点温开水喝，这是为了洗掉粘在宝宝牙齿上的东西。一般来讲，临睡前不宜给宝宝吃点心，如果偶尔宝宝非要吃，也可以给一点，但是这个时候宝宝由于犯困，往往情绪不佳，想要他配合刷牙可能会很困难。因此，也可以不给。

适当控制肥胖宝宝的饮食

对于体重严重超标的宝宝，爸爸妈妈要注意适当控制宝宝的饮食，并根据正常体重标准对宝宝的饮食进行调整。具体说来，可以把每天的牛奶量减少，每顿饭可以多加些蔬菜，尽量减少脂肪类食物的摄入。

同时，饼干、点心等甜食的摄入量也要减少。如果宝宝需要在两餐之间吃零食，可以用含糖量较低的水果代替。同时，要注意增加宝宝的活动量，多带宝宝到户外玩耍。这样，既可以帮助宝宝燃烧脂肪，又可以减少宝宝吃零食的欲望。

宝宝进食速度不要太快

10个月的宝宝还不懂得专心吃饭，所以进食过程中往往边吃边玩，有些家长怕宝宝养成坏习惯，就一味督促宝宝快吃，或者一口接一口地往宝宝嘴里送食物，但这样做对小宝宝的身心健康很不利。

首先，吃得过快，宝宝就无法细细品尝和欣赏食物的味道，使吃饭的作用仅仅变成了填饱肚子，既不能激发和培养饮食乐趣，也不利于营养物质的消化和吸收。

其次，宝宝现在的咀嚼能力本来就有限，如果吃得过快，这样就加重了胃肠的消化负担，不仅延长了消化时间，也降低了营养成分消化吸收的比例。

最后，吃得过快，还容易导致宝宝饮食过量，吃得过多，从而造成肥胖。这是因为我们知道自己已经“吃饱”的这个信号需要由大脑发出，而如果进食过快的话，大脑还没有反应过来就又吃进去好多，这样就容易导致进食过多，引发肥胖。

还要注意的是进餐时间不可过长，家长唯恐宝宝吃得少，让宝宝边看电视边喂饭，也有的边讲故事边喂饭，这样会影响宝宝对进食的注意力，大些的宝宝会很快被故事中的人物、情节所吸引而不再顾及吃饭。

宝宝不宜吃的几种食物

随着月龄的增加，宝宝的咀嚼能力和消化能力都有了很大进步，可以吃的食物也越来越多。其实，这个时期宝宝的消化功能和咀嚼能力还十分有限，因此，为宝宝提供的食物仍应以易消化、有营养、安全为主要原则。

还有一些食物是不能给宝宝吃的，下列食物一定要限制给宝宝食用：

宝宝不宜吃的食物	
刺激性食物	如辣椒、姜、红薯芽、咖喱粉以及含香辣料较多的食物，以免刺激宝宝的咽喉和胃肠，引起咳嗽、腹泻等
浓茶、饮料、咖啡	浓茶和咖啡中所含的茶碱和咖啡因等物质会使神经兴奋，影响宝宝神经系统的正常发育。而饮料中多数含有较多的碳酸盐和糖类，而营养价值十分有限，经常饮用，会造成宝宝食欲不振和营养不良
不易消化的食物	如糯米制品、油炸食品、肥肉、炒豆子、花生仁、瓜子等，均不宜给宝宝喂食
冷饮和冰棒	一是冷饮和冰棒中含有过多的糖分，可使肠内发酵产生胀气，不仅会降低宝宝的食欲，还会引起细菌生长繁殖，易导致宝宝腹泻；二是冷饮和冰棒与体内温差较大，易引起胃肠功能紊乱，降低食欲，影响宝宝的生长发育
口味过咸的食物	此时宝宝的肾脏功能尚未十分完善，而过多的盐分会损害肾脏功能，对宝宝的身体健康不利

宝宝不爱吃蔬菜怎么办

宝宝到了10个月以后，基本上可以吃些较软的饭了，因此，很多妈妈就要单独为宝宝做饭了。但是有时候想让宝宝吃些蔬菜，却怎么也不能成功，不论是菠菜、胡萝卜、圆白菜、茄子……宝宝一概都用舌头顶出来。碰到这种情况，家长应从宝宝的角度来想一下，为什么宝宝不爱吃蔬菜，这样才能找到好的方法。下面就简单介绍几种解决的办法：

同类代替：如果宝宝仅是不喜欢吃一种或几种蔬菜，可以采取更换同类蔬菜的方法。如用黄瓜、冬瓜代替丝瓜，用荠菜、菠菜代替菜心。

荤素搭配：有些宝宝不喜欢胡萝卜的气味，可将胡萝卜与肉一起煮，不仅味道好，而且有利于胡萝卜素的吸收。此外，也可将用水汆过的青菜与肉一起煮，这样会减少青菜的“异味”。

提供多样选择：父母要不断更换蔬菜品种，同时鼓励和表扬宝宝尝试。这不仅可以让宝宝从不同的蔬菜中获得丰富的营养，而且能养成宝宝进食多样化食品的良好习惯。

其实，蔬菜本身是非常美味的食品，只要父母能针对宝宝的问题，采取恰当的方法，让宝宝喜欢蔬菜并不难。

从小打好“保胃战”

近年来有关统计数据显示，胃病小龄化的问题越来越严重。胃病并非一朝之疾，所谓“治病不如防病”，胃的保养应从小抓起。所以家长们要注意替宝宝从小就开始养胃。

营造良好的就餐环境：在宝宝进餐时不要训斥，不要边看电视边吃饭，要让宝宝在安静、舒适的气氛中专心进餐，稍大的宝宝应为其安排固定的用餐位置。

注重膳食合理搭配：家长对宝宝的饮食应注意调配得当，主副食适当搭配，促进宝宝食欲，保证其营养，便于消化吸收。

养成科学的饮食习惯：一日三餐，按时按量；饭前便后洗手，不要进食过快；忌暴饮暴食，不要宝宝爱吃就不停地给，每天把肚子撑得圆圆的；不要给宝宝吃凉的、生冷的食品，以免加重胃的负荷，打乱胃酸分泌的规律，导致各种胃部疾病的发生；保持宝宝的口腔卫生，每次进餐结束后，给宝宝一点白开水喝，以起到漱口的作用；有意识地教育宝宝，使宝宝从小认识到只有注意饮食卫生，才会有健康身体。

总之，只要从小培养良好的饮食习惯、卫生习惯，建立科学合理的膳食结构和进餐规律，杜绝细菌滋生的途径，就会让宝宝拥有一个好胃口。

不要给宝宝喂过量食物

一般而言，米、面经过加工后，做成粥或软饭时会使其容积增加2.5～3倍，但是1岁内的宝宝每餐不会超过200～300毫升，所以供给宝宝的食物既要保证营养充分，又要考虑宝宝的小胃能不能容得下。如果量过大，超出了宝宝的胃容量，他就会吃不下，勉强吃下去也会影响宝宝胃肠功能。

谨防营养过剩

宝宝摄入合理的营养，对其身体发育是十分有益的，一旦过量，不但无助于宝宝的健康成长，还会给宝宝带来诸多疾病。

蛋白质过量：蛋白质的代谢产物氮需经肾脏排出，但婴幼儿的肾功能尚未发育完善，若长期摄入过量蛋白质，可引起高渗性血症和继发的高张力性脱水。

脂肪过量：在1岁内若摄入脂肪过多，大多数在成年后易患肥胖病。而肥胖往往会增加心脏的负担，因而患心血管病的危险也增加。

糖类过量：宝宝若摄入过多的糖类，除代谢需要外，其余则转为脂肪储存于体内，也可导致肥胖。

维生素A过量：如果服用维生素A制剂每日大于50000国际单位，连续3个月就可能发生中毒症状，表现为食欲不振、皮肤发痒、易激动、毛发脱落、骨痛、口腔黏膜脱落等。

给宝宝补充水果的方法

水果色泽鲜亮，酸甜可口，营养丰富，因此，父母经常不限制宝宝的食用。然而，吃水果并非那么简单，其中有很多学问：

食用时间：很多妈妈喜欢在餐桌上摆放一些水果，以供宝宝在餐后食用，认为饭后吃水果可以促进食物的消化。这对于喜欢吃油腻食品的人很有必要，但对于正在生长发育中的宝宝却并不适宜。因为，水果中有不少单糖物质，极易被小肠吸收，但如果堵在胃中，就很容易胀气，甚至便秘。所以，饱餐之后不要马上给宝宝吃水果。

与体质相宜：给宝宝选用水果时，要注意与宝宝的体质和身体状况相宜。如舌苔厚、便秘、体质偏热的宝宝，最好给吃梨、西瓜、猕猴桃、芒果等寒凉性水果可清火；荔枝、橘子等易引起上火，不宜给体热的宝宝多吃。消化不良的宝宝应吃熟苹果泥；食用配方奶而导致便秘的宝宝则适宜吃生苹果泥。

食用要适度：吃水果要讲究适量，过多了常会引起麻烦。如荔枝汁多肉嫩，但是大量吃荔枝不仅会使宝宝的正常饭量减少，还常会在次日清晨出现血压下降、昏厥，甚至严重的可怕后果，这是由于荔枝中含有一种物质可引起血糖过低而导致低血糖休克的特质；柿子也是宝宝钟爱的水果，但过量食用，尤其是与红薯、螃蟹一同吃时，会使宝宝发生便秘，或使宝宝胃部胀痛、呕吐及消化不良；香蕉肉质糯甜，又能润肠通便，但如果在短时间内让宝宝吃得太多，则会引起恶心、呕吐、腹泻。

不可代替蔬菜：有些宝宝不爱吃蔬菜，妈妈便经常让他多吃水果，认为这样可以代替蔬菜中的营养成分。但这种做法并不科学。首先，让宝宝用水果代替蔬菜，水果的摄入量就会增大，导致身体摄入过量的果糖，不仅会使宝宝的身体缺乏铜元素，影响骨骼的发育，还会使宝宝经常有饱腹感，导致食欲下降。其次，与蔬菜相比，水果在促进肠道蠕动、保证无机盐中钙和铁的摄入的功用上要相对弱一些。因此，不要用水果代替蔬菜。

教宝宝吃“硬”食

宝宝长时间吃流食，慢慢就会养成习惯，吃惯了流质食物的宝宝，虽然已经长了几颗小牙，也有了些咀嚼能力，但要吃“硬”食即固体食物，还需要有个渐进的过程。可是，如果宝宝吃“硬”食的时间早了，妈妈会怕宝宝不消化，甚至出现堵住嗓子，使宝宝难以呼吸的意外；如果宝宝吃“硬”食的时间迟了，妈妈又会担心宝宝不能摄入足够的营养，影响宝宝今后的发育。什么时候才能让宝宝学吃“硬”东西呢？

宝宝的饮食习惯要从小养成，尽量保持体内的酸碱平衡，酸性食品是指含有在体内能形成酸的无机盐（如磷、硫和氯等）的食品，碱性食品指含有在体内能形成碱的无机盐（如钙、钠、钾和镁等）的食品。通俗点说，酸性食物是鱼肉类及精食类，碱性食物则是水果及蔬菜类。要特别提醒的是：酸碱是指食物在体内代谢后的性质而非味道。

宝宝在12个月大时，已经基本可以开始吃固体食物了，在这个阶段，宝宝们通常已能掌握拿东西、嚼食物的基本技巧了。不过开始时要将固体食物弄细些，以便于宝宝咀嚼；可以先吃去皮、去核的水果片和蒸过的蔬菜（如胡萝卜）等。等宝宝习惯吃这些“硬”东西后，便可以“升级”食物的硬度。

注意食物的均衡搭配

很多小宝宝刚刚断奶，正在适应新的饮食规律，如果小宝宝不能适应新的食物，往往会出现消化不良等症状。断奶后的辅食喂养还有可能造成营养不良，因此家长要注意提供给小宝宝的营养一定要均衡。

爸爸妈妈一定要多给宝宝做些五谷类的食物，尽量少吃精米细面。鸡蛋羹、煮烂的虾饺、蔬菜泥、动物肝泥等食物中含有丰富的蛋白质、脂肪及维生素，可以给宝宝适量食用。水果蔬菜可以补充维生素和矿物质，如果怕水果太硬，可以用勺子刮成泥状喂食宝宝。

总而言之，宝宝用餐时，只有均衡的饮食，才能够提供给宝宝充足的营养，保证宝宝在断奶的情况下，也不会“亏嘴”，身体棒棒的。

谨防不良饮食习惯损害宝宝脑发育

日常生活中，很多父母缺乏科学的饮食观念，很多饮食习惯也欠好，如果不注意加以改正，很可能就会因为自己的主观臆断，而导致一些不良的饮食习惯作用于宝宝身上，危害宝宝的健康，下面我们一起来看看家长应该谨防哪些不良饮食习惯损害宝宝的健康：

吃盐太多：人体对食盐的需要量，成人每天是6克以下，宝宝食物中不加食盐，1～3岁每天1克， 不超过1.5克，学前儿童不超过2克。如果总是吃过咸的食物，就会损伤血管，影响脑组织的血液供应，造成脑细胞的缺血缺氧，从而影响宝宝的大脑发育。因此，在日常饮食中，爸爸妈妈一定要注意给宝宝的食物中食盐的量不可过多。

摄入过多含过氧化脂质食物：如果人们长期从饮食中摄入过氧化脂并积聚在体内，可导致人体内某些代谢酶系统遭受损伤，导致大脑早衰或痴呆。通常，含过氧化脂较多的食物有油温在200℃以上的煎炸类食品以及长时间暴晒于阳光下的食品，如熏鱼、烤鸭、烧鹅等。另外，鱼干、腌肉，以及含油脂较多的食品在空气中都会产生过氧化脂质，最好不要给宝宝吃。

吃含铅、含铝的食物：铅是脑细胞的一大“杀手”，食物中含铅量过高就会损伤大脑，导致智力低下。含铅较高的食物，有爆米花、皮蛋等。

另外，铝也是损伤大脑的有害元素。经常给宝宝吃含铝较高的食物，就会造成宝宝记忆力下降，反应迟钝，甚至导致痴呆。含铝较高的食物主要是油条、油饼、爆米花等。

第二章
营养补给为宝宝成长添加动力

蛋白质：构筑宝宝生命的支柱

哪些食物中含有优质蛋白质

蛋类、牛奶、鱼虾、禽肉、畜肉等动物性蛋白质大多属于优质蛋白，宝宝每天都要吃一点。大豆及豆制品、米面类、坚果等都属于植物性蛋白质。其中大豆的蛋白质含量高达35%，而且含有丰富的钾、钙、铁及B族维生素，有“植物肉”之美称，应该给宝宝每天吃些豆制品。

如何给宝宝补充蛋白质

0～1岁宝宝以乳制品作为主食，可以通过每天700～800毫升母乳或配方奶取得足够的蛋白质。1岁以后宝宝的饮食已经非常丰富，父母可以通过肉、蛋、鱼、豆类及各种谷物类来给宝宝提供足够的蛋白质。例如：每天400～500毫升乳制品+鱼肉类100克+豆制品类50～100克+蔬菜水果类各50～100克+米饭类100克。

新妈妈喂养要领

在宝宝营养充足、活泼健康的状况下，有些爸爸妈妈还是担心宝宝蛋白质摄取不够，给宝宝吃些含高蛋白的食物、营养品，这就需要特别注意宝宝的身体承受能力了。

宝宝的胃肠道很柔嫩，消化器官没有完全成熟，消化能力是有限的。所以，如果蛋白质摄取过量的话，容易有副作用，会增加含氮废物的形成，加重宝宝肾脏排泄的负担。

长期摄入精细的蛋白质，也可能会影响宝宝的消化道处理能力，让宝宝的消化功能得不到训练和发挥，根据“用进废退”的规律，消化功能反而不容易得到很好的发育机会。如果有这些消化功能减缓发育、肾脏负担大的状况出现，反而会影响宝宝的健康。所以爸爸妈妈要特别注意，千万不要一味追求高蛋白质，以免给宝宝身体带来太多负荷。

其实，蛋白质只是宝宝营养摄取的一部分，其他如谷粮、蔬果等也是宝宝能够健康发育的重要元素，爸爸妈妈要做的其实是保证宝宝营养摄入多元化，做到平衡膳食。

脂肪：宝宝的能源宝库

脂肪对宝宝的发育至关重要

许多家长会认为宝宝吃多了脂肪会使得肥胖症，因此就很少给宝宝吃含脂肪的食物。这样的宝宝不但体质越来越差，而且还出现多种维生素缺乏症。脂肪是机体重要的营养成分，它是提供机体热量的最主要来源，对婴幼儿来说，脂肪提供35%左右的热量。同时，脂肪还是脂溶性维生素的介质，例如，维生素A、维生素D、维生素E、维生素K均溶于脂肪，因此有促进这些维生素的吸收，利用的功能。

脂肪有以下几种作用：供给热能。脂肪是产热最高的一种能源物质，是蛋白质和碳水化合物的2.25倍。构成身体组织，如磷脂、胆固醇等类脂质是构成细胞的重要成分。供给必需的脂肪酸。脂肪酸对脑细胞的发达和神经纤维髓鞘的形成，维持皮肤和毛细血管的健康，促进生长发育等十分重要的作用。

因此，脂肪对宝宝来说十分重要。脂肪缺乏会影响到脂溶性维生素的吸收，维生素A、维生素D、维生素E、维生素K都必须溶解于脂肪才能被吸收利用。如果宝宝吸收不到足够的脂溶性维生素，就会出现皮肤干燥、眼睛干涩、晚上看不清东西等不适症状。

食物中的脂肪来源

●植物性油脂▸

植物性油脂中含较多的不饱和脂肪酸，不含胆固醇。但椰子油、棕榈油除外。

●动物性油脂▸

牛油、猪油和各种肉类所含的动物性脂肪，一般含有较多的饱和脂肪酸和胆固醇。而鱼类脂肪含量较低，一般为1%～3%，主要分布在皮下和脏器周围。海鱼中不饱和脂肪酸的含量高达70%～80%，多食用鱼类，对宝宝的健康大有好处。

相对于鱼肉来讲，猪、牛、羊肉所含的脂肪则更多，每100克猪、牛、羊肉里边的脂肪含量可以达到10%～50%，宝宝平日所获取的大量脂肪主要还是靠这些肉类补足，但是一定要注意摄取适度。

●坚果▸

杏仁、花生、核桃、腰果、栗子等坚果含有很多不饱和脂肪酸，宝宝少量食用后既可以降低胆固醇，还能维持动脉血管的健康和弹性。

育儿专家热线

父母在喂养宝宝时，最好以植物性脂肪为好，如豆油、花生油、芝麻油等，因为植物性脂肪中含有的不饱和脂肪酸是宝宝神经发育、髓鞘形成必需的物质。如果不饱和脂肪酸供给不足，或者宝宝长期食用过量的动物性脂肪，尤其是肥肉、肝肾等食品，就会影响钙的吸收而造成骨骼生长的障碍。

新妈妈喂养要领

市面上有很多脱脂牛奶，很多妈妈给宝宝进行营养补充时，会选择此类牛奶。但是很多的专家建议，1岁以下的宝宝（肥胖宝宝除外）要喝全脂牛奶，而不是脱脂牛奶。大一些的宝宝仍然需要从饮食中摄入足量的必需脂肪酸，这样，宝宝的皮肤才能健康正常地成长，包括性激素的分泌以及维生素的吸收才能得到保证。

不饱和脂肪酸：让你的宝宝更聪明

DHA和ARA的重要性

0～1岁宝宝正处于大脑神经发育的第二个高峰期，DHA和ARA这两种不饱和脂肪酸对宝宝大脑发育的促进已得到医学界的广泛认可。

DHA，学名二十二碳六烯酸，是一种n-3型长链多烯不饱和脂肪酸，是一种多不饱和脂肪酸（即“脑黄金”），如果摄入不足，宝宝的大脑发育过程就会延误或受阻。DHA是维持、提高、改善大脑功能不可缺少的物质。由于人体不能自身合成DHA，所以必须通过食物供给。

ARA（又叫AA），学名花生四烯酸，是一种n-6型长链多烯不饱和脂肪酸，虽然在人体中可以由亚油酸衍生而来，但是在婴幼儿时期，体内合成数量往往不足，所以也必须由食物供给。ARA的缺乏对于人体组织器官的发育，尤其是大脑和神经系统的发育可能产生严重的不良影响。

0～1岁是脑细胞的快速增殖期，脑细胞的发育情况直接会影响到宝宝的智力发育。必需不饱和脂肪酸DHA和ARA是神经系统，特别是大脑进行生理活动的重要物质基础，DHA和ARA的及时足量补充，可以促进大脑的发育、改善大脑的代谢、促进神经系统的信息传递、增强视力、改善钙的代谢，从而有效地促进大脑的发育。如果宝宝期DHA和ARA缺乏将导致头围小，智商、视力低下，情感淡漠，理解能力、阅读能力、书写能力、学习能力严重不足。

哪些食物中富含DHA和ARA

含DHA和ARA的食物有：母乳、豆油、葵花子油、核桃油、大豆油和坚果类食物。

近年来许多宝宝奶粉厂商采用高科技手段在宝宝配方奶粉中强化了一定比例的DHA、ARA等营养素，从而解决了牛乳中缺乏多不饱和脂肪酸影响宝宝脑发育的问题。从鱼油或海藻中提炼出来的多不饱和脂肪酸制剂或营养保健品也可以成为宝宝补充多不饱和脂肪酸的选择。

新妈妈喂养要领

DHA和ARA是大脑中最丰富的两种长链不饱和脂肪酸，从出生前至出生后2岁在宝宝前脑中持续增加，从妊娠第26周开始在胎儿大脑中积累，到妊娠末期3个月中持续增加。但早产儿由于缩短了积累时间，故胎龄小于28周的早产儿脑组织中的DHA和ARA的总量和累积量远远低于足月儿。所以更加需要及时补充DHA和ARA。

母乳是婴幼儿最好的天然食物，均衡饮食的母亲的母乳中含有丰富的DHA和ARA，一般母乳中ARA的含量为0.5%～0.7%，DHA为0.3%，可以满足婴幼儿的需要。

但是，由于母乳不足或母亲因故无法进行母乳喂养时，婴幼儿就需从其他途径来获得DHA和ARA，例如辅助食品和宝宝配方奶粉。由于中国常见的婴幼儿辅食主要是米糊、蔬菜、水果、鸡蛋等，这些辅食不能提供婴幼儿发育所需的足量的DHA和ARA。因此，宝宝配方奶粉就成了获得DHA和ARA的较佳来源。

糖类：宝宝能量的供应站

糖类对宝宝的发育至关重要

糖类能促进宝宝的生长发育，如果供应不足会出现低血糖，容易发生昏迷、休克，严重者甚至出现死亡。糖类的缺乏会增加蛋白质的消耗，从而导致蛋白质营养素的不良利用。但是饮食中糖类的摄取过量又会影响蛋白质的摄取，使宝宝的体重猛增，肌肉松弛无力，常表现为虚胖无力，抵抗力下降，从而易患各类疾病。

糖类的食物来源

糖类含量丰富的食品有很多：米类、面粉类、红糖、白糖、粉条、土豆、红薯、苹果、香蕉等。含有糖类最多的食物是谷类和薯类。

新妈妈喂养要领

宝宝大脑能量的唯一来源就是葡萄糖，在宝宝不需要能量的时候，摄入的糖类会被当作葡萄糖储存在肝脏中备用。

但是，宝宝肝脏的承受力有限，过量的葡萄糖就会被转化成身体中的脂肪。当身体需要更多燃料时，脂肪会再次被重新转化为葡萄糖来供给宝宝的身体。如果宝宝体内的葡萄糖过多，就需要B族维生素来帮助燃烧。如果糖类摄入过量就有可能造成B族维生素的缺乏。所以在给宝宝吃含有糖类的食物时，也最好给宝宝补充B族维生素。

维生素A：提高宝宝免疫力

根据中国的国民营养与健康调查，维生素A是中国居民最容易缺乏的维生素，男女老幼都有可能出现缺乏，而宝宝缺乏维生素A对健康影响更大。

认识维生素A

维生素A是一种脂溶性维生素，可以储存在婴幼儿的体内，主要储存在肝脏和脂肪组织中。维生素A不仅可以保护上皮细胞的完整，还可以预防呼吸道、消化道感染，增强宝宝机体的免疫功能，维持正常骨质代谢，提高铁剂吸收率。

维生素A的食物来源

含维生素A丰富的食品有肝脏、全脂奶、蛋黄等。奶油和奶酪里面也含有维生素A，但是脱脂奶中就比较少，因为维生素A喜欢和油脂在一起。而绿叶蔬菜和橙黄色蔬菜当中含有“胡萝卜素”，它能在人体当中转变成维生素A，帮助预防维生素A缺乏。

新妈妈喂养要领

由于动物肝脏有种味道，很多宝宝都不适应，所以对肝脏类食物有抵触。为了给宝宝补充肝脏中富含的维生素A，妈妈可以改用鹅肝酱。鹅肝酱所富含的维生素A与一般的肝脏没有区别，而且它不会有腥味，对于讨厌食用肝脏的宝宝来说，是一道尚可接受的食物。

维生素C：筑就宝宝健康防线

维生素C又叫抗坏血酸，是一种水溶性维生素，顾名思义，它是一种能对抗坏血病的物质，也是维持宝宝健康的一种关键营养素。

维生素C的神奇功效

维生素C能够促进胶原蛋白合成，构成抵御感染的屏障；能增强免疫细胞的噬菌能力，提高抗体水平，从而抵御感冒，为宝宝筑就一道健康的防线。除此之外，维生素C还具有帮助人体内铁的吸收，促进合成胶原蛋白，以形成软骨、骨质、牙釉质及血管上皮的重要组织，并有助于维持结缔组织的正常功能，预防病毒和细菌的感染，增强免疫系统功能等作用。

维生素C的食物来源

蔬菜	圆白菜、青椒、白菜、豌豆、生菜、番茄等
水果	苹果、柠檬、柿子、柳橙、柑橘、葡萄柚、草莓、猕猴桃、桃、梨等

如何发现宝宝缺乏维生素C

一般来说，6～24个月龄的宝宝最容易缺乏维生素C。缺乏维生素C的宝宝有以下几个症状，通过观察他的身体变化，父母就能轻易判断出宝宝是否出现维生素C缺乏。

牙龈出血、易疲劳、容易感冒、抵抗力差、体重减轻、腹泻、呕吐。

发育不良、钙化不全、软骨脆弱。

暂时性关节疼痛、生长停顿、贫血、呼吸短促、伤口愈合不良、感染率增加。

需要注意的是，维生素C无法储存在体内，极容易造成缺乏，但也不宜过量摄取。补充维生素C时，切不可突然加大剂量，最好逐渐加量。

育儿专家热线

宝宝需要的维生素C必须从食物中获取。0～1岁宝宝每日所需的维生素C为40～50毫克，1岁以上的宝宝每日则需要60～70毫克。有关研究人员表明：婴幼儿体内的维生素C增加50%，可使智商提高3倍左右，但前提是不可过量。如需特别补充维生素C，则应遵医服用。

新妈妈喂养要领

维生素C极易受到热、光和氧的破坏。水果、蔬菜贮存时间越久，其中的维生素C损失越多。

因此，为了尽可能减少食物中维生素C的损失，最好让宝宝吃新鲜的水果、蔬菜。另外，切开的蔬菜、水果也不要长时间暴露在空气中，最好现吃现切、现切现做，以减少维生素C的氧化。

维生素C是水溶性维生素，在人体内不易保留。因此妈妈在烹制蔬菜水果时，尽量不要破坏其中的营养物质，烹调的时间越短越好，水分也不宜多加。

清蒸是保存维生素C的最佳烹调方式，用少量油快炒也是个好方法，因为它只用少量的油，而且快速炒熟食物，不致于使维生素C流失太多。

维生素B_1：宝宝的活力之源

维生素B_1也叫硫胺素，属于B族维生素，是水溶性的，它在体内参与糖代谢。当维生素B_1缺乏时，会影响宝宝身体组织的能量供应，从而降低心脏、肌肉的收缩力和神经系统的传导性。

维生素B_1缺乏的症状

维生素B_1能增强婴幼儿的胃肠和心脏肌肉的活力，还能增进食欲，促进食物的吸收与消化。如果宝宝严重缺乏维生素B_1，就会经常突然发病，表现为烦躁、食欲差、呕吐，有时伴有腹泻，检查心电图可发现异常，严重者可能会发生心力衰竭。

维生素B_1的食物来源

花生、芝麻、动物肝脏、鱼卵、鸡蛋、鹌鹑蛋、牛奶、猪肉、白菜、茄子等。

新妈妈喂养要领

现在成人的饮食习惯和食物烹调方法可能会引起儿童的维生素B_1缺乏，所以应多给儿童吃一些粗制谷物，米不要过分淘洗，米汤不要倒掉，煮粥时不加碱，以免维生素B_1被破坏。此外，维生素B_1易溶于水，吃蔬菜时菜汤最好也喝下去。

育儿专家热线

为哺乳期宝宝补充维生素B_1要从妈妈入手。哺乳的妈妈应多吃些含维生素B_1丰富的食物，如麦麸、豆类等。注意粗细粮搭配，因为粮食越精细，所含的维生素B_1就越少。

维生素B_2：为宝宝发育加油

维生素B_2又称为核黄素，它也是一种水溶性维生素，是体内某些辅酶的组成成分，也是蛋白质、糖类和脂肪代谢中不可缺少的物质。

维生素B_2缺乏的症状

生长发育期的儿童对维生素B_2的需要量较大，当供给不足时，会出现维生素B_2缺乏病。

其主要表现为口角炎，嘴角处发白、糜烂，口唇干裂，舌发红，舌乳头增大，眼睛角膜充血和怕光，在皮肤皱褶处易发炎，如阴囊炎、会阴炎。严重者可致生长发育迟缓。

如何给宝宝补充维生素B_2

乳制品是维生素B_2的良好来源，酸奶中维生素B_2的含量更多，建议宝宝可以每天喝一杯酸奶。

动物内脏、瘦肉、乳类及蛋类、鱼类等食物中维生素B_2的含量都颇为丰富。乳类、蛋类等建议每天吃一些。动物内脏的胆固醇含量较高，不宜长期食用，宝宝一周吃1～2次即可。

豆腐、豆制品中的维生素B_2含量足以与肉类和牛奶相媲美，要经常吃。

叶类绿色蔬菜、水果、坚果、酵母、全麦面包中也含有一定量的维生素B_2，在宝宝每天饮食中不可缺少。

维生素B_6：生理代谢的好助手

维生素B_6又称吡哆素，是一种水溶性维生素，遇光或碱易破坏，不耐高温。肝脏、谷粒、肉、鱼、蛋、豆类及花生中含量较多。维生素B_6为人体内某些辅酶的组成成分，参与多种代谢反应，尤其是和氨基酸代谢有密切关系。

维生素B_6对宝宝的作用

维生素B_6缺乏时，常造成婴幼儿体重不足、精神紧张，易发生惊厥及贫血、生长缓慢等。因此对婴幼儿来说，防止维生素B_6缺乏很重要。首先，孕妇在怀孕的中晚期，每天应多摄入3毫克左右的维生素B_6，以补充胎儿的需要。其次，在给婴幼儿添加辅食时，也应注意及时地补充富含维生素B_6的食物。

哪些食物中含有维生素B_6

香蕉、小麦胚芽、米糠、土豆、大豆、鸡蛋、牛奶、牛肉和猪肉等。肉类和全谷类是维生素B_6的最佳食物来源，动物肝脏也含有一定的维生素B_6。

新妈妈喂养要领

由于维生素B_6易溶于水，所以妈妈在烹煮含有维生B_6的食物时，应避免倒入太多水，以免维生素B_6流失过多。

实际上维生素B_6是由几种物质集合在一起组成的，是制造抗体和红血球的必要物质，摄取高蛋白食物时要增加它的摄取量。因为肠内的细菌具有合成维生素B_6的能力，所以多吃蔬菜是必要的。

维生素D：促进宝宝发育的“阳光维生素”

维生素D又称麦角钙化醇，属于脂溶性维生素，是婴幼儿在发育中十分重要的“阳光维生素”。

维生素D对宝宝的作用

维生素D是维持身体钙质和磷质的主要因素，如果小儿血液中钙质不够，可使骨骼组织变软而患软骨病，尤其是儿童在发育期，如果骨骼不能充分钙化，加上自身的负担，骨骼就会变形。

哪些食物中含有维生素D

维生素D主要存在于动物肝脏、蛋黄和瘦肉中。另外，像脱脂牛奶、鱼肝油、坚果，也含有丰富的维生素D。维生素D主要来源于动物性食物。

育儿专家热线

维生素D的最佳摄取方式并不是通过食物获得，而主要是靠晒太阳，宝宝只要每天晒太阳30分钟，身体就相当于能获得专家建议的5毫克的摄取量。所以，春天明媚的阳光对小宝宝来说是再好不过的“营养品”，妈妈每天要保证儿童1～2小时的阳光浴。

新妈妈喂养要领

鱼肝油是维生素D最丰富的食物来源之一，特别是比目鱼的鱼肝油，所以可以通过喂宝宝鱼肝油的方式来补充宝宝所需的维生素D。给宝宝喂鱼肝油也要注意摄取量，切不可过量，以免发生维生素D中毒。

叶酸：最易缺乏的营养素

叶酸又叫维生素B_9或维生素M，属于水溶性B族维生素的一种，是宝宝日常饮食中最易缺乏的营养素之一。

叶酸对宝宝的作用

叶酸在婴幼儿生长发育过程中，掌管着血液系统，起到促进宝宝组织细胞发育的作用，是宝宝成长过程中不可缺少的营养成分。

哪些食物中含有叶酸

叶酸普遍蕴藏于植物的叶绿素内，深绿色带叶蔬菜中含量更为丰富。富含叶酸的食物有：毛豆、蚕豆、花扁豆、酵母、蛋黄、牛奶、龙须菜、菠菜、西兰花等。

育儿专家热线

宝宝对叶酸的日常最少需求量为：1～6个月的宝宝每日需求量为25微克；7个月至1岁的宝宝每日需求量为35微克；1～3岁的幼儿每日需求量为50微克。

新妈妈喂养要领

食物中的叶酸在煮沸、加热烹调过程中极易被破坏。在不加热时，人体对叶酸的吸收率约为50%，加热后则可能丧失掉80%～90%的叶酸。因此，想让宝宝多摄取叶酸，应尽量缩短食物的加热时间。另外，高温、暴晒和久置于室温中，都会破坏食物中的叶酸，所以对于含有叶酸的食物要注意保存，但也不宜放太久。

钙：让你的宝宝更强壮

钙被称为“生命基石”，在宝宝的生长发育过程中起着至关重要的作用，它能让宝宝成长得更强壮。

宝宝不能缺钙

钙是人体中含量最丰富的矿物质，能帮助建造骨骼及牙齿，并维持骨骼的强健，婴幼儿的骨骼与牙齿发育必须依赖钙的帮忙。

哪些食物中含有钙

大豆粉、牛奶、酸奶、燕麦片、豆制品、酸枣、紫菜、芹菜、鱼子酱、干无花果、绿叶蔬菜等食物都含有较多的钙。

育儿专家热线

宝宝对钙的日常最少需求量为：1～6个月的宝宝每日需求量为400毫克；7个月至1岁的宝宝每日需求量为600毫克；1～3岁的幼儿每日需求量为800毫克。

钙对于婴幼儿的生长发育虽然重要，但也不可摄取过量，尤其是当钙和维生素D同时摄取过量时，会导致高钙血症，从而造成骨骼和某些组织的过度钙化。

新妈妈喂养要领

在给宝宝补充钙剂时，妈妈要注意以下几点：

钙剂不可与植物性食物同食。植物性食物中大多有草酸盐、碳酸盐、磷酸盐及植酸盐，这些盐类与钙结合生成多聚体而沉淀，妨碍钙的吸收。

铁：宝宝的最佳血液制造剂

铁是人体红细胞中血红蛋白的组成成分，是造血的原料，也是宝宝的最佳血液制造剂。

宝宝为什么要补铁

宝宝出生4个月开始，体内储备的铁已经用尽，要及时进行铁补给，以防患缺铁性贫血；而且，如果宝宝缺少运输氧气的铁，机体将无法产生足够的热量，很容易感到寒冷。

哪些食物中含有铁

肝、肾、血、心、肚等动物内脏，含铁特别丰富，而且吸收率高。其次为瘦肉、蛋黄、水产品，如鱼子、虾子等动物性食物。植物性食物中，以紫菜、海带、黄豆、黑豆、豆腐、红枣、黑木耳等含铁高，但吸收率没有上述动物性食物高。

新妈妈喂养要领

在给宝宝烹调食物时，妈妈要注意荤素、果蔬的搭配，这样能提高植物性食物铁的吸收率，而且新鲜水果、蔬菜含大量维生素C，也可以增加铁的吸收。如黑木耳炒肉末，可提高黑木耳的铁吸收率；将猪血与豆腐做成酸味汤，使豆腐中的铁吸收率增加。

同时，给宝宝烹调食物时，尽量用铁锅、铁铲，可以使脱落下来的铁分子与食物结合，增加铁的摄入及吸收率。

锌：促进发育的“生命之花”

锌的主要生理功能就是促进生长发育，它被誉为“生命之花”。

宝宝缺锌，后果很严重

锌是一种很重要的微量元素。在人体内的含量以及每天所需摄入量都很少，但它起的作用很大，因为锌在身体里面与很多酶起作用，这些酶都是宝宝生长发育中必不可少的。宝宝如果缺锌，会导致发育不良。缺乏严重时，还会导致侏儒症、异食癖和智力发育不良等问题。

哪些食物中含有锌

牛肉、牛肝、猪肉、猪肝、禽肉、鱼、虾、牡蛎、香菇、口蘑、银耳、花生、黄花菜、豌豆黄、豆类、全谷制品等食物中都含有锌。其中，肉类和海产品中的有效锌含量要比蔬菜高。

新妈妈喂养要领

动物肝类含锌量较高，把鸭肝、鸡肝剁碎了，再加上蛋黄制成泥状辅食，则比较适合年龄较小的宝宝进食。

对于不爱吃荤菜的宝宝来说，蔬菜、水果中同样含有锌，而花生、核桃、栗子等坚果也是“素食”宝宝补充锌元素的最佳选择。

哺乳期的母亲尽量减少味精的摄入，同时纠正宝宝偏食的不良习惯，以免导致宝宝缺锌。

护理篇

——小细节大健康，给宝宝最专业的护理

第一章 从头到脚关爱宝宝的身体

新生儿全方位身体护理

新生儿的身体护理非常重要，像眼部、口腔、皮肤、臀部、头部等这些部位，需要爸爸妈妈认真地清洁和护理。

眼部护理

即使分娩过程未受感染，出生后，新生儿也可罹患结膜炎、泪囊热等疾病。因此一般情况下，为新生儿滴上几天眼药水是必要的。新妈妈将消毒棉棒与宝宝的眼平行，轻轻横放在上眼睑接近眼睫毛处，平行上推眼皮，新生儿眼睑就可顺利扒开，向眼内滴一滴眼药水。

口腔护理

喝完奶后最好让新生儿喝口水，以冲净口中残留奶液。如新生儿吃奶后入睡，难以喂水，每天早晚可用消毒棉棒蘸水，轻轻地在新生儿口腔进行清理。此时需要注意，新生儿口腔黏膜细嫩，血管丰富，唾液腺发育不足，唾液分泌少，黏膜较干燥，易受损伤，护理时动作一定要轻柔。

鼻腔护理

新生儿鼻内分泌物要及时清理，以免结痂。简便有效的方法是：把消毒纱布一角按顺时针方向捻成布捻，轻轻放入新生儿鼻腔内，再逆时针方向边捻动边向外拉，就可把鼻内分泌物带出，且不会损伤鼻黏膜。还有一种专门的吸鼻器，可以清理鼻内分泌物，但分泌物较少时，没有必要使用吸鼻器。

皮肤护理

新生儿皮肤皱褶比较多，皮肤间相互摩擦，积汗潮湿，分泌物积聚，容易发生糜烂，在夏季或肥胖儿中更易发生皮肤糜烂。给新生儿洗澡时，特别要注意皱褶处分泌物的清洗，清洗动作要轻柔，不要用毛巾擦洗。新生儿衣物要平整穿戴，避免局部折痕造成新生儿血流不畅，皮肤坏死。

臀部护理

新生儿皮肤薄嫩，每天尿、便次数多，臀部几乎处于潮湿状态，又包裹着尿布或纸尿裤，很容易造成宝宝臀部皮肤过敏。臀部的护理方法是：勤换尿布；大便后用清水冲洗臀部，用柔软的棉布吸干；选择柔软、棉质、吸水性强、透气性好的尿布；禁止使用塑料布，即使垫在尿布外也不行；个别妈妈在尿布上放卫生纸，以免大便拉在尿布上，这其实很容易造成臀红，妈妈尽量不要那样做。

头发的护理

起初，新生儿的头发只需简单地护理，可用湿布或海绵擦拭，用柔软的梳子梳通。对胎脂也用同样手法处理。新生儿有胎脂是很正常的，一般在2周后便会自行消失。头一天用宝宝油或专门的胎膜霜软化胎脂，等第二天早晨擦掉，这样可很快除掉胎脂。

指甲的护理

新生儿的指甲长得很快，应及时修剪以防他抓伤自己。妈妈可能会对剪如此细小的指甲感到很紧张，以下有几个小窍门帮助你。

洗澡后指甲会变软，可趁此时剪掉它。用宝宝专用指甲钳沿着手指的自然线条，压着手指肉去剪指甲。等宝宝大点时，他可能会反抗，所以需要有帮手协助你完成此项工作。也可以给新生儿带上柔软的连指手套，这样可防止他抓伤干燥的皮肤。

新生儿的脚趾甲一般比手指甲长得慢，但很容易长到趾甲床内，修剪趾甲比较困难。为避免剪到宝宝的皮肤，要沿一条直线修剪趾甲。一定要小心谨慎，如果不慎剪破了皮肤，可用棉纸吸去血渍，然后用消毒药膏轻轻涂在上面。

男宝宝生殖器护理

每次在给男宝宝换尿布时，都要用温水清洁他的外阴部和小屁股。因为特殊的生理结构，男宝宝会将尿溅得到处都是，所以还应擦拭他的肚子和腿部，以及溅有尿迹的皮肤，不然容易造成红肿炎症。清洁的步骤如下：

第一，要检查他是否大便了。小心地拉开宝宝的尿布，如果宝宝大便了，可用尿布的角去清洁大部分的污渍。

第二，清洁腿间的褶痕。将男宝宝的双脚分开，以湿润的脱脂棉擦拭肚和腿之间皱叠的皮肤。

第三，擦拭宝宝的阴茎。用干净的脱脂棉清洁新生男婴的阴茎。切记，动作要轻柔，且还要清洁睾丸的四周。

第四，擦拭宝宝大腿上端。可能有些尿液会留在大腿上端，所以要用更湿润的脱脂棉彻底地擦拭这个部位。

第五，清洁他的屁股。用一只手握住宝宝的脚踝，温柔地举起他，使他的屁股离开换尿布台的平面。用干净湿润的脱脂棉清洁他大腿的背面及肛门的位置。

女宝宝生殖器护理

在给女宝宝换尿布时，应彻底清洁她的小屁股。同时可将该部位暴露在空气中一会儿，使皮肤从覆盖状态中得以解脱出来，呼吸新空气。清洁的步骤如下：

第一，用尿布清洁宝宝屁股。如果宝宝大便，先用尿布边缘擦去屁股下的溢出物。

第二，清洁宝宝的小肚子。将新生女婴稳定而又轻柔地举起，将她放在换尿布台上。需将她紧紧蜷缩在一起的四肢轻缓地拉开。在凉开水中浸湿干净的脱脂棉，擦拭她的肚子。等脐带部位愈合后可换用普通的自来水。

第三，擦拭腿褶处。取干净的脱脂棉清洁她的腿褶处，由上而下缓缓擦拭。

第四，清洁外阴部。一只手握住宝宝脚踝，然后轻轻举起，使她的外阴暴露出来。用干净而湿润的脱脂棉清洁新生女婴生殖器的外阴唇，从前往后擦。

第五，清洁新生女婴的屁股。仍将新生女婴从换尿布台上举起，用干净而湿润的脱脂棉擦拭她的肛门部位。如有必要可清洁她的大腿背后和背部上方。

眼睛的日常护理

很多父母喜欢在宝宝的床栏中间系一根绳，上面悬挂一些可爱的小玩具。但要注意悬挂玩具的方式。宝宝经常盯着悬挂的玩具，眼睛较长时间地向中间注视，就有可能发展成内斜视。正确的方法是把玩具悬挂在围栏的周围，并经常更换玩具的位置。

不要随意遮盖宝宝的眼睛。宝宝期是视觉发育最敏感的时期，如果有一只眼睛被遮挡几天时间，就有可能造成被遮盖眼永久性的视力异常。

耳朵的日常护理

和宝宝的眼睛一样，耳朵的护理也是爸爸妈妈不能忽略的一门功夫，但是很多家长习惯于按照直觉去护理，这是不正确的。

妈妈给宝宝清洗耳朵时，先将宝宝沐浴液在手上搓出泡沫，再用手指像按摩一样轻轻揉搓宝宝耳后，最后用拧干的纱布擦拭干净。宝宝耳朵入口处，可用消毒棉做成的棉条轻轻擦拭，注意不要随便伸进耳道中去，防止宝宝头部突然乱动而导致耳道黏膜受伤。

给新生儿做按摩

刚出生的宝宝通过与妈妈亲密地按摩接触，不仅能促进宝宝生长发育、增加睡眠和饮食，还能增进母子间的情感交流，为宝宝的健康成长营造一种温馨氛围。

从脚开始

握住宝宝的小脚，使你的拇指可以自如的在宝宝脚底来回揉搓，用轻柔的力道，按摩几分钟。随后你可以顺着小脚丫向腿部延伸，把小腿和大腿握在手里，让膝盖来回伸展几次，再用手掌在大腿和小脚丫之间抚摸。

握住宝宝的手

手和胳膊的按摩和腿的按摩方法相似：先握住宝宝的小手，用拇指按摩宝宝掌心，其他指头按摩宝宝手背。然后分别握住宝宝的上臂和前臂，开合几个来回，再在肩膀和指尖之间轻柔地按摩。这种按摩会促进宝宝的血液循环，还可以一边按摩一边和宝宝说话。

抚摸宝宝的脸

用最柔软的两只手指，由中心向两侧抚摸宝宝的前额。然后顺着鼻梁向鼻尖滑行，从鼻尖滑向鼻子的两侧。多数宝宝会喜欢这个手法，他们以为是在做游戏，但是如果宝宝觉得不舒服就先停止做这个动作，隔天不妨再试一次，直到宝宝习惯为止。

摸摸宝宝的肚子

从宝宝的肩膀开始，由上至下按摩宝

宝的胸部和肚子，然后用手掌以画圆圈的方式按摩，这种按摩可以刺激宝宝的呼吸系统，增大肺活量。随后用手掌以宝宝的肚脐为圆心按摩至少40次，对于常肚子疼的宝宝，这种按摩格外有效。

宝宝趴着

如果宝宝趴在床上，给宝宝按摩背部的话，记得让宝宝抬起头来。宝宝保持这个姿势的时候，你也可以轻轻地按摩宝宝的后脑勺，宝宝会用劲对抗这种压力，这样也可以锻炼宝宝的颈部肌肉。再用双手顺着宝宝肩膀一直按摩到屁股，宝宝会感觉特别放松。

全身运动按摩

全身运动就是给宝宝热身。妈妈可坐在地板上伸直双腿，让宝宝脸朝上躺在你的腿上，头朝你双脚的方向。在胸前打开宝宝的胳膊，再合拢，这能使宝宝放松背部，肺部得到更好的呼吸。然后再上下移动宝宝的双腿，模仿走路的样子，这个动作可使宝宝大脑的两侧都得到刺激。

呵护宝宝娇嫩的皮肤

冬季气候寒冷，且常有寒潮侵袭，对宝宝娇嫩的皮肤是一个严峻的考验。爸爸妈妈要想方设法来呵护宝宝娇嫩的皮肤。

冻疮的预防

首先，保护容易生冻疮的部位，如宝宝的手、脚和脸部，如外出前可给宝宝的脸部抹上一层薄薄的儿童护肤霜，并按摩一下脸部，再给宝宝戴上手套，穿上柔软舒适的棉鞋。

其次，有意识地锻炼宝宝的抗寒能力，如多带他去户外活动等。若开空调，也不要将温度调得太高，要逐渐缩小室内外的温差，以免骤冷骤热引起皮肤冻伤。

皲裂

冬季空气干燥，气温低下，与宝宝的体温相差较大，容易引起宝宝皮肤失水，进而导致皮肤起皱、发红、脱屑，甚至出现裂口。

妈妈要注意给宝宝补水，以白开水为宜，少喝果汁型饮料。同时要让宝宝多吃新鲜果蔬。一旦宝宝的手皲裂了，可先把宝宝的双手放入温水中浸泡几分钟，待皲裂的皮肤软化后，再用无刺激的香皂洗净污垢，擦干后涂上护手霜即可。

应对男宝宝对性器官的好奇

对人体感到好奇

对人体感到好奇，探究自己身体的奥秘是宝宝成长过程中非常重要的一个环节。

随着宝宝一点点长大，自我意识加强，开始产生了强烈的想要了解自己身体的欲望，加上控制自己小手的能力加强，以前喜欢玩手、玩脚、玩肚脐的他可能突然发现一个新的事实：原来，除了手、脚和肚脐，自己的身体还有更多好玩的器官。

男宝宝长到10个月以后，就开始有意无意地触摸自己的生殖器。这是宝宝在探索自己的身体，属于正常现象。一旦发现宝宝有这样的行为，父母应采取合适的方式，转移宝宝的注意力。

某些原因诱发

很多父母给宝宝洗澡的时候，往往只是清理了他生殖器的表面，很少有父母尝试将他的包皮翻开来清洗一下。于是，当宝宝小便后，就会有部分尿液残留在包皮内，导致他感觉不舒服。尤其那些使用纸尿裤的宝宝，因为长期残留的尿液会变质，滋生出细菌，产生湿痒的感觉，这会增加他用手触摸生殖器的行为。

不要急切地让宝宝明白道理

不少父母看到宝宝这样的行为，总是试图急切地向他讲明这样的道理：自己的生殖器除了父母、医生和自己之外，不能让别人看到，也不能当着别人的面去触摸。此时的宝宝还没有隐私的概念，即使父母给宝宝讲道理，宝宝也未必能听懂。

如果父母总是在宝宝有这种行为的时候反应过度，那就相当于对他的这种行为给予更多热切的关注，尽管这种关注不那么令人愉快，但是宝宝还是会聪明地意识到这点，并试图通过这种方式来获得父母更多的注意。

分散宝宝的注意力

现代心理学研究表明，儿童也可有某种性的冲动，这是正常现象。即便父母明白宝宝的这种行为很正常，但是当宝宝当着别人的面玩弄自己的生殖器时，父母仍然会觉得尴尬异常。这时候，分散宝宝的注意力是最好的办法。

给宝宝一些色彩鲜艳、设计新颖的玩具（那种能够“吱吱”作响的玩具是首选），让宝宝对玩具产生好奇，暂时转移他对生殖器的注意力。另外，和他玩玩手指游戏、球类游戏等都是不错的选择。

消除宝宝对性的神秘感

宝宝的好奇心强，求知欲旺盛，因此，经常会提出一些有关生殖器和性方面的问题，这时，妈妈千万不要对宝宝说“羞羞”之类的话，导致他对性产生更多的神秘感，而要坦然自若地以宝宝能够理解的方式回答他的问题，消除他对性的神秘感。

保护好宝宝的嗓子

宝宝的咽部狭小，而且比较垂直，软骨柔软细弱，声带短、薄，因此在发声过程中要保护嗓音，使之适应发声器官的特点，为有良好的发声奠定基础。

正确对待宝宝哭

妈妈要保护宝宝的嗓音，就要正确对待宝宝的哭。哭是宝宝的一种运动，也是一种表达需要的方式，所以不能不让宝宝哭，但也不能让宝宝长时间哭。长时间哭或喊叫会造成声带的边缘变粗、变厚，致使嗓音沙哑。

不要长时间讲话

宝宝每次讲话后，妈妈要让他休息一

段时间，喝口水。在背景声音嘈杂的环境中尽量让宝宝少讲话，以免宝宝需要大声喊叫才能让对方听见。宝宝长时间说话后，不适合立即吃冷饮或喝冷开水。这样可以避免宝宝的声带黏膜遭受局部性刺激。

疾病影响嗓音

呼吸系统的疾病，如感冒、咽炎、喉炎等也会影响宝宝的嗓音，为防止这类疾病发生，妈妈应多给宝宝饮白开水，吃水果、蔬菜。在传染病流行季节，不要让宝宝到公共场所，必要时应让宝宝服用菊花水等有利于预防这些疾病的花草药。

如何让宝宝长成高个子

父母应为宝宝长高创造有利条件，尽量为宝宝减少不必要的遗憾。

不要挑食

营养与身高有密切的关系，促进宝宝长高，营养是基础。

妈妈要供给宝宝充足、合理的营养，以满足宝宝生长发育的需要。要给宝宝多吃些富含各类营养的食物，如豆类制品，蛋、鱼虾、奶类、瘦肉等动物性食物，富含维生素C、维生素A、钙等矿物质的蔬菜、水果等。

另外，要提醒妈妈们的是：牛奶是特别好的“增高剂”。牛奶是不可多得的天然健康食品，富含优质的蛋白质，而生命是蛋白质存在的基本形式。在辅食其间，可以每天给宝宝补充适量的牛奶，让宝宝拥有健康体魄的同时，还能长成高个子。

充足的睡眠

老人常说“宝宝是一边睡觉一边长个”，这话不无道理。医学研究表明，对于正处在生长发育期的宝宝来讲，身体发育状况的好坏，与睡眠质量的好坏有密切关系。

促进生长发育作用的生长激素70%~80%是在睡眠中分泌的。如果睡眠不足就会阻碍生长激素的分泌，影响宝宝的身高。

充足的睡眠是促进宝宝长高的重要途径，生长激素在晚上10点以后开始进入分泌的最高峰，而有些父母经常让宝宝睡得很晚，因为这样可以和宝宝一起睡个懒觉。但是这样会让宝宝错过生长激素分泌的“睡眠黄金期”，表面上看是“补了一顿”，实际上反而增加了使宝宝长不高的因素。

运动促进生长

0~1岁的宝宝虽然很小，但也需要适当的体育锻炼。妈妈可以给宝宝做些抚触按摩；用玩具吸引宝宝爬行等方式来让宝宝快乐的做运动。

运动是促进宝宝长高的又一重要因素。宝宝若经常参加体育活动，能促进身体的新陈代谢，加强血液循环，这样就能给骺软骨输送更多的营养物质，使骨骼生长发育旺盛，自然就长高了。

良好的居住环境

良好的居住环境包括：阳光充足、空气新鲜、水源清洁、无噪声、住房宽敞等，这些都是保证儿童生长发育达到最佳状况的重要因素。

第二章 让宝宝一觉睡到天亮

宝宝床上用品选择须知

爸爸妈妈每天最幸福的时刻，就是哼着摇篮曲看着宝宝甜美的入睡。对于宝宝来说，睡眠质量的好坏直接影响到他的健康。

宝宝床的选购

爸爸妈妈在给宝宝选购宝宝床时，要注意以下几个问题：

- 选购宝宝床时不要只关注是否漂亮美观，应更看重是否结实、稳固。
- 金属的小床虽然结实，但质感不好，冰冷且过于坚硬，最好给宝宝选木制的小床。
- 有的宝宝床下面安装有轮子，可以自由地推来推去，爸爸妈妈在选购时一定要注意它是否安有制动装置，有制动装置的小床才安全。

床垫的选购

宝宝床床垫的选择也非常重要。垫子不能太软，因为宝宝骨骼较柔软，正处于发育生长阶段，如果床垫太软，过软的弹簧床垫或海绵垫会使宝宝的脊柱经常处于弯曲状态，容易引起脊柱变形，严重的甚至导致驼背，影响宝宝骨骼、肌肉的发育。

床单的选购

宝宝的床单，最好选用全棉制品，要比小床大一些，四周可以压在床垫下面，避免宝宝活动时将床单踢成一团。

宝宝被褥的选购

宝宝用的被褥最好是用棉花做的。棉花通风好，被太阳一晒，柔软而蓬松，也容易吸汗。

如何护理宝宝入睡

新生儿出生头几天，除了吃奶，几乎都处于睡眠状态。可以说，睡眠是新生儿期的头等大事，父母要注意宝宝的睡眠护理。

新生儿的睡眠时间

刚出生的新生儿一天的睡眠时间大概为20小时，且随时随地都可入睡。如果新生儿睡眠不安，经常哭闹，且一天睡不足20小时，妈妈就要寻找影响宝宝睡眠的原因。

让宝宝单独睡

新生儿应单独睡一张小床，有单独的

被褥，这样可以避免与妈妈同一被窝睡的弊端：如果新生儿与妈妈同一被窝睡，妈妈往往容易把宝宝的头部都蒙在被褥里，使宝宝呼吸不到新鲜的空气。而且由于妈妈在哺乳期中比较疲劳，晚上睡眠很深，翻身时容易把宝宝压在身体下面而造成意外窒息。

卧室内要有适度的光源

在宝宝睡觉的卧室中最好有适度的光源，避免宝宝在半夜醒来时因为过于黑暗而害怕。

注意宝宝的睡眠姿势

对3个月以内的宝宝来说，最好采取侧卧位的睡眠姿势，这样既对宝宝的重要器官无过分地压迫，又利于肌肉放松，万一宝宝溢乳也不致呛入气管，能让宝宝睡得更舒服。

要保持妈妈与宝宝的接触

宝宝如果突然离开妈妈的怀抱，就很容易醒过来。这时，妈妈要在放下宝宝的同时，再轻轻地拍哄着，等宝宝睡着之后，仍要将手留在宝宝的身上，再哼唱一些催眠曲或是说一些有节奏的话，帮助宝宝安稳地入睡。

睡觉前要舒缓宝宝的情绪

在睡觉前，为舒缓宝宝的情绪，妈妈可以尝试在房间里播放一些如小夜曲或摇篮曲类的轻柔音乐，或在床上轻拥宝宝，轻声给宝宝唱歌、朗诵、讲故事，让他慢慢进入睡眠状态。如果宝宝一直不肯入睡时，妈妈千万不要太过于急躁，可轻声和宝宝说话、抚摸宝宝的背部、轻轻捏捏宝宝的脚底和脚趾等，再告诉宝宝应该睡觉了，宝宝就会逐渐安静下来，最后慢慢安然入睡。

尽量让宝宝自然入睡

宝宝稍大一些后，爸爸妈妈最好不要哄宝宝睡觉，尽量让宝宝自然入睡。这样可以养成宝宝自然入睡的好习惯，以免以后出现睡眠问题。

随着宝宝运动能力的增强，肢体活动增加，睡眠过程中会出现各种各样的动作，但宝宝始终处于睡眠状态，即使哭几声，拍几下很快就入睡了。有时睁开眼看看，如果妈妈在身边，会闭上眼睛接着睡；如果发现妈妈不在身边，会大声哭起来，这时如果妈妈立即跑过来拍拍，宝宝会马上停止哭闹，很快入睡。如果仍然哭，妈妈握住宝宝的小手放到他的腹部，轻轻摇一摇，宝宝也能很快再次入睡；如果到了喂奶的时间，就只有给宝宝喂奶了。

如何让宝宝拥有高质量的睡眠

查找宝宝睡眠不好的原因

宝宝睡眠不好的主要原因：一是白天睡得太多，到了晚上反倒清醒难以入睡。二是奶不够吃或者口渴。三是被子太厚压得宝宝不舒服。四是尿布湿了该换了。还有可能是宝宝患有感冒、消化不良或腹胀等疾病。对于这些，爸爸妈妈要仔细观察，并尽快设法消除这些可能导致宝宝睡眠不好的因素。

克服日夜颠倒的睡眠习惯

要想克服宝宝日夜颠倒的毛病，妈妈可以参考以下办法：首先，白天宝宝卧室的光线不要太暗，早晨或下午尽量不要让宝宝长时间睡觉，要把宝宝叫醒多逗他玩一会儿。特别是到下午五六点以后不要哄宝宝睡觉，到了晚上七八点时，给宝宝洗个澡，喂次奶，等宝宝累了就会自然入睡。利用这样的办法，经过一段时间的调整，宝宝日夜颠倒的毛病就会慢慢克服了。

找出适合自己宝宝的规律

所谓规律也不是千篇一律的，每个宝宝都有不同的睡眠习惯，爸爸妈妈应该在护理中找出适合自己宝宝的规律，验证这个规律确实对宝宝的健康发育有利之后，再按照这个规律坚持实行，不能任着宝宝的小性子说变就变，宝宝经过一段时间的适应，就会形成良好的睡眠习惯。

关注宝宝睡眠时的冷暖

宝宝睡觉时，妈妈要时刻关注宝宝的冷暖，如果妈妈担心宝宝睡觉时过冷或过热，可以通过摸宝宝的后颈温度来判断和掌握，摸的时候妈妈应注意手的温度不要过凉，也不要过热，只要宝宝的体温与妈妈手的温度相近就可以了。

舒适的睡眠环境

舒适的环境是宝宝睡得香甜的前提。室内空气应新鲜、流通，但不要有风直接吹向宝宝。宝宝睡觉时应拉上窗帘，关上大灯，不要让室内光线太亮，以免影响宝宝入眠。应适当减轻周围的声响，但也不必寂静无声，以免宝宝对声音过于敏感。

如何为宝宝配备枕头与睡袋

宝宝长到3个月后开始学习抬头，脊柱就不再是直的了，脊柱颈段开始出现生理弯曲，同时随着躯体的发育，肩部也逐渐增宽。为了维持睡眠时的生理弯曲，保持身体舒适，可以开始给宝宝用枕头了。很多父母担心宝宝睡觉时把被子蹬开而受凉，常常把宝宝包得很紧，但这样做不利于宝宝的发育。其实，给宝宝用宝宝睡袋就可以很轻松地解决这些问题。

枕头的软硬度

宝宝的枕头软硬度要合适。过硬易造成扁头偏脸等畸形，还会把枕部的一圈头发磨掉而出现枕秃，父母常由此误认为宝宝患了佝偻病；过于松软而大的枕头，有致宝宝窒息的危险。

枕芯的选择

枕芯的质地应柔软、轻便、透气、吸湿性好，可选择灯心草、荞麦皮、蒲绒等材料充填，也可用茶叶、绿豆皮、菊花等充填枕芯。此外，给过敏体质的宝宝选用枕芯时应更加注意，劣质填充物可能诱发小儿哮喘发作，而涤纶、泡沫塑料等做成的枕芯可能会引起宝宝头皮过敏。

枕头的高度

宝宝的枕头过高或过低，都会影响呼吸通畅和颈部的血液循环，导致睡眠质量不佳。宝宝在3～4个月时可枕1厘米高的枕头，以后根据宝宝不断发育的情况，逐渐调整其枕头的高度。

枕头的大小与形状

宝宝枕头的长度应略大于肩宽，宽度与头长相等。枕头与头部接触位置应尽量做成与头颅后部相似的形状。

枕套的选择

枕套最好用柔软的白色或浅色棉布制成，易吸湿透气。推荐使用纯棉材质，在凉爽止汗、透气散热、吸湿排湿等方面效果最好。

枕头的卫生

宝宝的枕套、枕芯是要经常洗涤和晾晒的。宝宝的新陈代谢旺盛，头部出汗较多，睡觉时容易浸湿枕头，汗液和头皮屑混合，易使一些病原微生物及螨虫、尘埃等黏附在枕面上，散发臭味，甚至诱发支气管哮喘或导致皮肤感染。

睡袋的款式

抱被式睡袋：这种睡袋是非常顺手的小抱被，在领口的设计上会多出一块带拉链的长方形棉垫，将它拉起的时候就成了挡风的小帽子，展开后可做柔软的小枕头。睡袋的领口处经常会往里收一些，这样宝宝的颈部就不会进风受凉了。

背心式、带袖睡袋：宝宝睡觉的时候可将手臂露在睡袋外面，既适合宝宝的睡姿，又能调节他的体温，而且也不必担心他前心后背受凉。如果父母担心宝宝手臂受凉，也可选择带袖的睡袋。有些带袖的睡袋袖子是可以拆卸下来的，可以当背心式的睡袋用。这两款睡袋的拉链多采用从下往上拉的设计，有的是双向式拉头，非常方便父母给宝宝换尿布。宝宝晚上要小便，也不用脱掉睡袋。

长方形睡袋：比较宽大，侧面拉链，展开后可以当小被子用，内胆可以拆卸，有的也带帽子。这款睡袋比较适合那些睡觉老实的宝宝，且用的时间会比上两款长久些。父母如果选择此款睡袋，最好选择带护肩的，以免宝宝肩部着凉。

睡袋的薄厚

选择睡袋的时候，父母一定要考虑自己所在地的气候，再考虑自己的宝宝属于什么体质，再决定所买睡袋的薄厚。

睡袋的花色

考虑到现在布料印染中的不安全因素，建议父母尽量选择白色或浅的单色内衬的睡袋。

睡袋的数量

多数宝宝晚上都是穿着纸尿裤入睡的，宝宝尿床的机会很少，所以有两条交换使用的睡袋就可以了。建议父母可以选择抱被式和背心式睡袋搭配使用。

睡袋的做工

选择睡袋时最好还要亲手摸摸，感受一下睡袋的质地、薄厚、柔软度。特别要注意一些细小部位的设计，比如拉链的两头是否有保护，要确保不会划伤宝宝的肌肤；睡袋上的扣子及装饰物是否牢固，睡袋内层是否有线头，等等。

第三章

拉臭臭中的大学问

0～3个月：宝宝便便的异常信号

这个阶段的宝宝最容易出现排便异常的情况，爸爸妈妈要引起足够的重视。

大便溏稀莫惊慌

宝宝正常的大便应该呈软膏形状，颜色多为黄色或金黄色，但有些宝宝的大便可能会夹杂着奶瓣或发绿、发稀，这不要紧，妈妈不要认为是宝宝消化不良或患肠炎了。只要宝宝吃得很好，腹部不胀，大便中没有过多的水分或便水分离的现象，就不是异常的。

如果宝宝大便稀少而绿，每次吃奶间隔时间缩短，好像总吃不饱似的，可能是母乳不足了。但此时先不要轻易添加奶粉，应在每天的同一时间给宝宝测体重，记录每天体重增加值，如果宝宝每日体重增加少于20克，或5天体重增加少于100克，可以试着每天给宝宝添加一次奶粉。连续添加奶粉5天后，如果宝宝的体重增加了100克以上，并且大便也恢复正常，就证明确实是母乳不足导致的宝宝大便溏稀发绿，并非是宝宝身体有什么疾病。

查找小便减少的原因

宝宝在新生儿期，小便次数非常多，几乎十几分钟就要尿一次，爸爸妈妈一天要更换几十次尿布。随着宝宝月龄的增加，进入第二个月的宝宝排尿次数明显比刚出生时减少了。爸爸妈妈就很担心，宝宝是不是缺水了？其实宝宝排尿次数减少不一定都是因为缺水。要想判断宝宝是不是缺水，一是要看季节；二是要看宝宝的体征。如果是在夏季，天气热，宝宝可能会缺水。表现的症状是：宝宝不但尿的次数减少，而且每次尿量也不多，嘴唇还可能发干，这就证明缺水了，应该赶紧补水。

警惕宝宝尿路感染

如果宝宝的尿液呈淡红色并且非常混浊，很有可能是尿路感染所致，这在女宝宝中较为多见。妈妈如果留心观察，会发现此时宝宝排尿的次数比平时多，也有的宝宝有体温升高的现象。在给宝宝换尿片时，细心的妈妈还会发现宝宝的尿有异味。这些都是尿路感染的症状。如果爸爸妈妈认为宝宝可能为尿路感染，应设法让宝宝喝足够的温开水，多排尿，同时应尽快去看医生。

宝宝大便次数有差异

母乳喂养的宝宝大便次数仍然比较多，但每个宝宝不尽相同，有的可以排6～7次，有的只有1～2次，个体差异非常明显。如果是母乳喂养，大便多呈黏稠的金黄色，可以带奶瓣，也可能呈绿色，但并不能说明是异常的。牛乳喂养的宝宝，大便多呈黄白色，也有的呈黄色。

4～6个月：让宝宝舒适的排便

宝宝长大了一些，妈妈在宝宝排泄护理的问题上遇到的问题也越来越多：宝宝不爱把便怎么办？晚上要不要给宝宝更换尿布？宝宝尿液发黄是怎么回事？宝宝大便干燥如何处理？针对这些问题，下面我们将一一解答。

不要长时间把宝宝大便

这个阶段的宝宝训练大便还太早。对于小便尿量大、次数少、喜欢让妈妈把便的宝宝，妈妈也可以把一把。但如果宝宝不喜欢，一把就打挺，或越把越不尿，放下就尿，这样的宝宝不喜欢妈妈干预他排尿，妈妈就不要非把不可，否则会伤害宝宝的自尊心，到了该训练的月龄也训练不了了。

不要把精力用在训练宝宝排便上

4～6个月的宝定还不会控制自己的大便，把便成功只是妈妈的经验，并不受宝宝的控制。把便不会每次都如愿以偿，有的时候宝宝就是打挺，不让你把，可刚一放下，他就拉了。虽然你很恼火，但这是再正常不过的事情。不要把精力用在训练宝宝拉大便上，同样也不用训练宝宝排小便。能够把到便盆中，就把一把，一时不能，也很正常。邻居能成功把宝宝大小便了，你也不必着急，那也不是宝宝自己控制了大小便，无非是妈妈投入了精力。如果把更多的精力和时间用到和宝宝玩，带宝宝到户外活动上，比把大小便不知要重要多少倍。

宝宝便秘怎么办

自从适应了添加辅食以后，有的宝宝会从每天5～6次大便，改为每天1～2次大便。也有的宝宝，隔一两天大便一次，这会让父母着急。如果没有什么其他特殊问题，隔一两天大便一次就不能视为异常。如果宝宝大便很干燥，就可能会把肛门撑破，肛门的疼痛会让宝宝不敢大便，这样的恶性循环容易导致宝宝便秘。一旦宝宝出现大便干燥，妈妈要及时带宝宝看医生，不要自行使用开塞露或给宝宝服用泻药。

对于这样的宝宝，需要添加更多的蔬菜，如菜汁、菜泥等。绿叶蔬菜中的芹菜和菠菜，含有较多的纤维素，对缓解便秘比较有效。水果中的葡萄、西瓜、香蕉等，对缓解便秘也有一定的效果。而橘子和苹果则不能缓解便秘。

为了防止宝宝发生便秘，爸爸妈妈应注意多给宝宝喂些水，特别是在天气炎热的情况下，更要不时地给宝宝补充水分。人工喂养的宝宝，也可在牛奶中加些白糖，因为白糖可软化大便，帮助宝宝排便。

用清凉油在宝宝肚脐周围薄薄地抹一层，再在肚脐相对应的后背也抹一层，稍加按摩，这样过1～2小时，宝宝就会开始放屁了，慢慢就会便便啦。

宝宝的尿液为什么发黄

如果宝宝在治疗某些疾病，如：服用B族维生素、黄连素等药物，可使宝宝的尿液颜色呈橘红色。饮食中的胡萝卜素，会使宝宝的尿色呈棕黄色。这些都是正常现象，爸爸妈妈不用担心。一般宝宝的尿色变黄，往往与饮水量及出汗情况有关，妈妈不必过于紧张，及时给宝宝补充充足的水分就能得到缓解。但如果宝宝的尿液呈深黄色，并伴有发热、乏力、食欲明显减退、呕吐等表现，爸爸妈妈最好带他到医院查一下肝功能，看看是否有异常。

7～12个月：排便异常不必惊慌

在这个阶段，宝宝由于吃的辅食品种多了，所以大便会有所变化，爸爸妈妈不要太紧张。

小便次数随季节有变化

宝宝夏季小便次数可能会少一些。冬季可能会多一些。冬季尿到容器里的尿会发白，底部会有白色沉淀物，这是尿酸盐遇冷结晶，不是疾病。要给宝宝补充水，从而降低尿中尿酸盐的浓度。

大便有时稀软属正常

当宝宝出现大便稀软的情况时，可能是这几天比平时多给宝宝喂了粥、面条或者面包之类的食物。如果属于这种情况，就可能出现大便的量和次数比平时多，而且大便的形状稀软。但只要宝宝不发热，情绪很好，与平时没什么变化，而且食欲也很正常，那就不用担心，宝宝适应了添加的辅食后，大便就转为正常了。

大便异常及时化验

宝宝这个阶段一般不会出现生理性腹泻，只要大便成稀水样，次数多，就是异常大便，应该及时化验、治疗。但是，妈妈不要给宝宝乱用药物，尤其是抗生素，一定要在诊断以后，确诊有细菌感染性肠炎时才能遵医嘱使用。

大便异常不要乱用药

如果发现宝宝大便异常，你可把“不正常”的大便，带到医院进行化验。不要轻易带宝宝到医院，以减少交叉感染。药店推荐的药物，也不要轻易购买。治疗肠道疾病的药物，可能会引起肠道内环境紊乱。这个月的宝宝比较容易出现问题，同时这个时期也是父母容易乱用药的时候，因此，一定要避免。

养成定时排便的习惯

排尿习惯是一种条件反射。父母先要细心观察宝宝的排尿时间，按照一定规律在睡前把尿。把尿时嘴里可发出“嘘嘘”的声音，这是一种信号，即条件刺激。这样多次重复之后，妈妈一发出这个声音，宝宝就知道要尿尿了。

训练排便同训练排尿一样，先要摸清宝宝大便的规律，大便前宝宝可能会“吭吭”、脸红、凝神等，如发现这种现象就立即“把”他。方法同把尿一样，妈妈可发出“嗯嗯”的声音，最好每天能固定一个时间来做，这样可以逐渐形成条件反射，使宝宝养成到时就大便的好习惯。

学会给宝宝换尿布

在宝宝最初的成长过程中，每天最主要的照料内容除了哺乳就是料理宝宝的大小便，这常常会使新父母手忙脚乱。

□正确放置尿布

宝宝的尿布有长方形和三角形两种，在给宝宝换尿布时，妈妈应先用长方形尿布兜住宝宝肛门及外生殖器，男婴尿流方向向上，腹部宜厚一些，但不要包过脐，防止尿液浸渍脐部；女婴尿流方向向下，尿布可在腰部叠厚一些。然后再用三角形尿布包在外边，从臀部两侧兜过来系牢，但不宜系得过紧，以免影响腹部的呼吸运动。另一个角最后向上扣住即可。

□换尿布的时间

妈妈应该在哺乳前或宝宝醒后更换尿布。哺乳后或睡眠时，即使宝宝尿了，也不要更换尿布，以免造成宝宝溢乳，影响宝宝建立正常的睡眠周期。妈妈可以在尿布上再放置一小块尿布，宝宝排大便后就把小尿布扔掉。仅有尿渍的尿布，清洗后在阳光下暴晒，方可再用。

□换尿布的步骤

妈妈首先应轻轻抓住宝宝的脚踝，把宝宝两腿轻轻抬起，使他的臀部离开尿布，然后把尿布撤下来，快速地垫好干净尿布，立即扎好。注意把尿布放在屁股中间。如果宝宝排大便了，应当用护肤柔软湿巾擦拭后再换尿布。

□尿布的清洗

每次换下来的尿布应存放在固定的盆或桶中，不要随地乱扔。只有尿液的尿布可以先用清水漂洗干净后，再用开水烫一下。如果尿布上有粪便，先用专用刷子将它去除，然后放进清水中，用中性肥皂或宝宝洗衣液进行清洗，再用清水多冲洗几遍。为了保持尿布的清洁柔软，所有尿布洗净后，都应用开水浸烫消毒。

晾干尿布时，最好能在日光照射下好好地晒一晒，达到除菌的目的。天气不好时，可在室内晾干用熨斗烫烫，既能达到消毒的目的，又可以去掉湿气，宝宝使用后会感到舒服。

洗干净的尿布要叠放整齐，按种类放在一起，随时备用。也要注意防尘和防潮。

第四章
我家宝宝爱干净

让宝宝习惯洗澡

新生儿的新陈代谢旺盛，皮肤娇嫩，抵抗力弱，加上各种刺激，如大小便、汗液、呕吐物等，极易造成感染。勤洗澡既可以清洁皮肤，消除身上的有害细菌，又可以增加食欲，促进生长。因此，爸爸妈妈要让宝宝一出生就习惯沐浴。

掌握洗澡的次数

炎热的夏天，由于环境温度较高，妈妈可给新生儿每天洗1～2次澡，洗澡后应在宝宝颈部、腋下、腹股沟等皮肤褶皱处搽一些痱子粉，但不可过多，以防出汗后结成块而刺激皮肤。宝宝身体的褶皱处应每天检查，以防红肿、溃烂。

浴前的准备

妈妈在给宝宝洗澡之前要做一些必要的准备工作。先把需要换洗的衣服、尿布和洗澡时要用的浴巾、毛巾、宝宝浴皂等放在身边；选择一个大小适中的浴盆；把洗澡水的温度调整到40～45℃，然后用手背或手肘试一下水温，以不觉得烫为宜。这一切准备好后，就可以给宝宝脱衣服洗澡了。

宝宝洗澡的场所

在宝宝没有长大到能够去成人的浴室以前，妈妈不必在浴室里给宝宝洗澡。可以利用宝宝的房间、厨房或者任何暖和、舒适、宽畅的地方来放置洗澡所需用品。宝宝的浴盆可以在浴室里注满水，然后搬到给宝宝洗澡的房中去。

可以把宝宝放在一个特殊设计的，带小坑纹的、有防滑表面的塑料浴盆里洗澡。最为舒服的位置是把浴盆放在桌子或者放在适当高度的物体上，这样你就不用弯下腰给宝宝洗澡了。

宝宝洗澡的步骤

妈妈给宝宝洗澡时，可以参考以下步骤：

第一步：先把宝宝的上身衣服脱光，清洗他的脸和脖子。然后用毛巾把宝宝裹好，再托着宝宝的头悬在澡盆上面，轻轻地用水清洗宝宝的头发，随后用毛巾把头发擦干。

第二步：脱下宝宝的裤子，一只手牢牢托住宝宝的头和肩膀，另一只手托着屁股和腿，把宝宝放在水里。然后在水里用一只胳膊托着宝宝，腾出另一只手轻轻地清洗宝宝的身体，并鼓励宝宝踢水、拍水玩。

第三步：把宝宝从水里抱出来的时

候，一只手托着头和肩膀，抽出另一只手托着宝宝的屁股，然后放在事先准备好的干毛巾上，并立即把他裹住以免受凉。

第四步：把宝宝浑身擦干，特别要注意脖子、屁股、大腿和腋下的褶皱处，然后给宝宝穿好衣服就可以了。

满月宝宝：最好每天都洗澡

虽然宝宝已经满月了，但身体依然很娇嫩，爸爸妈妈在给宝宝做清洁时，一定要注意安全。

经常洗脸和洗手

妈妈在给宝宝洗脸、洗手时，一般顺序是先洗脸，再洗手。

妈妈可用左臂把宝宝抱在怀里，或直接让宝宝平卧在床上，右手用洗脸毛巾蘸水轻轻擦洗，也可以两人协助，一个人抱住宝宝，另一个人给宝宝洗。

洗脸时注意不要把水弄到宝宝的耳朵里，洗完后要用洗脸毛巾轻轻蘸去宝宝脸上的水，不能用力擦。由于宝宝喜欢握紧拳头，因此洗手时妈妈要先把宝宝的手轻轻扳开，手心手背都要洗到，洗干净后再用毛巾擦干。

给宝宝洗头需注意

妈妈给宝宝洗头时，可用左手托住宝宝的头部，同时要用左手拇指及中指捂住宝宝的耳朵，以免洗头水流进去。然后右手用小毛巾蘸水轻轻擦洗。

给宝宝洗头时一般不用肥皂，洗完后用专用毛巾轻轻擦干头上的水就可以了。如果不慎将水流进宝宝的耳朵，可用干净的棉签蘸干耳朵里的水。

最好每天都洗澡

如果条件允许，妈妈最好每天都给宝宝洗澡，夏季可以每天洗2～3次。上午正式洗一次，下午或晚上睡觉前再简单冲一下。每次洗澡的时间不要太长，一般控制在5～10分钟为宜。

过了满月的宝宝比新生儿期硬朗了许多，可以不必像新生儿那样一部分一部分地洗，妈妈完全可以把宝宝放到浴盆中，只要注意洗澡水不要超过宝宝的腹部就可以了。洗澡水的温度要保持在37℃左右，在洗澡前妈妈可以用手背试一下，以感到热但不烫为佳。洗澡时不要使用香皂，如果使用宝宝浴液，每周只能使用一次，而且一定要用清水把浴液冲洗干净，还要注意不要把浴液弄到宝宝的眼睛里去。

每周剪一次指甲

宝宝的指甲长得特别快，应每周剪指甲1次。宝宝的指甲（趾甲）细小薄嫩，应使用钝头的、前部呈弧形的小剪刀或指甲剪。选择修剪指甲的时间最好在宝宝不乱动的时候，如喂奶过程中或是等宝宝熟睡时。

给宝宝剪指甲（趾甲）时一定要小心谨慎，妈妈要抓住宝宝的小手，避免因乱动而被剪刀弄伤。也不要使剪刀紧贴到指甲尖处，不可剪得太深，以防剪到指甲下的嫩肉。剪好后，妈妈应检查一下宝宝指甲边缘处有无方角或尖刺，若有，应修剪成圆弧形。

3～6个月宝宝：注意洗澡的安全

随着宝宝逐渐长大，在洗澡时也越来越淘气了，爸爸妈妈要注意安全问题。

逐步尝试在洗浴间洗澡

这个月的宝宝会竖头了，脊椎硬朗多了，洗澡不再困难。妈妈给此时的宝宝洗澡，最好到洗浴间去，不要在宝宝床边洗了。在宝宝床边用个小浴盆，操作起来比较费劲，也不容易保证环境温度。

给宝宝洗澡最好是爸爸妈妈共同完成，不但能减少洗澡的危险，还可以增加洗澡的乐趣，成为父母与宝宝进行的亲子活动，而不是一项任务，一种负担。

在洗浴间洗澡的注意事项：

洗澡时间不要太长，即使宝宝很高兴，也不要超过15分钟。没有必要每天都使用洗发液和宝宝皂，一周使用一次就可以了。

水深以坐时到宝宝耻骨水平（刚好没过生殖器），躺时（一定不能把头放下，头要枕在妈妈的上臂上）刚好露着肚脐为准。

给宝宝洗完后马上用浴巾包裹好，带上小布帽，抱出浴室，和宝宝玩一会儿，待到皮肤干后再给宝宝穿衣服，吃奶。

勤洗宝宝的小屁屁

妈妈每次为宝宝换纸尿裤或者尿布后，都要用宝宝湿巾擦拭宝宝的小屁屁，尤其是女宝宝，要从前向后擦，防止细菌进入尿道，引发感染。如果宝宝拉臭臭了，最好用清水清洗，并且及时涂护臀膏，防止发生尿布疹。

纠正宝宝洗澡时的淘气行为

这个阶段的宝宝在洗澡时不再任由爸爸妈妈摆弄，开始淘气了，会有自己的兴趣和要求。比如他正用小手拨水玩时你给他洗脸，他就会有反抗的行为。这时妈妈要和宝宝说："咱们先洗脸，洗完脸再玩。"可能宝宝听不懂，但每次都要这样说。

因为宝宝的语言就是在爸爸妈妈不断的说话中学会的。这要比正正规规教宝宝省事、有效得多，妈妈要随时在琐碎的日常生活中教宝宝学习。这样不但让宝宝学会了语言，学会了如何听懂妈妈的话，也知道应该怎么做，如洗完脸后再玩。等宝宝形成习惯后，长大了就知道，应该先把老师留的作业写完，再出去玩耍。

宝宝洗澡时的安全措施

为了避免在给宝宝洗澡时出现意外，妈妈最好采取以下预防措施：

把所有要用的东西都放在浴盆边的地上，并把防滑垫放在浴盆里。洗澡时，妈妈要坐个小凳子扶着宝宝，以免时间长了支持不住。洗澡前妈妈应先把护脸罩给宝宝带上，因为这个时候的宝宝还太小，哪怕是最柔和的洗发精也会对宝宝的眼睛产生刺激，再加上此时的宝宝还不懂得自我防护，当水流或洗发精从头上流下来的时候，也不会自动闭上眼或低下头。

洗完之后就在原地给宝宝换衣服，千万不要把湿漉漉、滑溜溜的宝宝抱到椅子或其他光滑的物体上，以免摔着宝宝。此外，还应注意的是，在整个洗澡过程中，都不要让宝宝一个人待在浴盆里，即便他已经会坐了也不行。

7～12个月宝宝：让宝宝爱上洗澡

宝宝越大越害怕洗澡了，爸爸妈妈要克服宝宝的这个问题，同时还要让宝宝自己学会刷牙。

把洗澡变成宝宝喜欢的事

宝宝洗澡的主要目的是为了清洁、卫生，但妈妈如果方法得当，也可以把洗澡变成一件让宝宝高兴的事。

妈妈在洗澡时可以给宝宝一些玩具，比如可以浮在水面上的皮球或塑料小鸭子；也可以选择一些可以贴在浴缸的侧面或瓷砖墙上的防水图片或带吸盘的卡通玩具；还可以让宝宝拿塑料小杯或匙舀水玩。

克服宝宝害怕洗澡的现象

宝宝在1岁左右的这个阶段非常害怕洗澡，妈妈要有针对性地进行解决。如果宝宝害怕进浴盆，妈妈也不要强迫宝宝，可以让宝宝先在一个浅盆里试一试，如果宝宝还是害怕，不妨在浴盆里放一个宝宝喜欢的玩具，直至宝宝不再害怕在浴盆中洗澡为止。往浴盆里放水时，可以先放2.5厘米高的水，等宝宝适应之后再适当加入水量。为了避免肥皂进入宝宝的眼睛，妈妈可以用一块不滴水的湿浴巾擦洗几次，或是干脆给宝宝准备一个护眼罩。

让宝宝逐渐习惯洗头

即便宝宝已经喜欢上了洗澡，但他可能不喜欢洗头的时候把水倒在他的头上或脸上的感觉。为了慢慢让宝宝习惯，在洗头的时候，妈妈应不时地往宝宝头上洒点水，和他逗着玩，等到宝宝慢慢习惯了流水的刺激，渐渐地就会适应。随着洗头次数的增加，宝宝就会喜欢水流在脸上的那种痒痒的感觉，即便脸上带着水珠甚至眼睛进了水也不在乎。

给宝宝洗脚有讲究

人的脚由26块大小不同、形状各异的骨头组成，彼此间借助韧带和关节相连，共同构成一个向上凸的弓形——足弓，主要为了缓冲行走和跑跳时对机体的震荡，保护足底的血管和神经免受压迫。

足弓是从儿童时期开始形成的，因此要从小注意保护。如果妈妈常用热水给宝宝洗脚或烫脚，宝宝足底的韧带就会变得松弛，不利于足弓的形成和维持，容易形成扁平足。所以爸爸妈妈最好用温水给宝宝洗脚。

给宝宝用宝宝专用洗发液

宝宝的头皮很薄、很嫩，很容易吸收渗入性物质。成人用的洗发液中化学物质较多，如果渗入宝宝头皮，会影响脑细胞的发育与头发的生长。普通洗发水、肥皂等清洁用品，如没有特别标明，妈妈就一定不能给宝宝使用。给宝宝用的洗发液应选用纯正、温和、无刺激的宝宝专用洗发液。并且，洗头发时要轻轻用手指肚按摩宝宝的头皮，切不可用力揉搓头发。

第五章

宝宝穿衣有讲究

满月宝宝：四季穿衣要求

给新生儿穿衣服可不是件容易的事，宝宝全身软软的，又不会配合穿衣服的动作，往往弄得父母手忙脚乱。

包襁褓的技巧

宝宝在妈妈安全、温暖的子宫里待了10个月，经历了生产时的极大震荡后，小手小脚可自由地活动。然而，新生儿还不能完全控制自己的手脚，一些突发的痉挛动作会使他惊跳和从睡梦中醒来。如果将新生儿用披巾或毯子包裹起来，可以让他安静下来，并有安全感。新生儿襁褓的包裹方法为：

1.将新生儿放在一条薄薄的毯子或围巾折成三角形的中心，让脖子对准顶端。

2.将毯子一边搭上宝宝的肩膀，对角覆过他的身体。

3.将余端穿在另一只手臂下，并塞在小屁股下。

4.拿起毯子的另一边，包上新生儿肩膀。

5.在宝宝身躯底下平展毯子，使他可以更安全地被包住。

6.将毯子底下的尾端包住新生儿的脚。用这种办法可使宝宝很快入睡。

穿衣服的步骤

妈妈在给宝宝穿衣服时，动作一定要轻柔自然，千万不要像成人那样，向后强扭，以免伤害宝宝的关节。给宝宝穿衣的顺序如下：

套头衫的穿法：先将衣领和衣角尽量收在一起捏住，把宝宝的头稍微抬起，轻轻地套进去，尽量不要碰到他的脸，使他产生不快；接着开始穿袖子，把你的一只手的手指放入袖子里，把袖子撑开，然后用另一只手把宝宝的拳头带到你袖中的那只手上。用你原来在袖口中的那只手抓住宝宝的手，用另一只手在他的手臂上松开袖子。把衣服往下拉，至手臂以下。用同样的方法穿上另一只袖子。注意是拉衣服，而不是拉宝宝的胳膊。最后把宝宝上半身轻轻抬起，把衣角拉下来。

前开衫的穿法：先把衣服所有的开口解开，平铺在床上，让宝宝平躺在衣服上；接着开始穿袖子，方法同上面的套头衫；袖子穿好后，扣上所有开口，把宝宝身体轻轻抬起，拉平衣服。

裤子的穿法：先检查一下宝宝的尿片是否需要换；接着用你的一只手从裤脚管中伸入，轻轻拉住宝宝的小脚，另一只手把裤子往上拉；穿好两只裤腿后，把宝宝的双腿轻轻提起一点，把裤子提上去，整理好。

宝宝服装的选择要求

由于第2个月宝宝的皮肤还很娇嫩，宝宝服一定要满足宽松、柔软、式样简单和易穿易洗等条件。

首先要选择纯棉、质地柔软的，脚踝和手腕部位都不能过紧，这样宝宝才会感到舒适。这个月的宝宝脖子短，衣领最好是和尚服式的，也不能太紧，要充分露出宝宝的脖子，这样不但有利于宝宝的呼吸通畅，而且还可以预防宝宝颈部发生湿疹或皮肤感染。这个月的宝宝应该穿开裆裤，而且裤子的开裆要大，前面要开到宝宝的阴部上方，后面要把整个小屁股露出来，两条裤腿的开口要开到宝宝膝盖上约2厘米处，如果裤裆开口太小，宝宝不仅容易尿湿裤子，而且还会影响妈妈给宝宝换尿布。

宝宝春秋季的穿衣要求

在春秋季，宝宝可以穿一些轻便的衣物，如薄绒衣裤、棉毛衫裤、棉布夹衣裤、棉布缝制的和尚领长袖开襟上衣和开裆裤。也可以穿毛衣、毛裤，但毛衣、毛裤里面一定要穿棉织内衣裤，并要把内衣领翻到毛衣领口处，以免毛衣、毛裤直接摩擦宝宝的皮肤，导致宝宝皮肤过敏。

宝宝夏季的穿衣要求

夏天应该穿什么样的衣服，才能让宝宝在炎热的夏天过得清爽又舒适呢?

不要“舍不得”给穿太少：很多妈妈总觉得宝贝小，抵抗力弱，“舍不得”给穿得太少，生恐会伤风。其实，在炎热的时候，父母穿多少，宝宝就应该穿多少。只要宝宝的小手和小脚摸上去不凉，就表明穿着薄厚比较适度。

给宝贝带个小肚兜：宝宝的小肚皮比较薄，很易因着凉而引发拉肚子。妈妈最好在宝宝的胸腹上带个小肚兜，尤其是在初夏夜晚睡觉时，这时的天气温差比较大。

不要让小脚心着凉：天热固然要给宝宝穿得少一些，但一定要注意小脚心的保暖。宝宝的小脚心与父母不一样，对温度十分敏感。一旦着了凉，就会神经反射性地引起呼吸道痉挛，诱发伤风感冒，甚至支气管炎。

衣物要勤洗勤换：宝宝非常好动，在炎热的天气里经常是汗淋淋的。如果不及时换洗衣着，就很容易生热痱。因此，宝宝衣物、被单和枕巾一定要勤洗勤换，只要一被汗液污染就应赶快更换。

给宝宝穿薄棉袜：夏天气温高，宝宝会经常出汗，色泽浅淡且能吸汗的薄棉袜是他们最适宜的选择。千万不可选用看着很薄、很透气的尼龙丝袜，这种袜子既捂脚又不吸汗。同时，袜子的色泽不要太深，宝宝出汗可能会使色块脱色，其中的化学物质会刺激脚部的皮肤。

不穿露脚趾的小凉鞋：宝宝的身体尚在生长发育之中，平衡功能还不完善，全身动作不够灵活、协调。但他们非常好动，一刻都不愿安宁，可在玩耍时却不管不顾。这样，就很容易被地面上的障碍物绊倒，造成脚趾或脚后跟的损伤。有的宝宝走路时喜欢抬起小脚丫踢石子，如果穿露脚趾的小凉鞋就很容易撞破脚趾，甚至把脚趾甲掀起。有的宝宝手里经常拿不住东西，掉下来后会砸在脚趾上，引起脚趾甲脱落、趾骨骨折等不良结局。因此，为了让宝宝的小脚丫凉快，可选择虽不露跟但却有镂空网眼的透气鞋。别忘了给宝宝再穿上一双薄薄的小棉袜，以免有害物质直接与宝宝的皮肤接触，使脚部皮肤变得干燥粗糙。

宝宝冬季的穿衣要求

宝宝对冬季服装的总体要求是保暖和轻软。冬季服装的衣料应选择温暖轻便的绒布或棉布类等。毛织品虽然暖和，但容易摩擦宝宝娇嫩的皮肤，最好不要贴身穿。棉袄可制成和尚领，不用纽扣，腋下用带子固定，这种式样可根据小儿的胸围及里面的衣服多少而随意放松。棉裤的式样最好是背带连脚的开裆裤。为便于宝宝活动，棉袄和棉裤不宜缝制得太大、太厚。宝宝穿棉袄、棉裤时，里面要套内衣、内裤，棉袄外面可罩一件单布罩衣，以利于每天换洗。冬季服装的样式要简单、宽松。为便于宝宝自由活动，衣服的袖子和裤腿都不要过长，应以露出宝宝的手脚为宜。

4～6个月：宝宝的衣服要适当调整

这个阶段的宝宝由于成长发育迅速，可以说一个月一个样，每月的服装要求都不相同，爸爸妈妈要谨慎选择。

宝宝春秋季的穿衣要求

第4个月的宝宝生长发育比较迅速，活动量也比以前大了许多，所以宝宝衣服的设计原则是简单、大方、易穿、易脱、舒适、宽松。同时，还要注意服装的面料和款式。

服装的面料：由于此时的宝宝皮肤非常细腻，一不小心就会受到损伤，所以宝宝的内衣应选择质地柔软、通透性能好、吸湿性强的棉织布料。如果用化纤布料做宝宝的内衣，布料中的化学成分就会刺激宝宝的皮肤，甚至引发皮炎、瘙痒等过敏症状。宝宝的外衣可适当地选化纤布料，因为化纤布料易洗、易干，鲜艳的颜色可以刺激宝宝视神经的发育。

服装款式：在宝宝服装款式的设计上，要在保证舒适的基础上消除一切不安全的隐患。不宜有大纽扣、拉链、扣环、别针之类的东西，以防损伤宝宝皮肤或被宝宝吞到胃中。如果用布带代替纽扣，布带也不能太长，以免勒伤宝宝。

5个月宝宝服装的选择要求

当宝宝长到第5个月时，长高了，也胖了，运动量明显增多，同时已经学会了打挺翻身，平常小手也喜欢拽点什么。这时，系带子的宝宝装常让宝宝拽得七扭八歪，所以妈妈该给宝宝换服装了。但这时宝宝的小脖子依然很短，穿衣时也不会配合，穿套头衫还早，所以适合穿连体肥大的“爬行服”或开襟的暗扣衫，以方便宝宝活动。衣服的面料最好是纯棉平纹或纯棉针织的。棉织物透气性能好，柔软、吸汗、价廉。丝、毛、麻虽然也是天然织物，但由于丝与毛织物都含有蛋白质成分，对一些过敏体质如患宝宝湿疹的宝宝是不适宜的。

6个月宝宝服装的选择要求

由于这个月龄的宝宝生长发育比较迅

速，不仅活动量比以前有了明显增大，而且活动范围和幅度都比以前大大增强，所以妈妈在为宝宝准备衣服时，一定要以宽松为主，款式设计要宽松些，如果整体设计太紧，将会影响宝宝正常发育，如果领口或袖口过紧，也会妨碍宝宝的活动和呼吸。同时，衣服的袖子或裤腿也不能过长，否则也会妨碍宝宝的手脚活动。

7～12个月宝宝：爬行与学步期的穿着

这个阶段的宝宝正是学习爬行与走路的时期，衣服很容易弄脏。所以，对宝宝的服装就有了一定的要求，而且四季也有所不同。

1岁宝宝服装的选择要求

对春秋季节服装的基本要求。外衣衣料要选择结实耐磨、吸湿性强、透气性好，而且容易洗涤的织物，如棉、涤棉混纺等。

对冬季服装的基本要求。宝宝冬季的服装应以保暖、轻快为主。外衣布料以棉、涤棉混纺等为好，纯涤纶、腈纶等布料也可使用。服装的款式要松紧有度，太紧或过于臃肿都会影响宝宝活动。

对夏季服装的基本要求。宝宝夏季的服装应以遮阳透气、穿着舒适，不影响宝宝的生理功能为原则。最好选择浅色调的纯棉制品，这种面料不仅吸湿性好，而且对阳光还有反射作用。

选择裤子要利于运动

妈妈给宝宝选择裤子时，尽量选择宽松的背带裤或连衣裤，那种束胸的松紧带裤最好不要给宝宝穿。

背带裤的款式应简单、活泼，臀部裤片裁剪要简单、宽松，背带不可太细，以3～4厘米为宜。裤腰不宜过长，而且裤腰上的松紧带要与腰围相适合，不能过紧。如果出现束胸、束腹现象时，将会影响宝宝的肺活量及胸廓和肺脏的生长发育。

选购外衣的基本要求

这个阶段的宝宝生活还不能自理，经常会在衣服上留下各种汤水的痕迹，衣服要经常频繁地清洗。同时，宝宝活动能力逐月增强，衣服的磨损也比较厉害。所以，在面料的材质方面，妈妈要选择那些柔软而有弹性，相对结实耐磨但又不能太厚，可手洗也可机洗，而且洗后不掉色的面料。

至于衣服的款式要求就更简单了，最主要的就是穿脱起来方便。因此，应当选择那些易于穿脱的衣服，使穿脱的过程尽可能地快捷。那些温暖舒适，有松紧带或领口宽的衣服较为理想。

每周检查一次鞋的合脚情况

爸爸妈妈应每周检查一次宝宝鞋的合脚情况，只要宝宝大脚趾尖与鞋尖之间有适当的空隙就可以。

并要留意宝宝走路的变化，如果鞋子不合适的话，宝宝走路会有些异常。宝宝的协调性、平衡性或行走模式出现变化的话，这些可能都提示父母宝宝的鞋出现了问题。父母要及时检查宝宝脚上是否有水泡、鞋子是否可能需要调整更换。当宝宝的大脚趾碰到鞋尖时，就是该买新鞋的时候了。

第六章 给宝宝最舒适安全的成长环境

营造舒适的室内环境

室内环境的好坏对宝宝的身心健康和性格发展具有重要意义，所以爸爸妈妈要尽可能为宝宝创造一个舒适而丰富多彩的室内环境。

舒适的室内环境

首先，居室要经常开门开窗通风换气，保持空气流通，保持适宜的温度和湿度。其次，室内应保持安静，家人或来客不要大声喧哗，家人在做家务或其他工作时应避免产生噪声。如果经常处于嘈杂的环境中，不但会严重影响宝宝的食欲和睡眠，而且还会使宝宝的情绪变坏。

宝宝的房间要多点色彩

妈妈或爸爸在为宝宝布置居室的时候，应该在墙上贴一些色彩鲜艳、图案简洁的图片，在床头悬挂一些色彩鲜艳的玩具等，这些精心布置的室内环境，将会给宝宝以美的享受，陶冶宝宝的情操，使宝宝的身心茁壮成长。

给宝宝一个良好的活动空间

等到宝宝已经会坐会爬的时候，除了让他在卧室里活动之外，最好还要有一个活动室。妈妈应安排一个较大的空间让宝宝自如地活动，使宝宝爬行不受阻碍。如果居住条件有限，也可考虑充分利用客厅作为宝宝的活动室，但要对客厅进行适当改造。活动室内可以悬挂或张贴几幅颜色鲜艳的图片，让宝宝的活动更有兴趣，并可刺激宝宝视神经的发育。

让宝宝呼吸新鲜的空气

爸爸妈妈要经常开窗通风，保持室内空气新鲜，通风时注意风不要直接吹着宝宝，外面风太大时应暂不开窗。为了保持居室空气湿润，爸爸妈妈应用湿布擦桌面，用拖把拖地，不要干扫，以免尘土飞扬。此外，爸爸妈妈还要随时保持室内的下水道的通畅，要及时清理堆积的污水、污物。夏天还要防止蚊子、苍蝇等造成室内环境的污染。

防止宝宝被蚊虫叮咬

夏天是蚊虫活动的时节，宝宝幼嫩的皮肤成了攻击对象，爸爸妈妈应采取以下措施来防止蚊虫叮咬宝宝：

注意室内清洁卫生，定期打扫，不留卫生死角，不给蚊虫以藏身繁衍之地；开窗通风时不要忘记用纱窗作屏障，防止各种蚊虫飞入；在暖气罩、卫生间角落等房间死角定期喷洒杀蚊虫的药剂，最好在宝宝不在的时候喷洒，并注意通风。

宝宝睡觉时，为了让他享受酣畅的睡眠，夏季可以给他的小床配上一顶透气性较好的蚊帐。

消除家中的安全隐患

在宝宝能够爬行的时候，爸爸妈妈就要注意家中环境设施的安全问题了，各方面的细节都要想到，才能保证宝宝的安全。

重视环境和玩具的安全

妈妈一定要特别注意安全，千万不要把药品、洗涤用品等物品放在宝宝能抓到、摸到的地方，以防误食中毒；盛好的热粥、米糊、菜汤等也不要放在宝宝能摸到的地方，以免烫伤宝宝。宝宝经常抓握的玩具也要定期洗涤和消毒，尽量避免细菌或病毒感染而生病。

注意宝宝爬行时的安全

爬行是宝宝最喜爱的活动，宝宝会在家里的床上、地板上、沙发上甚至角角落落到处爬来爬去。爸爸妈妈可千万要注意宝宝爬行环境的安全和卫生。地板要打扫干净，铺上席子、毡子或棉垫之类的东西；家具的尖角，要用海绵或布包起来；药品也不要放在宝宝能抓到的地方；室内电线要绝对安全，电线、电源开关、插座、台灯等电器，要放在宝宝摸不到的地方。如果有不用的插口，应当用绝缘材料塞好、封上。窗户应有护栏，或者使床远离窗户，防止宝宝爬上窗台。热的汤、饭菜上桌后，不要让宝宝接近或爬上桌子。放在桌上的热水瓶、茶具、花盆等东西尽管宝宝够不着，但宝宝有可能抓住桌布把它们拉下来，所以需格外小心。另外，不要让宝宝用爬脏的小手直接拿东西吃。

给宝宝做日光浴

日光浴，按字义解释就是将阳光直接照射在宝宝裸露的身体上，通过阳光照射，促进血液循环，使宝宝的骨骼、肌肉发育得更强健。

选择适当的时间

宝宝的日光浴可以在气温高于20℃时进行，妈妈应该选择风和日丽的好天气，每天最好是在上午9～10点或者下午4～5点，抱着宝宝出去晒太阳。

具体方法

首先应该练习的是室外空气浴，从每次户外5分钟开始，渐渐地增加时间。给宝宝进行日光浴不是说一下子让他暴露在阳光下，而是循序渐进的过程，要慢慢地增加沐浴的部位和延长时间。

日光浴的注意事项

宝宝在空腹和刚进食后不宜进行日光浴。

不能让宝宝着凉。可以先在室内打开窗户做，然后逐步过渡到室外。

不可让阳光直射宝宝的头部。可戴遮阳帽来保护头和眼不被太阳光直射。

日光浴后要及时擦汗、洗澡、换内衣；同时要及时地补充水分，可喂凉白开水，也可喂稀释的果汁。

宝宝外出的防晒攻略

虽说阳光是宝宝成长的催化剂，但爸爸妈妈别忘了，烈日可能也会给宝宝的皮肤带来伤害。

选好时机出门

父母要尽量避免在10：00～16：00之间让宝宝外出活动。这时候的紫外线最为强烈，宝宝的皮肤尚未发育完全，非常薄，厚度约为成人皮肤的1/3，耐受能力差。另外，宝宝皮肤黑色素生成较少，色素层较薄，容易被紫外线灼伤。最好能赶在太阳刚出来或即将下山时带宝宝出门走走。

准备好防晒用品

外出时除涂抹防晒品外，爸爸妈妈还要给宝宝戴上宽边浅色遮阳帽，使用太阳镜或遮阳伞。这样的防晒方式，可以有效地减少日晒对宝宝皮肤的伤害，也不会加重宝宝皮肤的负担。

宝宝外出活动的服装要轻薄、吸汗、透气性好。棉、麻、纱布等质地的服装吸汗、透气性好、轻薄舒适，便于活动。另外，宝宝穿着长款服装可以更多的为皮肤遮挡阳光，有效防止皮肤被晒伤。

选择阴凉的活动场所

爸爸妈妈在室外应给宝宝选择有树荫或遮挡的阴凉处活动。每次1小时左右即可。这样并不妨碍宝宝身体对紫外线的吸收，同时还不会晒伤皮肤。

如果宝宝比较大，能听懂你说话，可以教他一些关于影子的知识。教宝宝利用影子的长度来判断太阳的强度，影子越短，阳光越强。当宝宝的影子长度小于自己的身高时，必须寻求遮蔽的场所，以免晒伤。

露天游泳别大意

夏天到了，爸爸妈妈带宝宝到户外游泳是件常事，游泳既锻炼身体，也让宝宝得到了清凉的感觉。可是，妈妈要特别小心，露天游泳时，在水和泳池的折射作用下，紫外线的强度会高，更容易晒伤宝宝的肌肤。此时，一定要给宝宝做好充分的防晒准备。同时应避免宝宝在烈日较强的时候外出游泳，游泳时涂上防晒用品，而且要涂遍全身。妈妈要给宝宝穿合体的游泳衣，可以遮挡身体的大部分，起到防晒的作用。同时，泳衣也可以阻隔水中的一些不洁物进入宝宝体内而引起感染或其他疾病。

湿疹宝宝外出

对于面部有湿疹的宝宝，应该避免太阳光照射脸部，妈妈在带宝宝出门前应做好充分的防晒准备。因为这类宝宝皮肤敏感，生湿疹的皮肤光的穿透力更强，当宝宝面部皮肤一红，就已经发生光照射红斑，有灼热感、轻度刺痛，而宝宝因为本身有湿疹，爸爸妈妈反而不容易发觉。

宝宝车内宝宝晒太阳的方法

很多妈妈都认为，宝宝待在宝宝车内是不可能被晒伤，其实不然。这些长时间没晒太阳的宝宝，不能一下暴露在阳光下，应该逐渐暴露。刚开始先适应几分钟，下一次增加一点时间，慢慢加长时间，以提高皮肤耐受性。

户外用品大搜罗

带着自己的宝宝出去“见见世面”是父母很得意的事情。所以父母们早早地准备好了背兜、童车等用品，以便等宝宝外出时使用。可是，对于户外用品的种类和特点，父母们都了解吗？在选择购买之前还是应该先熟悉一下它们，弄清它们的性能，除了舒适方便外，更要考虑它们的安全度。

胸前背兜

胸前挂上背兜似乎有点笨拙，但是越来越多的父母喜欢这种胸前背兜，因为它便于家长将宝宝抱进抱出，能看得见宝宝。而且，它为父母和宝宝在身体上和感情上提供了最为亲密的接触。经常使用它的家长会很快发现，这是一种必不可少的户外工具。

汽车安全座椅

现在很多家庭都拥有私家车，所以给宝宝准备一个汽车安全座椅是非常有必要的，它能最大限度地保证宝宝的安全。这种座椅需要到专门商店去购买，最好不要自己制作，以保证安全性与舒适性。

儿童推车

带宝宝外出是一件很麻烦的事情，一辆好的推车会使宝宝不论躺着、坐着都会感到非常舒服。妈妈在选购时应注意几点：

1.一般应有可坐、可躺、可睡功能，靠背调节共三档。

2.安全带最好能环绕宝宝的腰部。

3.所有的金属边都被海绵包裹着，不会有锐边、尖角、铆钉伤害宝宝，宝宝手脚处附近的车框铁杆的夹缝距离一般要大于12毫米或小于5毫米。

选购推车时，除了宝宝舒服之外，父母觉得方便好用也同样重要。

- 要有双向把手，既能面对宝宝，又可以背对宝宝，这样的功能能使宝宝在外出时免受太阳的直接照射。
- 配有便于父母购物的采购筐。
- 在车身侧面或者推手附近装置一些兜带，可放置尿布、奶瓶、纸巾和玩具，选购童车时最好能多几个口袋，各类不同用品能分门别类放置，这样既卫生又方便。

如何安全使用宝宝车

父母在使用宝宝车前应进行安全检查，如车内的螺母、螺钉是否松动，躺椅部分是否灵活可用，轮闸是否灵活有效。如果有问题，一定要及时处理。

宝宝坐车时一定要系好腰部安全带，腰部安全带的长短、大小应进行调整，松紧度以放入父母四指为宜，调节部位尾端最好剩出3厘米。

车筐以外的地方，不要悬挂物品，以免掉下来砸伤宝宝。

宝宝坐在车上时，父母不得随意离开。非要离开一下或转身时，必须固定轮闸，确认不会移动后才可离开。

切不可在宝宝坐车时，连人带车一起提起。正确做法是一手抱宝宝，一手拎起推车。

带宝宝去不同场所的注意事项

爸爸妈妈不要把宝宝变成温室里的花朵，可以适当地增加宝宝的户外活动时间。

时间和次数

宝宝户外活动的次数和时间应当循序渐进，开始时每天一次，适应后可增加至每天2～3次，每次从几分钟开始，以后可增加到1～2小时。

进行户外活动的时间还应根据季节变化、气温的高低、宝宝适应的情况做相应调整。

夏季应延长早、晚在户外活动的时间，但注意11：00～15：00最好不要在户外活动，因为这段时间太阳的紫外线最强，易伤害宝宝稚嫩的皮肤；冬季可适当缩短午睡时间，利用阳光充足，室外温度较高的时候在户外玩耍。

适当的活动方式

坚持户外活动对宝宝是一种有益的锻炼，当环境气温变化较大时，经常锻炼的宝宝则不易生病。但不当的活动方式也可影响宝宝的健康。因此，父母也不能操之过急，开始时，可先在室内打开窗户，让宝宝接触一下较冷的气温，呼吸新鲜空气，无不良反应时，就可到户外去了。宝宝患病时抵抗力下降，应暂停户外活动。

郊外活动注意事项

去郊外活动时，为预防天气突然变化，妈妈要多给宝宝准备几套备用的衣服。所需食品和水更要准备充分，以满足一天之用才行。同时，妈妈还要准备一些常用的急救用品，以备宝宝摔伤、擦伤之用。

宝宝外出物品一览表

应携带的物品	备注
围兜、手帕、湿纸巾、（小毛巾）	随时帮宝宝消灭细菌
纸尿裤	保持小屁屁的干爽，让宝宝更愉快
奶嘴、奶瓶、奶粉	
安抚用品（玩具、糖果、书籍）	可以防止宝宝哭闹
冷、热开水	建议家长自行携带冷热开水，才能确保饮用水的安全
外套、替换的衣物、鞋子、袜子、帽子、御寒的毯子	年假期间，天气多变，需要带着御寒衣物
背巾、背架	
手推车	自己开车可考虑携带
感冒药水、退热药、胃肠药、止泻药	有突发疾病时家长可以做第一手处理

保健篇

——防病于未然，做宝宝最好的保健医生

第一章

检测观察：宝宝健康状况早知道

宝宝基本健康状况识别

宝宝的呼吸、体温、脉搏、食欲等基本状况中，往往隐含着健康的信息，爸爸妈妈要注意识别。

身体状况

不饥饿，尿布也不湿，但却一味地哭闹，平时每天在室外都玩得很好，而现在却躺在家里不愿意出去，处于这种状态一定是宝宝精神不好或是不健康的表现，一般都会有某处的疼痛或疲倦等症状。这些症状与一般正常的困倦、疲劳、肚子饿时的状态很相似，父母有必要仔细辨别。另外，宝宝如果突然像被烧了一下似的大哭起来，一边哭一边诉说某处疼痛，父母也要引起注意。

体温高低

父母如果发现宝宝面色潮红，手放在额头上感到有些热，父母应及时为宝宝量一下体温。一般的儿科医生把37.4℃以内都看做是正常体温。在超过38℃时才是发热，有必要去医院看医生。在去医院之前，需观察以下几点：有无咳嗽和流鼻涕；有无腹泻和呕吐；有无发疹；有无头痛、腹痛的表现；精神状态怎样；食欲怎样。

睡眠状况

正常情况下健康宝宝的睡眠状况都很好，且睡眠时间充足，只有当身体某处有疼痛和不适时，才会睡不实，总是哭。父母这时可以找找原因，或者请医生诊治，治好其疾病，使宝宝睡眠保持安静。

呼吸状况

小儿的呼吸要比成年人快，而且年龄越小呼吸越快。在给宝宝测量呼吸频率时，如果宝宝注意到了，或宝宝在活动时，呼吸就会加快。可以在宝宝睡着的时候，把手轻轻地放在胸部来测，这样一般较准确。如果发现2个月以下婴幼儿呼吸≥60次/分钟、2～12个月宝宝呼吸≥50次/分钟、1～5岁小儿呼吸≥40次/分钟，就说明宝宝的呼吸状况异常，应及时去医院检查。

脉搏状况

小儿脉搏的正常标准是每分钟80～160次。测量脉搏的方法与测量呼吸的方法相同，要在宝宝熟睡时，或在不引起宝宝注意的情况下来测量。

呕吐现象

呕吐是小儿时期常见的症状。在喝奶后随着打嗝就会把奶吐出来，有时奶喝多了也会从嘴里流出来。有的宝宝有吐奶的习惯，也叫习惯性呕吐或神经性呕吐。只要父母在轻松愉快的气氛下喂宝宝，就可以预防和治好这种呕吐。

冬季感冒有可能引起呕吐和较严重的腹泻。如果宝宝除了发热外，还有头痛、痉挛、意识障碍等症状时，若再发生呕吐就可怀疑是脑膜炎，若伴有腹泻的则可能是痢疾或中毒性消化不良，要尽快送医院诊治。

舌头是宝宝健康状况的“晴雨表”

每位妈妈都时时关心宝宝是否吃饱穿暖，却很少注意观察宝宝的舌头有什么变化。其实，宝宝的舌头就像反映宝宝身体健康状况的“晴雨表”，尤其是宝宝胃肠消化功能的变化，更是在舌头上表现得淋漓尽致。

正常的舌头

正常健康的宝宝的舌体应该是大小适中、舌体柔软、淡红润泽、伸缩自如，而且舌面有干湿适中的淡淡薄苔，口中没有气味。一旦宝宝患了病，舌质和舌苔就会相应的发生变化。

地图舌

所谓“地图舌”，就是有的宝宝舌面上会出现不规则的、红白相间的、类似地图形状的东西。地图舌的成因一般与疲劳、营养缺乏、消化功能不良、肠寄生虫、B族维生素缺乏有关，所以出现地图舌的宝宝一般体质都比较虚弱。患了地图舌的宝宝多无明显不舒服症状，有的可能出现轻度瘙痒或对有刺激性食物稍有敏感。

厌食的舌头

宝宝会由于积食导致腹泻，如果妈妈此时观察宝宝的舌头，可看到舌头上有一层厚厚的黄白色垢物，舌苔黏厚，不易刮去，同时口中会有一种又酸又臭的秽气味道。这种情况多是因平时饮食过量，或进食油腻食物，脾胃消化功能差而引起的。

发热时的舌头

宝宝感冒发热，首先表现在舌体缩短、舌头发红、经常伸出口外、舌苔较少，或虽然有舌苔但苔少发干。如果发热较高、舌质绛红，说明宝宝热重伤耗津液，所以他经常会主动要求喝水。如果同时伴有大便干燥，往往口中会有秽浊气味，这种情况经常会发生在一些上呼吸道感染的早期或传染性疾病的初期，妈妈应该引起重视。发热严重的宝宝，还可看到舌头上有粗大的红色芒刺，犹如市场上的杨梅一样，这种杨梅舌多见于患猩红热或川崎病的宝宝。

舌头光滑无苔

有些经常发热、反复感冒、食欲不好或有慢性腹泻的宝宝，会出现舌质绛红如鲜肉，舌苔全部脱落，舌面光滑如镜子，医学上称为“镜面红舌”。出现镜面红舌的宝宝，往往还会伴有食欲不振，口干多饮或腹胀如鼓的症状。

舌系带过短

舌系带连接在舌和下腭之间。舌系带过短，宝宝的舌头就无法向前伸到唇外，勉强向前伸时舌尖呈M形，会影响哺乳和发音。下门牙长出后，宝宝吸奶时舌系带与牙摩擦，舌系带上会磨出溃疡。妈妈应该尽早带宝宝到医院手术治疗。尽早治疗，宝宝痛觉不敏感，早期手术不需要麻醉，简单易行，手术后就可以哺乳。

指甲是了解宝宝健康状况的镜子

父母观察宝宝指甲的形态、质地、色泽，可辨认某些疾病，从而了解宝宝的身体健康状况。

色泽异常

宝宝指甲的甲板上出现白色斑点和絮状的白云朵，多是由于受到挤压，碰撞，致使指甲根部甲母质细胞受到损伤导致。随着指甲向上生长，白点部位会被剪掉的。

指甲变成黄色，可能是宝宝患了黄疸性肝炎或者吃了大量的橘子、胡萝卜，因为橘子和胡萝卜里含的胡萝卜素会导致宝宝指甲变黄；另外，真菌感染也会引起宝宝指甲变黄，但出现这种情况时多伴有指甲形态的改变。

指甲若呈紫红色，可能是宝宝患了先天性心脏病或是亚硝酸盐中毒引起的肠源性青紫，患心脏病的宝宝还伴有杵状指。

指甲若呈淡红色，宝宝可能患了缺铁性贫血、营养性贫血、再生障碍性贫血，甚至白血病。

若指甲呈深红色，宝宝可能患了红细胞增多症。

形态异常

如果宝宝指甲缺失，可能患了先天性角质发育不良。

如果部分指甲缺失，宝宝可能患了异食癖，或有啃指甲的习惯。

宝宝的指甲出现横沟可能得了胃炎、猩红热或麻疹。如果指甲中央出现几行竖的浅沟，多是皮肤扁平癣或指甲受到了损伤。

指甲变薄，脆性增加，容易断裂，多是宝宝营养不良导致的。

指甲出现多个小凹窝，可能是宝宝患了牛皮癣或湿疹等皮肤病。

宝宝指甲的甲板出现小的凹窝，质地变薄、变脆或增厚粗糙，失去光泽。出现这样的指甲征象很有可能是银屑病的早期表现，最好到医院检查治疗。

指甲甲板出现脊状隆起，变得粗糙，高低不平，多是由于B族维生素缺乏所致。妈妈可在宝宝食谱中增加蛋黄、动物肝脏、绿豆和深绿色蔬菜等。

硬度异常

指甲甲板增厚多见于甲癣患儿或甲板受到长期的刺激。

指甲变软、变曲，指尖容易断裂，见于先天性梅毒、维生素D缺乏等疾病患儿。

扁平状指甲、巨甲、钩状甲、匙状甲，多是宝宝指甲先天性异常所致。

小太阳甲半月

小太阳，就是指甲根部发白的半月形，叫做甲半月，又称“健康圈”。一般而言，甲半月占整个指甲的1/5是表示身体健康的重要标志，过大、过小或形状不明晰都表示宝宝身体有些异常。

同时，甲半月的颜色以乳白色最佳。颜色发青，表示宝宝呼吸系统有问题；颜色发蓝，则是血液循环不畅的表现；颜色发红，则表示宝宝心力衰竭。

甲尖容易撕裂、分层

宝宝的甲板薄脆，甲尖容易撕裂、分层，这与指甲营养不良有很大的关系。

指甲中97%的成分是蛋白质，所以应适当给宝宝吃些鱼、虾等高蛋白的食物。另外，核桃、花生能使指甲坚固，而其他微量元素锌、钾、铁的补充对宝宝的指甲也有很好的坚固作用。

宝宝为什么多汗

当宝宝处于安静状态时多汗，就是病理性的，这在婴幼儿中并不少见，爸爸妈妈要引起重视。

活动性佝偻病

宝宝多汗，若缺少日晒，没有及时添加鱼肝油、钙粉，父母则应观察宝宝除了多汗外，是否伴有其他症状，如夜间哭闹，睡在枕头上边哭边摇头而导致后脑勺枕部出现脱发圈，方颅（前额部突起，头形呈方盒状），前囟门大等现象。如果有这些症状，则应带宝宝去医院检查就诊。

小儿活动性结核病

宝宝不仅前半夜多汗，后半夜天亮之前也多汗，且常在熟睡后出汗，称为“盗汗”。同时有胃纳欠佳，午后低热（有的高热），面孔潮红，消瘦，有的出现咳嗽、肝脾肿大、淋巴结肿大等表现。

低血糖

多见于夏季，宝宝出汗多，夜间不肯吃奶，清晨醒来精神委靡。患儿表现为心神不安，面色苍白，出冷汗，甚至大汗淋漓，四肢发冷等。

内分泌疾病

这种疾病引起多汗较为少见。如甲状腺功能亢进，可表现为多汗、情绪急躁、食欲亢进而体重不增、心慌、心悸、眼球突出等。

小儿急慢性感染性疾病也可引起多汗。同时伴有其他的临床表现：如伤寒、败血症、类风湿病、结缔组织病、红斑狼疮或血液病等。

宝宝出汗的居家护理

妈妈如果发现宝宝出汗多，首先应该寻找多汗的原因。如果是生理性多汗，妈妈不必过分忧虑，只要排除外界导致宝宝多汗的因素就可以了。

妈妈要注意宝宝的衣着及盖被情况，一般来说，宝宝比父母多穿一件衣服即可。有的父母冬天会拼命给宝宝添加衣服，晚上盖好几床棉被。实际上给宝宝穿盖得过多，容易导致宝宝大量出汗，衣服被汗液弄湿，如果没有及时换掉，反而易使宝宝受凉而引起感冒发热及咳嗽。出汗严重的宝宝，由于体内水分丧失过多，还会引起脱水。

如果宝宝出汗多，妈妈要及时给宝宝补充水分，最好喂淡盐水，因为宝宝出汗与成人一样，除了失去水分外，同时还会失去一定量的钠、氯、钾等电解质。给宝宝喂淡盐水可以补充水分及钠、氯、钾等电解质，维持宝宝体内电解质平衡。妈妈要及时给出汗的宝宝擦干身体，有条件的家庭，应给宝宝擦浴或洗澡，及时更换内衣、内裤。

宝宝大便中的健康信息

如果父母多观察宝宝的大便，就会知道什么样的大便是异常的，以及异常是发生在宝宝身上的哪个部位了。

正常的大便

母乳喂养的宝宝，每天会排2～4次大便，大便呈黄色或金黄色软膏状，有酸味但不臭，有时有奶块，或微带绿色。有时宝宝大便次数较多，每日4～5次，甚至7～8次，但如果宝宝精神好，食欲也很好，体重不断增加，这就是正常现象，添加辅食后，宝宝大便次数自然就会减少。

人工喂养的宝宝，大便呈淡黄色或土灰色，均匀硬膏状，常混有奶瓣及蛋白凝块，比母乳喂养的宝宝的大便干稠，略有臭味，每日排便1～2次。

当母乳不足，给宝宝添加牛奶及淀粉类辅食时，宝宝的大便会呈黄色或淡褐色，质软，有臭味，每日排便1～3次。如加喂蔬菜后，在宝宝的大便中可能看到绿色菜屑，这不是消化不良，多喂几天就好了，不必因担心而停喂。

颜色奇怪的大便

如果宝宝的大便出现以下颜色，妈妈应及时带宝宝看医生：

宝宝大便带有脓血的黏液，大便次数多，但量少，且伴随哭闹、发热，可能为细菌性痢疾；

宝宝的大便呈果酱色或红色水果冻状，表明可能患了肠套叠；

宝宝大便的颜色太淡或淡黄近于白色，且伴有眼睛与皮肤发黄，可能是黄疸；

宝宝大便发黑或呈红色，可能是胃肠道出血的表现；

宝宝大便呈灰白色，同时巩膜和皮肤呈黄色，有可能为胆道梗阻、胆汁黏稠或肝炎；

宝宝大便带有鲜红的血丝，可能是大便干燥，或者是由肛门周围皮肤褶皱造成的；

宝宝大便呈淡黄色，糊状，外观油润，内含较多的奶瓣和脂肪小滴，漂在水面上，大便量和排便次数都比较多，可能是脂肪消化不良；

宝宝大便呈黄褐色稀水样，带有奶瓣，有刺鼻的臭鸡蛋味，则为蛋白质消化不良。

气味奇怪的大便

宝宝的大便中带有酸臭味可能是蛋白质类食物吃得太多，消化不良，刚从母乳喂养换牛奶喂养时也会有此现象。妈妈应给宝宝适当减少奶量，加喂开水，减少脂肪和动物性蛋白类食物的摄入量，也可以给宝宝吃“妈咪爱”，一天3次，每次1/2袋，妈咪爱属于益生菌制剂，不会出现副作用，也不会产生依赖。

大便次数异常

若宝宝大便次数增多，呈蛋花样，水

分多，有腥臭味，或大便出现黏液、脓血或鲜血，则为异常大便，应及时就诊。就诊时应留适量异常大便，带到医院化验，以协助诊疗。若宝宝大便次数多、量少、呈绿色或黄绿色、含胆汁、带有透明丝状黏液、宝宝有饥饿的表现，则为奶量不足，饥饿所致。

从宝宝的睡相看健康

有些宝宝在睡眠中会出现一些异常现象，这往往是在向父母发生健康警报，他将要或已经患上了某些疾病，因此，父母应学会从宝宝的睡相来观察他的健康情况，及早判断、及早治疗。

睡觉时出汗

宝宝夜间出汗是正常的现象。但如果宝宝夜间大汗淋漓，并伴有其他不适的表现，父母就要注意观察，加强护理，必要时带宝宝去医院检查治疗。

四肢抖动

宝宝睡觉时抖动四肢，这一般是白天过度疲劳所引起的，父母不必担心。需要注意的是，宝宝睡觉时因为听到较大响声而抖动是正常反应；相反，若是毫无反应，而且宝宝平日爱睡觉，父母则应注意，宝宝可能是耳聋。

突然大声啼哭

这在医学上称为宝宝夜间惊恐症。如果宝宝没有疾病，一般是由于白天受到不良刺激，如惊恐、劳累等引起的。所以父母平时不要吓唬宝宝，保持宝宝安静愉快的情绪。

半夜总是醒来哭闹

这可能是宝宝胃肠循环紊乱的表现。妈妈要特别留意宝宝有没有腹泻、呕吐，或进食不规律的现象。如果有，应该尽快带宝宝去医院诊治。

经常翻动身体

这种现象可能是消化不良的表现。也有可能是宝宝身体太热或者是正在发烧。妈妈在平时应注意，晚上睡前不要给宝宝吃太多东西，不要让宝宝穿着厚衣服睡觉，应避免给宝宝盖过厚的被子等。

不断咀嚼

宝宝在睡梦中不断咀嚼，可能是得了蛔虫病，或是白天吃得太多，消化不良。父母可以带宝宝去医院检查一下，若确诊是蛔虫病，可遵医嘱用宝宝专用的驱虫药驱除；若排除了蛔虫病，则应该合理安排宝宝的饮食。

睡着后手指或脚趾抽动

这种现象可能是宝宝被蚊虫叮咬，或被纤维物缠住的原因。父母应检查一下是否有蚊虫叮咬的痕迹，如有应该立即为宝宝涂上专用药膏，防止感染；如没有，检查一下手指或脚趾是否有小丝线、头发等缠着。

第二章 家庭保健：增强宝宝的免疫力

宝宝预防接种面面观

对宝宝按年龄进行有计划的常规免疫接种，是降低宝宝急性传染病发病率和保障宝宝健康的重要措施。

做好免疫接种的安排

胎儿未出生前在羊膜内受到很好的保护，除了少数一些先天性感染的微生物可以经由胎盘感染胎儿外，正常情况下羊膜内是无菌状态的，因此胎儿在此期间是最安全的，一旦破水或出生后就暴露在外界的环境中，开始与许多微生物发生接触，就会发生感染性疾病。宝宝出生后即刻面临被微生物感染的危险，此时人体的免疫系统就扮演着举足轻重的角色。因此，父母要及时做好给宝宝接种疫苗的工作。

宝宝患病了如何接种

如果恰好到了预防接种的时间。宝宝患病了怎么办？如果宝宝仅仅是轻微的感冒，体温正常，不需要服用药物，可以按时接种，且接种后1～2周不能吃抗生素类药物。

如果宝宝发热，或感冒病情较重，必须使用药物时，可暂缓接种，向后推迟直到病情稳定。如果宝宝服用了抗生素，要在停药1周后接种。

药物对疫苗有何影响

药物对预防接种效果是有影响的，宝宝接种前所有的药物都不应使用，因为药物可能对宝宝有不同程度的影响。其中抗生素对预防接种疫苗影响最大。因此，在接种疫苗前后2周，最好不使用任何药物。

接种疫苗后发热怎么办

接种疫苗后发热，妈妈该如何判断是接种疫苗所致，还是宝宝本身疾病所致？如果是疾病所致，宝宝检查可见阳性体征，如咽部充血，扁桃体增大、充血、化脓，咳嗽，流涕等症状。疫苗所致的发热，宝宝没有任何症状和体征。宝宝接种多长时间发热，与接种的疫苗种类有关，疫苗接种后的发热一般不需要治疗，属于正常现象，宝宝会自行康复。

从小提升宝宝的免疫力

宝宝的身体健康与否，关系到他一辈子的快乐与成就。因此，父母需要从小提升宝宝的免疫力，以增强体质。

加强锻炼避免病毒细菌感染

天气变冷时，妈妈担心宝宝弱小稚嫩的身体经受不住寒冷的考险，就不带宝宝出门了。其实，适量的户外活动是提高宝宝呼吸道黏膜抗病能力的重要有效手段。即使在冬天，在不太恶劣的天气里，在注意保暖的前提下，适当地让宝宝接触室外冷空气是有必要的。

避免病毒细菌感染

春季万物复苏，微生物开始繁殖增加，病毒细菌感染机会增多，加上气候多变、干燥，宝宝呼吸道黏膜功能下降，呼吸道容易感染，父母要注意预防，注意与患病的儿童隔离。另外，春季开窗时间应延长，但要避免对流风直接吹到宝宝。

天凉慢添衣服

耐寒锻炼是提高宝宝对寒冷反应灵敏度的最有效方法。有些父母总是怕宝宝受冻，天气稍冷就给宝宝加上厚厚的衣服。宝宝的自身散热和排汗功能都还不完善，且他们还不太会说话，如果觉得热，只能这样热着。长期下去，宝宝就会肺胃蕴热，抵抗力下降，引发呼吸道感染。因此天凉要慢慢给宝宝添衣服。

避免交叉感染提高宝宝的抗寒能力

父母要养成宝宝良好的卫生习惯，避免交叉感染。不带宝宝去流动人口密集处，家长患病也要尽量避免与宝宝接触。如有条件，在家中可用食醋熏蒸。

冬季是感冒的多发期，很多宝宝在这段时期内反复的感冒，日夜较大的温差固然是导致着凉的原因，但也说明了宝宝的抵抗力低下。

医院本身就是病毒集中之地，因此特别容易造成交叉感染。父母一旦发现宝宝身体不适，不要马上去医院，也不要随便给宝宝吃药，可以先根据自己的经验，判断一下再作决定。

干布摩擦

干布摩擦，即经常用柔软干布或毛巾擦身，能增强宝宝皮肤的抵抗力，减少感冒的发生。方法是：妈妈每天早晨起床之前用毛巾在宝宝的胸、腹、腰、背、四肢向着心脏的方向转圈摩擦10多次，以增进血液循环，增强皮肤对环境冷热的适应能力。

冷空气浴

冷空气浴，就是让宝宝少穿衣服去室外接受冷空气的刺激。气温与体温的差别越大，刺激作用越强，对身体影响就越明显。宝宝进行冷空气浴可以每日1次，每次3分钟，等适应一段时间后再逐渐增加到10～20分钟。室外温度不能过低，18～20℃为宜；若宝宝有着凉迹象，需立刻停止。

冷锻炼注意事项

妈妈在对宝宝进行冷锻炼时，要注意以下问题：

- 从小开始，从温到冷，循序渐进，逐步适应冷锻炼。
- 冷锻炼时，要注意防止穿堂风的直吹。
- 空腹和饭后不宜马上进行冷锻炼。

● 宝宝如出现嘴唇青紫、全身颤抖的现象，应立即停止，擦干身体，运动到皮肤发热。

● 锻炼过程中如宝宝出现身体不适的症状，可休息几日，等到痊愈后再进行锻炼。

尽早给宝宝做健身操

从宝宝第3个月开始，爸爸妈妈就可以帮着宝宝做健身操，让宝宝在愉快的情绪中活动四肢，伸展全身。

第一节 扩胸运动

预备姿势：宝宝仰卧，妈妈双手握住宝宝的两手，把拇指放在宝宝手掌内，让宝宝握拳。

1.两臂胸前交叉。

2.两臂左右分开。

3.两臂再次胸前交叉。

4.还原。

第二节 屈肘运动

1.向上弯曲左臂肘关节。

2.还原。

3.向上弯曲右臂肘关节。

4.还原。

第三节 肩关节运动

1.握住宝宝左手由内向外做圆形的旋转肩关节动作。

2.握住宝宝右手做与左手相同的动作。

第四节 上肢运动

1.双手向外展平。

2.双手向前平举，掌心相对，距离与肩同宽。

3.双手胸前交叉。

4.双手向上举过头，掌心向上，动作轻柔。

5.还原。

第五节 伸屈趾、踝关节

1.屈伸左侧5个趾跖关节，反复4次。

2.屈伸左侧踝关节，反复4次。

3.做右侧动作。

第六节 下肢伸屈运动

双手握住宝宝两下腿，交替伸展膝关节，做踏车样动作。

1.左腿屈缩到腹部。

2.伸直。

3.右腿同左。

第七节 举腿运动

两腿伸直平放，妈妈两手掌心向下，握住宝宝两膝关节。

1.将两肢伸直上举90°。

2.还原。

3.重复2次。

第八节 翻身运动

宝宝仰卧，妈妈一手扶宝宝胸部，一手垫于宝宝背部。

1.帮宝宝从仰卧转体为侧卧。

2.或将宝宝从仰卧到俯卧再转为仰卧。

简单易学的物理降温法

物理降温的方法很多，主要是通过增加散热、辐射等方法使宝宝体内的热量迅速排出，以达到降低体温的目的。

酒精擦浴

对体温骤升而用退热药物效果不明显的宝宝可采用此方法，临床上经常用于新生儿或较小宝宝超高热时。

妈妈在对宝宝进行擦浴时，应把宝宝全身衣服解开，盖上毛巾，关好门窗。用干净小毛巾或纱布浸湿酒精，可用75%医用酒精或高浓度白酒（56%～65%）兑一半水，也可直接用38%低度白酒，擦拭顺序为四肢、颈部、腋窝、腹股沟处，擦拭时勿用力过度。擦拭某一部位时，应把其他部位盖好。擦浴时要用两块小毛巾交替使用，以防酒精挥发而不起作用。用酒精擦浴时，要注意观察皮肤黏膜颜色及宝宝的呼吸、脉搏，一旦发现寒战、面色苍白应立即停止。另外，擦拭时尽量避免开怀敞腹，也不要用酒精擦拭胸、腹部。对未成熟儿、体质衰弱、病情危重、有严重皮肤病或对冷刺激特别敏感的宝宝，不宜采用此法。

使用退热贴

流行于欧美国家的退热贴，目前也已成了我国家庭的常备降温品。宝宝发热时只要在额头或其他大血管走行部位贴一张，即可达到物理降温的效果。退热贴之所以能发挥降温作用，主要是由于其内含高分子水凝胶，利用物理原理将热量集中到胶状物中，再通过水分汽化带走热量，对局部降温来实行辅助退热。此外，退热贴中所含的一些天然药物如薄荷、冰片等也有一定清凉降温作用。

具体做法如下：

1.沿缺口撕开包装袋，取出贴剂，揭开透明胶膜，将凝胶面直接敷贴于额头或太阳穴，也可敷贴于颈部大椎穴；

2.每天1～3次，每贴可持续使用8小时。

使用时应注意：

1.如果使用退热贴后，宝宝体温仍然在38.5℃以上持续不降，还是应该及时到医院就诊。

2.贴时不要碰到头发、眉毛、伤口，眼部及皮肤有异常的部位。

3.如果使用中或后，皮肤出现异常，应该立即停止使用。

全身温湿疗法

在夏天，可给高热患儿洗个温水澡，洗澡时要避免着凉，洗后应用干毛巾立即擦干宝宝的身体。温水澡通过水流，把宝宝体内过多的热量经皮肤散去。温水澡的水温应为40℃左右，或接近宝宝皮肤温度，过热或过凉都会对散热不利而加重发热。在冬天，家长可能担心宝宝因洗温水澡而加重病情，也可用浸透温水的大毛巾将宝宝包裹好，通过湿毛巾吸收宝宝体内热量，轻轻擦拭宝宝全身，也可用多块小毛巾浸湿后，放在宝宝头部、颈部、腋窝部、腹股沟处，因为这些部位皮肤较薄，血管浅表，有利于散热。

头部降温法

这是最简便易行的方法。一般主张用冷水浸湿毛巾，拧干后敷在头部。目前市售的“冰袋”，可先放在冰箱中，一旦需要时，取出后外包一块毛巾放在头部，也有人将其放在枕后。冷敷的主要目的是使头部局部温度下降，减低脑血管扩张，并可降低中枢神经系统的兴奋性，减少高热惊厥发生的可能性。

冷敷法消炎止痛

冷敷可以使局部毛细血管收缩，有减退热度和止血、消炎的作用。

具体操作方法是：先让小儿仰卧，用脸盆盛冷水。取毛巾以冷水浸湿后，轻轻拧去多余水分，叠成长方形，置于患儿前额部，每隔2～3分钟换一次。进行20～30分钟。在进行冷敷的同时，要密切注意宝宝的情况，如发现畏寒现象，应立即停止，冷敷完毕，约半小时后可再检查一次体温，以观察效果。

冷敷止痛又消炎

冷敷法适用于宝宝局部软组织损伤早期，可防止皮下出血或肿胀以及扁桃体摘除术后、鼻出血、高热和牙痛等。

湿冷敷法

将小毛巾折叠成宝宝损伤部位大小，放在冰水或冷水中浸湿，拧成半干（以不滴水为度），敷盖于宝宝患处。每隔3～5分钟更换1次，连续15～20分钟。如用于降温时，除头部冷敷外，还可在宝宝腋、肘、腘窝和腹股沟等大血管处同时应用冷毛巾湿敷。

冰袋法

将冰块砸成核桃大小，放于盆中用冷水冲溶冰块的棱角，以免损坏冰袋或使宝宝感到不适。然后在冰袋中放入一半冰块，加适量冷水。将冰袋平放于桌上，一手提高冰袋口，另一手轻压袋身，以排出袋内空气，将盖拧紧、擦干，外用毛巾或布套包裹，放在患儿冷疗部位。

家庭热敷操作法

热敷可以扩张血管，加快血流，使肌肉、肌腱、韧带松弛，还可解除因肌肉痉挛、强直而引起的疼痛（如胃肠痉挛），增加血液循环，加速渗出物的吸收，促进炎症的消散，有消炎退肿的作用，还可解除因肠胀气引起的疼痛以及尿潴留等。

干热敷法

干热敷法也叫热水袋法，常用于解痉、镇痛、保暖等。

具体操作方法是：将冷、热水共同倒入搪瓷罐内，要求水温为50℃（以水温计调节较为准确），然后灌入热水袋内，灌入量为热水袋容量的1/2～2/3，排出袋内空气，拧紧塞子，擦干后倒提热水袋观察是否漏水，最后装入布套中或用毛巾包裹，放于患儿需要部位。无热水袋时也可用葡萄糖空瓶或塑料壶（瓶）代替，只要遇热水不变形、不漏水就可以用。施热时间一般不超过20～30分钟。

此法方便常用，但其热力效应不如湿热敷法。

湿热敷法

湿热敷法常用于消炎、镇痛等。

具体操作方法是：将橡胶单（或塑料布）和毛巾垫在宝宝需要进行湿热敷部位的下面，在需要热敷的皮肤局部涂上凡士林或涂食用油，注意涂抹范围要大于热敷面积，然后盖上一层纱布。将浸在热水里的小毛巾拧至不滴水，用手腕部试温，以不烫手为宜，折叠后敷于患儿患处，上面加盖干毛巾保温。在患部不挤压的情况下，还可用热水袋放置在小毛巾上，再盖上大毛巾保湿效果更佳。湿热敷的温度以患儿能够耐受，不觉得烫为原则，3～5分钟更换一次，一般连续热敷15～20分钟。

加强家庭隔离与消毒

加强家庭隔离与消毒

宝宝年龄小，无自我保护意识，抵抗力也弱，如果每个家庭都能注意做好预防工作，加强家庭隔离和消毒，就可大大减少宝宝的发病率。

食醋消毒法

食醋中含有醋酸等多种成分，具有一定的杀菌能力，可用作家庭室内的空气消毒。10平方米左右的房间，可用食醋100～150克，加水两倍，放瓷碗内用文火慢蒸30分钟，熏蒸时要关闭门窗。

日光消毒法

日光消毒法是利用日光中紫外线的消毒杀菌作用对物体消毒。通常情况下，物品在无遮挡的阳光下直射暴晒6小时，就会起到消毒杀菌作用。所以宝宝的枕头、被褥、毛毯、棉衣裤、毛衣裤、玩具等可经常在日光下暴晒，以减少细菌繁殖，避免病菌入侵宝宝体内而致病。

煮沸消毒法

煮沸消毒法主要适应于宝宝的食具以及衣物等，如奶瓶、碗筷、匙、纱布、毛巾等。此方法简便可靠，通常将食具或衣物浸没在清水里，加热后，煮20～30分钟即可起到杀菌作用。沸水水面一定要漫过所煮的物品。此法即方便又安全。

酒精消毒法

常用于皮肤消毒的酒精浓度以75%为宜。此浓度的酒精也可用于钳子、镊子和体温表的消毒，可将钳子、镊子、体温表等器具浸泡于消毒酒精中，30分钟后取出，然后用流动冷开水冲洗干净，晾干后即可。

注意酒精要加盖保存，以免酒精挥发而失效。

碘酒消毒法

碘酒有较强的灭细菌和杀霉菌作用。用于静脉穿刺前、手术前皮肤消毒和皮肤疖肿早期的消炎，浓度以2%为宜。使用时先将2%碘酒涂擦于宝宝需消毒的皮肤，待20～30秒后，再用75%酒精脱碘即可。若碘酒浓度过高会对皮肤有刺激作用，高浓度碘酒会使皮肤灼伤。由于幼小宝宝皮肤娇嫩，故黏膜部位如会阴、肛门、阴囊、眼、口、鼻等，尽量少用碘酒消毒，尤其是对碘过敏者应禁止接触。

第三章 宝宝常见病预防与护理指南

宝宝常见疾病防护

新生儿降临后，可能要面对众多疾病的威胁，爸爸妈妈要掌握一些疾病的防治和护理方法。

新生儿低血糖

在日常生活中，如果宝宝出现以下情况，很可能会发生低血糖。

反应低下：主要表现就是宝宝不爱活动。新生儿随着日龄的增加，觉醒状态时间逐渐延长，宝宝在清醒时，手脚会不停地活动，面部表情也比较丰富。如果不是这样就要考虑宝宝是否出问题了。

面色发白：新生儿面色总是红红的，即使肤色比较白，也不会像大宝宝或成人那样。如果父母感觉宝宝面色不太对劲，不要掉以轻心，再看看其他方面是否有异常，也可尝试着喂奶，观察宝宝面色是否有改善。

出汗：新生儿汗腺不发达，显性出汗少。如果宝宝出汗比较多，但面色却发白，父母就要考虑是否发生了低血糖。

吸吮无力：母乳喂养的妈妈对于宝宝的吸吮力应该是很敏感的。如果感到宝宝吃奶无力时要想到低血糖的可能。

严重的出现嗜睡、阵发性青紫、震颤：当出现这些情况，父母一定要带宝宝看医生。

新生儿黄疸

黄疸是新生儿期常见的症状，由于发病机制不同，它既可以是生理现象，也可以是病理现象。大部分新生儿在出生后2～3天出现黄疸，于4～6天最重，足月儿在出生后7～10天消退，不超过半个月。早产儿持续时间稍长，但不超过3～4周。除黄疸外不伴有其他症状，精神、吃奶均正常。

病理性黄疸主要是指母乳性黄疸，除黄疸持续时间长外，无其他症状。如果新生儿出生后24小时内即有黄疸，或是程度较重并持续2周以上，早产儿延至4周以上仍未消退，或是消退后再次出现，则多为病理性黄疸，应送医院检查治疗。

新生儿腹泻

新生儿感染性腹泻可由病毒、细菌、霉菌等微生物感染所致。

如果新生儿的大便次数多，呈黄色，有蛋花汤样，常伴有血丝和黏液，虽然宝宝并未进食很多奶，但是有腥臭味，排便时哭闹且烦躁不安，这类的腹泻，大多数是致病性大肠埃希菌引起的，是新生儿时期比较常见的腹泻，需要加用消炎药和消化药来治疗。

如果宝宝大便中水分很多，便水分离，次数达10次以上，有臭味，父母应考虑宝宝患了腹泻，要及时到医院化验大便。

新生儿头颅血肿

有的宝宝出生几天后，妈妈发现宝宝的头顶上偏左或偏右有个软软的大包。几天后也没有明显的变化，触摸时宝宝也不哭，好像并不疼痛。包块下好像没有了颅骨，周围颅骨有些突出。这就是头颅血肿。如果头颅血肿比较大，在吸收过程中可能会加重暂时性黄疸的程度。一般来说，新生儿的头颅血肿会慢慢消退，但速度很慢，有的要等到1～2个月，有的需要更长的时间。

宝宝的头颅血肿比较大时，妈妈可对宝宝进行冷敷，不赞成用注射器抽吸里面的积血，这会增加感染的机会。即使不抽，血肿最终会自行吸收的。所以没有必要冒这个风险。另外，头颅血肿不会遗留神经系统后遗症，妈妈不必过分担心。

新生儿眼炎

当父母发现新生儿双眼有大量分泌物时，有可能是新生儿得了急性结膜炎、新生儿包涵体性结膜炎。若只有一只眼流脓为单眼发病，则应注意是否合并有新生儿泪囊炎。

如果宝宝一侧眼睛流泪、流脓、内眼角下方有鼓包，父母应想到有新生儿泪囊炎的可能，其原因多与鼻泪管不通、下端出口被先天性膜组织封闭或上皮碎屑堵塞所致，也可能存在鼻部先天畸形。出生时，大部分新生儿鼻泪管膜仍是完整无缺，至出生后3周半泪腺开始分泌之前才自行破裂。如果这一过程未出现，当一侧眼泪腺开始分泌后，则出现溢泪。分泌物聚集于鼻泪管内，刺激黏膜引起泪囊炎，表现为结膜充血，有脓性分泌物，常常与结膜炎混淆。但泪囊炎一般发病晚，多半是单侧，结膜充血轻，泪囊部可见隆起，压之有脓液自泪小点溢出。

慢性的新生儿泪囊炎有时可继发感染，导致急性泪囊炎。症状为泪囊局部高度红肿，严重时伴有发热，若不及时治疗，数日后可破溃流脓，炎症消退，但遗留瘘管，经久不愈。此症早期应用抗生素，热敷，若局部已发黄，则可切开排脓。

新生儿佝偻病

维生素D缺乏性佝偻病是新生儿常见的疾病之一，它是由维生素D不足引起的全身钙、磷代谢不平衡和骨骼的改变。佝偻病虽然不直接危及小儿生命，但导致机体抵抗力降低，一旦发生骨骼改变，长成鸡胸、“X”或“O”形腿，会给宝宝的身心带来极大痛苦。

新生儿出生时，肝脏内储存的维生素D的数量很少，而其最低需要量是每天80～130国际单位（最适宜的量是每天400～600国际单位）。一般母乳及人工喂养的食品均不能满足其需要，因为母乳每100毫升中含有维生素D0.4～10国际单位，牛乳每100毫升中含有0.3～4.0国际单位。因此，不论是母乳喂养还是人工喂养的新生儿，特别是双胞胎、早产儿，都应在出生2周后适当补充维生素D。

新生儿败血症

新生儿的皮肤、黏膜薄嫩，容易破损。未愈合的脐部是细菌入侵的门户。更主要的是，新生儿免疫功能低下，感染不易控制。当细菌从皮肤、黏膜进入血液循环后，极易向全身扩散而导致败血症。

新生儿反应能力低下，当有某些局部感染未被及时发现时，如脐炎、口腔炎、皮肤小脓疱、脓头痱子、眼睑炎等，均可成为病灶。如不及时治疗，则可发展为败血症。新生儿败血症是可以预防的，爸爸妈妈在日常生活中要注意以下这些预防方法：

1.注意保护孕妇健康，积极治疗感染性疾病，保持脐部卫生状态。

2.争取做到100%的无菌接生，注意对脐带的清洁消毒处理。

3.注意保护患儿的皮肤、黏膜的清洁，避免损伤。

4.严禁病人与新生儿接触，母亲发热亦须与宝宝适当隔离。

5.新生儿的衣服、被褥、尿布要保持干燥清洁，最好能暴晒或烫洗。

湿疹

宝宝湿疹就是常说的奶癣，是一种常见的、多发的且反复发作的皮肤炎症。湿疹开始是红色的小丘疹，有渗出液，最后可结痂、脱屑，反反复复，长期不愈，宝宝会感到瘙痒难受。湿疹主要分布在面部、额部、眉毛、耳郭周围及面颊，严重的可蔓延到全身，尤其以皮肤皱褶处，如肘窝、腋下等处。

灰尘、羽毛、蚕丝以及动物的皮屑，植物的花粉等，也能使宝宝发生湿疹，父母要多留意，让宝宝避开过敏原。另外，宝宝穿得太厚、吃得过饱、室内温度太高等也都可使湿疹复发和加重。

不严重的湿疹患儿，可不做特别的治疗，只要注意保持宝宝皮肤清洁，常用清水清洗就行了。等到宝宝长大，渐渐脱离以牛奶为主食后，湿疹便会不治自愈。

支气管炎

宝宝患急性支气管炎多由咽部的上呼吸道炎症继发。该症是由细菌和病毒感染引起的，但也有由灰尘和刺激性气体所引起的。主要症状有咳痰和咳嗽，宝宝没精神，没有食欲，睡眠质量差，有的也可引起呕吐和腹泻。一般1～2周便可痊愈。家长要注意，寒冷的刺激可降低支气管黏膜局部的抵抗力，加重病情。因此，要随气温变化及时给患儿增减衣物。

患儿所处的居室要温暖，通风采光要好，并且空气中要有一定湿度，防止过分干燥。

感冒

1岁以前的宝宝由于免疫系统尚未发育成熟，所以很容易患感冒。宝宝患了感冒，鼻子不通气，常常流稀鼻涕，打喷嚏，有时也伴有咳嗽，宝宝的食欲也稍有下降。上述症状一般2～3天就会缓解。到了第三天，宝宝最初流出的水样清鼻涕就变成黄色或绿色的脓鼻涕，感冒开始时奶量有些下降的宝宝，一般到了第三、第四天就能恢复正常。宝宝有时可能在感冒的同时出现腹泻，大便次数增加。即使宝宝多少有点发热，只要精神状态良好、不嗜睡、不哭闹、不咳嗽，就不要担心患了肺炎。

在宝宝明显表现出感冒症状期间，爸爸妈妈不要给宝宝洗澡，以免再次受凉。如果宝宝吃奶困难，可减少半匙或一匙奶量，也不要硬喂宝宝，但可继续加果汁。与此同时，还要注意给宝宝随时喂水，以补充体内水分的流失。

高热惊厥

高热惊厥表现于宝宝高热（体温39℃以上）出现不久，或体温突然升高之时，发生全身或局部肌群抽搐，双眼球凝视、斜视、发直或上翻，伴意识丧失。可停止呼吸1～2分钟，重者出现口唇青紫，有时可伴有大小便失禁。一次发病过程中发作次数仅一次者为多。历时3～5分钟，长者可至10分钟。

如果宝宝出现高热惊厥，家长可采用以下应急措施：

● 保持患儿呼吸道通畅。应使患儿平卧，将头偏向一侧，以免分泌物或呕吐物将患儿口鼻堵住或误吸入肺，万不可在惊厥发作时给宝宝灌药，否则有发生吸入性肺炎的危险。

● 让患儿保持安静，不要大声叫喊，尽量少挪动患儿，减少不必要的刺激。

● 对已经出牙的宝宝应在上下牙齿间放入牙垫，也可用压舌板、匙柄、筷子等外缠绷带或干净的布条代替，以防宝宝抽搐时将舌头咬破。

● 解开宝宝的领口、裤带，用温水、酒精擦浴头、颈部、两侧腋下和大腿根部，也可用凉水毛巾较大面积地敷在额头部降温，但切忌胸腹部冷湿敷。待患儿停止抽搐，呼吸通畅后再送往医院。

● 如果宝宝抽搐5分钟以上不能缓解，或短时间内反复发作，预示病情较为严重，必须立即送医院救治。

肠套叠

所谓肠套叠，就是一段肠子套进另一段肠子里，使肠管不通畅，肠管就反复剧烈蠕动，引起腹部阵阵剧痛。

宝宝发生肠套叠时表现为：突然哭闹不安，两腿蜷缩到腹部上，脸色苍白，不肯吃奶，哄也哄不好，3～4分钟后，突然安静下来，吃奶、玩耍都和平常一样。刚过4～5分钟，又突然哭闹起来，如此不断反复，时间长了，宝宝精神渐差、嗜睡、面色苍白，有的宝宝腹痛发作后不久即呕吐，把刚吃进去的奶全吐出来，依据梗阻部位不同，呕吐物中可含有胆汁或粪便样液体。

肠套叠的另一个特征是，宝宝开始不发热，但随着时间的推移，引起腹膜炎后就会发热。如果父母发现宝宝有不明原因的哭闹，哭闹呈阵发性，并伴有阵发性面色苍白，父母就应怀疑宝宝患有肠套叠，应赶快到医院外科请医生检查，以免延误诊治。

腹股沟疝

腹股沟疝一般在婴幼儿期发生的比较多，这是因为男宝宝的睾丸最初是在腹部，在即将出生前降入阴囊。睾丸经过从腹部到阴囊的这个通道，一般在出生后就关闭了，但也有闭锁不好的情况。这样的宝宝到了2～3个月，由于剧烈哭闹或便秘等原因，当腹腔压力增高时，腹腔内的肠管就会顺着这个闭锁不全的通道，穿过腹股沟（大腿根部）降入阴囊中，这就是腹股沟疝。

宝宝患腹股沟疝也是有危险的，因为有时肠管在通道中会出现拧绞在一起的情况，这就是医学上所说的嵌顿性腹股沟疝。

出现嵌顿性腹股沟疝时肠腔会梗阻，此时宝宝虽然不发热，但常因疼痛而突然大哭起来，怎么哄也不停止。所以，当发生这种情况时，妈妈爸爸应立即打开尿布看一看，如果与平时不同，患病部位肿得非常厉害，而且不能复位，须马上去看医生。

如果嵌顿发生时间短，可以用手慢慢推着复位；但如果持续2～3小时以上，且宝宝出现呕吐，就只有进行手术了。

意外事故的紧急处理

宝宝由于年龄小，自我保护能力不足，可能在生活中会出现一些意外情况。作为父母，应该多掌握意外伤害的预防和处理措施，及时挽救意外伤害造成的危害。

误服药物

父母若发现宝宝误食了药物，首先要做的就是弄清楚什么时间、吞服了什么药物及可能有多少剂量，最好同时找到药物包装，以便就诊时给医生提供可靠的依据。

宝宝误服药物后，如果发现及时，还没有出现什么中毒症状时，家长也可让宝宝喝一碗温开水，然后让宝宝张开嘴，用筷子压舌根部位，引起宝宝呕吐，这样就可把吞入的部分药物吐出。如已超过2小时，或出现了异常症状，就应立即带其去医院，此时最重要的是带上误服药品的药瓶、说明书，让医生及时明确诊断。

烧（烫）伤

烧（烫）伤常发生于学龄前儿童，致伤的原因是多方面的，绝大多数是烫伤，如开水、热汤、热粥、热滚油等所致，其次是火烧伤。

宝宝一旦发生烧（烫）伤，父母应立即消除或使其脱离致伤原因，如果是火灾，应迅速将伤儿抱离火区，如果是水、汤、油烫伤，应立即除去局部衣裤。如果宝宝是轻度烧（烫）伤，父母应立即将宝宝的烧伤部位浸泡在凉水或冰水中，可止痛消肿，然后涂些干净的植物油或烫伤膏，可不必包扎。如果烧（烫）伤较为严重，尽量不要将宝宝身上的水疱弄破；小面积的话可用消毒针头刺破水疱，放出浆液，涂上紫药水或紫草油。

溺水

宝宝发生溺水，父母首先要做的是想尽一切方法将患儿救起并现场抢救。先清除宝宝口、鼻中的泥沙、污物，将宝宝头朝下，腹部靠在施救者跪屈的大腿或凸起的石块、土坯上，让呼吸道中的水尽量流出。如呼吸心跳已经停止，应立即进行口对口人工呼吸和胸外心脏按压。心肺复苏后，立即送医院治疗。

头部撞击

由于宝宝的头部与身体比例相对较大，所以跌倒后头部最容易受到撞击。在小儿头部受到撞击后，父母一定要注意宝宝有无意识丧失、呕吐、痉挛这3个症状。如小儿在头遭撞击后立刻哭了，或者虽脸色苍白、呕吐，但很快好转，可让宝宝安静休息，冷敷头部，并注意观察其病情有无变化。如果有伤口并有出血时，父母在帮宝宝消毒伤口后，用干净的纱布压迫止血。若宝宝丧失意识，耳鼻有出血或不断发生痉挛时，就说明大脑的损伤较严重，要尽量避免头部运动，立即送往医院急救。

食管、呼吸道异物梗阻

预防此种事故，主要在于家长。家长应经常教育宝宝不要将玩具放在口内玩耍，同时禁止宝宝玩项链、珠子、钉子等小东西，给宝宝做面食或汤饭时，注意不要将鱼刺和骨头混在食物中。如宝宝不慎将小扣子、小珠子类的东西误吞入口时，宝宝可能没有明显不适，则可以在家观察有无出现腹痛等异常表现。若鱼刺等卡在咽喉，切不可强行用茶饭咽下，而应及时送医院就诊。

宝宝不小心把细小物体误吞入喉、气管、支气管内，发生呼吸道异物梗阻时，应及时送医院处理，否则会因窒息危及生命。

电击

电击俗称触电，是由于电流通过人体所致的损伤。大多数是因人体直接接触电源所致，也有被数千伏以上的高压电或雷电击伤。

由于宝宝好奇心强，看到什么都想动一动。为了宝宝的安全，家中的所有小型电器，在不使用时或使用完之后都必须拔除电源。平时要把所有的小型家用电器，如吹风机、电熨斗、烫发器、电动剃须刀、小型电热毯等都存放在安全的地方。因为婴幼儿期的宝宝已经有了初步的观察力和模仿力，如果宝宝学着妈妈或爸爸的样子，拿到什么电器并将插头往插座上插，就可能发生触电。如果在宝宝能够得着的地方设有插座，最好换个地方，如果不能换地方，可以用宽胶带把插座封住。

休克

休克是由各种极为严重的致病因素，如严重的创伤、出血、感染、心肌梗死等引起的，以急性微血管循环障碍为中心环节，重要脏器细胞损害为结果的临床综合征。临床表现有面色苍白、四肢厥冷、全身紫绀、口干、尿少、精神委靡等，最重要的判断标准是血压下降至60毫米汞柱以下。

宝宝休克的急救方法如下：

要扩充有效循环血量，纠正代谢性酸中毒。在输液过程中要随时注意观察小儿尿量，测定心率、中心静脉压，以便随时调整液体量、液体种类及补液速度，以免造成因输液过多引起新的并发症。采用调整血管紧张度的药物，大致有扩血管和缩血管两大类，具体采用哪一类要根据病情的不同阶段来掌握。

要针对引起休克的病因进行治疗。如感染性休克要立即用抗菌药物控制感染，药物引起的过敏性休克则要加强药物的拮抗及清除引起过敏反应药物等。

重症休克患儿都有全身氧代谢障碍，应及时给予氧气吸入，如合并急性呼吸窘迫症，则必须采用机械通气方法，以改变肺部氧合作用。如遇高热、抽搐的患儿，往往意味着感染及休克已造成脑功能损伤，应及时解热、止惊。如怀疑有脑水肿时，则应给予脱水剂及利尿剂。有经验的医生应根据病情，扬长避短，以争取最佳治疗。

第四章
宝宝安全用药及就诊常识

宝宝医院就诊注意事项

仔细阅读药品说明书，是安全服药前的必经程序。药品说明书上会明示药品的名称、主治功能、用法与用量、不良反应、禁忌证、储藏条件、有效期、主要成分、药品性状、批准文号等内容。这些都是家长要留心查阅的，要知道，看药品说明书也是有学问的。

● 首先，要看药品的主治功能，家长一定要针对宝宝所患的疾病来看药品是否是对症下药，以防取药师马虎出现取药问题；其次是要看药品的批准文号。有“准”字代表国家批准正式生产，有“试”字代表国家批准试生产。如果买到的药品批准文号有问题，就不要服用了，以免服用假药给身体埋下隐患；再次要看药品的用法用量，严格遵照药品标志服药，以期患儿尽早恢复健康，多用少用都会阻碍患儿的康复。家长更不可擅自更改用量，一切都要按医嘱或说明上的规定去做。最后要看药物的保质期，有些药物即使在保质期内，其形状改变后，也不能服用，家长要留心查看。

● 其次，是药三分毒，任何的药物都有可能产生不良反应。副作用是指服药过程中可能出现的不适反应，而毒性反应是指服药因过量或过久服用会造成的强烈不适症状。家长在给宝宝服药时，不必因为惧怕不良反应而停止服药，不良反应只是有可能发生，因人而异，如果患儿在服药时出现不适症状，可以询问医生是否停药。

● 药品说明书上的禁忌证一定要仔细阅读，并严格按照说明去做，它能直接关系到患儿的人身安全。有禁用标志的就不要服用，有慎用标志的要谨慎服用，如有不良反应马上停用。药品的保存方法也有讲究。标有阴凉处储藏则说明存放环境温度应在20℃以下；冷藏保存需要将药物存放在2～8℃的环境中。服药后，瓶盖盖严，不能置放于空气中。

这样用药最科学

对于宝宝来说，用药的剂量一定要科学，同时还要掌握一些用药的方法，才能让药物起到治疗疾病的作用。

用药的剂量

儿童用药的剂量多按体重计算，在不能直接称重时，父母可根据年龄按下列公式推算：

1~6个月	体重（千克）=月龄×（足月）0.6+3
7~12个月	体重（千克）=月龄×（足月）0.5+3

父母通过上述公式计算，即可得出小儿用药剂量。另外，还要看清楚是1日量还是1次量，若为1日量，需多次应用。

给药时间

很多药物只有在适宜的时间应用才能发挥最大效用，如健胃药宜在饭前30～60分钟服用，而助消化药宜在吃饭时即食前片刻服用；有的驱虫药宜在清晨空腹时或半空腹时服用；多数药特别是对胃有刺激性的药宜在饭后15～30分钟后服用。家长应熟练掌握儿童用药剂量和用药方法，同时要不时地、仔细地观察宝宝用药过程中的病情变化，若病情加重，可能是用药失败，应立即送往医院；若宝宝出现与病情无关的表现，可能是药物的不良反应，应立即停药并送医院诊治。

注意药物配伍禁忌

避免药理性配伍禁忌：很多药物的药理作用是互相拮抗的，如中枢神经兴奋剂和中枢抑制剂、升压药与降压药、血管紧张剂与血管扩张剂、泻药与止泻药、扩瞳剂与缩瞳剂、抗凝血药与止血药等。另外，两种具有相同作用的药物配伍后往往也会产生不良后果。如阿的平与伯氨喹啉同为抗疟原虫药物，但两者配伍后，前者使后者从血中排除的速率减慢，从而增加其毒性反应。

避免理化性配伍禁忌：药物有酸性、碱性之分，若不分酸碱随意配伍，会产生不良后果。例如：生物碱盐（或盐酸吗啡）溶液，遇碱性药物，可使生物碱析出；甘草流浸膏遇酸性药物时，所含甘草苷水解生成不溶于水的甘草酸，故有沉淀析出；维生素C溶液与苯巴比妥钠配伍，能使苯巴比妥析出，同时使维生素C分解；还有，青霉素与普鲁卡因、异丙嗪、氨乙嗪等配伍，可产生沉淀；去甲基肾上腺素同偏碱性注射液如氨茶碱、谷氨酸钠等配伍，可引起失效。这些都是在酸碱理化性质上的配伍禁忌。

注意防止药物中毒

有些代谢较慢而毒性较大的药物，如洋地黄、依米丁等，在使用时为防止在宝宝体内蓄积中毒，在到达一定负荷量后，父母应减少剂量或用维持量；由于大部分药物都是通过肝脏代谢和肾脏排泄，所以父母对肝功能和肾功能不全的患儿，尤其要注意减少药物剂量和延长给药间隔。很多药物都应该根据其药效学及临床疗效，制定具体给药疗程。如需重复给药，则应停药一定时期以后再开始进入下一疗程，以免蓄积中毒。

有些药物常常可以引起某些体质异常宝宝的特异反应，如苯胺类药物、抗疟药，可导致一些宝宝急性溶血性贫血；过多应用阿司匹林可导致小儿肝脑综合征等。这些常与小儿遗传和代谢方面的缺陷有关。

避免滥用抗生素

现在对宝宝滥用抗生素已成为一个普遍的问题。例如小儿上呼吸道感染大都由病毒引起，用抗生素就不一定有效。对怀疑细菌感染的宝宝，也要针对不同细菌如球菌、杆菌选择敏感的抗生素。父母切忌不论宝宝什么原因的感染，不问轻重，而一味追求多种抗生素联合疗法。目前，有些基层医疗单位的医生喜欢联合应用“青霉素+链霉素”，对绝大多数宝宝而言不但没有必要，而且造成众多的过敏反应和链霉素引起的听力障碍。大多数药物都有不同程度的副作用，如氨基糖苷类庆大霉素、卡那霉素可引起耳鸣、耳聋和肾脏损害；长期应用大环内酯类，如红霉素、螺旋霉素、麦迪霉素可引起肝脏损害；氯霉素类可致再生障碍性贫血、白细胞减少等，特别是长期、大量使用时更容易引起这些毒副作用。另外，长期应用广谱抗生素可诱使耐药菌株产生，使药效降低，还可使其他菌群失调，出现二重感染、严重的毒性反应和过敏反应。这些问题均是父母在宝宝用药时必须尽量防止的，以保证宝宝的用药安全。

警惕药物的不良反应

药物的不良反应是指对防治疾病无益，甚至有害的反应，包括副作用、毒性反应、过敏反应。

副作用

在药物治疗时，与防治作用同时出现的而又与治疗目的无关的作用称副作用。它会给宝宝带来不适或痛苦，如服用红霉素可引起恶心、腹部不适；用阿托品解除胃肠痉挛时，可出现口干舌燥等。

毒性反应

引起药物毒性反应的原因大致有3种：用药量过大，用药时间过长和对药物过于敏感。药物的毒性反应会对机体造成损害甚至可危及生命，如链霉素、卡那霉素损害第8对脑神经而引起耳聋及平衡失调等。因此家庭用药，特别是儿童用药要严格按规定量给予。有的药物能影响胎儿的正常发育而致畸形，称“致畸作用”，所以孕期尤其是妊娠3个月前应尽量避免用药。

过敏反应

过敏反应也称变态反应，是过敏体质的病人与某药物重复接触后所产生的对该药物的特殊反应。其与药物的剂量基本无关。过敏反应轻则出现皮疹、发热、水肿、哮喘等，重则可引起过敏性休克而危及生命。由于病人对药物的过敏反应有不可测性，所以在使用容易引起过敏反应的药物之前，必须详细询问病人的用药史，特别是具有过敏性体质的病人，应先做过敏试验。对于宝宝的用药过敏史，家长应掌握，在应用该药物时应主动说明。

避免宝宝用药的误区

在给宝宝用药的过程中，很多爸爸妈妈容易陷入一些误区当中，虽然本意是为了宝宝好，但却往往给宝宝带来更大的伤害。

没有摇匀药水

有些家长没有严格按照说明在吃药前摇匀药水。

摇匀药水才吃是有原因的，因为需要把各种成分混合在一起，否则，开始吃的2/3药效不够，到最后吃的1/3又可能导致药效太重，会对宝宝有害。

保留已过期的药物

妈妈必须养成习惯先看看药物是否已过期，才喂给小儿吃。最安全的做法是每3个月清理一次药品或药柜，丢掉已过期的药物。若不敢肯定是否已过期，为安全起见，宁愿弃掉，不要怕浪费。

只吃药不就医

宝宝服食了买回来的成药已数天，病情仍未见有所改善，妈妈却依然继续给他吃下去。

假如宝宝吃了这些成药已两三天，还未见好转便应该停止，不要再吃，须尽快带宝宝去看医生。

新生儿的服药指南

一般来说，给新生儿喂药的机会并不多，但出生两周的宝宝，需要喂维生素D胶丸，或鱼肝油滴剂、鱼肝油丸。滴剂还比较好喂，滴到宝宝嘴里就可以了，但胶丸喂起来就有些困难了。

喂胶丸

维生素D胶丸，是国际卫生组织推荐的预防婴幼儿佝偻病的药物。妈妈往往把维生素D胶丸中的液体挤出来，放到水中喂宝宝。这样做，药物会部分浪费，致使药量不足。最好是整个喂下去。妈妈可以把胶丸放在小匙中，用温水浸泡约5分钟，用筷子轻轻按压胶丸，如果胶丸发软，能够被压变形，就可以把胶丸放入宝宝口中，用奶瓶喂水或用乳头喂奶，胶丸会顺利进入宝宝胃中，不会噎着宝宝的。

喂片剂

妈妈可以把片剂研成粉末，放在干净的白纸上，慢慢倒入宝宝口中，再用奶瓶喂水。或将粉末直接放入奶瓶中，在宝宝喝奶或喝水时一并服入。如果可用乳汁送服药物，可把药末沾在乳头上，让宝宝吃奶。

喂汤剂中药

喂宝宝汤剂中药时，煎的药量要少些，以半茶盅为宜。药水加糖调匀，温后倒入奶瓶服用。一天分3～6次喂完。

不同药品的最佳用药时间

如果将服药的时间与人体生物钟相配合，可以减少药物的副作用，最大限度发挥药物的作用。

感冒药：感冒的症状多在上午和夜间症状加重，所以在这两个时间段服用效果最好。

抗喘药：患有气喘、哮喘的儿童，最好在早上7 点左右服用。

抗过敏药：有些抗过敏的药物在早上服用，药效可以持续近16小时，而若在晚上服用，药效只能维持7小时。所以说抗过敏药物服用宜早不宜晚。

退热药：退热药只能在宝宝体温超过38.5℃时才能使用。宝宝服用退热药物的时间间隔不能少于4小时。宝宝服用退热药只是治标不能治本，在使用退热药的同时，还应找出发病原因。如果宝宝连续高热不退，应赶紧就医。

宝宝咳嗽如何用药

咳嗽是婴幼儿时期常见的一种症状，在宝宝咳嗽时，爸爸妈妈要注意不能滥用药物，应先明确病因，再采取对症的方法。

不要多喝止咳糖浆

小儿止咳糖浆中的主要成分是盐酸麻黄素、苯巴比妥和氯化铵等药物。小儿止咳糖浆服用过多，宝宝会出现盐酸麻黄素的不良反应，如头晕、心跳加快、血压上升，还可出现大脑兴奋，如烦躁和失眠等；苯巴比妥的不良反应是头晕、无力、困倦、恶心和呕吐等；氯化铵服用过量可产生酸中毒等一系列不良反应。因此，宝宝服用小儿止咳糖浆不宜过多，应遵照医嘱按规定剂量服用。

不要乱用镇咳药物

小儿咳嗽应当明确诊断，确定引起咳嗽的病因并积极采取相应的治疗措施。不宜单纯使用镇咳药。只有因胸膜、心包膜等受刺激而引起的频繁剧咳，或者只有当痰液不多而频繁发作的刺激性干咳，影响患儿休息和睡眠时，或为防止剧咳导致合并症（如肺血管破裂、肺气肿、支气管扩张、咳血）时，才能短时间地使用镇咳药。对咳嗽伴有多痰者，应与祛痰剂（如氯化铵、溴己新）合用，以利于痰液排出和加强镇咳效果。

对痰液特别多的湿性咳嗽如肺脓肿，应该谨慎给药，以免痰液排出受阻滞留于呼吸道内而加重感染；对持续1周以上的咳嗽，并伴有发热、皮疹、哮喘、肺脓肿的持续性咳嗽，应及时去医院明确诊断或咨询医生。

宝宝发热怎么办

父母在宝宝发热时不要急忙用药，应先对宝宝的各种症状做仔细检查，以便弄明白发热的病因，对症下药。

宝宝发热的检查

一般来说，宝宝体温比成人略高，甚至在室温升高时或小儿哭闹后，体温均可超过正常值，体温的波动范围也较成人大。

发热与病情轻重不一定平行。比如急疹病儿，体温可高达40℃，而一般情况比较良好。相反，体质虚弱的小儿，即使感染很严重，体温也不会升高。

宝宝除急性感染外，急骤的体温升高可见于热辐射（中暑、环境温度太高）、大量出血、严重贫血（溶血危象时）、过敏体质、恶性肿瘤及手术后等恶性高热。

认真核对体温测量的准确性

测体温的方法在反映小儿真实体温的数值上亦有差别，测体温的时间和条件均对其有影响，如腋表、口表和肛表所测得数字依次相差约0.5℃，即用腋表者最低，肛表者最高。若固定试表的时间（分别为5分钟、3分钟、2分钟），则3种试表方法所得数值差异较小。一般测腋温应以5分钟为准，不宜延长至10分钟以上，因随时间延长体温有渐增趋势。

若宝宝口腔、肛门内有局部炎症则可测得较高数值，在寒冷环境中腋表所测得数值有可能偏低。因此，父母对可疑发热的患儿，应认真核对体温测量的准确性。

智商开发篇

——科学开发潜能，成就高智商天才宝宝的关键

第一章 宝宝成长发育标准

1个月宝宝成长发育标准

身体发育

宝宝从出生到1个月，身体发育处于活跃阶段，生命异常娇嫩，这就需要为人父母者站在人生的出发点上，为宝宝设置坚实的保护屏障。

●身长▶

身长是反映骨骼发育的一个重要指标。新生儿出生时平均身长为50厘米，其中头部占身长的1/4。新生儿出生后前半年每月平均长3.15厘米，后半年每月平均长1.45厘米，1岁时身高可达77.5厘米。2岁时达90.5厘米，3岁时达98厘米。

●体重▶

体重是反映生长发育的重要指标，是判断新生儿营养状况、计算药量、补充液体的重要依据。

新生儿出生时平均体重为3285克，正常范围为2500～4000克。在新生儿出生后3～5天内，体重会下降3%～9%。出现这种情况的原因是宝宝出生后要排泄粪便，还会呕吐一些出生过程中吸入的羊水，经肺的呼吸和皮肤的蒸发也会散发一些水分。由于刚出生的宝宝食量很少，母亲的授乳量又往往不足，因此就造成了体重下降。一般只要哺乳得当，3～4天后体重就会开始回升，通常7～10天后即可逐渐恢复到出生时的体重。

●头围▶

从新生儿枕后结节经眉间绕头一周的长度即为头围。新生儿出生时头围平均值为34厘米；出生后前半年增加8～10厘米；后半年增加2～4厘米。

●胸围▶

沿乳头下缘绕胸一周的长度为胸围。宝宝出生时胸围比头围少1～2厘米，平均为32.4厘米；1岁时胸围和头围接近相等；15个月胸围与头围相等，随后胸围超过头围。

●囟门▶

新生儿的头顶前中央的囟门呈长菱形，开放而平坦，有时可见搏动。父母应注意保护囟门，不要让它受到碰撞。一般1岁以后它会慢慢闭合。

●四肢▶

新生儿双手握拳，四肢短小，并向体内弯曲。有些宝宝出生后会有双足内翻，两臂轻度外转等现象，这些都是正常的，大多宝宝在满月后两臂外转可以缓解，双足内翻大约3个月后就会缓解。

●体温▶

新生儿的体温中枢发育是不完善的，而且皮下脂肪薄，保温能力差，加上散热快，体温常常不稳定。特别是出生时，新生儿从温度恒定的母体来到温度较低的体外，体温往往要下降2℃左右，以后可逐渐回升，一般12～24小时内稳定在36～37℃之间。

●呼吸▶

新生儿的肺容量较小，但新陈代谢所需要的氧气量并不低，故只能以加快每分钟呼吸的次数来满足需要。正常新生儿每分钟呼吸35～45次。由于新生儿呼吸中枢不健全，常伴有呼吸深浅、速度快慢不等的现象，表现为呼吸浅快、不匀，这也是正常的表现。

●皮肤▶

刚刚出生的新生儿皮肤呈浅玫瑰色。在关节的屈曲部、臀部被胎脂覆盖着，出生后的3～4天，新生儿的全身皮肤可变得干燥。这是由于以前小儿一直生活在羊水里，当他来到世间后，皮肤就开始干燥，表皮逐渐脱落，一周以后就可以自然落净。由于新生儿皮肤的角质层比较薄，皮肤下的毛细血管丰富，因此，新生儿的皮肤在“落屑”以后呈粉红色，非常柔软光滑。

动作发育

宝宝出生后，在大动作上，几乎所有手掌、手臂及腿部的动作仍是反射动作。例如，仰卧时，身体往往与脸反方向弯曲，与脸朝同一方向的手伸直，脚弯曲，另一手臂朝上弯；活动时手臂及腿部用力伸踢，头部如无外物支持会前后倒；身体可以稍微侧翻；当缓缓被拉起至坐姿时，头部可直起而与背部成一直线。俯卧时，头部会左右转以免窒息，头可抬起一会儿。

在精细动作上，手通常会保持握拳或稍微打开的姿势，如果掰开宝宝的手指，放入汤匙或摇铃，宝宝会抓紧汤匙或摇铃，又立即松掉。宝宝的眼睛会注视物体，但不会伸手去拿，双眼看东西的协调度比较好。

智力发育

这个月的宝宝喜欢看图案，甚至喜欢看颜色、亮度或大小不同的图案。

这个时期的宝宝每10小时中约有1小时是完全清醒的。醒着时，会注视人或物；注视亮光或物体时，双眼能配合左右或上下看。视线能跟随玩具从身体的侧边移至正中间；看到人或玩具时会兴奋，不过这些必须在宝宝的视野中宝宝才看得见。但如果时间过长宝宝就又会变得“看不见”了；能记得在2.5秒内重复出现的东西；知道隔一定的时间会有奶吃；被抱起来或看到人脸时会安静下来，需要人帮助时会哭。

感知觉发育

视觉：宝宝出生时对光就有反应，眼球会无目的地运动。两周后眼睛对距离50厘米左右的灯光有反应，眼球可追随灯光运动。

听觉：刚出生的宝宝耳鼓腔内还充满着黏性液体，妨碍了声音的传导。随着液体被吸收及中耳腔内空气的充满，宝宝听觉的灵敏度逐渐增强。

嗅觉：刚出生的宝宝嗅觉比较发达，刺激性强的气味会使宝宝皱鼻。宝宝还能辨别出妈妈身上的气味。

味觉：新生儿一周后能辨别出甜、苦、咸、酸等味道。如果吃惯了母乳再换牛奶，宝宝会拒食；如果喝惯了加果汁或白糖的水，再喂宝宝白开水，宝宝会不喝。此时，宝宝最喜欢甜食，最讨厌苦的和辣的食物，其次是酸的食物，因此最喜欢喝糖水，而吃到苦的药时，就往外吐。

触觉：宝宝的触觉很灵敏，轻轻触动宝宝的口唇部便会引起他的吮吸动作，并转动头部；触其手心，小手会立即紧紧握住。

痛觉：宝宝的痛觉较弱，尤其是早产儿痛觉比较迟钝。

情绪发育

宝宝对父母给予的抚慰会有高兴的反应，不喜欢疼痛的感觉。宝宝会对人脸或人声报以微笑，而对妈妈的微笑会行注目礼，可直视对方眼睛，当看到人脸时会安静下来，会依着抱自己的人的身体调整姿势，寻找、吸吮乳房，会认出父母的声音。有时手会抓东西、拍手。但大部分时间，宝宝脸上没有什么表情。

发育水平测测看

1.进食情况好吗？

2.喜欢看明亮的地方吗？

3.手脚常常活动吗？

4.宝宝躺着能自由地转换颈部的方向吗？

5.听到关门的声音会受到惊吓吗？

6.盯住光线和面孔看吗？

7.想用膝盖站时就蹬腿吗？

8.能张开或者攥住手吗？

9.会一个人微笑吗？

10.哭泣时听到声音就停止吗？

答“是”加1分，答“否”得0分。

●评分结果▶

9～10分，优秀；7～8分，良好；5～6分，一般。

5分以下也不要担心，只要1、2、5这三点为“是”就可以了。

2个月宝宝成长发育标准

身体发育

2个月的宝宝，面部长得扁平，阔鼻，小脸光滑了，皮肤也白嫩了，肩和臀部显得较狭小，脖子短，胸部、肚子呈现圆鼓形状，胳臂、腿也变得圆润了，而且总是喜欢呈屈曲状态，两只小手握着拳。所有这一切都表明，宝宝已经平安顺利地度过了新生儿期，开始迎接自己的新生活。

●身长▶

身高增长比较快，1个月可长3～4厘米。影响身长的因素很多，有喂养、营养、疾病、环境、睡眠、运动等。但这个月的宝宝身长的增长不受遗传影响。宝宝身长的测量也和体重一样，要标准测量。有的父母测量的结果往往与实际有较大的误差，故应该请专业人员进行测量。如果宝宝身长增长明显落后于平均值，要及时看医生。

●体重▶

2个月的宝宝体重增长较快，比刚出生时平均可增加1000克。人工喂养的宝宝体重增长更快，可增加1500克，甚至更高。但体重增加程度存在着显著的个体差异。有的这一个月仅增长500克，这不能认为是不正常的，体重的增长并不均衡，这个月长得慢，下个月也许会出现快速增长。体重增长呈阶梯性甚至是跳跃性，这样的宝宝并不少见。所以，如果您的宝宝在一个时期体重增长有些慢，不要过于着急，只要排除患病的可能性，到了下一个月就会出现补长现象。如连续增长落后，应到妇幼儿保健机构咨询并接受指导。

●头围▶

这个月的宝宝头围可达38厘米以上，前半年头围平均增长9厘米，但每个月并不是平均增长。所以，只要头围在逐渐增长，即使某个月增长稍微少了，也不必着急，要看总的趋势。总的趋势呈增长势头就是正常的，并不是这个月必须增长3～4厘米。经常会遇到父母为了宝宝头围比正常平均值差0.5厘米，甚至是0.3厘米而焦急万分，这是没有必要的。

●囟门▶

前囟是没有颅骨的地方，一定要注意保护，没有必要不可触摸宝宝的前囟，更不能用硬的东西磕碰前囟。宝宝的前囟会出现跳动，这是正常的。前囟一般是与颅骨齐平的，如果过于突出或过于凹陷都是异常。过于隆起可能是因为颅压增高，过于凹陷，可能是因为脱水。

这个月宝宝的前囟大小与新生儿期没有太大区别，对边连线是1.5～2.0厘米左右，每个宝宝前囟大小也存在着个体差异，如果不大于3.0厘米，不小于1.0厘米都是正常的。

宝宝的前囟门通常要到生后6个月左右才开始逐渐变小，一般在12～18个月闭合。头的后部正中的后囟门呈三角形，一般在生后2～3个月时闭合。

动作发育

在大动作上，拉手腕坐起时头可竖直片刻，俯卧时头开始可以抬离床面。宝宝自发动作开始，反射行为现在开始消失，因为它们开始被自主性的动作所取代。宝宝的四肢抽动开始减少，而运动变得较有韵律。手臂、腿部转动平稳。俯卧时，头部居中，头部可抬至呈45°；同时，头会左右转，每隔一段时间头会抬起呈45°。在精细动作上，抓握动作发展为意志控制的行为，可握着东西数秒钟或更久些，手臂还可能会挥动物品。

智力发育

引逗宝宝时有反应，听到声音会有受惊的动作和表情。给他看两样东西时，视线只会集中于其中一物。以全身的动作反应，试图去抓吸引他的物品。物品留在手中的时间极短，意志取代反射的抓握动作。期待某物体出现时会兴奋，会开始期待物体移动。开始看手，将它当做沉思的对象。可能开始显示出对左边或右边的偏好，单纯地为重复而重复一个动作，同时只能做一件事，一心无法二用。能清楚分辨不同的声音、人、味道、远近，以及东西的大小。将人及其特有的行为联想在一起，例如妈妈和喂食。啼哭减少了，哭声有了些区别。大声哭通常是要吃，小声哭通常是找人，突然被移动身体也会哭，告诉父母“我有危险”，手脚被卡住或动不了也会惊慌地哭。

感知觉发育

视觉：宝宝满月后，视觉集中的现象就越来越明显，喜欢看熟悉的父母的脸。这时候的宝宝，眼睛清澈了，眼球的转动灵活了，哭的时候眼泪也多了，不仅能注视静止的物体，还能追随物体而转移视线，注意的时间也逐渐延长。

听觉：当宝宝哭闹时，妈妈如果哄他，即使声音不高，宝宝也会很快地安静下来；如果宝宝正在吃奶时听到爸爸或妈妈的说话声，便会中断吸吮动作；宝宝对突如其来的响声和强烈的噪声，会表现出惊恐和不愉快，还可能会因此受到惊吓而啼哭。这个时期的宝宝对爸爸妈妈的声音很乐于接受。

语言发育

语言主动由小声的喉咙音变为“啊啊”、“咿咿”、“咕咕”等声音，大部分的发声仍以啼哭为主，被动地对声音有兴趣。

发育水平测测看

1.朝发出声音的方向看吗？

2.一逗弄就有笑脸吗？

3.发出“啊啊”、“呜呜”的声音吗？

4.躺着自由地转换颈部的方向吗？

5.喜欢看光亮和面孔吗？

6.追视光线和红色物体吗？

7.把手指放在嘴里吸吮吗？

8.哭泣时听到声音就停止吗？

9.俯卧时可抬起头颈吗？

10.听转动玩具和拨浪鼓的声音吗？

答“是”加1分，答“否”得0分。

•评分结果▶

9～10分，优秀；7～8分，良好；5～6分，一般。

5分以下也不要担心，1、2、3这三点为“是”就可以了。

3个月宝宝成长发育标准

身体发育

3个月宝宝的身长、体重、头围等都有不同程度的增长，不过身长和体重的增长呈跳跃性，是个连续的动态过程。

•身长▶

前3个月宝宝身长每月平均增加3.5厘米。满2个月的宝宝身长可达57厘米，这个月宝宝的身长可增长3～4厘米，到了2个月末，身长可达60厘米。虽然身长是逐渐增长的，但是，并不一定都是逐日增长的，也会呈跳跃性。有的宝宝半个月都不见长，但又过了一周，却长了将近三周的水平。生长是个连续的动态过程。

•体重▶

体重是衡量宝宝体格发育和营养状况的重要指标。这个月的宝宝，体重可增加900～1250克，平均体重可增加1000克。这个月应该是宝宝体重增长比较迅速的一个月，平均每天可增长40克，一周可增长250克左右。

在体重增长方面，并不是所有的宝宝都是渐进性的，有的呈跳跃性，这两周可能几乎没有怎么长，下两周快速增长了近200克，出现了对前段的补长情况。

•头围▶

头颅的大小是以头围来衡量的，头围的增长与脑的发育有关。月龄越小头围增长速度越快，这个月宝宝头围可增长约1.9厘米。宝宝头围的增长是有规律的，是一条逐渐递增的上升曲线。

●囟门▶

前囟和上个月比较没有多大变化，不会明显缩小，也不会增大。前囟是平坦的，可以看到和心跳频率一样的搏动，这是正常的。

智力发育

注意力可维持4～5分钟。物体于眼前移动时，双眼及头部可至少跟随10秒钟，由一侧转至另一侧。看到物品，脸上有反应，可集中注意力于眼前或远处的图片或玩具。眼神可自一物浏览至另一物，也可立刻看见晃动到面前正中之物，并可用握紧的拳头挥击物品，或以两手伸出碰触。会观看手中玩具，分辨近与远的物品，并伸缩手臂探试距离的变化。开始显露记忆能力，会等待定时的作息，如喂食。对重复的声音或影像感到不耐烦，但很快就会安静下来以注视人脸，对立体脸孔较注意。开始分辨家庭成员。长时间观看自己的手、脚，边动边看，以手摸索脸、眼睛、嘴。

开始感到自身的存在。对喜欢的景象会一看再看，会毫无缘由地重复同一动作，可能会将行动与其结果联想在一起。会停止吸吮来倾听，也会同时观看与吸吮，以眼睛搜寻声音来源。以全身反应大部分的刺激。吞咽与抓握由意志控制。开始整合意志性与反射性行为。

动作发育

身体控制由反射动作转变为意志性动作。仰卧时，头部居中，姿态对称，可抬头。身体一侧的手脚一起活动，然后换另一侧，或者双手一起、双脚一起活动并用力活动手臂及转头。俯卧时，由胸部支撑抬起头挺直约10秒钟，头可抬起数分钟。俯卧时臀部低，双脚弯曲。被拉着站起来时，双脚贴着地面，能短暂支持。需要人支持才能坐，可稍微维持姿势，头会稍微摇晃。手掌大多张开，抓握反射逐渐消失。可能无法握紧物品。开始挥击，但也许离目标还很远。以两手臂一起伸向物品，从两侧开始到身体前方会合，常以握紧的拳头碰触物品。

语言发育

能主动发出“呜、啊、哦”的音。由喉底发出如“咯咯”等声音。较少啼哭。宝宝发声不受环境影响，会以发声作为社交性的回答，被动倾听人声，分辨人声，并听出不同字音。

感知觉发育

视觉：本月的宝宝视觉有了发展，开始对颜色产生分辨能力，对黄色最为敏感，其次是红色，当宝宝见到这两种颜色的玩具时很快能产生反应，而对其他颜色的反应要慢一些。另外，宝宝也能看得更远了。

嗅觉：这个月的宝宝嗅到有特殊刺激性的气味时会有轻微的受到惊吓的反应，慢慢地就学会了回避不好的气味，如转头。

情绪发育

宝宝能即刻、自然地微笑，哭泣大量减少，代之以脸部表情、身体语言、发出的声音来表达自己的情绪。受挫时会尖声啼哭，饿了时则会抽抽噎噎地咂嘴啼哭。可以认出妈妈。看到熟悉的面孔时会兴奋地全身扭动。被父母抱着时，手脚会缓和地推动。

对不同的人能做出不同的反应。在妈妈离开与别人离开时的哭声不同；妈妈在身边或听到妈妈声音时的笑容、声音不同。会设法吸引他人注意。会由于抱自己的人不同而停止哭泣或开始哭泣。说话声、歌声、熟人的声音或走近的人都可以使宝宝转头注视。社交性的刺激显得越来越重要，当有人对着宝宝说话时，宝宝会发声。

发育水平测测看

1.用目光追视旁边的行人吗？

2.一逗弄就出声笑吗？

3.很快地握住拨浪鼓吗？

4.颈部坚挺吗？

5.俯卧瞬间会抬起头吗？追视光线和红色物体吗？

6.手指放在嘴里吸吮吗？

7.可以转向妈妈发出声音的方向吗？

8.哭泣时，听到妈妈的声音就停止吗？

9.“啊啊”、“呜呜”地喃喃自语吗？

10.喂奶时抓奶瓶或乳房吗？

答“是”加1分，答“否”得0分。

●评分结果▸

9～10分，优秀；7～8分，良好；5～6分，一般。

5分以下也不要担心，1、2、5这三点为“是”就可以了。

4个月宝宝成长发育标准

身体发育

4个月宝宝的身体发育速度开始稍缓于前3个月。宝宝的头看起来仍然较大，这是因为头部的生长速度比身体其他部位快。

●身长▸

这个月宝宝身长增长速度与前3个月相比，开始减慢，1个月平均增长约2.0厘米。但与1岁以后相比还是很快的。不要为宝宝一时的身长不理想而担心。身长的增长是连续动态的，静态的一次或一个月的测量值，并不能说明是否偏离了正常生长标准。

●体重▸

这个月的宝宝体重可以增长600～700克。如果体重偏离同龄正常宝宝生长发育标准太多，就要寻找原因，除了疾病所致以外，大多数是由于喂养或护理不当造成的。

●头围▸

这个月宝宝头围可增长1厘米，宝宝定期测量头围可以及时发现头围过大或过小。如果超过或低于正常标准太多，则需要请医生检查，看是正常的变化，还是疾病所致。

如果宝宝的头围增长过快，要考虑脑积水或佝偻病；头围增长过慢要注意宝宝智能发育，是否有小头畸形或狭颅症等。测量头围要准确，方法要正确，不像体重身长，头围增长范围不大，如果测量误差比较大，就会造成不必要的担忧。所以最好请医生测量头围，或父母在医生那里学会正规的测量方法。测量头围应用软尺测量，宝宝采取立位或坐位，爸爸妈妈将软尺0点固定于宝宝头部一侧眉前上缘，紧贴头皮绕枕骨结节最高点及另一侧眉弓上缘回至0点，读数记录至小数点后1位数。

●囟门▸

这个月龄的宝宝后囟早已闭合，前囟1.0～2.5厘米不等，如果前囟大于3.0厘米或小于0.5厘米，应该请医生检查是否有异常情况。前囟过大可见于脑积水、佝偻病，前囟过小可见于狭颅症、小头畸形、石骨症等。

囟门的检查多要靠医生。有的医生在测量囟门时，没有考虑到个别宝宝囟门呈假性闭合（膜性闭合），就是说从外观上看囟门像是闭合了，其实是头皮张力比较大，类似闭合，但颅骨缝仍然没有闭合。这些不解释清楚，会给父母带来不必要的担心。

父母不要因为宝宝囟门大就认为是佝偻病，从而盲目补充钙剂。宝宝发热时，囟门可能会膨隆、饱满，如果怀疑有颅脑疾病，要请医生鉴别。

智力发育

对事物的细节有兴趣。坐或卧时，头部与眼睛能平稳地追随吊挂或移动的物体与声响而转动，能立刻注意到小玩具。用手将吊挂物扭向自己，将物体带到嘴边，用手臂及张开的手掌拍击，但常打不中目标，注视物体开始往下掉的地方。

有5～7秒的记忆力。对真的人脸会微笑并发声较多，对照片则较少。能分辨人脸与图案，知道人与物不同。还可分辨脸孔，认得妈妈，但可能会讨厌陌生人。可能会对镜中自己的影像微笑、说话，开始调整对人的反应。觉察本身行动与其所产生的结果的区别，也觉察自身与外界其他对象的不同，可觉察到陌生的环境。可分辨各种玩具，也许会偏好某一玩具，还可能将玩具由一只手换到另一只手中。

宝宝的身心发展有的快，有的慢，个体差异相当大。如果稍有偏差，也不要过度担心。

动作发育

仰卧时，头保持正中。坐或卧时，头均可自由转动，头可稳稳抬起，维持短暂时间。俯卧时，双臂伸直或以前臂支撑，头可抬至与床面成直角。仰卧时，头可撑起，抬至看得见手和脚。俯卧时，双脚伸展，可故意弯曲腰以下的肌肉，臀部抬起；还可以摇动，四肢伸展，背挺起呈弓形。可由俯卧或侧躺姿势翻身。拉宝宝站立，双腿会伸展，使肩膀到脚成一直线。若有人支撑，可坐上10～15分钟，头部稳定，背部坚实。

在精细动作上，双手活动较灵敏，也有较多变化了，两手手指会交互拉扯。抓握东西时，手掌与四指在一边，拇指在另一边，但不熟练，挥击物体仍不准确。视线可由物体游移至手，再回到物体，想抓住物体但常抓不准，不是抓得太低、太远，就抓得太近。

语言发育

喉咙主动发出的“咕咕”声，有声调的抑扬变化。开始牙牙学语，能发出一连串不同的语音，哭声坚定有力。有人对宝宝说话时，他会微笑、高兴地尖叫、咕咕发声。宝宝这个月已经学会用各种各样的笑来表达他内心的喜悦和对周围事物的好奇心，并模仿数种音调。

感知觉发育

能识别妈妈和面庞熟悉的人以及经常玩的玩具。能注意倾听音乐，并对柔和动听的音乐声表示出愉快的情绪，对强烈的乐声表示不快。听到声音能较快转头，能区分爸爸妈妈的声音。

情绪发育

会发声，表示情绪起伏，喜悦、犹疑、抗议等。与人交谈时会笑，玩耍时会拍手掌或手指，玩耍被打断时会哭。会兴奋地期待事情发生，会试着安抚自己。听到音乐时会安静，呼吸沉稳。对镜中自己的影像有兴趣，可能会分辨镜中的妈妈与自己。以假咳嗽或咋舌出声吸引别人的注意，希望和别人玩耍。喜欢被人抱起，坐起时会发声，躺下时不安分。对玩具表示兴趣，可能偏爱某一玩具。喜欢玩游戏。在日常生活中，由于与人情感交流的兴趣增加，宝宝对食物的兴趣会有所降低。洗澡时他会拍水作乐、踢腿、抬头。

发育水平测测看

1.颈部坚挺吗?

2.会用目光去追逐活动的物体吗?

3.一逗弄就笑吗?

4.会转向妈妈发出声音的方向，寻找妈妈吗?

5.碰到拨浪鼓会玩吗?

6.碰到手的东西他就去握吗?

7.能从仰卧位转向侧身吗?

8.能对着熟人微笑吗?

9.能做双手合拢的游戏吗?

10.会盯住自己的手看吗?

答“是”加1分，答“否”得0分。

●评分结果▶

9～10分，优秀；7～8分，良好；5～6分，一般。

5分以下也不要担心，1、2、6这三点为“是”就可以了。

5个月宝宝成长发育标准

身体发育

宝宝这个时期的体重增加不如以前，生长速度也不如以前快，出现了平缓增长的趋势。

●身长▶

5个月宝宝身长平均可增长2.0厘米，如果宝宝身长与平均值有一些小的差异，父母不必不安。身长增长是个连续的动态过程，要定期进行测量，了解身长的增长速度。

●体重▶

体重增长速度开始下降，4个月以前，宝宝每月平均体重增加900～1250克，从第4个月开始，平均每月增加450～500克。

●头围▶

头围的增长速度也开始放缓，平均每个月可增长1.0厘米。头围的增长也存在着个体差异，宝宝头围增长是呈规律性逐渐上升的趋势，有正常增长值，也有可波动的正常范围。

爸爸妈妈定期测量头围，可及时发现头围异常，如果头围过小，要观察宝宝是否有智能发育迟缓的症状；如果头围过大，应排除是否有脑积水、佝偻病等。

●囟门▶

这个月宝宝的囟门可能会有所减小了，也可能没有什么变化。如果宝宝发热，囟门会膨隆，或跳动比较明显，这也很正常。但如果宝宝高热，囟门异常隆起，精神也不好，或出现呕吐等症状，要及时看医生。

智力发育

5个月的宝宝会转头四望，头可自由转动寻找声音来源或追踪物体。眼睛会配合手的抓握和操弄。在物体附近举起手来，视线在手与物体间来回移动，手慢慢伸近物体后抓握。想抓一物品时，两手从身体两侧合向中间，有时仍握拳。双手可能在物品的下方、上方或前方重合，想要摸触、拿握、转动、摇晃物品。

动作发育

俯卧时，头与胸抬得很高。仰卧时，可抬起头部与肩膀，可拉脚至嘴边，吸吮大脚趾。仰卧时，四肢伸展。俯卧时，会如飞机状摇摆、四肢伸展、背部挺起和弯曲。可从俯卧翻转成仰卧。俯卧时，双手用力推，膝盖向前缩起。可能以摇摆、翻滚、扭动身躯来移动身子；很容易就可让人拉着站起来。被人从腋窝抱住时，会站，而且身体上下动，两脚轮流踏。有人支持时，可坐很久，背脊坚挺。坐着或被扛着坐起来时，头部保持挺直。被拉起时，头和躯干可向前弯，脚可缩至腹部。坐着时手可抓握物品。在精细动作上，常以拇指与食指抓物，手掌稍微翻转。若将摇铃放在宝宝的手上，宝宝会握住玩耍。

语言发育

现在宝宝会主动发出母音，如“啊”、“咦”，以及几个近似子音的声音，还会对自己、对玩具“说话”，有可能这是利用一些儿语来吸引人的注意。宝宝还会专心注视别人说话时的嘴部，并模仿别人的嘴部动作尝试发声，甚至会模仿声调变化。开始了解“名字”的含义。

感知觉发育

视觉：宝宝的眼里，已流露出见到妈妈爸爸时的亲密神情。

听觉：对悦耳的声音和嘈杂的刺激已能做出不同反应。

发育水平测测看

1.仰卧时能侧身吗？

2.伸手抓附近的玩具吗？

3.抱起来时摆弄妈妈的脸吗？

4.可以用双手把东西放进嘴巴里吗？

5.能转向有人声的方向吗？

6.玩游戏时会高兴地笑吗？

7.房间里没有人就哭吗？

8.俯卧时，头部、肩膀、胸部能抬起来吗？

答“是”加1分，答“否”得0分。

●评分结果▸

7~8分，优秀；5~6分，良好；3~4分，一般。

3分以下也不要担心，1、5这两点为“是”就可以了。

6个月宝宝成长发育标准

身体发育

宝宝此时身体发育呈减缓趋势，但总体还是稳步增长。

●身长▸

身长平均增长1.7~2.0厘米。户外运动对宝宝身长的增长有很大的促进作用，同时，还能让宝宝沐浴阳光，促进钙质吸收，使骨骼强壮，促进宝宝的智能发育。

• 体重 ▶

体重可以增长450～650克。食量大、食欲好的宝宝，体重增长可能比上个月还大。如果每日体重增长超过30克，或10天体重增长超过了300克，就应该适当减少哺乳量，并连续监测体重增长情况。

• 头围 ▶

头围可增长1.0厘米。头围的增长从外观上难以看出，增长的数值也不大，头围的大小也不是所有的宝宝都一样的，存在着个体差异。

• 囟门 ▶

前囟尚未闭合，为0.5～1.5厘米。新父母会担心，前囟闭合过早会不会影响大脑发育。妈妈的这种担心也是有一定道理的，但大多数情况是宝宝前囟小所造成的一种假象。前囟小，并不等于会提前闭合。有的宝宝生下来前囟就不大，在整个发育过程中，前囟的变化也不大，大多数是在1岁以后才开始逐渐闭合的。如果是小头畸形、狭颅症或石骨症等疾病，除了囟门小、闭合早外，还会有头围小、骨缝闭合、重叠、智能发育落后等表现。

智力发育

宝宝6个月大的时候，对周围的事物有了自己的观察力和理解力，似乎也会看父母的脸色了。宝宝对外人亲切的微笑和话语也能报以微笑，看到严肃的表情时，就会不安地扎在妈妈的怀里不敢看。听到别人在谈话中提到他的名字，就会把头转向谈话者。当妈妈两手一拍，伸向宝宝时，宝宝就知道妈妈是想抱他，也就欢快地张开自己的胳膊。当妈妈拿起奶瓶朝宝宝晃晃，宝宝就知道妈妈要喂奶，于是就迫不及待地张开小嘴。有时妈妈假装板起脸呵斥，宝宝的神情也会大变甚至不安或哭闹。对一些经常反复使用的词语，比如“妈妈”、“爸爸”、“吃奶”和“上床睡觉”等，宝宝也能理解。

动作发育

在大动作上，头部转动自如。仰卧时，双腿抬伸颇高，并可向各个方向翻、转，可由仰卧翻身为俯卧。可以用双手、双膝支起身体，四肢伸展以使身体向前跃或向后退。蠕行——肚子贴地，支撑着向前或向后爬。需有人支持才能站立。稍予支持即能坐，平衡良好，可向前或两边倾。坐在椅子上时，可抓晃动的物品；双腿能上下蹦跳，可以短暂独坐。从俯卧翻身时，能侧身弯曲至半坐的姿势。

在精细动作上，能握住奶瓶，同时可转动手腕，将物品拿在手中转，还可以用单只手臂伸向物品。

语言发育

这个月的宝宝，仍然不会说话，但对语音的感知更加清晰，发音变得主动，会不自觉地发出一些不很清晰的语音，会无意识地叫“妈妈”“爸爸”。

现在的宝宝，只要不是在睡觉，嘴里就一刻不停地“说着”，尽管爸爸妈妈听不懂宝宝在说什么，但还是能够感觉出宝宝想表达自己的意思。如宝宝会一边摆弄着手里的玩具，一边嘴里发出“喀……哒……妈”等声音，好像自己跟自己在说着什么。如爸爸妈妈拿着小布熊逗宝宝玩，宝宝会拍着小手，嘴里还“哦”、“哦”地叫着，对小布熊表现出极大的兴趣。如妈妈拍着手叫宝宝的名字，宝宝也会张着自己的小手，嘴里“啊”、“喔”地叫着，似乎在应和着妈妈。当爸爸问宝宝“妈妈在哪里”时，宝宝就会朝妈妈看，脸上露出欣喜的表情。这一切都说明，宝宝的语言能力有了很大的提高。

情绪发育

现在的宝宝高兴时会笑，受惊或心情不好时会哭，而且情绪变化特别快，刚才还哭得极其投入，转眼间又笑得忘乎所以。当妈妈离开时，宝宝的小嘴一扁一扁地似乎想哭，或者哭起来。如果宝宝手里的玩具被夺走，就会惊恐地大哭。当宝宝听到妈妈温柔亲切的话语时，就会张开小嘴咯咯地笑，并把小手聚拢到胸前一张一合地像是拍手。如果妈妈躲在宝宝看不见的地方喊宝宝的名字，宝宝就会东张西望地寻找声音的来源，发现后就笑得很开心。

发育水平测测看

1.会把脚趾放进嘴里吸吮吗？

2.短时间内不用扶着就会坐吗？

3.一看见报纸，就去拽、撕吗？

4.会把拨浪鼓从一只手换到另一只手吗？

5.来了不认识的生人，就变换成盯人的表情吗？

6.妈妈一伸手，就高兴地自己挺出身子吗？

答“是”加1分，答“否”得0分。

●评分结果▸

6分，优秀；4～5分，良好；3分，一般。

3分以下也不要担心，1、2这两点为“是”就可以了。

7个月宝宝成长发育标准

身体发育

宝宝这个时期虽然身体发育呈现减缓趋势，但总体还是稳步增长。

●身长▸

宝宝身长平均增长约1.6厘米。

●体重▸

宝宝体重平均增长400克左右，这是平均值。体重与身长相比，有更大的波动性，受喂养因素影响比较大。如果这个月宝宝不太爱吃东西或有病了，体重都会受到较大的影响。如果这个月宝宝很爱吃东西，对添加的辅食很喜欢吃，奶量也不减少，宝宝可能会有较大的体重增长。

●头围▸

这个月宝宝头围平均增长约0.6厘米。0.6厘米的增长，对于头围来说并不明显，必须精确地测量才能发现。父母不要简单测量一下，就对其结果进行判断。

●囟门▸

一般情况下，6～7个月的宝宝前囟还没有闭合，但前囟也不会很大了，一般是在0.5～1.5厘米。极个别的已经出现膜性闭合，就是外观检查似乎闭合了，但实际上经X射线检查并没有真正闭合。遇到这种情况的父母会很着急，怕囟门过早闭合会影响宝宝大脑发育。但为此给宝宝照X射线也是不好的。如果宝宝头围发育是正常的，也没有其他异常体征和症状，可动态观察，监测头围增长情况。如果头围正常增长，就不必着急，这可能仅仅是膜性闭合，不是真正的囟门闭合。

动作发育

这个月，宝宝能够稳稳当当地坐着，而且头部平衡得很好。

他能在摆出“俯卧撑”姿势的同时，可以一只手离开地面把体重全放在另一只手臂上。已能双手双膝撑起身体、前后摇动。一只手或双手握物，同时一面向前蠕动，可能会爬了，也可能仰躺，以抬高、放落臀部来移动身体，或侧坐在弯曲的腿上，以左手右脚、右手左脚的方式前进。被拉着站起来时，能够用肌肉的力量让双腿伸直，不再打晃，所以如果你让他站在你的腿上，他能够稳定地负担起自己的体重。可以由仰着的姿势翻成趴着的姿势。

通过不停地弯曲、伸直脚踝、膝盖和臀部来上下跳跃。这时宝宝很喜欢独坐的感觉且能保持平衡。坐时你双手放开不需扶他，可以侧身用双臂撑着坐起来，或以爬行的姿势将两腿前伸而独立坐起。

在精细动作方面，手的操作能力更加灵活。有时两只手可以同时运用，比如妈妈在宝宝面前放两块小积木，宝宝会伸出两只小手，同时抓起了小积木，甚至还会双手配合，一张一合地拍打起小积木来。如果妈妈端来一碗菜粥，宝宝也会抓过小勺，“笨拙”地往自己嘴里送，尽管弄得到处都是，妈妈也不要制止，因为这样做可以使宝宝得到锻炼。

语言发育

宝宝已经开始真正试验性地自言自语或者和你说话了。他们对自己发出的一堆音调高低不同的声音很感兴趣。同时对你在和他接触时所发出的一些简单声音会有反应动作。宝宝会试图模仿你发出的声音。此时有一半以上的宝宝已经能发出“爸爸”、“妈妈”等音节。开始时他并不知道是什么意思，但当他意识到家长听到叫“爸爸、妈妈”就会很高兴时，宝宝就渐渐开始了有意识地叫，这标志着宝宝已经步入了学习语音的敏感期。家长们要敏锐地捕捉住这一教育契机，每天在宝宝愉快的时候，给他念故事书、儿歌、绕口令等。

感知觉发育

7个月的宝宝对周围的环境产生了很大的兴趣，能注意到周围更多的人和物，而且还会做出不同的表情，会对自己感兴趣的事物和颜色鲜艳的玩具特别关注。所以，家长们要充分利用这一点，多让宝宝看一看，以扩大他的认知范围。

发育水平测测看

1.会坐吗？

2.认人吗？

3.想要什么时，就发出声音引人注意吗？

4.母亲一伸手，就会高兴地自己主动挺出身子吗？

5.敲打两只手上的玩具玩吗？

6.俯卧时，手脚“叭嗒叭嗒”地甩吗？

7.着转动身体吗？

8.吃饭时爱用手搅乱饭桌吗？

答“是”加1分，答“否”得0分。

•评分结果▸

7~8分，优秀；5~6分，良好；4~5分，一般。

4分以下也不要担心，1、2、5这三点为“是”就可以了。

8个月宝宝成长发育标准

身体发育

进入8个月后，宝宝的身体发育趋于稳定，爸爸妈妈开始将关注的重心转移到能力发展上面来了。

●身长▶

第8个月的宝宝身长增加1.5厘米左右。男宝宝的身长达70.0～75.2厘米；女宝宝的身长达68.5～73.7厘米。

●体重▶

第8个月的宝宝体重增长0.3千克左右。男宝宝平均体重达8.31～10.39千克；女宝宝平均体重达7.75～9.73千克。

●头围▶

第8个月的宝宝头围增加0.5～0.8厘米。第8个月末，头围可达44～46.6厘米。

●牙齿▶

有的宝宝可长出2～4颗牙齿，但也有少数宝宝第8个月尚未出牙，父母不要着急，适当锻炼宝宝的咀嚼能力，有利于乳牙的萌出。

智力发育

8个月的宝宝看见熟人会用笑来表示认识他们，看见亲人便要求抱，如果把他喜欢的玩具拿走他会哭闹。从镜子里看见自己，会到镜子后边去寻找。

8个月的宝宝能够通过接触记住一些反义词（冷/热，软/硬）。能够理解一些短语的含义，如果它们是日常生活中常用到的。因此，当你们来到浴室，他就知道“该洗澡了”。

8个月的宝宝知道“不”的意思是停、不行。常怕与父母分开，说明宝宝对亲人、熟人与生人能敏锐地分辨。因而怯生标志着父母与宝宝之间依恋的开始，也说明宝宝需要建立情感、性格和能力。

动作发育

8个月的宝宝肚子贴地可向四方行动。会爬，开始时可能向前或向后爬；宝宝会挪动身体来接近他够不着的玩具。为此，他也许会发现他可以用向前或向后翻身的方法接近那个玩具；也可能以坐姿而臀部上下跳动，或站立、坐下抓握家具而前进，甚至可以双手放开，身体靠着他物而站立，或者拉着家具站立起来，但站立后需要帮忙才能坐下来。喜欢站在你的膝上——他的腿已经很强壮，可以依靠膝盖和腿部支撑体重。可以自己坐起来，从两侧以双臂撑起，或以爬姿，将一腿弯至腹部下，向前伸直，另一腿随之。

语言发育

8个月的宝宝与人玩或独处时会自然地发出各种声音，主要目的是娱乐自己。如果看见某种动物的照片或者在路上看见猫、狗，很容易就模仿出它的叫声。牙牙学语时会模仿父母的语调，会大叫，感到满意时会发声。已经开始把音节组合在一起（在这方面男宝宝要比女宝宝晚些），“爸”变成了“爸爸”，“妈”变成了“妈妈”等。

开始模仿嘴与下巴的动作，会使用两个音节的音，还能以物品的声音称呼它，例如“呜呜”的火车声。通常会对附近熟悉的声音有反应（转头或转身），如他的名字、电话铃声等。

对熟悉的几个字会特别注意听，也开始听得懂一些。

感知觉发育

此阶段的宝宝们对于话语的兴趣，一周比一周浓厚了。由于你的小宝宝现在日渐变得通达人情，好像你初交不久的朋友一般，所以，你会开始觉得有了一位伴侣。

当他首次了解话语的时候，他在这段时间内的行为会顺从。慢慢地，你叫他的名字他就会反应出来；你要他给你一个飞吻，他会遵照你的要求表演一次飞吻；你叫他不要做某件事情，或把物体拿回去，他都会照你的吩咐去办。不过，你在这个时候还不能期望你的小宝宝和你说话，因为不足1岁的宝宝还不会说话，即使会说话，字数也很少。

发育水平测测看

1.会翻身吗？

2.稍微帮助一下能站立吗？

3.俯卧时，转动身体吗？

4.会拾取小东西吗？

5.反复多次扔东西吗？

6.看见别人吃东西就想要吗？

7.敲打拿在手上的东西吗？

8.会用杯子喝水吗？

答“是”加1分，答“否”得0分。

●评分结果▸

7~8分，优秀；6~7分，良好；4~5分，一般。

4分以下也不要担心，2、5这两点为“是”就可以了。

9个月宝宝成长发育标准

身体发育

从这个月开始，宝宝将从圆滚的体形慢慢转换到幼儿的体形。由于运动神经的发育逐步提高，宝宝比以前显得更加活跃。

●身长▸

宝宝的身长平均每月增长1.4厘米左右。男宝宝的平均身长为72.0厘米，女宝宝的平均身长为70.1厘米。

●体重▸

这个月宝宝的体重已接近出生时体重的3倍，男宝宝的平均体重为8.90千克，女宝宝的平均体重为8.23千克。

●头围▸

男宝宝的平均头围为45.88厘米，女宝宝的平均头围为44.50厘米。

●胸围▸

男宝宝的平均胸围为45.7厘米，女宝宝的平均胸围为44.3厘米。

●牙齿▸

大多数的宝宝在10个月前已长出2～4颗乳牙。

智力发育

宝宝已经知道自己是谁，非常善于表示出他不喜欢的事情——不愿意洗脸的时候，他会把手捂在脸上；不愿意梳头的时候就把手放在头上。

对重复的事会感觉厌烦，可能会记得前一天玩的游戏，能对自己特别喜欢的玩具保持长时间的注意力。对做得好的事或游戏，会希望得到奖赏。对自己用手丢掉的东西或看到人离开，会期待其回来。会一手拿一样东西玩，也会将两样东西相互敲击或推挤。会把一只手中的东西丢掉或衔在口中，再去拿第二件东西。会演练特定的状况，并有象征性的思考能力。也许会拒绝被人打断注意力，也许会开始显示毅力和耐心。

动作发育

现在，宝宝发现坐着已经不能满足他了，他迫切希望向前移动自己的身体，并且希望自己站起来。能够身体向前靠住而不跌倒，不能斜靠或转动腰部。

如果想拿到东西，不达目的绝不罢休，会尝试各种方法挪动身体，但是仍然掌握不好平衡。

如果你让宝宝趴下并让他朝你的方向过来的话，他可能会爬起来。如果他不是向前，而是向后爬，你也不用吃惊，因为他的大脑还不能正确支配肌肉。

在精细动作方面，可以用拇指和食指捡起小东西或鞋带，会在胸前拍手或拿着两样东西相互击打，会用食指指东西和方向，或去挖洞或钩东西，还可能会叠两块积木。

语言发育

宝宝的发声越来越像说话，开始有明显的高低音调出现，会用声音表达激动的情绪。能模仿父母咳嗽，还试图模仿父母说话的语调；能咿呀地说出一些有意义的词——舌头按照真正讲话的节奏和方法上下活动，能发出“嗒嗒”的声音，或发出“嘶嘶”（像开汽水）的声音；会注意听别人讲话或唱歌，会做出对自己名字以外的一两个字有反应，例如“不要”。会听懂简单的指示，例如“去拿拖鞋”，“去扔垃圾”等。

感知觉发育

宝宝对外界事物能够有目的地去看了。不再是泛泛地有什么看什么，而是有选择地看他喜欢看的东西，如在路上奔跑的汽车，玩耍中的儿童，小动物。宝宝非常喜欢看会动的物体或运动着的物体，比如时钟的秒针、钟摆，滚动的扶梯，旋转的小摆设，飞翔的蝴蝶，移动的昆虫等，也喜欢看迅速变幻的电视广告画面。

发育水平测测看

1.抓着东西可以站立吗？

2.双手能把杯子和碗端到嘴边上吗？

3.能否双手持物拍打玩耍？

4.会注意拾取丢在床上的小东西吗？

5.坐着会扭转身体取后面的东西吗？

6.打开抽屉，会拿出各种东西玩吗？

7.喜欢模仿“不不”、“拜拜”、“握握”吗？

8.会倒退着爬行吗？

9.会仰卧到俯卧、俯卧到仰卧地翻身吗？

10.认识的人伸出手，会挺出身体吗？

答“是”加1分，答“否”得0分。

●评分结果▶

9～10分，优秀；7～8分，良好；5～6分，一般。

5分以下也不要担心，4、6这两点为“是”就可以了。

10个月宝宝成长发育标准

身体发育

进入10个月的宝宝，体型变得越来越漂亮，已经接近幼儿的体型了。

●身长▶

男宝宝的身长达72.9～78.1厘米，女宝宝的身长达71.0～76.6厘米。

●体重▶

男宝宝的体重达8.83～11.0千克，女宝宝的体重达8.27～10.29千克。

●头围▶

男宝宝的平均头围为46.1厘米，女宝宝的平均头围为44.9厘米。

●胸围▶

男宝宝的平均胸围为45.7厘米，女宝宝的平均胸围为44.6厘米。

●牙齿▶

此时宝宝已经长出4～6颗牙齿。

智力发育

此时的宝宝能够认识常见的人和物，他开始观察物体的属性。从观察中，他会得到关于形状、构造和大小的概念，甚至他开始理解某些东西可以食用，而其他的东西则不能，尽管这时他仍然将所有的东西放入口中，但那只是为了尝试。

遇到感兴趣的玩具，宝宝会试图拆开看里面的结构，体积较大的，知道要用双手去拿。对于长期存放玩具的地方，宝宝会准确找到。

动作发育

现在，宝宝真正开始活动他的身体了，他能够轻易、自信地站起身来，并很好地保持平衡；可以爬行或匍匐而行，靠双手拖动身体向前移动，但是宝宝爬的时候，腹部也许还不能完全离开地面；宝宝现在正在学习如何保持身体的平衡，因为他开始扭动躯干试图旋转身体，但是还不十分自信；能够从趴着的姿势变成站立的姿势，并从站立变为趴下；坐着的时候能够很好地保持平衡。

宝宝的手指越来越灵活，控制得也越来越好了，能用两手握住杯子，或者自己拿汤匙进食，虽然食物洒得很多，但宝宝毕竟能把小勺放到自己的嘴里。宝宝还能把抽屉开了又关上，会开启瓶盖。当妈妈抱着宝宝和宝宝一起看书时，妈妈翻书，宝宝也跟着翻，尽管宝宝往往一翻就是好几页，但毕竟宝宝的手指能够把纸页翻起来了，这就是一个不小的进步。

语言发育

宝宝喜欢发出咯咯、嘶嘶、咳嗽等有趣的声音，笑声也更响亮，并反复说会说的字。开始能模仿别人的声音，并要求对方有应答，进入了说话萌芽阶段。在成人的语言和动作引导下，能模仿成人拍手、挥手再见和摇头等动作。宝宝现在知道语言不仅仅意味着声音的变化，宝宝能够理解很多单词、话语的准确意义，如：说“不”与摇头、“再见”与挥手。这样，到第12个月的月末，宝宝应该可以说出有意义的单词。但是，如果他不能说也不用担心，因为在这个阶段让宝宝理解词语的含义是最重要的事。

情绪发育

10个月的宝宝的情绪、情感更丰富了。他会用表情、手势、声音来表达自己的喜、怒、哀、乐，如用笑脸欢迎妈妈，用哭发泄不满。

同时，他还记住了自己不喜欢的人和事，比如再次到医院看病或打预防针，他看到穿白大衣的医生就躲，甚至离得很远就大哭。

发育水平测测看

1.抓着东西可以站立吗？

2.妈妈在哪儿、爸爸在哪儿，宝宝就向哪边看吗？

3.爬行时，会向后或向前运动吗？

4.对宝宝说“不行”和“不可以”，他就缩回手，看着母亲的脸吗？

5.抓东西站立，会一只手玩玩具吗？

6.宝宝已经学会“不不”和“拜拜”吗？

7.会从俯卧翻转成仰卧吗？

8.围着桌子，去拿想要的东西吗？

9.会“妈妈”和“饽饽”地催促吃饭吗？

10.会推开门，进到房间里吗？

11.看图画书吗？翻图画书页吗？

12.父母出门时，会追在后面哭吗？

答“是”加1分，答“否”得0分。

●评分结果▸

10～12分，优秀；7～9分，良好；5~7分，一般。

5分以下也不要担心，4、5、8这三点为“是”就可以了。

11个月宝宝成长发育标准

身体发育

11个月的宝宝骨骼发育较快，各方面的能力都有明显增长。

●身长▸

这个月宝宝的生长速度明显比前几个月减慢了。男宝宝的平均身长约76.58厘米；女宝宝的平均身长约75.15厘米。

●体重▸

男宝宝的平均体重约10.15千克；女宝宝的平均体重约9.54千克。

●头围▸

男宝宝的平均头围约46.6厘米；女宝宝的平均头围约45.4厘米。

●胸围▸

男宝宝的平均胸围约46.4厘米；女宝宝的平均胸围约45.3厘米。

●牙齿▸

这个月，宝宝陆续又长出2～4颗门牙，到11个月末，一般出牙5～7颗。

智力发育

宝宝开始探索容器与物体之间的关系，摸索木板或玩具上的小洞，将盒盖掀开；拨弄小物品，如摇铃里的小铁片或小纸片等；将积木或其他小物品放入、拿出盒子；模仿涂鸦、按铃，觉察自己的行为及代表的意义。

宝宝对概念的理解力和认知能力更敏锐了；喜欢玩关于反义词的游戏——冷/热、大/小——特别是当你能形象地表现出这些概念的时候；看书的时候只能在短时间内集中注意力，希望能很快地翻页；开始学习“因果关系”——把积木扔掉你会把它捡起来、敲鼓鼓就会响、摇摇玩具它就会发出声音等；喜欢把东西放进容器再拿出来，喜欢洗澡的时候用水注满容器再把水倒出来。

动作发育

宝宝现在总是试探性地练习很多走路的动作，所以，当他扶着家具或你的手站着的时候，他会抬起腿做出踏步的动作，甚至可能会跺几下脚。

坐下的时候，身体能够往一边倾斜而不至于倾倒。

有时会抓摇铃把手，可能会拿汤匙至嘴边，会连续性地使用双手，例如：蹲下时，以一手拾物，另一手扶着支持物，可能会脱袜子、解鞋带。

可以扭动身体向后退以便拿到某个物品，而不会失去身体的平衡。到了这个月的月末，可以扶着家具迈步，去接近某个物品或人。

语言发育

尽管宝宝还不能讲话，语言仍是含混不清，只有几个可理解的音，但是你会发现他的理解能力正在飞速发展。宝宝试图说出一两个带意思的词语，如“猫”、“狗”；当你问“鸭子在哪里”的时候，宝宝能够用手指出图画上的鸭子。对于一些简单的问题，例如：“你想喝水吗”“还要吃吗”等，可以用点头或摇头的方式表明“是”或“不是”。

情绪发育

伸手去摸镜中物品的影像。在父母面前显示自己的主张。

对母亲依赖加深，宝宝可能会依母亲的要求达到目标，开始企图以软或硬的方法，使母亲改变心意。听从命令，可以控制自己的行为，寻求赞赏，避免责备，并不总是听话；拒绝强迫性的教导；反对拿走他的玩具；会伸手向人要但不放掉手中的玩具；喜爱模仿，然后做给自己欣赏；抗议游戏中断。

建立“不要”的意思。宝宝做错事可能会显露罪恶感。有时会逗父母，试验父母的容忍程度。

模仿父母动作及其他小孩的动作与游戏。宝宝会与其他小孩在一起，但却各玩各的。

发育水平测测看

1.能扶着物体走路吗？

2.拉着宝宝的手，他会交叉着迈步走路吗？

3.会推着手推车走路吗？

4.一拿到球就反复扔吗？

5.说“妈妈”、“呜呜”吗？

6.一说“敬礼”，就会把手放在额头前吗？

7.会自己用奶瓶、杯子喝奶（水）吗？

答“是”加1分，答“否”得0分。

● **评分结果** ▶

6～7分，优秀；4～5分，良好；3分，一般。

3分以下也不要担心，1、2、这两点为“是”就可以了。

12个月宝宝成长发育标准

身体发育

12个月的宝宝背部脊柱的三个生理性弯曲基本完成，即将拥有一个挺拔健康的身姿。

●身长▶

男宝宝的平均身长达75.4～81.2厘米；女宝宝的平均身长达74.8～79.6厘米。

●体重▶

男宝宝的体重达9.34～11.64千克；女宝宝的体重达8.75～10.85千克。

●头围▶

男女宝宝的平均头围分别为46.8～45.5厘米。

●胸围▶

男女宝宝的平均胸围分别为46.6～45.4厘米。

●牙齿▶

这个月的宝宝一般已长出6～8颗牙齿。

动作发育

这个月的宝宝站起、坐下，绕着家具走的行动更加敏捷。站着时，他可以弯下腰去捡东西，也会试着爬到一些矮的家具上去。甚至有的宝宝已经可以自己走路了，尽管还不太稳，但宝宝对走路的兴趣却很浓。

语言发育

此时宝宝对说话的注意力日益增加。能够对简单的语言要求做出反应。对“不”有反应，利用简单的姿势例如摇头代替“不”。会利用惊叹词，例如“噢……噢”。尝试模仿词汇。这时虽然宝宝说话较少，但能用单词表达自己的愿望和要求，并开始用语言与人交流。已能模仿和说出一些词语，所发出的一定的“音”开始有一定的具体意义。宝宝常常用一个单词表达自己的意思，如“外外”，根据情况，可能是表达“我要出去”或“妈妈出去了”；“饭饭”可能是指“我要吃东西或吃饭”。

情绪发育

1岁以后的宝宝开始有了自己的一些主见，一般比较集中地表现在对某些事情的厌恶上。如果宝宝不喜欢吃妈妈喂的食物，会往后仰着脖子，甚至会毫不犹豫地把勺子扔掉或把碗推开。如果宝宝不愿意把手里的玩具拿给别人时，妈妈怎么哄也不行，如果强行拿走，宝宝就会又哭又闹，直到妈妈把玩具拿回来。

发育水平测测看

1.不用扶，自己会站立吗？

2.拉着宝宝的手，他会交叉着迈步走路吗？

3.会用铅笔乱画吗？

4.会对镜子里的自己鞠躬、微笑吗？

5.会自己用杯子喝水吗？

6.会模仿使用梳子、刷子、勺子吗？

7.翻图画书吗？

8.看见吃的东西就叫“妈妈”吗？

答“是”加1分，答“否”得0分。

●评分结果▶

7～8分，优秀；5～6分，良好；3～4分，一般。

3分以下也不要担心，1、2这两点为“是”就可以了。

第二章
身体协调能力

0～3个月

一起做运动

●益智目标▸

让宝宝的肢体得到运动，促进肢体协调能力。

●亲子互动▸

每次在给宝宝洗澡前，先同宝宝一起做一下运动，然后再安排宝宝洗澡。先做上肢，边喊口令边做动作。握住宝宝的两只小手，做“上、下、内、外、屈肘、伸肘”的动作。

做下肢运动，握住宝宝的两只小脚，做“上、下、内、外展、合拢、屈膝、伸直”的动作。

●专家在线▸

通过以上这样的游戏，可以让宝宝的肢体得到很好的运动，皮肤得到妈妈温柔的抚摸。不仅能促进宝宝肢体的发育及肢体间协调运动的能力，而且能满足宝宝希望受到外界充分接触的需求。

拨浪鼓，响咚咚

●益智目标▸

锻炼宝宝手部的灵活性和肌肉强度，发展手部动作。

●亲子互动▸

在宝宝面前拿着拨浪鼓，轻轻摇晃，发出“咚咚”的响声，吸引宝宝的注意。将小棒放在宝宝手心，他会马上握住。妈妈帮他握住拨浪鼓，与宝宝一起摇晃，让拨浪鼓发出“咚咚”的响声，吸引宝宝的注意力，刺激他想用手摇动。

●专家在线▸

手是认识事物的重要器官，同时，手部的锻炼也是肢体协调智能中重要的一部分，手的活动可以刺激大脑的发育。所以父母要尽量创造条件，充分地让宝宝去抓、握、拍、挖、画等，使宝宝成为“心灵手巧”的宝宝。

小手摆摆

●益智目标▸

帮助宝宝感受肢体运动的速度和节奏。

●亲子互动▸

让宝宝躺在舒适的小床上，妈妈举起宝宝的一只小手，在宝宝的视野前方晃动几下，引起宝宝对手的注意。

妈妈一边念儿歌“小手小手摆一摆，小手小手跑得快”，一边轻轻晃动宝宝的小手，让宝宝的视线追随着手的运动。在念

“跑得快”时，以稍微快些的速度将宝宝的小手平放到身体两侧。

●专家在线▸

1个月内的宝宝还不能认识到手是自己身体的一部分，通过这样的游戏，宝宝能一边看到手的运动，一边感受自己身体的运动变化，帮助宝宝认识到手与自己的关系，同时帮助宝宝感受到肢体运动的速度与节奏，锻炼其肢体协调能力。

俯卧抬头

●益智目标▸

锻炼宝宝颈肌，以能支撑头部重量，为以后匍行及爬行作准备。

●亲子互动▸

新生儿出生后7～10天时，头部就能转动自如了，这时妈妈可让宝宝俯卧在柔软的小床上，一手扶起宝宝的前额，另一手在宝宝头侧摇动发声玩具，逗引宝宝抬眼观看。经过1～2周的练习后，当摇动玩具时，宝宝不用父母手扶额部就会主动抬眼观看，有时下巴还能短时间离开床面。

●专家在线▸

新生儿出生后几天就能俯卧，但能够俯卧后抬头一般要在2个月后。不过如果能及早帮助宝宝做俯卧抬头练习，能有效锻炼宝宝的颈部和背部的肌肉力量。

当然，也有少数宝宝由于体质和发育的原因，还不能实现真正意义上的抬头。宝宝俯卧抬头的训练是建立在第2个月时俯卧训练的基础上的。在俯卧抬头训练之前，很有必要训练宝宝的竖抱抬头。妈妈喂奶后竖抱宝宝使宝宝头部靠在自己肩上，轻轻地拍几下背部，使宝宝打个嗝，这样还可以防止溢乳，然后不要扶住头部，让头部自然立直片刻。每天可进行4～5次，以促进颈部肌力的发展。

盘来盘去

●益智目标▸

锻炼宝宝的腿部肌肉。

●亲子互动▸

妈妈握住宝宝同侧的脚踝和大腿盘向另一条腿。这时宝宝的小屁股和身体会自动跟着旋转。做完一个方向之后，恢复到宝宝原始的平躺状态，换另外一条腿向相反的方向盘去。

刚开始做时，应该将时间控制在2分钟之内。随着宝宝的成长，再逐渐增加时间和次数。

●专家在线▸

这个游戏可以在换过尿布之后做，重复几次，让宝宝体会翻身的乐趣。这个游戏不仅能锻炼宝宝的肌肉、骨骼和关节，还能增强宝宝的安全感，促进母子关系。

抓抓蹬蹬

●益智目标▸

训练宝宝的手眼协调能力，发展触觉，锻炼身体。

●亲子互动▸

在宝宝的摇篮上方，低低地垂下一些色彩鲜艳的小布片、小塑料环、小软塑动物玩具等（选一种即可），逗引宝宝伸出小手来抓。当宝宝能从正面抓到后，再将玩具移到侧面摇晃，逗引宝宝继续从侧面抓。当宝宝能熟练地抓到后，再将玩具移到宝宝的脚部，逗引宝宝用脚蹬。

宝宝开始可能抓不到或蹬不准，妈妈要给予宝宝一定的帮助，抬着宝宝的小手去触碰玩具。然后可以试着在宝宝用手要抓住玩具的一瞬间，将玩具突然提高。这样，宝宝的兴趣就会被激发出来，慢慢地宝宝自己也会挥舞着小手去抓或伸着小脚去蹬小玩具。

●专家在线▸

2个月的宝宝，他们的肢体协调智能主要是学习一些基本的动作，如翻、坐、爬、抓、蹬等，提高身体的控制能力，掌握身体平衡，并学会控制自己的双手等。妈妈与宝宝玩这个游戏，可以锻炼宝宝用手抓和用脚蹬的能力，锻炼宝宝的手部和脚部的力量和灵活性，使宝宝逐渐能控制自己的双手和双脚。

小淘气，翻翻身

●益智目标▸

促进翻身、爬行。

●亲子互动▸

让宝宝仰卧在床上，妈妈用手分别抓住宝宝的两个脚踝，让宝宝的右脚横越过左脚，并触碰到床面，这时要注意宝宝的身体是否会跟着脚翻转。如果身体跟着脚翻转，可以让宝宝转过身，变成趴着的姿势。

接着，再将宝宝置于仰卧状。妈妈用手抓住宝宝的左脚越过右脚，做同样的动作，如此反复几次。

●专家在线▸

宝宝在2个月时，就是翻身的准备阶段了。通过这个游戏，不仅能锻炼宝宝的下肢肌肉，还能锻炼宝宝腿部、腰部的灵活性，帮助宝宝提前学会翻身。

乖宝宝学走路

●益智目标▸

锻炼宝宝的迈步反射能力，促进股肌发育。

●亲子互动▸

从背后托住宝宝的双腋，用两个拇指控制住宝宝的头部。

让宝宝光着脚接触床面，宝宝会前倾上半身，左右足交互活动，就像在前进一样。

●专家在线▸

宝宝迈步是先天获得的反射活动，如果不经常锻炼，在出生后56天左右宝宝的这种本能就会消失。所以妈妈要在宝宝出生1～2个月里坚持帮助宝宝练习“走路”，增强宝宝的肌力，使宝宝提早站立学步。

逗逗飞

●益智目标▸

训练宝宝的手眼协调能力，对以后手的精巧发展有帮助。

●亲子互动▸

让宝宝仰卧在舒服的小床上，妈妈用两手分别拿着宝宝的双手，用食指和拇指抓住宝宝的食指。

教宝宝将两个食指的指尖对拢又分开，对拢时对着宝宝说：“逗、逗”，分开时说“飞”。每说一次，食指尖对拢一次。

●专家在线▸

出生3个月左右的宝宝，已经能灵活地合拢手指了。为了锻炼宝宝手部的灵活性，父母要多创设类似以上这样的游戏，促进宝宝手眼的协调发育，从而提高身体的协调能力。

宝宝翻身90°

●益智目标▶

让宝宝把翻身90°的动作由无意上升到有意，由身体重心偏移决定变为自主决定。

●亲子互动▶

妈妈拿着玩具或镜子站在宝宝的左侧面，用玩具或用声音逗引，或用镜子吸引宝宝转过来；如果宝宝的身体不会侧转，妈妈可帮宝宝将右腿搭到左腿上，接着逗引宝宝，让宝宝将头转过来，轻轻推宝宝的右肩，使宝宝翻到左侧。经历侧卧的宝宝，很快就会将身体还原到仰卧，或再使劲成为俯卧。

●专家在线▶

宝宝到了3个月左右，就能逐渐从平躺的姿势转换成趴的姿势或者由仰卧翻到侧卧了，这时父母要留心帮助宝宝做这类运动，提高宝宝的运动智能。

抓到晃动的玩具

●益智目标▶

锻炼宝宝手眼协调能力。

●亲子互动▶

父母会发现这个月宝宝的手会使劲地抓衣服或被子，甚至两只小手互相握着。这是宝宝开始用手学本领了。可以在宝宝仰卧的时候，在他上面能抓到的地方挂一个小玩具。父母先拍打一下玩具，使玩具晃动起来。看宝宝会不会去抓玩具，如果他不抓，父母就拿着宝宝的小手让他去碰晃动的玩具。玩了几次以后，宝宝会主动抓玩具。经过一段时间的练习，他会自己调整手的位置抓到玩具。

●专家在线▶

抓住晃动的玩具也可以锻炼宝宝的手眼协调能力。宝宝会聚精会神地玩手，手指张开合拢，高兴时嘴巴会发出“啊不”、“啊咕”的声音，玩个4～5分钟就不玩了。

一起抓玩具

●益智目标▶

锻炼宝宝的抓握和协调能力。

●亲子互动▶

妈妈为宝宝准备一些小动物形象的空心橡皮玩具，如拨浪鼓、小海豚等。将各种玩具散放在宝宝身边触手可及的位置，让宝宝伸手抓这些玩具。宝宝每抓一个玩具，妈妈要告诉他玩具的名称，并可夸张地学一下玩具的声响。

●专家在线▶

3个月的宝宝，已经开始喜欢练习抓握自己触手能及范围内的物品。所以父母要多提供机会，帮助宝宝练习抓握，这样既能提高宝宝的肢体协调能力，又能促进宝宝自然智能的发展。

小小拳击手

●益智目标▶

训练宝宝的手眼协调能力，满足宝宝的好奇心。

●亲子互动▶

让宝宝仰卧在床上，妈妈将一个橡皮玩具悬挂在宝宝伸手就能碰到的上方，然后拿起宝宝的小手去击打玩具，边引导宝宝击打边与宝宝对话，如："宝宝好厉害哦！宝宝是勇敢的拳击手！"

然后放开宝宝的小手，在宝宝面前摇晃玩具，引导宝宝自己动手击打玩具。

●专家在线▶

3个月的宝宝，在妈妈的引导下会自己尝试去击打这些曾经可望而不可及的小东西。这种手眼协调的运动是一种特殊的技能，需要宝宝大脑皮层中的感觉中枢与运动中枢的协调活动。游戏能让宝宝在击打玩具过程中锻炼手与眼的协调能力，而且还能体会到作为一名"拳击手"的乐趣。

脚踏车游戏

●益智目标▶

锻炼宝宝的腿部力量，增强肢体协调感。

●亲子互动▶

宝宝洗完澡后，让宝宝躺在舒服的小床上，妈妈用两手稍微抓住宝宝的小脚。

不要太用力，让宝宝的脚踝像踏脚踏车一样来回运动。妈妈可以对宝宝说："宝宝要骑脚踏车去花园玩喽！"

还可以配合优美舒缓的音乐进行游戏，增强宝宝的愉快情绪。

●专家在线▶

此时的宝宝，躺着时已经能看到自己翘起的小脚了，因此父母要多创造机会与宝宝做运动游戏，锻炼宝宝身体的各部分机能。游戏主要锻炼的是宝宝的腿部力量，以及整个肢体的协调感，能促进宝宝肢体协调智能的发育。

4～6个月

抓住妈妈的手

●益智目标▶

发展听觉、动觉，锻炼宝宝的手部肌肉力量。

●亲子互动▶

妈妈伸出食指，放在宝宝的手心，让宝宝抓住，然后妈妈慢慢将手指向外抽，直到宝宝的手掌边缘，且边抽手指边对宝宝说："宝宝抓住妈妈的手指啦，宝宝要用力哦！"

●专家在线▶

妈妈与宝宝一起做游戏，能刺激宝宝身体各个器官及小脑的发育。上边的游戏，虽然简单，但却能增强妈妈与宝宝之间的感情，并且能锻炼宝宝的手部肌肉力量，协调手和脑的配合，增强宝宝的肢体协调能力。

蹦蹦跳

●益智目标▶

训练宝宝的下肢力量，为以后的站立作准备。

●亲子互动▶

妈妈扶着宝宝腋下，让宝宝站在妈妈腿上。

妈妈两手用力，让宝宝做一蹦一跳的动作，并伴随宝宝的动作说"蹦、蹦、跳！"不仅能锻炼宝宝的下肢，还能逐渐让宝宝听懂父母说的话。

慢慢地，父母就是不帮宝宝玩蹦蹦

跳，宝宝也会自动在父母腿上跳跃。如果父母一说“蹦、蹦、跳”，宝宝会跳得越起劲。

●专家在线▸

4个月的宝宝已经进入全身运动时期了。这一阶段，家人要帮助宝宝多做一些全身各部位协调的动作，如抬头、翻身、起立、跳跃等，帮助宝宝练习身体的灵活性，增强腿部力量。而且，在游戏中宝宝的情绪也会高涨，对宝宝的心理健康有很大益处。

拿玩具

●益智目标▸

训练宝宝的抓握动作及手眼协调能力。

●亲子互动▸

让宝宝背靠着枕头坐在床上，将玩具放在宝宝的正面，让他的手正好摸到。这时宝宝会将玩具拿起来。或者让宝宝趴在床上，用玩具逗引他，使宝宝练习用肘撑起身体，使胸脯完全离开床铺。观察宝宝是否能目测距离，指挥手去抓物，是否能根据距离和角度调整手臂的伸缩长度和躯干的倾斜度。

等宝宝学会拿前面的玩具后，再将玩具放在他身体的左侧及右侧，让宝宝接着学在左、右抓取东西，也可以利用这个游戏使宝宝熟练地向左、右随意侧翻。

当宝宝拿到玩具后，可以让他玩一会儿。

●专家在线▸

手不仅是动作器官，也是智慧的源泉。多活动，大脑才聪明，所以父母在此期间要多通过各种方式让宝宝去抓、握、拍、打等，尽量促进宝宝“心灵手巧”。这个拿玩具游戏，主要是训练宝宝的抓握能力，同时也能促进宝宝的手眼协调能力。记忆力好的宝宝当拿到以前玩过的玩具时，小手就会落在原来把玩的位置，甚至做出和以前相同的动作。

拉线团

●益智目标▸

锻炼宝宝的手眼协调能力。

●亲子互动▸

将会滚的线团用彩色的带子系上，让线团从桌子近端滚到远端宝宝触碰不到的地方。妈妈抱着宝宝，用手把带子一拉，将线团拉回来。让宝宝模仿妈妈，也抓住带子一头，将线团拉回来。

●专家在线▸

四五个月的宝宝，手部动作的发展还比较差，最初只是无意识的抚摸动作，但在抚摸的基础上，宝宝也会对一些玩具或游戏感到好奇，并反复进行，逐渐会有意识地触碰玩具。这就是说，宝宝的小手已经开始作为感知外界事物的器官在发挥作用了。这时父母要仔细看宝宝的手怎样握住带子。手部能力发展好的宝宝能够用拇指独当一面，与对着的4个手指一起握带子，这种握法称为对掌握物。不过四五个月的宝宝都常常是大把抓，5个手指在同一方向，将带子握在手里，这种情况是因为宝宝没有机会练习之故。

手抓积木

●益智目标▸

练习宝宝拇指和其他4个手指共同抓物的能力。

●亲子互动▶

为宝宝准备一些彩色积木，把积木放在桌上让宝宝抓握。当宝宝手中已有一块积木时，他会试着将一只手中的积木传到另一只手中。

●专家在线▶

宝宝现在正学习使用自己的手指，虽然还不十分熟练，但已了解了手的一些用途。这时，父母应多和宝宝一起游戏玩耍，帮助宝宝发展小手的抓握能力。

很多宝宝在这个时候用手拿物品都会使用抓握的方式，就是“大把抓”，这时父母可以轻轻地把宝宝的拇指和其他四指分开，让宝宝学会正确的拿物品的方式。当然，因为宝宝还很小，不必勉强，但父母多教几次的话，以后宝宝学起来就会更快了。

匍匐“爬行”

●益智目标▶

增强颈部支撑力，锻炼腿、膝盖、臂、胸、背肌肉的支撑力和整个身体的平衡能力。

●亲子互动▶

让宝宝俯卧在床上，妈妈帮助宝宝支起双手，再用上膝盖支撑着身体。

此时爸爸拿玩具在宝宝前面引逗，妈妈在后面先推动宝宝一个腘窝到腹下，然后再推另一个腘窝，并齐后，再重复进行，帮助宝宝向前爬行，抓到玩具。

●专家在线▶

扭动、匍匐爬行，能帮助宝宝的大脑形成突触，以控制将来整体运动智能的发展。而且，宝宝在练习爬行时，头颈抬起，胸腹离地，用四肢支撑身体重量，这也锻炼了胸腹背与四肢的肌肉，促进了骨骼生长。

撕纸游戏

●益智目标▶

发展宝宝的精细动作。

●亲子互动▶

妈妈给宝宝取来各种不同质地的纸，让宝宝特意撕出一些图形。

妈妈坐在宝宝的身边，不断地夸奖宝宝：“宝宝撕得真好”，“哟，宝宝撕了一只小老虎出来了。”

●专家在线▶

在宝宝心情愉快的情况下进行游戏，能有效提升宝宝的手部精细动作。如果宝宝的手部精细动作发展好一点的话，还可让宝宝用手指去捡地上的小纸片。

拿出来，放进去

●益智目标▶

锻炼手部操作，进一步深化手眼协调功能。

●亲子互动▶

妈妈给宝宝准备一个大口空罐、玩具若干。将各种不同触觉的物品，如大积木、小皮球、牙刷等，放进空罐内。引导宝宝将东西拿出来，然后让宝宝自己放进去。宝宝在玩时，如果放不进去，妈妈不要责怪他，应对宝宝的动作加以描述，如：“哎呀，丢掉啦，妈妈捡起来放进去。”

●专家在线▶

6个月的宝宝不仅能习惯用5个手指抓拿东西，还会开始用手指的前半部分和拇指去捡起小东西。游戏就是锻炼宝宝的手部精细动作，帮助宝宝提高手部活动的灵活性。

交换拿玩具

●**益智目标**▶

练习宝宝手部的灵活性，提高肢体协调能力。

●**亲子互动**▶

让宝宝靠坐在床上，在他面前放几个小玩具，让宝宝先拿一个，然后再递给他一个。

宝宝如果扔掉手中的玩具，想去拿新的时，父母要拉住宝宝的手，帮助宝宝将手中原来的玩具放入另一只手中，不让他扔掉。

反复练习，宝宝再拿新东西时，就会逐渐学会将手中的玩具换到另一只手里，而不会扔掉。

●**专家在线**▶

此时，宝宝的手更加灵巧了，他甚至能用拇指和食指捏住一些细小的东西。宝宝学会单手拿稳物品后，父母就可帮助宝宝练习双手，同时握物及将物品由一只手传至另一只手。如果宝宝做到了，父母应给他适当的赞扬和鼓励。

7～9个月

抱起大球拍一拍

●**益智目标**▶

促进宝宝练习爬行，活动全身肌肉，增强身体灵活性和协调性。

●**亲子互动**▶

妈妈将大皮球从床的一边滚到另一边，引导宝宝爬过去追大球。

如果宝宝追到了大球，妈妈要鼓励宝宝拍拍大球，并玩一会儿，再与宝宝重复游戏。

●**专家在线**▶

正常宝宝在出生几个月后，便能腹部贴地用手臂与腿的力量使身体前进，这种动作称为爬行。

当宝宝开始练习爬行时，就说明他已开始学习人生的重要课程之一，宝宝需要通过爬行来促进脑部和肢体发育，并锻炼肢体协调能力。所以妈妈要多给宝宝创设适合爬行的环境。

倒倒捡捡

●**益智目标**▶

发展手眼协调和动作的灵活性。

●**亲子互动**▶

妈妈准备一个篮子和几块小积木，将手中的篮子边晃边对宝宝说：“宝宝，我们来玩游戏啦！”然后将篮子中的积木倒在宝宝面前，再一块块捡到篮子里。将篮子放在宝宝面前，鼓励宝宝将积木从篮子中倒出来，再将积木捡到篮子里。

●**专家在线**▶

抓握能力的发展，代表着宝宝的手部运动能力大幅度提升，手眼协调得也越来越好，这时父母更应该对宝宝进行训练，练习他的手的操作技巧及与全身运动的协调能力。如果发现宝宝在握东西的时候还是大把抓，父母就应该引导宝宝用“对握法”握东西。

拉绳取物

●**益智目标**▶

发展宝宝手眼协调及用手抓、拉的动作，促进身体运动的协调性。

●亲子互动▸

妈妈抱着宝宝坐在桌边，桌上放一根系有玩具的绳子，绳子另一端放在宝宝能摸到的地方，然后引导宝宝伸手拉绳。

宝宝拉到绳后，要教他朝自己的方向拉，直到拿到玩具为止。

反复练习，当宝宝熟练拉绳后，可在桌上再放一根没有玩具的绳，让宝宝去辨别拉哪一根绳才能拿到玩具。

●专家在线▸

9个月的宝宝，手指更加灵巧，能进行抓、拉、推等动作，这些动作水平的提升，都将训练宝宝身体运动的整体协调性，让肢体协调智能发展更迅速。

翻身打滚

●益智目标▸

学习打滚，促进宝宝左右翻身和连续翻身。

●亲子互动▸

让宝宝仰卧在干净的地毯或床上，妈妈拿着一个玩具逗引宝宝向左、右两侧分别翻身。

让宝宝躺在床的一边，在床的另一边放上宝宝喜欢的玩具，在宝宝与玩具之间放一个枕头，引导宝宝通过枕头翻身取玩具。如果宝宝翻不过身，妈妈可以帮他一下。

●专家在线▸

宝宝对周围的环境充满好奇，在学会爬之前，会采取其他移动身体的方法，如翻身打滚等，父母应多给予宝宝鼓励和帮助，让宝宝尽快学会爬行。宝宝学会爬，可认识很多要拿和要看的东西，这对宝宝脊柱的发育及全身协调能力都大有促进作用，为以后学走打下良好基础。

爬去取球

●益智目标▸

发展眼、手、脚协调动作的能力，促进全身肌肉活动的发展。

●亲子互动▸

让宝宝俯卧在床上，在他前面放一个小球，逗引宝宝向前爬行。

在宝宝跃跃欲试移动身体时，鼓励他说："小球在前面，宝宝爬过去拿小球。"

同时用两手掌顶住宝宝的左、右脚掌，用力向前交替推动，使宝宝的脚借助推力蹬着向前移动身体，爬过去取球。反复练习，帮助宝宝独立爬行。

●专家在线▸

爬行是让宝宝能较好移动身体位置的第一步，在宝宝爬出一两步后，他会非常高兴，这种欢快的情绪和全身运动对宝宝的健康大有好处。不过，爬行是比较难学的动作，父母必须耐心训练，宝宝才能突破难关。宝宝刚学时，只会后退或以腹部为中心转圈爬。经训练后，才会向前爬行。

投篮游戏

●益智目标▸

训练宝宝的注意力及手眼协调能力。

●亲子互动▸

妈妈准备一个纸篓，然后将不怕摔的玩具、棋子、扣子等放在宝宝身边。

引导宝宝向所设的纸篓投掷玩具，开始时纸篓可近些，然后逐渐拉远。

投掷后，妈妈再帮他拿回玩具，并指出所扔物品的名字。如果是动物玩具，还可学学动作或叫声。

●专家在线▸

此月龄的宝宝爱扔东西，父母对宝宝的这种习惯应因势利导，把乱扔变成有目的的投掷，不仅能满足他的“爱好”，还能训练宝宝的注意力、模仿力及掌握空间的方向、手眼协调的能力等。但宝宝出现砸摔的现象时，妈妈要及时阻止，告知宝宝这是不对的。

宝宝爬行快

●益智目标▸

训练宝宝从匍行到爬行。

●亲子互动▸

宝宝在翻滚玩耍过程中，如果要伸手抓玩具，且玩具近在眼前，妈妈可以阻止宝宝继续翻滚，而是协助宝宝向前拱一下，腹部贴在地面，四肢向前将身体推向前方，就能拿到玩具了。开始时宝宝的腿部不会用力，妈妈可以按住宝宝的双脚，让宝宝能用脚撑住地面，然后向前用力，就可以匍行了。

宝宝学会匍行后，妈妈可以用毛巾将宝宝的腹部兜起来，帮助宝宝提起腹部，让重力落在手和膝盖上，宝宝就能在妈妈的协助下爬行了。

反复几次后，宝宝就能自己将腹部提起，用手、膝盖爬行。妈妈对宝宝的行为要给予肯定和鼓励，让宝宝对自己更有信心。

●专家在线▸

爬行是宝宝期最重要的练习项目，学会爬行，不仅让宝宝的肢体协调能力有所提高，更能让宝宝看到、听到更丰富的世界。而且，经常练习爬行的宝宝视听能力会更加灵敏，对以后的学习也能产生良好的影响。

对于协调能力比较好的宝宝，父母也可以设计一个斜坡，宝宝在爬上斜坡的时候，会自然用手和足协同来爬，这比用手和膝盖爬行更快。

足球宝宝

●益智目标▸

锻炼下肢力量，为站立和行走作准备。

●亲子互动▸

妈妈从宝宝背后扶住他的腋下，让宝宝站立，然后将一个彩色的皮球放在离宝宝脚边3～5厘米的位置。

引导宝宝“走”到球边，抬起腿踢球。

●专家在线▸

此时的宝宝已经能在父母的扶持下站立了。

这个游戏主要就是为宝宝下一步的站立和行走作准备，同时还能培养宝宝愉快的情绪。因为宝宝年纪还太小，所以每次行走的时间不要太长，一般来说5～10分钟就可以了。

勇敢的宝宝

●益智目标▸

鼓励宝宝自己扶物坐起，自己扶物站起，激发宝宝的勇敢精神。

●亲子互动▸

父母在和宝宝游戏时，可以在宝宝面前放一把小椅子，然后鼓励宝宝自己扶着椅子坐起来；也可以将宝宝带到沙发边上，然后鼓励宝宝自己扶住沙发的扶手坐起来。

如果宝宝能自己扶住扶手坐起来，父母还要鼓励宝宝继续扶物站起来，并横跨迈步。

如果宝宝能做到自己坐起和站起，父母要及时给予鼓励和赞扬，让宝宝增强信心。

●专家在线▸

鼓励宝宝自己扶物坐起，用自己的力量改变体位，能锻炼宝宝的臂部力量，也能锻炼宝宝的腰部和腹肌力量。如果能鼓励宝宝自己扶物站起来，训练宝宝能用单腿支撑体重，还能为宝宝下一步学迈步打好基础。

拍倒转环

●益智目标▸

培养宝宝的手眼协调动作。

●亲子互动▸

用拇指和食指固定圆环的两侧，快速顺时针方向转动。

圆环转动起来，宝宝会目不转睛地盯着看，父母用手掌一拍，使环停止转动。

再次转动圆环时，鼓励宝宝动手去拍，把环拍倒。

●专家在线▸

这一时期的宝宝对任何事物都充满了强烈的好奇心，对父母做的事情也总是跃跃欲试想模仿。所以在这个时期，父母要利用一切合适的机会给宝宝演示动作，让宝宝试着模仿。

在游戏中，宝宝能逐渐开始学习各种器官并用，这对训练宝宝的手眼协调能力很有帮助。

刺激脚趾游戏

●益智目标▸

训练宝宝脚趾用力，增加对脑部的刺激。

●亲子互动▸

妈妈拉起宝宝的双手，用力让宝宝站立起来，站稳后教宝宝踮脚尖。这时，妈妈仍要扶着宝宝的手，让宝宝保持平衡。

●专家在线▸

游戏进行时间不宜过长，每天几次，如果宝宝不愿意或脸潮红不要勉强。如果学会踮脚尖，可牵着宝宝的手，让宝宝用脚尖走路前进。别忘了亲亲宝宝，并告诉宝宝："宝宝好棒！"

宝宝会穿衣了

●益智目标▸

训练宝宝学会按次序做相应的动作以配合父母穿衣服，为以后自己穿衣作准备。

●亲子互动▸

妈妈在给宝宝穿衣服时，可以对宝宝说："宝宝伸手，妈妈要给宝宝穿袖子了。"在给宝宝穿裤子时，也对宝宝说："宝宝伸伸腿，小裤子穿上啦！"

当宝宝做得很好时，妈妈要马上鼓励宝宝："宝宝真聪明，一下子就穿上了。"经常在宝宝穿衣服时对宝宝说，宝宝会逐渐记住这些程序，以后不用父母告诉就能自己伸手伸腿穿衣服了。

●专家在线▸

宝宝已经能听懂并理解父母说的一些话，并愿意配合父母完成动作，这对宝宝来说是个不小的进步。这个游戏不仅锻炼了宝宝的肢体协调能力，对提高以后的生活自理能力也有所帮助。

蹲下捡物

●益智目标▸

平衡身体，促进身体各部位的协调能力。

●**亲子互动**▶

宝宝会单手扶物走路时，妈妈将玩具放到宝宝的脚旁，引诱宝宝蹲下来捡玩具。

宝宝会一只手扶着东西蹲下来，另一只手去捡玩具，然后再站起来。

有时宝宝会因急着捡玩具而摔倒，妈妈要在一旁看护并帮助宝宝来完成。

●**专家在线**▶

8个多月的宝宝学会自己扶着东西，双脚分开并努力要站起来。到了第10个月，宝宝学会双手扶着东西站立并学走路，接着就可单手扶物向前移动，这时可教宝宝蹲下再站起来的动作。蹲下捡物是应用上下肢协调及手、眼配合较复杂的运动，每个宝宝的成长规律不同。如果宝宝还不会，妈妈只要耐心教导，过一些时日宝宝也一定能学会。

10～12个月

和妈妈跳舞

●**益智目标**▶

训练宝宝双腿的力量，帮助宝宝学习走路。

●**亲子互动**▶

让宝宝坐好，妈妈拉住宝宝的双臂，将宝宝拎起来。

扶宝宝站好，然后将宝宝的双脚分别放在妈妈的双脚上，妈妈的双手拉住宝宝的双手。待宝宝在妈妈的脚上站稳后，妈妈喊着口号，如“1、2、1”，带动宝宝一起迈步向前走。

●**专家在线**▶

10个月的宝宝就要学习走路了。为了帮助宝宝尽快学会走路，妈妈可以和宝宝经常玩这个游戏。这个游戏不仅能锻炼宝宝的腿部力量，而且能让宝宝在愉快的气氛中顺利学会走路。虽然宝宝已经能在妈妈的帮助下站起来，但每次的练习时间最好不要超过10分钟。

推推车

●**益智目标**▶

锻炼宝宝的腿部肌肉，训练宝宝以后走路时肢体的协调性。

●**亲子互动**▶

妈妈拉着推车，让宝宝抓住车的另一端，慢慢向后退，引导宝宝跟着自己的脚步慢慢向后退，一边退一边鼓励宝宝：“宝宝好棒啊，走得真漂亮！”稍稍改变后退的方向，慢慢拉着推车做弧线运动，提高宝宝的灵活性。

●**专家在线**▶

腿部动作的发展对宝宝的成长有着重大意义，在腿部肌肉发展的早期，适当的训练可以促进腿部肌肉和骨骼的生长，为宝宝以后顺利走路作准备。

葡萄干回家了

●**益智目标**▶

锻炼手部的精确动作。

●**亲子互动**▶

给宝宝一个小口的瓶子，把一些葡萄干撒在宝宝的面前。

妈妈先给宝宝做示范动作，把葡萄干装进小瓶子。

接下来引导宝宝捏着葡萄干放入瓶子里。

●专家在线▸

当宝宝的拇指和其余四个手指能够分开独立使用时，皮肤、肌肉、关节等对脑的刺激就进一步提高。

这个游戏对促进脑功能很有效，通过提高宝宝手指的运动能力和集中注意力，让宝宝的大脑更有效地调节四肢，促进宝宝脑部的发育。

宝宝迈步走

●益智目标▸

帮助宝宝学走路，为独立行走作准备。

●亲子互动▸

妈妈事先为宝宝准备一辆汽车玩具，然后把一根绳子拴在汽车上。

妈妈单手牵着宝宝，宝宝一只手牵着小汽车，然后妈妈牵着宝宝向前迈步走，宝宝也会拉动小汽车向前走。

妈妈稍微快走，宝宝也会在妈妈的牵引下快速迈步，小汽车也会跑得快起来，宝宝走路的兴致也会逐渐增高。

如果宝宝在妈妈单手牵着走时能走得很顺利，妈妈可以试着放开宝宝，让宝宝自己迈步行走。妈妈可在宝宝旁边给予鼓励："宝宝好棒哦！宝宝能走了，小汽车也跑起来了！"宝宝在妈妈的鼓励下，会更愿意练习。

●专家在线▸

这个月宝宝的行走欲望会逐渐强烈起来，父母应尽量帮助宝宝练习行走。领着宝宝学走，可以让宝宝学得快一些。但宝宝还不能走稳，父母要注意保护好宝宝的安全，不要让宝宝摔得过重，否则宝宝会因害怕摔跤而不肯学走。

学走是一个锻炼宝宝意志的过程，父母要多给予宝宝鼓励和帮助，让宝宝充满信心地学走路。但是要注意每次宝宝独立行走的时间不要超过15分钟。

妈妈在哪里

●益智目标▸

锻炼宝宝的行走能力。

●亲子互动▸

将宝宝抱到沙发旁边的地板上，旁边放一些宝宝喜欢的玩具，让宝宝自己玩。

妈妈悄悄离开，躲到沙发后面。

妈妈轻声地叫宝宝的名字，逗引宝宝寻找妈妈。

妈妈不断地更换位置，引导宝宝站起来扶着沙发自己走。

●专家在线▸

在将近12个月的时候，宝宝已经能够自己扶着东西慢慢行走了，但是胆子还比较小。

这个游戏可以鼓励宝宝大胆地学走路，锻炼他的行走能力。而且，这个时候的宝宝探索欲也很强，通过对环境的积极探索，能进一步扩大宝宝的世界。如果宝宝摔倒了，妈妈不要急着跑过去抱起宝宝，而要鼓励宝宝自己站起来。这有利于锻炼宝宝坚强的性格。

码积木

●益智目标▸

训练宝宝精确的手眼协调能力。

●亲子互动▸

将积木从盒子里倒出来，然后让宝宝将积木码入积木盒子里。

在码积木时，宝宝有时会将积木垒在另一块积木上面，这时妈妈要及时表扬宝宝，宝宝就会继续码积木。

妈妈将宝宝码好的积木取出来，然后告诉宝宝："宝宝垒了一座两层楼房哦。"如果宝宝在积木上又垒一块，妈妈就告诉宝宝："楼房垒到三层啦。"宝宝会非常高兴。

●**专家在线**▸

宝宝的手部现在更加灵巧了，而且会自己动手做一些创造性的活动。游戏不仅能锻炼宝宝手部的灵活性，而且能提高宝宝的创新能力。

不倒翁宝宝

●**益智目标**▸

帮助宝宝站得更稳，减少学走路时的摔跤。

●**亲子互动**▸

妈妈将宝宝扶起，站在宝宝身体的一侧，在宝宝不用扶物能站稳时对宝宝说："宝宝是个不倒翁。"

然后轻轻从前方或后方推宝宝的身体，促使宝宝调整自己的身体，以便站得更直。

妈妈再换个角度，从宝宝的左、右两侧推宝宝的身体，促使宝宝站得更稳。

●**专家在线**▸

宝宝要学会走路，就一定要先站稳。上述游戏能帮助宝宝主动保持身体平衡，让自己逐渐站直、站稳。有了事先的这些准备，宝宝在学走时遇到碰撞，就能自己稳住身体，不至于摔跤。

开门，请进

●**益智目标**▸

训练手眼协调能力，理解事物之间的联系。

●**亲子互动**▸

妈妈领着宝宝走到卧室门前，然后用钥匙打开门上的锁，将门打开。

将钥匙交给宝宝，然后鼓励宝宝将钥匙插进锁眼里。宝宝插不准时，妈妈要手把手教宝宝将钥匙插入。

钥匙插入后，鼓励宝宝自己将钥匙从锁中拔下。然后让宝宝自己去插钥匙，当宝宝插入，立即把门打开，并对宝宝说："宝宝请进吧。"

●**专家在线**▸

宝宝的手眼协调能力到这时已经得到了充分的锻炼，宝宝已经能够看准事物，并能够做一些比较精细的动作。将钥匙插入锁眼里，更需要宝宝视觉判断的精确度和手指的灵活性。

妈妈要注意不能让宝宝拿太小的钥匙，因为太小的钥匙容易被宝宝吞掉，引起呛噎而发生危险。

第三章 自然感知能力

0～3个月

听雨声

●益智目标▶

培养宝宝认识自然界事物的能力。

●亲子互动▶

下雨天，可以和宝宝一起坐在窗前听外边的雨声，边听边给宝宝唱儿歌："小雨小雨哗哗下，宝宝快长大。"滴滴答答的雨声能让宝宝感觉到新的刺激，感受自然的刺激。

●专家在线▶

父母在照顾宝宝时，要帮助宝宝熟悉生活中的各种声音，让宝宝多接触大自然中各种事物发出的声音，比如雨声、雷声、动物的叫声等，不仅能丰富宝宝的听力，更主要的是帮助宝宝辨别自然界中的各种事物，提升宝宝的自然智能。

妈妈与宝宝说话时尽量用普通话，并注意不可用过强的噪声似的语言刺激宝宝。

红花绿草

●益智目标▶

帮助宝宝初步认识自然界的各种颜色。

●亲子互动▶

为宝宝准备一些图案简单、颜色鲜艳的图片，如带有红花绿草的图案，在宝宝醒着的时候拿给宝宝看，并告诉宝宝，如："宝宝看，这是红花"，"这是绿色的小草"，"这是大树"等。

●专家在线▶

1个月的宝宝，对自然界中的各种事物还没有完整的概念，但这并非意味着宝宝就不需要提升自然智能。快满月的宝宝，喜欢看一图一物的大彩图，并会对某幅图表示高兴。所以，父母要多让宝宝看多种颜色鲜艳的事物，这不仅能丰富宝宝的视觉感，也能提升宝宝对自然界事物的认知能力。另外，1个月的宝宝最容易被父母的身影所吸引，所以在照顾宝宝时，父母不妨穿上一些颜色鲜艳的衣服，让宝宝在注视父母的同时观察不同的颜色。

熟悉我们的家

●益智目标▶

帮助宝宝了解周围的环境。

●亲子互动▶

在宝宝出生后半个月，妈妈竖着抱起宝宝，用右手支撑他的头使他不至于后仰，沿着房间观看室内墙壁四周的挂图和玩具饰物，和宝宝一起熟悉家。爸爸在后面同宝宝说话，引诱他寻找或者让他转头看。

妈妈可以边抱宝宝看，边给宝宝讲述，每到一处就指指看到的物品，告诉宝宝这是什么，比如看到宝宝的小床时，要对宝宝温和地说："宝宝看看，这是宝宝的小床。"

每次竖抱3～5分钟，然后让宝宝躺下休息一会儿，再竖着抱起宝宝到另外一个新环境中。

●专家在线▶

宝宝虽然还不能听明白妈妈的话，但这样的游戏能帮助宝宝初步熟悉自己周围的环境。让宝宝以舒服的体位看到许多新事物，宝宝会伸头或使劲转动头部去看或寻找，也使得颈部得到锻炼，逐渐能够支撑头部重量。

日光浴

●益智目标▶

阳光能提升宝宝的自然智能。

●亲子互动▶

在阳光充足、无风的时候，给宝宝戴上一顶遮阳帽，避免阳光直射宝宝的面部。然后让宝宝仰卧在宝宝车里，脱去宝宝的衣服，用小浴巾遮住肚子，到阳光下晒太阳。

妈妈可以边念儿歌边轻揉宝宝被太阳晒的部位，然后再让宝宝俯卧，重复上述的过程。日光浴结束后，给宝宝喝适量的温开水。

●专家在线▶

培养宝宝的自然智能，一定要让宝宝接触自然。伴随对宝宝身体的抚触进行的日光浴，对宝宝的情绪和身体素质都有极大的好处，温暖的阳光也对宝宝的自然智能提升有所助益。

白天与黑夜

●益智目标▶

训练宝宝的昼夜概念。

●亲子互动▶

宝宝白天也会睡觉，到了该给宝宝喂奶时，先用温水浸洗过的毛巾给宝宝擦擦脸，让宝宝清醒过来，然后再给他喂奶。

喂完奶后，抱着宝宝在房间内到处转转，并尽量多和宝宝讲话，让宝宝多活动，让宝宝养成白天少睡觉的习惯。

晚上宝宝如果醒来需要喂奶或换尿布，尽量不要开灯，父母也不要与宝宝讲话，让宝宝很快进入睡眠，以适应暗的环境，感受到黑夜的存在。

●专家在线▶

尽量让宝宝夜间多睡觉，白天多活动，可以让宝宝逐渐培养起昼夜的概念。一般来说，1个月的宝宝睡眠周期较短，而且不分昼夜。到了第二个月，宝宝开始逐渐有了昼夜的概念，夜间睡眠时间较长。当然，这也需要父母帮助宝宝养成习惯，尽量让宝宝白天少睡觉，多活动，晚上宝宝睡觉时尽量少打搅，并把灯尽量调暗，使宝宝逐渐熟悉白天与黑夜。

看看绿色

●益智目标▶

帮助宝宝认识和探索自然。

●亲子互动▶

在温暖、风和日丽的好天气里，带着宝宝去公园或田野里，让宝宝看看绿色的树木、草地或农作物，并告诉宝宝看到的都是什么，比如"宝宝看，这是绿色的小草"等，引起宝宝的观察兴趣。

• 专家在线 ▸

培养宝宝的自然智能，让宝宝认识自然、接触自然是很有必要的。因为自然中蕴涵着无穷的魅力。人类本来就是自然界的一部分，在自然中成长，受到教育，所以创设有利的条件来让宝宝接触大自然，从自然中学习，不仅能让宝宝的身心都获得愉悦，还能学到很多知识，有助于开发宝宝的自然智能。宝宝在享受绿色的同时，还能多晒太阳，增强身体抵抗能力。

4～6个月

外面的世界很精彩

• 益智目标 ▸

培养宝宝视线转移能力，扩大宝宝的视野。

• 亲子互动 ▸

选择一个风和日丽的天气，抱着宝宝到户外去，让宝宝看一看外面的世界：一幢幢高楼，一棵棵绿树，一辆接一辆驶过的小汽车，大街上穿着各种颜色衣服的人；商店里花花绿绿的气球；红的花、黄的花、绿的叶等。既发展了宝宝的视觉能力，又丰富了宝宝的知识，并将日光浴、空气浴相结合，也有利于宝宝的身体健康。

• 专家在线 ▸

宝宝是通过多种感官来探索大千世界的，所以培养宝宝的自然智能，首先就要引导宝宝对自然界的事物产生兴趣，产生观察的欲望。父母应该经常带宝宝看看外面的世界，要宝宝走近去看、用手去摸、用鼻子去闻，从自然中获得更多的知识，从而提升宝宝的自然智能。

天气变化

• 益智目标 ▸

让宝宝了解天气的各种变化。

• 亲子互动 ▸

在天气暖和时，经常带宝宝去户外感受环境、天气的变化，看看太阳、白云、蓝天等。

在刮风、下雨、打雷或下雪时，抱着宝宝到窗边观察，仔细倾听，并告诉宝宝这都是什么天气现象。比如下雨时告诉宝宝："宝宝看看，下雨了，掉雨点了。"或让宝宝将小手伸出窗外，让小雨点落在宝宝的手上，帮助宝宝更直接地体会下雨的感觉。

其他天气变化，父母也一样多引导宝宝从看、听、触等多方面感受天气现象的不同。

• 专家在线 ▸

培养宝宝的自然智能，就一定要让宝宝直接接触自然。和宝宝一起感受天气，能让宝宝对世界的认识多一种经验的感知和体会，并逐渐养成让宝宝经常观察天气的良好习惯，加深宝宝对天气状况的了解。

世界真奇妙

• 益智目标 ▸

发展宝宝的视觉、听觉，培养宝宝对自然界的好奇心，提升自然智能。

• 亲子互动 ▸

选择天气好的日子，抱着宝宝到户外散步，让宝宝看看热闹的人群，马路上来往的车辆，听听各种声音……父母要不断地为宝宝“解说”，如“宝宝看，小汽车开来了。”“听，叮铃铃，这是自行车。”带宝宝到公园玩，让宝宝看看红花、绿树，听听鸟儿清脆的叫声，让宝宝感受到大自然的美丽和新奇，刺激他的视觉、听觉发展，也激发他对外界的好奇心和探索精神。

●专家在线▸

宝宝此时的各种心理特点都有了长足的进步，对周围环境的好奇心也越来越大，喜欢到户外活动，观察户外的各种景物。父母经常带宝宝到户外活动，让宝宝接触外部环境，能促进宝宝对外部世界的注意和观察，从而丰富宝宝的自然世界。

动物的叫声

●益智目标▸

帮助宝宝初步认识自然界中的各种动物。

●亲子互动▸

妈妈为宝宝准备一些能发出声音的动物玩具，将玩具放在宝宝身体的一侧，然后让玩具发出某种动物的叫声，引导宝宝寻找，妈妈还要告诉宝宝这是什么动物在叫。玩几次以后，宝宝会自己主动拍响玩具。

反复练习后，宝宝就会对这种动物的叫声产生记忆，然后妈妈再捏响玩具时，问宝宝：“小鸭子在哪里叫啊？”宝宝就会扭头去寻找声源。这时妈妈不要忘记亲亲宝宝，鼓励宝宝一下，让宝宝更愉快。

●专家在线▸

经常与宝宝做与自然界有关的游戏，让宝宝对周围世界的认知产生同化作用，将宝宝已经开发的大脑逐渐强化并稳固。利用各种玩具与宝宝做有关自然界动物或者其他事物的游戏，玩具能吸引宝宝的注意力，宝宝也能在玩玩具时感受到各种变换，并逐渐探索世界，有助于宝宝自然智能的开发。

到树林里散步

●益智目标▸

帮助宝宝认识丰富的自然界。

●亲子互动▸

选择晴朗温暖的天气，带着宝宝到附近的树林里逛逛，自然的声音和香气能使宝宝的情绪更安定。

抱着宝宝在树林里静静地站着，让宝宝仔细聆听鸟鸣声，不仅能提高宝宝的好奇心，还能锻炼宝宝对声音的敏感度。

●专家在线▸

父母要多引导宝宝观察大自然，感受大自然，这是一种帮助宝宝喜爱大自然的好方法。上述活动适合于每一个宝宝，尤其是对那些在混凝土城市中长大的宝宝来说，尤其重要。

不过，宝宝的皮肤比较娇嫩，容易晒伤，在夏季出行时，应做好防晒工作。

认识门

●益智目标▸

帮助宝宝认识周围的新事物，加深对周围事物的了解。

●亲子互动▸

抱着宝宝到门口，用手指着门告诉宝宝：“宝宝看，这是门。”并引导宝宝摸到门。

握住宝宝的手打开门，边开门边对宝宝说：“乖宝宝把门打开啦。”然后再和宝宝一起关门，同样边关门边对宝宝说：“乖宝宝关门啦。”和宝宝重复玩关门和开门的游戏，直到宝宝玩够为止。

●专家在线▶

这个游戏可以让宝宝对世界的认识多一种经验的感知和体会，并逐渐培养宝宝的自立能力，同时还能帮助宝宝认识门里与门外事物的关系，提升自然智慧。父母也可以适度地延伸这个游戏，比如变成电灯开关等。

认认香蕉

●益智目标▶

帮助宝宝认识自己喜欢的食物。

●亲子互动▶

妈妈拿出苹果和香蕉放在桌子上，先问问宝宝："宝宝看看，哪个是香蕉？"宝宝不认识，妈妈可以指给宝宝看，并让宝宝闻一闻，然后剥开，用小勺刮下一块喂在宝宝嘴里，一面喂一面对宝宝说："香蕉好香，宝宝爱吃。"让宝宝通过看、闻、吃来认识香蕉。

第二天，将香蕉与梨放在一起，让宝宝辨认，认对后再给宝宝吃。

第三天，将香蕉与苹果放在一起，让宝宝辨认，认对后再喂给宝宝吃。过几天，在宝宝面前摆放三种水果：香蕉、苹果、梨，让宝宝指出香蕉，看宝宝能否指对。

●专家在线▶

训练宝宝认识事物的能力，能提高宝宝的自然认知能力。宝宝对自己喜欢的事物总是很感兴趣，无论是听到、看到、闻到，都会喜欢并记住名字。

探索的宝宝

●益智目标▶

发展宝宝的触觉，帮助宝宝学会用不同的动作来认识周围的事物。

●亲子互动▶

妈妈找来家里现有形状、软硬、长短不同的物体，如圆杯子、橡皮、方盒子等，放在宝宝面前。

引导宝宝依次来玩这些东西，玩腻一个后，再换另一个给他。观察宝宝是否会因为东西的不同而出现不同的动作。

●专家在线▶

6个月的宝宝能通过接触不同的事物而逐渐产生探索意识。这个游戏能帮助宝宝用触觉来区分各种东西，并帮助宝宝通过学习不同的动作来了解不同的事物，借此提高分析事物的能力。但要注意给宝宝的物品不能有锋利的地方，以免伤害到宝宝。

自己吃饼干

●益智目标▶

帮助宝宝学会咀嚼，让宝宝的牙龈得到锻炼。

●亲子互动▶

给宝宝一块饼干，妈妈自己也用手拿一块放在嘴边咬去一点儿，慢慢咀嚼。

宝宝逐渐也会模仿妈妈的动作，咬一小口饼干，并用牙龈咀嚼。即使此时宝宝还未出乳牙，只有下面两颗小门牙，但宝宝的牙龈已经有了咀嚼能力，能将饼干嚼碎并咽下。

妈妈可以用夸张的动作多次示范，帮助宝宝学会咀嚼。

●专家在线▶

让宝宝练习咀嚼，可以锻炼宝宝的牙龈，便于宝宝的乳牙长出。更重要的是，可以帮助宝宝学会咀嚼，逐渐养成吃固体食物的习惯。

7～9个月

指认小猫和小狗

●益智目标▸

帮助宝宝认识一些小动物，丰富自然知识。

●亲子互动▸

为宝宝准备一些小动物的图片，然后找出小猫和小狗的图片教宝宝认。

抱着宝宝到图片旁边问他："小猫咪在哪里？"让宝宝用眼睛找，用手指，并模仿"喵喵"的叫声。然后再让宝宝找到小狗在哪里，并模仿小狗"汪汪"的叫声，也可以让宝宝认其他的小动物。

●专家在线▸

让宝宝接触动物、观察动物，这对培养宝宝的自然智能很关键。此时的宝宝非常喜欢动物，如果家中有动物玩具，宝宝也会逐渐认识，并能接受各种动物的图像。通过游戏，宝宝会加深对各种动物的认识，逐渐了解到更多的自然知识。

水鸭子，嘎嘎嘎

●益智目标▸

训练宝宝的自然感知能力。

●亲子互动▸

在一个大浴盆中装满35～36℃的温水，将宝宝放在浴盆中，水漫至宝宝的胸前。

给宝宝准备一个充气鸭子，让宝宝在水中拍打嬉戏，妈妈可以一边和宝宝玩，一边念儿歌："水鸭子，叫嘎嘎；嘎嘎叫，找妈妈。一找找到池塘边，妈妈就在水里哪！

●专家在线▸

让宝宝玩水，感受水的存在，也是训练自然智能的好方法。水是自然界的一部分，而且宝宝最早也是在母亲子宫的羊水中生长的，对水会有一种特殊的感情。让宝宝玩水，能让宝宝通过自己的皮肤感觉到不同的水温，了解水的物性，提高自然智慧。

认识第一个身体部位

●益智目标▸

训练宝宝认识自己的身体部位，为以后认识其他身体部位打基础。

●亲子互动▸

妈妈先为宝宝准备一些动物玩具，然后和宝宝一起玩。

妈妈可以问宝宝："小熊的耳朵在哪里？"宝宝很容易就能认出。然后妈妈再问宝宝："宝宝的耳朵在哪里？"

如果宝宝能伸手摸自己的耳朵，妈妈要微笑点头给予鼓励；如果宝宝不知道，妈妈要握着宝宝的小手，帮助宝宝摸到自己的耳朵。

妈妈也可以将宝宝抱到镜子前，让宝宝看着镜子中的自己，摸到自己的耳朵。

●专家在线▸

很多宝宝在5个月就开始能认物了，到了7个月后，基本已经能认识好多种事物了。父母要逐渐观察宝宝喜欢自己的哪个部位，然后耐心帮助宝宝逐渐认识它们。这不仅能帮助宝宝认识更多的事物，更能让宝宝熟悉自己的身体部位，从而丰富自然认知能力。需要注意的是，父母不要把自己的想法强加在宝宝身上。

用声音表示大小便

●益智目标▶

训练宝宝在需要排泄时能主动发出声音。

●亲子互动▶

妈妈每次在把持宝宝大小便时，都应发出声音。比如把持宝宝小便时，要说："宝宝嘘嘘了。"在把持宝宝大便时，要说"唔唔"。

宝宝听惯以后，当要小便时，就会自己发出"嘘嘘"的声音；如果想大便，也会逐渐发出"唔唔"的声音。

●专家在线▶

经过把持训练的宝宝，能很早就用声音和动作表示排泄。一般来说，学会发辅音后，7个月大小的宝宝都能发出表示大小便的两个辅音。当然，如果宝宝还不会这样做，父母也不必担心，可以每次在要把持宝宝前有意识地用声音训练宝宝。多重复几次后，宝宝也能学会。

认识金鱼缸

●益智目标▶

帮助宝宝感受生命，提高自然智能。

●亲子互动▶

抱着宝宝到鱼缸前，告诉宝宝说："这是鱼缸。"

指着里边正在游动的金鱼告诉宝宝："鱼缸里面有金鱼在游泳。"

拿起宝宝的小手，让宝宝触摸鱼缸，并转到金鱼停留的位置，让宝宝轻拍鱼缸，然后告诉宝宝："宝宝看，金鱼被宝宝吓跑啦！"

●专家在线▶

鱼缸是家中常见的装饰品，也是帮助宝宝认识自然的好材料。通过游戏，宝宝可以感受到动物与植物之间的区别（运动与静止），从而感知有生命的物质与无生命物品之间的区别。

认识新鞋

●益智目标▶

帮助宝宝认识自己的脚和鞋，让宝宝认识生活用品。

●亲子互动▶

宝宝要学习站立了，父母可以给宝宝买双新鞋，宝宝一定会很喜欢自己的新鞋。

给宝宝穿上新鞋，然后问宝宝："宝宝的新鞋在哪里啊？"宝宝会伸出小脚让父母看。父母对宝宝的行为要给予夸奖，比如"宝宝的新鞋好漂亮啊！"

鞋子脱下后，父母也可以问宝宝："宝宝的新鞋去哪了？"宝宝会自己去寻找新鞋。

●专家在线▶

宝宝很喜欢接触新鲜事物，对和自己有关的事物更感兴趣。让宝宝练习找自己的新鞋，还能让宝宝逐渐认识到新鞋与自己的关系，从而训练分析判断的能力。

小小图画园

●益智目标▶

认识各种图片，并记住它们的名字。

●亲子互动▶

在墙壁上顺次贴上各种物品的图片，妈妈可指着其中的一幅画，告诉宝宝这是什么，如"这是小狗，汪汪叫"。当宝宝认识了之后，再问宝宝“小狗在哪里？”看宝宝是否会回头去寻找。

●专家在线▶

经过练习，宝宝会记下这些图片的名称，还可能记下排列顺序，并学会利用事物之间的相互关系去认识事物。父母还可将动物的叫声录下来，在给宝宝看图的时候，将声音播出，训练宝宝的视觉、听觉和逻辑思维能力。

记住味道

●益智目标▶

提高宝宝辨别不同气味的能力。

●亲子互动▶

收集一些香水瓶、香味蜡烛、松果、咖喱粉、柠檬汁等具有芳香或刺激气味的物品。

让宝宝去闻这些不同的气味。

宝宝会根据不同的气味做出不同的反应，并会对喜欢的味道表现得非常兴奋。

●专家在线▶

到了第9个月，宝宝已经能对不同的气味表现出不同的情绪。让宝宝闻不同的味道，宝宝会逐渐记住它们，并倾向于自己所喜欢的味道，这可以培养宝宝嗅觉的敏感性。

踩影子

●益智目标▶

认识影子，提高宝宝的自然认知能力。

●亲子互动▶

在阳光明媚的天气里，把宝宝带到户外，引导宝宝看自己或别人的影子。

然后抱着宝宝一起玩踩影子的游戏，并一边为宝宝唱歌：“我在哪，你在哪，你是一个小尾巴。”

●专家在线▶

在宝宝刚刚学步时，这是一个很好的游戏，它可以提高宝宝走路的兴趣。更重要的是，能帮助宝宝多认识一些自然界的新东西，比如影子，让宝宝知道，影子在太阳下和自己总是不分离的。

脱鞋脱袜

●益智目标▶

帮助宝宝学会自己脱衣服，培养其生活自理能力。

●亲子互动▶

晚上睡觉前，鼓励宝宝自己脱鞋和脱袜子。

如果宝宝的鞋有粘扣，开始时妈妈要帮助宝宝拉开粘扣，并引导宝宝观察。下次妈妈可要求宝宝自己拉开粘扣，脱掉鞋子。

开始宝宝自己不会脱袜子，妈妈可以握着宝宝的小手，和宝宝一起把袜子脱下来。几次后，妈妈就可鼓励宝宝自己脱。

当宝宝能自己脱下鞋袜时，妈妈要及时给予宝宝鼓励，让宝宝更有信心。

●专家在线▶

在宝宝1岁前，应学会自己脱衣服，然后再学会自己穿衣服。在教宝宝脱衣服时，可以教宝宝先摘帽子，再脱鞋袜、衣服。但是，带有扣子或拉链的衣服，父母应事先帮宝宝拉开，因为宝宝这时还不能自己解扣子和拉拉链，不过对于鞋上的粘扣，宝宝一般能自己打开。父母应鼓励宝宝自己的事自己动手，为宝宝以后的自理能力打下基础。

10～12个月

分清饼干和糖块

●益智目标▸

认识事物的名称，区分不同的东西。

●亲子互动▸

妈妈给宝宝找来形状差不多的糖块和饼干，但味道要有明显的不同。

妈妈拿起糖块，对宝宝说："这是糖。"然后让宝宝品尝，并问宝宝："好吃吗？"

妈妈再拿起饼干，对宝宝说："这是饼干。"也让宝宝尝，并问宝宝："好吃吗？"接下来问宝宝："哪个是饼干？"让宝宝指认。"哪个是糖？"也引导宝宝去指认。

●专家在线▸

有意引导宝宝欣赏和品尝食物，会加深宝宝对不同食物的认识。在让宝宝品尝食物的时候，父母要用话语把宝宝的注意力集中到食物的名称和味道上，这样才能引起宝宝的注意。

打雷下雨

●益智目标▸

认识自然界的各种声音。

●亲子互动▸

妈妈随时随地做这个游戏，比如在下雨的时候，教宝宝说："大雨，大雨，哗哗哗"、"天上打雷，轰隆隆"……然后引导宝宝模仿，如对宝宝说："大雨，大雨……"等待宝宝去模仿下雨的声音。

●专家在线▸

随着宝宝自然智能的不断发展，宝宝对生活中的各种事物都变得越来越敏感，也很爱去模仿。通过这个游戏，可帮宝宝进一步了解更多的自然事物，丰富自然经验。

父母可以买一本有自然界各种现象的图片，让宝宝用认图的方式找出能模仿的声音。宝宝很喜欢这种游戏，几乎所有的宝宝都能在很短的时间里学会自然界中几种常见现象发出的声音。在宝宝能模仿声音以后，妈妈也可以就势教宝宝认图片上面的字，令宝宝自然地将图片和文字联系起来了。

认识动物的特点

●益智目标▸

看图卡，让宝宝认识不同动物的特点。

●亲子互动▸

找几张宝宝认识的动物图片，让宝宝再一次认识它们。

指出这些动物的特点给宝宝认，比如"兔子的耳朵长"、"大象的鼻子长"……

看完后问宝宝："谁的鼻子长？""谁的耳朵长？"……

●专家在线▸

宝宝以前认识的这些动物，会在头脑中形成一个大概的印象。通过这个游戏，可以让宝宝加深对这一动物的了解。学会以认识特点来认识事物时，将会给宝宝带来更为有效的自然记忆能力。

自己吃饭

●益智目标▸

训练宝宝自己用勺子吃饭，为宝宝早日自己吃饭作准备。

●**亲子互动**▸

吃饭时，单独用一个碗给宝宝盛些饭，然后给宝宝一把小勺子，鼓励宝宝自己用勺子舀饭吃。

开始时，宝宝可能会将饭弄到碗外边，或者用勺子舀上饭后不能吃到嘴里，妈妈要给予宝宝帮助。

几次训练后，宝宝会自己逐渐用勺子舀饭，并能送入嘴里，这时妈妈应给予宝宝称赞。

●**专家在线**▸

多数宝宝在12个月时能自己拿着勺子吃几口饭，但还不能自己吃饱，所以父母不要急于求成，要慢慢培养宝宝的自理能力。当然，也不能因为宝宝做得不好就剥夺宝宝练习的机会。如果经常让宝宝练习，宝宝会学得很快。

认识身体3～5个部位

●**益智目标**▸

帮助宝宝认识身体3～5个部位，让宝宝更进一步认识自己。

●**亲子互动**▸

妈妈和宝宝一起照镜子，然后引导宝宝认识面部器官，如：“宝宝的耳朵在哪里？”让宝宝指认。

在给宝宝洗澡时，妈妈可对宝宝说：“洗洗宝宝的小胳膊。”“宝宝的小脚丫好白哦，宝宝摸摸小脚丫。”

给宝宝找来玩具娃娃，然后让宝宝和娃娃玩身体部位游戏，如拍娃娃的背让娃娃睡觉，挠挠娃娃的胳肢窝等。

●**专家在线**▸

宝宝从第7个月学认第一个身体部位，此后逐渐认识更多的身体部位，如手脚、膝盖、脚丫等。上述游戏能帮助宝宝认识更多的身体部位。

找朋友

●**益智目标**▸

锻炼宝宝在听儿歌时的做动作的能力。

●**亲子互动**▸

妈妈与宝宝一起玩“找朋友”的游戏。妈妈唱儿歌“找呀，找呀，找朋友”，同时向宝宝招手，也让宝宝向自己招手。唱到“找到一个好朋友”时，对宝宝点头，也让宝宝对妈妈点头。唱到“敬个礼”时，妈妈要伸手到耳边，引导宝宝模仿。唱到“握握手”时，要与宝宝握手。唱到“你是我的好朋友”时，先指别人再指自己。

唱到“再见”时，向宝宝挥手。

●**专家在线**▸

这个时期，宝宝已经能听懂父母的很多话，也对父母说话的语调有理解。妈妈经常在游戏中说话给宝宝听，不但可以提高宝宝的听觉能力，而且对宝宝的语言发展有帮助。这个游戏建议多个父母和多个宝宝一起完成，因为许多宝宝排成一行一起做动作会很有趣，宝宝也容易学会。按照节拍做动作，可以为宝宝日后律动作准备。

第四章

听觉记忆能力

0～3个月

听音乐

●益智目标▸

训练宝宝对声音的反应能力及注意力，促进宝宝听力的发育。

●亲子互动▸

每天定时为宝宝播放优美、舒缓的音乐，每段乐曲每天可反复播放几次，每次10分钟。

●专家在线▸

宝宝的听觉系统在胎儿六七个月时已基本成熟，所以妈妈可以多放些胎教时的音乐，或自己哼唱一些喜爱的歌曲。唱歌时尽量使声音往上腭部集中，把字咬清楚。哼歌时，声音不宜太大，以小声说话为标准。

听听找找

●益智目标▸

检查宝宝的听力情况，促进宝宝听觉能力的发展。

●亲子互动▸

在宝宝清醒时，用拨浪鼓在距宝宝耳边10～15厘米处轻轻摇动，吸引宝宝将眼睛和头转向拨浪鼓。

随着宝宝一天天的成长，可以在宝宝头部的左右视线约30厘米处摇拨浪鼓或其他带响声的玩具，逗引宝宝左右转头寻找声源。在摇铃过程中，妈妈可以一边唱儿歌，一边逗引宝宝发笑。

●专家在线▸

1个月的宝宝已经能够开始注意突发的连续的声音了，如吸尘器的声音、电话铃声等。因此，妈妈应主动创造一些连续的声音让宝宝倾听，主动吸引宝宝的注意力。每当听到这样的声音，宝宝都会表现得很兴奋。

舒缓的音乐

●益智目标▸

锻炼宝宝的听觉，并启发宝宝的音乐智能。

●亲子互动▸

在宝宝的小床边放一台小录音机，在宝宝清醒时，或喂宝宝吃奶时，播放一些轻柔、愉快的音乐。当宝宝听音乐时，妈妈可以面带微笑，拉着宝宝的小手，摇着宝宝的小手舞蹈。宝宝吃饱后，妈妈可给宝宝选放一些节奏单纯、音律动听的乐曲。在让宝宝听音乐的同时，妈妈可借机动动宝宝的手脚，教宝宝拍拍手或做一些简单的模仿动作。在宝宝要睡觉时，放固定的催眠音乐；宝宝入睡后，可让宝宝听一听节奏缓慢的音乐，这种音乐可以使宝宝呼吸平衡，情绪安宁，并锻炼宝宝的听觉。

●专家在线▶

2个月的宝宝不仅能听到一些声音，而且对音乐也开始产生较强的感知能力。和谐、悠扬、柔和的音乐对宝宝的听觉发展具有积极的意义，并且对培养宝宝的音乐智能有帮助。

会发声的玩具

●益智目标▶

让宝宝感受各种声音，在游戏过程中逐渐认识各种不同的声音。

●亲子互动▶

给宝宝买几种会发出不同声音的玩具，如一捏会发出“瞄瞄”叫的小猫，一拍会发出“汪汪”叫的小狗，或者是能发出“啾啾”叫声的小熊。

在宝宝醒着的时候，用这些玩具逗引宝宝，并将各种声音配合起来，让宝宝在玩玩具的同时，也能获得声音的刺激，并了解常见动物的叫声。

●专家在线▶

各种会发出声音的玩具很受宝宝喜欢，对宝宝很有吸引力，它们因“特别”、“神奇”而深受宝宝的喜欢，而且这些声音之间的差别很大。如果能将各种动物玩具或布娃娃及他们所发出的声音配合起来，不仅能让宝宝感受到各种声音，锻炼他的听觉记忆，并发展认知，还能增强宝宝对自然界及动物的好奇心。

敲小鼓

●益智目标▶

用声音吸引宝宝的注意，培养宝宝的听觉注意力。

●亲子互动▶

准备一个小鼓，拿着小鼓和小锤儿在宝宝面前展示一下，让宝宝注意发声的物体。

当着宝宝的面，用小锤儿敲一下小鼓，让宝宝注意到声音。

停顿片刻后，再次敲击小鼓，让宝宝确信声音是由小鼓发出的。

在宝宝面前连续地敲击几下小鼓，让宝宝感受到声音和敲击动作之间的关系。

妈妈还可以拿起宝宝的小手，帮助宝宝握住小锤儿，与宝宝一起敲击小鼓。

●专家在线▶

宝宝满月后，就能注意到周围一些持续的声音。这个时期，父母可以尝试用一些持续不断的声音来吸引宝宝的注意，敲小鼓的声音是非常适合的。这种声音既不刺耳，又容易控制节奏，对培养宝宝的听觉记忆智能和节奏感都非常有帮助。

听父母的笑声

●益智目标▶

宝宝听父母的笑声，最终自己笑出声音。

●亲子互动▶

想让宝宝笑出声音，需要父母经常在宝宝面前笑。一段时间以后，宝宝就会模仿父母的声音而放声大笑。

妈妈要经常创造条件同宝宝逗乐，比如妈妈可以做鬼脸让宝宝发出“哈哈”的笑声。

●专家在线▶

在训练宝宝听力的时候，要经常给宝宝听笑声，并训练宝宝自己发出笑声，这有助于宝宝养成豁达、乐观的性格。

4～6个月

听爸爸低沉的声音

●益智目标▶

训练宝宝的听觉，增加亲子关系。

●亲子互动▶

爸爸靠近宝宝的身旁，以低沉的声音叫宝宝的名字。

爸爸可以一边发出稍微高低变化的声音，一边观察宝宝的反应。

●专家在线▶

宝宝在这个时期，听力还不是很发达，对一些高音还听不清楚，但是低和粗的声音就比较能听清楚。而爸爸用低沉的声音对宝宝说话，能给宝宝亲切感，不仅能锻炼宝宝的听力，还能增强与宝宝之间的交流，让宝宝感受到更多的爱。

妈妈弹响指

●益智目标▶

通过妈妈弹响指、拍手等发音动作训练宝宝的听力。

●亲子互动▶

让宝宝仰卧在床上，妈妈坐在宝宝的身边，微笑地注视着宝宝，让宝宝注意到妈妈的表情，并引起宝宝愉快的情绪。妈妈用拇指和中指在宝宝面前弹几下响指，发出清脆响亮的声音，吸引宝宝的注意力。

响指游戏进行三四次后，妈妈仍微笑地看着宝宝，开始有节奏地轻快地拍手，吸引宝宝的注意力，拍手游戏也可进行三四次。

游戏进行2分钟后，妈妈可换到宝宝的另一侧，继续重复进行上面的游戏；宝宝的头也会转到另一侧，眼睛也随之转动。

●专家在线▶

3个月的宝宝对声音的反应也有了目标性。通过上述游戏，妈妈能帮助宝宝更好地锻炼听觉，并能训练宝宝对声音节奏感的感知能力。

奇妙的声音

●益智目标▶

培养宝宝对声音的注意力和判断力，以及感受声音远近的能力。

●亲子互动▶

妈妈准备一台小型录音机，把录音机拿在手里，放在宝宝面前20厘米处，让宝宝伸手能摸到。妈妈拉着宝宝的手触摸录音机，并引导宝宝用手按录音机键，打开录音机，放出歌曲。

让宝宝听一会儿后，关掉录音机。这样一会儿开、一会儿关，反复进行几次。并在开与关的同时对宝宝说："录音机在唱歌了。""录音机不唱歌了，声音也没有了。"目的在于让宝宝感受到好听的歌声是从录音机里传出来的。

●专家在线▶

通过各种声音游戏及活动，宝宝的听觉系统能得到较好的发展。这个游戏能锻炼宝宝感受声音的远近能力，提高对声音的感知性和对声音的区别能力。

杯碗交响曲

●益智目标▶

培养宝宝对声音的感知能力。

●亲子互动▶

妈妈在喂宝宝吃饭时，可以拿出小勺轻轻敲一下碗或杯子，吸引宝宝的注意，并提示宝宝：要吃饭了。

宝宝这时就会感受到声音的刺激，并会将敲击的声音与吃东西两件事联系在一起。这样，每当宝宝听到敲击杯子或碗的声音时，就会很兴奋。

●专家在线▶

当宝宝3个月时，很快会对更多的声音感兴趣，许多宝宝会注意到脚步声、开门声、吸尘器的响声、茶壶煮开的哨音、水流声、碗碟磕碰声、撕纸声或风铃声，以及窗外的人声、车声等。这些声音对于宝宝来说都是很奇妙的，宝宝也想知道这些声音的来源。父母应多利用生活中的各种声音，来锻炼宝宝对声音的感知能力，训练宝宝逐渐能区别生活中的各种声音。这些细微却生动的背景音效，不仅能锻炼宝宝的听觉，还能帮宝宝认识周围的事物。

辨别高、低音

●益智目标▶

帮助宝宝感受高音、低音的变化。

●亲子互动▶

妈妈弹有明显高、低音区别的曲子（也可放录音），爸爸抱着宝宝倾听，并不时地对宝宝说：“宝宝听，妈妈弹得多好听。”

当听到音乐的高音时，爸爸将宝宝高高举起，并说道：“高喽！宝宝比爸爸还高。”当听到低音处时，爸爸就把宝宝放低，对宝宝说：“宝宝低喽。”反复数次。

●专家在线▶

3个月以后的宝宝，就能区别各种不同的声音了，所以父母要经常与宝宝玩一些声音游戏。每次进行上述游戏时，要先使宝宝留意听音乐，感受到宝宝在听音乐时，再将他举高放低，让宝宝在运动中去感受声音的高低变化。这对于提升宝宝的听觉记忆智能大有好处。

听水声

●益智目标▶

促进宝宝的听觉能力。

●亲子互动▶

让宝宝聆听各种水声。如水龙头的流水声、下雨的雨水声、洗澡时拍打水发出的声音、瀑布的声音，让宝宝摸到水，使宝宝逐渐听懂水的声音。

妈妈将水龙头时而拧大，时而拧小，水声时大时小，这时可观察宝宝的表情是否对水声感兴趣。

还可以在带宝宝去郊外游玩时，在有瀑布的地方驻足，让宝宝听瀑布的声音。让宝宝感受丰富的水声变化。

●专家在线▶

在现实生活中，充满着各种各样的声音：人说话的声音、开门关门的声音、电视的声音、风声、水声等。经常让宝宝听听这些声音，能提高宝宝适应外界环境的能力。

模仿动物的叫声

●益智目标▶

帮助宝宝区分各种动物的不同声音，提高宝宝的声音分辨能力。

●亲子互动▶

为宝宝准备一些动物卡片，如小鸭子、小狗、小老虎、小鸡等。

让宝宝坐在妈妈的怀里，妈妈随意抽出图片，握着宝宝的小手，指着图片上的动物让宝宝看，并告诉宝宝上面是什么动物，然后学动物的叫声。比如抽出的是小鸭子，就给宝宝学小鸭子叫："小鸭子，嘎嘎嘎"；抽到小鸡，就学小鸡叫："小鸡小鸡，叽叽叽。"

在学小动物叫时，妈妈还可以做出各种有趣的动作，引起宝宝的兴趣。宝宝在妈妈的引导下，也会"咿呀"地叫起来。

●专家在线▶

听觉训练是1岁以下宝宝的一项重要发展课题，因为感官发展是心智发展的基础。在游戏中，妈妈和宝宝一起认识动物，并学习动物发出的声音，不仅让宝宝听到了声音，还可以让宝宝在游戏中认识到不同的动物会发出不同的声音。这对于训练宝宝的听觉具有一定意义，对宝宝日后认识各种事物也有所帮助。

辨别声响

●益智目标▶

促进宝宝的听觉分辨能力。

●亲子互动▶

妈妈给宝宝准备不同质地的玩具，如积木、塑料娃娃、金属球等。

用不同质地的玩具碰撞时，刺激宝宝的听力，比如木线轴与积木敲打发出木质的声音；两个塑料玩具在一起敲打发出较哑的声音；两个金属玩具相互敲击发出金属的声音。

不同的声音会让宝宝感到新奇而有趣，他也会将东西故意弄掉到地上，因为可以听不同玩具掉到地上时发出的不同声音。

●专家在线▶

这个游戏意在让宝宝通过听不同质地的玩具发出的不同声音提高他的听力，引起宝宝的好奇心和探究欲，从而逐渐提高宝宝的听觉和分辨能力。目前宝宝还不会对敲玩具，他只会通过把东西扔到地上发出的声音来满足好奇心。但这并不能代表宝宝已经认识了某一种玩具，只能认为宝宝是以一种条件反射的方式在模仿父母的某些动作。就好像宝宝一开始在叫"妈妈"或"爸爸"的时候并不知道其含义一样。本游戏为下月对敲玩具打下基础。

时钟滴答滴

●益智目标▶

训练宝宝的听觉灵敏性。

●亲子互动▶

给宝宝一个能发出美妙声音的闹钟，一定要能准时响起的闹钟。

让宝宝拿着闹钟玩一会儿，宝宝能清楚地听到闹钟的"滴答"声。

当闹钟整点响起时，宝宝会感到相当有趣。

●专家在线▶

这个年龄阶段的宝宝在听觉方面有了很大发展，对各种声音都表现出很大的兴趣，能表现出集中注意听的样子，听到声音后也能很快将头转向声源。这正是训练宝宝听觉记忆能力的好时候，所以父母要多利用各种声音逗引宝宝。

寻声找物

●益智目标▸

训练宝宝听觉定位的灵敏度。

●亲子互动▸

妈妈抱着宝宝坐在小凳上，将宝宝熟悉的哗铃棒扔到地上，发出声音，妈妈边说边捡："嘿，掉地下了。"

捡起来后，妈妈再故意将哗铃棒掉在地上，暂时不捡，看宝宝的目光是否看着地上。

以后可以用一些金属的东西，如金属的勺子、盘子、铃铛等，让这些东西掉到地上，注意宝宝是否用眼睛往地面寻找。

●专家在线▸

寻声找物的游戏能够训练宝宝的听觉定位灵敏度，并引导宝宝用视觉来证实。听觉灵敏的宝宝在听到声音后就会马上低头，用视线寻找目的物。有些宝宝已经能低头看地，但未发觉玩具。

另一些宝宝听觉定位不良，找不到方向，只能东张西望。如果从游戏中发现宝宝听觉不良，要及时去医院检查。

听听是什么声音

●益智目标▸

训练宝宝辨别声音的能力。

●亲子互动▸

妈妈在远处或在另一个房间叫宝宝的名字，或学鸟叫，动物叫，或敲响什么东西，让宝宝寻找。

爸爸可在宝宝身边问宝宝："哪儿在叫宝宝啊？谁叫宝宝啊？小鸟在哪儿叫？小猫咪在哪儿叫？"看宝宝是否会向声源的地方注视。此游戏可经常练习。

●专家在线▸

宝宝在4个月时，就已经能找到声源。为训练宝宝的听力，到五六个月时，应把声源拉远，方位不断变换，声音强弱也要有所变化，从而提高宝宝的声音分辨能力。

7～9个月

会发出声音的器皿

●益智目标▸

刺激宝宝的听觉，增强宝宝的好奇心。

●亲子互动▸

在一个宽口的器皿中放入豆子或其他小东西，并将瓶盖盖好。

妈妈高兴地摇晃器皿，引起宝宝的注意力，并引导宝宝也来摇晃。

放入的东西不同，瓶子内发出的声音也不同，宝宝也会越感兴趣。

●专家在线▸

宝宝越长大，活动力越强，越渴望学习各项技巧，这时他需要多多练习以获取经验，爸爸妈妈应给他合适的环境及练习的机会。

上述游戏能充分锻炼宝宝的听觉分辨能力，刺激宝宝分辨出不同的物品在瓶子中发出的不同声音，并会满足宝宝的好奇心。

小小指挥家

●益智目标▸

锻炼宝宝的听力及对音乐节奏的感知能力。

●亲子互动▸

给宝宝放一些舒缓、优美的高雅音乐，每天2～3次，每次5～10分钟。

在宝宝听音乐时，妈妈从背后抓住宝宝的手臂，合着音乐的节奏拍手，并随着旋律变化手臂动作的幅度。

•专家在线▸

妈妈可以经常和宝宝一起听音乐，并随音乐节奏运动，最好还能固定在某一音节上做出特定的、宝宝能做到的动作。多练习几次以后，宝宝也会模仿妈妈的动作随着音乐的节奏晃动身体。比较聪明的宝宝还能在特定的音节做出和妈妈一样的动作。

这个游戏能增强宝宝中枢神经系统的联系通道，开发宝宝智力。而且在灌输音乐感知能力的同时，还能锻炼宝宝的听觉，刺激听觉发育。不过妈妈在选择音乐的时候要放弃那些有超重低音效果的，或者起伏过大的，以免惊吓到宝宝。

叫宝宝的名字

•益智目标▸

让宝宝通过听别人叫自己的名字认识自己，并提高听觉能力。

•亲子互动▸

父母在和宝宝玩游戏时，不妨经常叫宝宝的名字；或者在给宝宝看镜子中的自己时，指着镜子中的宝宝对他说："这是××"，并大声说出宝宝的名字。让宝宝知道这个名字和自己的关系。

•专家在线▸

当宝宝对语音有了知觉后，父母就应该尽量叫宝宝的名字，让宝宝明确自己与名字之间的关系。渐渐地，当宝宝听到有人叫他时，就会扭动自己的身体转向叫他的人。这个游戏既锻炼了宝宝的听力，又增强了他的自我认知能力，在宝宝转身的时候还锻炼了他的身体协调能力。

听音乐敲打节拍

•益智目标▸

训练宝宝的听觉，同时提升音乐智能。

•亲子互动▸

给宝宝放音乐，并让宝宝自己拿着小棍子、盒子之类的硬东西。

当宝宝听音乐时，妈妈要鼓励他用手中的东西随着节拍敲打，试图同音乐一起伴奏。

宝宝敲打的节拍可能不准确，妈妈可以在旁边拍手指挥，让宝宝敲打得渐渐合拍。

•专家在线▸

七八个月的宝宝很喜欢摇晃和敲击玩具，使之发出声音。各种玩具发出的声音明显不同，宝宝很乐意探究其中的差别，由此逐渐提高对各种声音的分辨能力。做游戏时要确保所有的盖子都拧得很紧，以免宝宝吞下容器内的东西。

爸爸回来了

•益智目标▸

训练宝宝听懂"回来"、"出去"等概念。

•亲子互动▸

在爸爸每天上班时，妈妈可以对宝宝说："爸爸出去了，爸爸去上班了。"并让宝宝和爸爸再见。

爸爸下班回来时，妈妈要和宝宝一起迎接爸爸，并对宝宝说："爸爸下班回来了。”让宝宝和爸爸打招呼。

如果爷爷奶奶也在，平时爷爷奶奶外出或回来时，也可以告诉宝宝“爷爷进来了”、“奶奶出去了”等，帮助宝宝逐渐听懂“出去”、“进来”等概念。

●专家在线▸

宝宝在懂得“门”的概念后，就会逐渐理解“回来”、“出去”等概念。宝宝喜欢家人的声音，也喜欢家人回来。家人可以通过这些活动，帮助宝宝体会各种语言和声音代表的含义，不仅能锻炼宝宝的听觉能力，更能提高宝宝的语言理解能力。

扔球游戏

●益智目标▸

锻炼宝宝听觉的灵敏度，促进其听觉智能的发育。

●亲子互动▸

妈妈找来一个无盖的盒子，再找来一些彩色糖球。将盒子放远一些，然后妈妈拿起一粒糖球朝盒子里扔去。当糖球扔到盒子里时，妈妈要说：“哗啦，球进盒子啦。”

引导宝宝也来扔球，如果宝宝也将糖球扔进了盒子，妈妈也要说：“哗啦，宝宝的球也进盒子啦。”

●专家在线▸

游戏能发展宝宝的视觉、听觉和手部活动的协调性，通过良好的外界声音刺激，促进宝宝智力的早期开发，使宝宝的身心得到健康发展。妈妈不要将糖球独自留给宝宝把玩，以免宝宝误食、噎住，引发危险。

听听里面有什么

●益智目标▸

训练听觉的灵敏性。

●亲子互动▸

准备两个空箱子，不要太高太大，然后将一些在摇晃或挤压时能发出声音的玩具放在里面，拿到宝宝身边摇晃，发出“咔咔”或“沙沙”的声音。

如果宝宝伸手想拿箱子，就将整个箱子递给他。当宝宝打开盖子看到玩具时，妈妈可以惊讶地说：“哎呀，里面都是玩具啊！”同时将玩具递给他。

●专家在线▸

宝宝6个月时就会拿着积木对敲，也会拿着筷子敲击桌子，但都仅限于一些较大的目标。

对7～8个月的宝宝来说，他们已经可以摇晃和挤压玩具了。父母可收集一些玩具，如塑料充气玩具、装有谷粒或大米的调味品罐等，它们发出的声音明显不同，宝宝会很好奇，这对于提高宝宝听觉的灵敏度很有意义。

知道我是谁

●益智目标▸

帮助宝宝提高听力，并逐渐对自己产生认知。

●亲子互动▸

继续练习让宝宝认识自己的镜前游戏。妈妈抱着宝宝站在镜子前。轻轻地叫宝宝的名字，并指着镜子里的宝宝。然后再喊宝宝的名字，让宝宝指镜子里的自己。

●专家在线▶

根据别人的指令去辨认事物，这是宝宝靠听觉记忆来确认事物的表现。这一阶段的宝宝，听觉发育开始突飞猛进，父母要多创造机会锻炼宝宝的听觉，并通过听觉来帮助宝宝认识和记忆一些事物。

10～12个月

宝宝的演唱会

●益智目标▶

锻炼宝宝的听力，并让宝宝保持愉快的情绪。

●亲子互动▶

妈妈选一些儿童歌曲的磁带，然后放入录音机内播放，和宝宝一起欣赏。

引导宝宝也跟着乐曲咿咿呀呀地唱歌，妈妈要做出动作和表情，配合宝宝的“歌唱”。

●专家在线▶

只要一播放歌曲和音乐，宝宝就会跟着高声“唱”起来。这是因为，这个阶段的宝宝在听觉能力和音乐节奏感上有了非常大的提高。父母经常引导宝宝听音乐，跟着唱歌，不仅能锻炼宝宝的听力，还有助于宝宝语言智能和音乐智能的发育。

风铃轻轻响

●益智目标▶

帮助宝宝来辨别不同的声音。

●亲子互动▶

在宝宝的房间里挂上一个风铃。

在风吹动风铃的时候，或者妈妈拨弄的时候，风铃就会发出好听的声音。

宝宝这时就会专注地寻找目标，妈妈也要帮宝宝找到发声的风铃。

●专家在线▶

宝宝会被风铃的声音吸引，学会去寻找发声的物体，并会记住一些不同的物件可以发出不同的声音。

这个游戏还可以扩展开，比如带着宝宝去公园，听听鸟鸣或者去街上听听汽车喇叭的声音等，但注意不要让宝宝听分贝太高的声音，以免伤害宝宝的听觉。

钢琴演奏

●益智目标▶

通过敲击钢琴或电子琴让宝宝感受不同的声音。

●亲子互动▶

妈妈为宝宝准备一架玩具小钢琴或电子琴。

将钢琴放在桌子上，妈妈握住宝宝的手，在琴键上随意敲击、拍打。妈妈也可以握住宝宝的手，用宝宝的食指敲击琴键，弹出一定的旋律。

●专家在线▶

敲打是宝宝的天性，这个时期的宝宝对自己弄出来的声音非常感兴趣，并且对不同的声音也有了一定的敏感性。这个游戏可以通过敲打发出的乐声刺激宝宝的听觉和音乐美感。

模仿动物叫

●益智目标▶

进一步认识生活中的各种小动物，并对它们进行更全面的了解。

●亲子互动▶

给宝宝找一些生活中经常见到的小动物的图片。

比如给宝宝看一幅小狗的图片，告诉宝宝："小狗小狗，汪汪汪。"

当宝宝可以发现类似的声音时，妈妈可以说："小狗小狗……"然后等待宝宝说："汪汪汪。"

●专家在线▶

通过了解各种动物的不同叫声，使宝宝记忆一些小动物更容易些，也能从声音方面提高认知能力。因此，父母平常有机会要多带宝宝听一听真实的动物叫声，宝宝会有深刻的印象，学起来也会容易很多。

玩具的叫声

●益智目标▶

根据声音来辨别和确认正在发声的玩具。

●亲子互动▶

让宝宝自己将动物玩具弄出声音，并听它们发出的不同声音。

然后把它们放到一起，妈妈让其中一个玩具发出声音，让宝宝来确认是哪个玩具发出的声音。

●专家在线▶

声音的记忆也会促进宝宝的认知能力和语言的发展。当宝宝可以辨别出不同的声音时，就会通过声音记下不同的形象。

感受音乐

●益智目标▶

通过听音乐刺激宝宝的听觉灵敏性，并加强宝宝对语言的进一步了解及对情感的表达。

●亲子互动▶

用《雅克兄弟》的曲调唱下面的歌，并伴以一定的动作："你开心吗？你快乐吗？我开心，我快乐。开心，开心，开心；快乐，快乐，快乐。笑，笑，笑，笑，笑，笑。"妈妈脸上同时要露出开心的微笑。

游戏的时候也要让宝宝与妈妈一起互动。

●专家在线▶

宝宝喜欢自然界中的声音和音乐，乐于寻求周围环境中的各种声响，经常会沉溺于美妙的音乐之中。这时，宝宝对音乐的记忆也有一定的优势。通过音乐的节奏感，可以让宝宝记下很多东西。当我们再一次放音乐的时候，宝宝很可能就会不自觉地去做动作。

小小舞蹈家

●益智目标▶

培养宝宝的听觉能力。

●亲子互动▶

妈妈给宝宝放一些节奏感较强的音乐。

抱着宝宝合着曲子摇动身体。

鼓励宝宝合着拍子自己晃动身躯，并重复一定的节奏。

●专家在线▶

培养宝宝的听觉只从一个方面进行是不够的，为了磨炼宝宝的听觉，身体的运动也是十分重要的刺激。11个月左右的宝宝对音乐的节奏很敏感，也会做出不同的反应。因此，父母要多让宝宝用肢体来配合声音做动作，这既锻炼宝宝的听觉，又能提高宝宝的音乐智能和运动智能。

第五章 视觉记忆能力

0～3个月

开合窗帘

•益智目标▸

锻炼宝宝对光线刺激的反应。

•亲子互动▸

在宝宝醒着的时候，将房间的窗帘反复几次开合，也可以反复将房间的台灯打开，或者打开手电筒照射墙壁，看看宝宝是否会将头转向有光线的方向，被光线吸引。

•专家在线▸

宝宝在出生的第一个月主要是适应外界环境，发展各种感觉器官，因此要给予宝宝适当的活动和不断的刺激，促进宝宝的智能发育。

出生不久的新生儿对光线是比较敏感的，适当的光线刺激能发展宝宝的视觉能力，同时也能判断宝宝的视觉是否正常。

注意不要让过强的阳光照射宝宝，也不要让灯光直射宝宝的眼睛，以免宝宝的眼睛受伤。

小眼睛找猫咪

•益智目标▸

发展视觉记忆和眼珠的运动能力。

•亲子互动▸

准备一只大一些的猫咪玩具，将宝宝放在舒适的小床上。

将猫咪玩具放在宝宝眼睛的正上方，举在宝宝的视线之内，约距宝宝30厘米。先将猫咪晃动一下，然后向左移动，再向右移动，这时你会看到宝宝的眼珠随着玩具移动。如果宝宝不追踪玩具，可将玩具再向宝宝眼前移几厘米。

•专家在线▸

现在的宝宝，对外界的一切都感到新鲜。所以，妈妈有必要经常面对面与宝宝做找东西的游戏，或者用颜色鲜艳的玩具、彩球等吸引宝宝，宝宝会用眼睛并略微转头跟踪。当然，如果宝宝对此没有反应，您也不要着急，因为1个月内的宝宝发育速度是不同的，有快有慢。只要妈妈耐心地重复下去，宝宝很快就会有反应的。

找光

•益智目标▸

刺激宝宝的视觉，锻炼对暗光的适应能力。

•亲子互动▸

白天给宝宝喂奶时，将窗帘拉上，让房间逐渐变暗；夜间喂奶时不要开灯，而用不同颜色的布包上手电筒，在不同色彩的昏暗光线下喂奶，或在最暗的灯光下换尿布。宝宝听到妈妈熟悉的声音，看到人的轮廓并躺在妈妈温暖的怀抱中不至于害怕，而且不同的光线又会让宝宝获得新的经历，注意到环境的变化。

●专家在线▸

宝宝喜欢光亮的窗户，也喜欢明亮的灯光。在妈妈的陪同下，尤其在妈妈温暖的怀抱中感受一些不经常遇到的黑暗，能刺激宝宝的视觉，训练宝宝在暗光下的适应能力。当宝宝习惯暗淡的光线后，也能辨别出妈妈的位置和床的位置，逐渐适应昏暗的环境。

追视会动的东西

●益智目标▸

丰富宝宝的视觉经验，帮助宝宝认识更多的事物。

●亲子互动▸

让宝宝舒服地躺在床上，妈妈用一个色彩鲜艳，或带有响声的玩具逗引宝宝，使宝宝的眼睛跟着玩具看，注视玩具。

过一会儿，再换另一个玩具在宝宝面前逗引宝宝，此时宝宝的视线就会由一个玩具转移到另一个玩具上。

在给宝宝玩此游戏时，最好不要与宝宝谈话，或因宝宝注意人脸而受到干扰，要尽量让宝宝的注意力都集中在玩具上。

●专家在线▸

宝宝的视觉记忆智能靠后天环境影响形成。出生2个月的宝宝，两眼能共同注视同一个物体，且喜欢图案、颜色和形状更为复杂的东西。到2个月末，宝宝会更喜欢被竖抱起来，视野会更开阔。父母要多创造机会让宝宝看外界的各种事物，采取循序渐进的方法训练宝宝，帮助宝宝发展视觉。

看棱镜

●益智目标▸

训练宝宝的视力。

●亲子互动▸

在朝阳面的窗户旁放置一个分光棱镜，让七色光都呈现在地板上，然后将宝宝放在能看到这些丰富色彩变化的位置，强烈的色彩对比和色彩运动将深深地吸引宝宝的注意力。或者买几个彩色氢气球拿给宝宝看，训练其视力的发展。

●专家在线▸

宝宝逐渐开始建立视觉分辨能力，对喜欢的颜色或图画除了有较长时间的注视外，还会出现欢乐的表情，并通过脊神经引起四肢肌肉的手舞足蹈的反应。所以说，通过这个游戏，不仅训练了宝宝的视觉记忆能力，还愉悦了宝宝的情绪。

4～6个月

奇妙的镜子

●益智目标▸

训练宝宝的视觉能力，同时发展宝宝的自我意识。

●亲子互动▸

把宝宝抱到梳妆镜前，让宝宝从镜子里看到自己的形象。

宝宝笑时，镜中的宝宝也笑；妈妈拉宝宝的手去摸镜子，镜中宝宝也照样伸手；妈妈对着镜子做鬼脸，镜中的妈妈也做鬼脸；宝宝开始用头去碰镜子，用身体去撞，用脚去踢，在镜前做各种动作。妈妈告诉他“这是宝宝，那是妈妈”，让他认识自己的形象。

●专家在线▸

宝宝在2～3个月时，还不能明确什么是自我。让宝宝照镜子，并引导宝宝对着镜子做动作，让宝宝感受到玻璃的触觉刺激，对培养宝宝的视觉和触觉都是有帮助的。

神奇的不倒翁

●益智目标▸

培养宝宝的暂时视觉注意能力，训练宝宝的视觉能力。

●亲子互动▸

为宝宝多准备几种玩具，如玩具娃娃、玩具动物等。再准备一个颜色鲜艳的不倒翁。游戏时，妈妈把准备的玩具一字排开，不倒翁放在最中间。让宝宝俯卧在床上，将玩具放在宝宝前面15～30厘米处。妈妈坐在宝宝的一侧，对宝宝说：“宝宝，今天我们来给玩具排排队。”

在确定宝宝被面前的玩具吸引时，妈妈可伸出自己的一只手，从左到右，一个个推倒玩具，只有不倒翁摇晃几下，又重新站直，笑眯眯地望着宝宝。这时，宝宝就会表现出极大的兴趣，伸出自己的小手想要去触摸玩具。

●专家在线▸

在宝宝出生3个月前后，宝宝已经能根据自己的需要和兴趣主动注视物体了。当他看到游戏中的不倒翁摇摇晃晃的样子，也会充满兴趣地注视。妈妈应经常与宝宝做类似的游戏，帮助宝宝提高视觉能力。

逮飞机

●益智目标▸

训练宝宝的视觉及手眼协调能力。

●亲子互动▸

妈妈用彩纸叠一只飞机，吊在一个较高的位置，然后抱着宝宝站在飞机前。妈妈先用手逮住飞机，然后再放开。这时飞机就会在空中左右前后地摇摆，引起宝宝的兴趣。

妈妈拿起宝宝的小手，让他用张开的小手去逮飞机，当宝宝的小手碰到飞机时，飞机就会荡开。

看着空中荡来荡去的飞机，宝宝就会伸手去抓。当飞机晃到眼前时，他会张开小手抓；当飞机荡走时，他会合上小手。

●专家在线▸

在游戏中，妈妈用颜色鲜艳的纸折成飞机，能刺激宝宝的视觉，吸引宝宝的注意力，让宝宝学会视线转移。而且，让宝宝一起参与游戏，还能让宝宝通过触碰飞机时小手的一张一合锻炼手部肌肉，为将来宝宝抓东西打下基础。

漂亮的宝宝

●益智目标▸

增强宝宝的观察力，促进其视力发育。

●亲子互动▸

妈妈在宝宝面前戴上漂亮的发夹，然后对着镜子做出高兴的样子，让宝宝注意。

将发夹拿下，夹到宝宝的头发上，让宝宝也在镜子面前细看一番，妈妈要赞赏宝宝的可爱装扮。

●专家在线▸

这一阶段的宝宝，当看到镜子中的自

己时，会很快知道那是自己，更加巩固对自己与他人的区别认识。

游戏能加强宝宝对于脸和身体的认识，也能增强宝宝的观察力，但注意不要用锋利的发夹。妈妈还可以在宝宝面前戴上漂亮的帽子、手链之类的饰物，以此引起宝宝的注意。

爸爸、妈妈和宝宝

●益智目标▸

让宝宝学会初步观察，发展宝宝的视觉记忆能力及辨认能力。

●亲子互动▸

找出几张彩色照片，游戏时，妈妈抱着宝宝，先拿出一张爸爸的照片，边看边告诉宝宝："宝宝，这是谁呀？这是爸爸，这是宝宝的爸爸。"并让宝宝看照片时用手指指爸爸。换一张照片问宝宝："宝宝，这是谁呀？这是妈妈，这是宝宝的妈妈。"

让宝宝反复看照片，再看父母本人，加深宝宝的印象。随后，再给宝宝看他自己的照片，问宝宝："这是谁呀？这是我们可爱的宝宝。"

最后再让宝宝看爸爸、妈妈和宝宝的合影，并分别指出照片中的人："宝宝看，这是爸爸、妈妈和宝宝的合影。这是爸爸，这是妈妈，这是宝宝。"

●专家在线▸

4个月的宝宝慢慢地会定点看东西，能以视线追随移动的物体。而且，宝宝这时已经能辨认亲人了，具有较好的辨认记忆能力，对身边常见的亲人有明确的感情记忆。

认认气球

●益智目标▸

帮助宝宝辨认颜色，锻炼视觉反应。

●亲子互动▸

准备红、黄、蓝色气球各一个。

妈妈拿着红色气球给宝宝看，并对宝宝说："宝宝看，红气球多好看。"边说边轻拍气球，吸引宝宝去看。

再用同样方法教宝宝认识黄、蓝两种颜色的气球。

●专家在线▸

4个月的宝宝，视觉的基本功能色觉已接近成人，以后会在辨别颜色的准确性方面继续发展。此时的宝宝喜欢看明亮鲜艳的颜色，尤其是红色，不喜欢看暗淡的颜色。所以要经常用红色的玩具来逗引宝宝，帮助宝宝发育辨别颜色的视觉功能。上述游戏中，当宝宝熟悉三种颜色后，可以将三色气球挂在宝宝能经常看到的地方，引导宝宝用视觉寻找三种不同颜色的气球。

看看远处

●益智目标▸

发展宝宝的远视。

●亲子互动▸

父母除了经常指给宝宝看室内远距离各种设备物品，并告诉他名称外，还要经常抱宝宝到室外，让宝宝看看远处的树、建筑物、车辆，告诉他名称，并逐渐能做到较长时间地注视远处的树、房子、车、人，还能辨认出远处的东西是什么。

●专家在线▸

5个月的宝宝视力大大增加。视觉研究表明，5个月的宝宝已具有明显的深度知觉，可以注意到远距离的物体，如街上的车和行人等。为此父母要及时训练，锻炼焦距的拉长和缩短，发展宝宝的视觉能力。

7～9个月

魔术变变变

●益智目标▸

训练宝宝的视觉观察能力。

●亲子互动▸

抱着宝宝坐在地上，在眼前一会儿放一个苹果，一会儿放一个奶瓶，过一会儿再放一个食品盒，看看宝宝是否能马上发现眼前的东西变了，看看宝宝对哪件东西更感兴趣。

妈妈还可以拿一个小硬币放在地上，过一会儿将硬币旋转起来，并说："转转转。"待硬币倒下后，用宝宝的小手将硬币按住，并说："停！"

●专家在线▸

宝宝的视觉有了进一步发展，他的眼睛也能随着活动的玩具移动。看到移动的玩具，宝宝也会想伸手去触摸，去抓拿。和宝宝玩这样的游戏，因为眼前物品不断变化，会让宝宝感到特别新鲜，也能吸引宝宝的视觉注意力。在游戏过程中，宝宝就会慢慢学会用头活动来扩大视觉范围，追寻自己想要观察的事物。

走来走去的玩具

●益智目标▸

锻炼宝宝的观察力和注意力。

●亲子互动▸

给宝宝买一些电动玩具，打开玩具表演给宝宝看。当宝宝看到玩具在地面上走来走去，会高兴得手舞足蹈。

●专家在线▸

宝宝到了7个月时，一些会动的，有声、光或颜色的东西对宝宝最有吸引力，如电视、灯光、电动玩具、哭笑娃娃等。游戏中，走来走去的玩具一定能引起宝宝的兴趣，所以父母要让宝宝通过各种游戏多听、多看、多玩，观察注意更多的物品。

镜前游戏

●益智目标▸

锻炼宝宝的视觉，帮助宝宝认识镜中的自己。

●亲子互动▸

抱着宝宝到镜子前，让他对着镜中的人笑，并用手去摸镜中的宝宝。

看到镜中的宝宝也笑、也伸手，宝宝会伸手到镜子后面，寻找后面的人。

宝宝在镜前会十分活跃，会对着镜子蹦跳。从镜中会发现其他家人进来了，有时会把头伸向镜子，头碰上了就大声笑，或大声叫喊。

经常让宝宝在镜前活动，让宝宝通过镜子探索新奇的事物，做出不同的表情。

●专家在线▸

让宝宝多看镜子，通过多次观察，宝宝会渐渐认出镜中的自己。经常照镜子会使宝宝表情丰富，尤其当宝宝生气、啼哭时，让他看看镜中的自己，就会破涕为笑，知道哭和生气时自己的小脸变得十分难看了。

让宝宝坐在镜前做动作，如吐舌头、

张大嘴、耸鼻子、眨眨眼、撅嘴等，边做边说，为以后认识五官作准备。

天女散花

●益智目标▸

训练宝宝的颜色识别能力。

●亲子互动▸

将几张彩纸剪碎放入盒中，放入广口瓶中。让宝宝坐在地板上，将装有“彩色雪花”的盒子放在宝宝面前。

妈妈抓起一些“雪花”，手心向下，慢慢松开手掌，让“雪花”飘落下来。

鼓励宝宝也抓一把“雪花”，然后松手让“雪花”飘落。

反复引导宝宝玩这个游戏。

●专家在线▸

7个月的宝宝可以辨认比以前更多的颜色，包括红、黄、蓝、绿等多种颜色，不过宝宝仍然比较偏爱红色。游戏中父母也会发现，宝宝对红色的“雪花”表现出更多的兴趣。游戏不仅能帮助宝宝学习观察，还能激发好奇心，活动双手。

手指玩偶

●益智目标▸

促进宝宝的视觉发展，同时提高语言理解能力。

●亲子互动▸

妈妈用干净的布头分别做红色和绿色的手指玩偶各一个。

分别将两个玩偶套在两个手指上，然后屈伸戴着指偶的手指，给宝宝行礼。

妈妈可以边用手指给宝宝行礼，边念儿歌，配合指偶表演简单动作，引起宝宝的兴趣。

将指偶套在宝宝的手指上，逗引宝宝来做动作。

●专家在线▸

这个时期，宝宝的观察能力很强，小小的指偶能吸引宝宝进行观察模仿。而且，通过指偶的表演，还能丰富宝宝的语言智慧。

宝宝会模仿父母屈伸戴着指偶的手指，可能刚开始动作不太灵活，也可能弯曲了别的手指，这就需要父母在一旁指导，并勤加练习。这些动作7个月的宝宝就能做到。

玩具跑得快

●益智目标▸

引导宝宝追踪移动的物体，发展其视觉能力。

●亲子互动▸

让宝宝仰卧在床上，头部自然放松。

妈妈拿一件彩色玩具，在宝宝眼前晃一晃，吸引宝宝注意。

妈妈说口令做动作，引导宝宝追踪玩具，共做两个八拍。

妈妈说“1”，将玩具从中间位置移向左边。“2”，玩具返回中间位置。“3”，玩具从中间移向右边。“4”，还原。“5”，玩具移向宝宝的头部上方。“6”，还原。“7”，玩具移向宝宝的头部下方。“8”，还原。

●专家在线▸

8个月的宝宝，特别喜欢用视线来追踪眼前的物体，眼、手的协调也较流畅。此时，宝宝的视力保持在0.1～0.2。和宝宝玩上述游戏，能锻炼宝宝的视觉敏锐性，促进视觉发育。需要注意的是，在玩过这个游戏之后，妈妈不要把玩具放在宝宝的旁边，以免宝宝总是盯着玩具造成斜视。

奇妙的电视

●益智目标▸

刺激宝宝的视觉，延长宝宝对事物的注视时间，训练宝宝一定的专注力。

●亲子互动▸

妈妈把宝宝抱到电视前，对宝宝说："宝宝，今天妈妈和宝宝一起来看电视。"然后打开电视，电视上出现的丰富多彩的画面和悦耳的声音会很快引起宝宝的注意。

妈妈把宝宝抱到距离电视约2米的地方，让宝宝看上4～5分钟电视，同时用简单的语言对宝宝解释电视画面内容。比如，"宝宝看，电视上有大飞机。"

关掉电视后，妈妈可对宝宝说一些有关电视的话，如："电视可真好看，有宝宝喜欢的大汽车、大老虎、小猴子……宝宝以后可以经常看电视……"

●专家在线▸

对于宝宝来说，虽然还不能理解对电视中表演的内容，但是电视中丰富多彩、个性十足的形象却极易吸引宝宝的注意力。父母可以有选择地让宝宝看一些电视节目，里边的内容会让宝宝较长时间专注于电视。这对锻炼宝宝的专注力是有好处的。

宝宝认新物

●益智目标▸

促进宝宝的观察、记忆、理解能力，丰富其视觉智能。

●亲子互动▸

如果妈妈以前培养过宝宝认识事物，那么宝宝现在已经能认识挂图中的"小狗"和"大老虎"了，妈妈要继续强化宝宝已认识的事物。

教宝宝认识"小猪"等动物，以及宝宝特别爱看的房间里的灯饰和其他物品。

当宝宝在看这些物品时，父母要立即说出物品名称，使宝宝将看到的物品和听到的声音建立起联系。

●专家在线▸

当宝宝会坐后，宝宝的视力范围也从左右发展到了上下。对宝宝而言，他的视野完全不同了。此时除了给予色彩刺激外，还应加入声音，因为这个阶段宝宝的眼睛、手脚、身体等协调能力较佳，所以也是视觉、听觉和表情反应最佳的统合时期。

这种练习可以让宝宝的观察、记忆、理解、思维等能力都得到很好的发展，尤其能扩大宝宝的视野，让宝宝的视线范围更加丰富，促进宝宝大脑的发育。

跟妈妈一起做

●益智目标▸

锻炼宝宝的注意力，并训练宝宝的记忆能力及模仿能力。

●亲子互动▸

妈妈面对着宝宝坐下，对宝宝说："小手摇一摇。"同时妈妈要做出轻轻摇手的动作，并要求宝宝跟着做。

宝宝做完了这个动作之后，妈妈再对宝宝说："小眼睛眨一眨。"同时自己做，也让宝宝模仿。

接着妈妈再说："小脑袋摇一摇。"同时鼓励宝宝也跟妈妈一起做动作，并适当给予夸奖。

●专家在线▸

随着宝宝完成坐、爬动作越来越熟练，他的视野大大开阔了，能灵活地转动上半身上下左右环视，注视环境中他感兴趣的一切事物。此时，父母应多与宝宝做游戏，鼓励宝宝模仿，也可以带宝宝走出家门，出去看蓝天白云、鲜花绿草、来往人群、汽车等，促进他的视听能力的发展，同时又可以培养宝宝的观察能力。

可爱的小脸蛋

●益智目标▸

帮助宝宝认识自己的第二个或第三个身体部位，同时建立更好的亲子关系。

●亲子互动▸

妈妈抱着宝宝，面对着镜子，让宝宝可以在镜子里看到自己。

一边念儿歌一边做动作，说"小脸蛋"的同时摸宝宝的脸蛋；说"小下巴"的同时摸宝宝的下巴；继续说"小眼睛"、"小鼻子"、"我要亲亲宝宝的小脚丫"，最后亲宝宝的小脚丫。

●专家在线▸

9个月时，宝宝对外界的认识越来越多，对自己身体的认识，也开始从7个月左右认识自己的第一个身体部位，发展到现在的两至三个身体部位。用游戏不断刺激宝宝的视觉，不仅能扩大宝宝的视野，发展他的观察力，还能增强他的自我感知能力。

10～12个月

哪个是洞洞

●益智目标▸

锻炼视觉的观察和判断能力。

●亲子互动▸

给宝宝找一个30厘米长的纸盒子，在盒子的外面画上许多圆圈，同时也在圆圈中夹杂着七八个大小一致的洞。和宝宝一起找哪个圆圈是可以戳的，并对宝宝说："宝宝快来找一找，看看哪个圆圈是洞洞。"妈妈可以在另一面也戳进手指，当宝宝戳进手指时，妈妈要说："二拇弟你好啊！"然后握握宝宝的手指。

●专家在线▸

近10个月大的宝宝可用自己的手指进行很多不同的探索，这个游戏可以锻炼宝宝手指的独立动作，也锻炼宝宝手眼的协调性以及宝宝的视觉判断能力。

关灯做游戏

●益智目标▸

促进宝宝暗视力的发育。

●亲子互动▸

傍晚时，父母可将房间的灯都关了，然后抱着宝宝说话、唱歌。

也可以让宝宝坐在童车里，父母一边跟宝宝说话，一边推着宝宝在房间里转悠。

●专家在线▸

游戏不仅能锻炼宝宝的本体感觉能力和胆量，更能促进宝宝的暗视力发育。

看图片

●益智目标▸

发展宝宝的视觉能力，促进认图能力。

●亲子互动▸

给宝宝找几张不同的水果图片，认识这几种水果。比如，“这是红红的苹果”、“这是紫色的葡萄”等。接下来问宝宝：“红红的大苹果在哪里啊？我们来找一找。”当确认宝宝能认识这几种图片上的水果时，再找来一张有多种水果的图片，让宝宝从不同的水果中找出来。

●专家在线▸

这时宝宝喜欢看一图一物，如果宝宝记住了物品名，也见过实物，他会对十分相似的图片也能认识。

小小绘画家

●益智目标▸

培养宝宝的视觉分辨能力。

●亲子互动▸

妈妈为宝宝准备一张画纸，一些不同颜色、不同类型的画笔。和宝宝坐在窗前，鼓励宝宝看着外边的景物画画。宝宝会拿着画笔随便涂鸦，对此妈妈不要说宝宝画得不好，而要引导宝宝，如：“啊，宝宝画的是那棵高高的大树吗？画得真棒！妈妈好喜欢。”“宝宝再来画一个太阳吧。”妈妈也可以握着宝宝的手，和宝宝一起画，宝宝的兴致会更浓。

●专家在线▸

宝宝所画的东西可能只是一些不规则的线条，但宝宝同样能从中学到很多东西，并逐步锻炼自己的视觉能力。宝宝的作品在一定程度上也反映出了他的大脑的发育程度。妈妈可以把宝宝不同时期画的画排列在一起，告诉宝宝哪张画得比较好，哪张是妈妈最喜欢的。这样可以指引宝宝的思维向正确的方向发展。

勺子取豆豆

●益智目标▸

通过实物数数，让宝宝通过观察，掌握对数字的认知。

●亲子互动▸

在一个盘子里放上一些豆豆，给宝宝一把勺子。

妈妈对宝宝说：“请宝宝用勺子取1粒豆豆。”然后把取来的豆豆放在另一个盘子里。如果宝宝取对了，妈妈就用红笔在盘子下的硬纸上画一朵红花；如果取错了就画个圆圈。接着妈妈对宝宝说：“请宝宝用勺子取2粒豆豆。”最后让宝宝用勺子取3粒豆豆。

●专家在线▸

因为很多的豆豆在一起，宝宝会用眼睛做出判断，会根据妈妈的指令去数豆豆，并对其进行操作，这就锻炼了宝宝的视觉能力。

哪个东西逃跑了

●益智目标▸

训练宝宝的观察和视觉记忆能力。

●亲子互动▸

当着宝宝的面，在桌子上摆放几样物品。让宝宝注意看，并把它们记下来。让宝宝转过身去，妈妈拿走其中的一个物品。让宝宝转过身来，问宝宝：“什么东西不见了？”如果宝宝答对了，就要表扬宝宝；答错了就要提醒宝宝，让宝宝注意观察。

●专家在线▸

宝宝通过观察，会记下所看到的物品，如果拿走的那个物品正是宝宝所喜欢的，宝宝一定会清楚地做出反应。在做这个游戏时，父母要注意引导宝宝去观察和记忆。让宝宝发现事物的不同变化，进而培养宝宝敏锐的观察能力。

分清大、中、小

●益智目标▸

训练宝宝的观察能力，分清物体的大、中、小。

●亲子互动▸

为宝宝准备三个大小不同的彩球，然后让宝宝分辨大小。如果宝宝分对了，妈妈要给予称赞。

妈妈在收拾衣服时，可以和宝宝一起收拾，比如让宝宝来分爸爸的袜子、妈妈的袜子和宝宝的袜子。

吃饭时，也可让宝宝来分碗的大小，并和宝宝一起将最小的碗放入中等的碗内，再将中等的碗套入大碗内。

妈妈也可以拿几个大小不等的玩具给宝宝，让宝宝把最大的挑出来。

●专家在线▸

宝宝在8～9个月的时候，已经能分清大小了。到了12个月，宝宝便能分清大、中、小了。

戴帽子

●益智目标▸

训练宝宝对颜色的识别能力。

●亲子互动▸

妈妈准备红、蓝、黄、黑、绿、白色的彩纸各两张。妈妈用彩纸折成红、绿、黄、蓝、黑、白六种颜色的帽子各两顶，让宝宝在一旁观看；妈妈戴上黄帽子，让宝宝也戴上，并依次戴上不同颜色的帽子；妈妈说："蓝帽子。"宝宝能按照妈妈的指令找出蓝帽子，并能戴上。妈妈还可以和宝宝比赛，看谁找得准，戴得快。

●专家在线▸

颜色视觉是宝宝对光谱上不同波长光线的辨别能力，宝宝的三色（红、绿、蓝）视觉很早就有发展。游戏能让宝宝认识更多的颜色，锻炼视觉分辨能力。

捉光影

●益智目标▸

体验光影的移动变化，锻炼宝宝的追视能力。

●亲子互动▸

游戏在晚上或光线较暗的屋子里进行，屋子里的障碍物应少些，并有一面较大的白色墙壁。准备好大、中、小号手电筒各一只。妈妈打开手电筒，然后把电灯关掉，让宝宝不要怕黑，让宝宝找一找手电筒的光影在哪里。妈妈移动手电筒的光影位置，让宝宝跑着去捉光影。在宝宝捉到光影后，妈妈让宝宝握住手电筒移动光影，妈妈追逐光影。妈妈引导宝宝数一数有几根光柱，比较一下大、中、小号手电筒的长短、粗细及它们发出的光影的远近、高低。

●专家在线

游戏能发展宝宝的视觉与行为相互协调的能力，同时还能增强宝宝的比较观察能力。

第六章
数学能力

0～3个月

宝宝迈步

• 益智目标 ▸

帮助宝宝提高数学能力。

• 亲子互动 ▸

妈妈扶着宝宝站在桌上或硬板床上，不要太用力，宝宝会主动往前迈步。在宝宝迈步的同时，妈妈数数：“一步”、“两步”、“三步”。因为刚出生1个月的宝宝每次最多只能迈8～10步，所以数字的范围也要控制在10以内。

• 专家在线 ▸

新生儿迈步是先天获得的反射活动，如果不能及时锻炼，在出生56天前后，这种本能就会消失。宝宝迈步这个游戏除了能增进宝宝下肢肌肉能力，使宝宝早日站立学步外，还能给宝宝灌输数字概念，促进宝宝左脑发育。

小红帽，小蓝帽

• 益智目标 ▸

帮助宝宝感觉数量变化，提高数学能力。

• 亲子互动 ▸

妈妈分别将两顶小帽子套在两只手上，吸引宝宝的注意。

为宝宝念儿歌：“小红帽，小蓝帽，一眨眼睛不见了。”

念“小红帽”的时候，将戴红帽子的手稍稍举高，在宝宝面前慢慢晃动两下；念“小蓝帽”的时候，将戴蓝帽子的手稍稍举高，在宝宝面前晃动两下；念“不见了”的时候，速度稍快地将两只手背在背后，或将一只手背到背后。

• 专家在线 ▸

出生1个月内的宝宝，数学智能表现微弱，但这并不代表宝宝没有数学智能。对于婴幼儿来说，早些理解数量的概念，有利于他们日后数学智能的发展。

数数

• 益智目标 ▸

熟悉数字大小顺序，为发展数字的概念作准备。

• 亲子互动 ▸

在宝宝睡醒时，或在宝宝吃奶时，妈妈可以对着宝宝数数。可以一边拉着宝宝的小手打拍子数数，也可以在宝宝吃奶时，放一些数数的儿歌给宝宝听。

●专家在线▶

宝宝现在虽然还不明白什么是数字，但是如果父母能经常在宝宝耳边有目的地数数，那么这对于宝宝来说是个不错的数字熏陶法，对宝宝以后的发展是有益的。

数学儿歌朗诵

●益智目标▶

帮助宝宝对数字的理解。

●亲子互动▶

在宝宝睡醒或吃饱后，妈妈可以把宝宝抱在自己的腿上，用手支撑起宝宝的头部，让宝宝看着妈妈的脸，然后给宝宝唱儿歌："1"像铅笔能写字；"2"像小鸭能浮水；"3"像耳朵能听话；"4"像红旗飘啊飘……

妈妈也可以一边给宝宝唱数字儿歌，一边逗引宝宝发笑，让宝宝在妈妈的声音、逗乐中接受数字的熏陶。

●专家在线▶

2个月的宝宝对数字的概念还很模糊，数学智能发展还处于萌芽阶段，还不能理解抽象的数学概念。不过，如果妈妈能经常这样与宝宝玩数字游戏，便能逐渐促进宝宝的数学智能发展。新生儿的数学智能提升活动，都是一些简单有趣又好玩的游戏，父母应寓教于玩，只要是能用具体事物表达出来的数学概念，都能借游戏让宝宝认识。

大球小球

●益智目标▶

帮助宝宝认识大小的概念。

●亲子互动▶

妈妈准备两个球，一个大的，一个小的，放在桌子上。

抱着宝宝坐在桌子旁，让宝宝看球，妈妈指着大球告诉宝宝："宝宝看，这是大球。"然后再指着小球告诉宝宝："这是小球。"

然后妈妈把大球和小球分别拿起来让宝宝抱抱，让宝宝感觉一下大球与小球在触觉上的不同。

●专家在线▶

数字来源于生活，利用日常生活中的各种事物，或者宝宝的玩具等，丰富宝宝的数学经验，充分调动宝宝的各种感官来体会数字概念。3个月的宝宝，已经能够分辨简单的形状了，比如大小。所以父母要尽量创设条件，通过游戏让宝宝感受到数学的快乐和体验数学信息，帮助宝宝提高数学智能。

4～6个月

数数游戏

●益智目标▶

培养宝宝对数字顺序的认识，逐渐熟悉数目的顺序。

●亲子互动▶

妈妈将宝宝放在摇篮里，一边摇摇篮，一边跟着摇篮的节奏数数给宝宝听。妈妈也可以在抱着宝宝上楼梯时，有节奏地从1数到10给宝宝听。

妈妈还可以拿着宝宝的小手，一个一个地拨弄宝宝的小手指，数数："1、2、3、4……"

●专家在线▶

对于0～1岁的宝宝而言，他们的数学智能发展还处于萌芽阶段，不能理解抽象的数学概念，所以在这一阶段培养宝宝的数学智能，应让宝宝学会用感官去了解和体验数学。每天与宝宝有目的地进行上述游戏，通过宝宝的听觉逐渐强化宝宝对数的概念，从而逐渐熟悉数字。

边做操边数数

●益智目标▶

帮助宝宝熟悉数的顺序。

●亲子互动▶

妈妈每天同宝宝一起做被动体操时，一面帮助宝宝做动作，一面数数，1234，2234，3234，4234。这样宝宝也会逐渐习惯一面做一面听数数，经常听就如同听唱歌一样听熟了，有时宝宝也知道数到最后就要还原，所以宝宝也会在听到“4”时把手放下。

●专家在线▶

尽管宝宝对数的概念还不清楚，但妈妈经常让宝宝参与到数字游戏中，便能逐渐强化宝宝对数字的概念，使他形成条件反射，喜欢听数数，并会自己用动作配合。

飞舞的小球

●益智目标▶

帮助宝宝初步理解逻辑因果关系。

●亲子互动▶

给宝宝准备一个能捏响的玩具，如塑料娃娃。妈妈拿着玩具在宝宝面前做示范，用手捏响玩具娃娃。让宝宝自己抓住娃娃，妈妈握住宝宝的手，帮他捏响玩具。慢慢地，宝宝就会自己尝试捏响玩具。

●专家在线▶

培养宝宝最初的因果关系推理能力，是培养宝宝早期逻辑思维智能的一部分。上述游戏中，锻炼了宝宝最初的感知逻辑因果关系。

小兔子，吃萝卜

●益智目标▶

训练宝宝最初的数学概念。

●亲子互动▶

准备2只不同大小的小兔玩具，再在纸板上画上两个萝卜，一个大的，一个小的。

分别在宝宝面前举起两只小兔子，告诉宝宝：“两只小兔子，要来吃萝卜喽！”

拿起纸板，给宝宝看萝卜，问问宝宝：“宝宝来看，哪个萝卜大，哪个萝卜小啊？”

帮助宝宝挑萝卜，一边挑一边告诉宝宝“大”、“小”两个词，帮助宝宝理解两个词的含义。

和宝宝一起把大萝卜放在大兔子一边，小萝卜放在小兔子一边。

●专家在线▶

宝宝已经初步具备了认识大小的能力，但是他还不能将“大”和“小”的概念与“大小”两个汉字具体地对应起来。这个游戏的目的就是帮助宝宝发展初步的数学意识。如果父母经常给宝宝示范，宝宝就会一边学说，一边学做，促进宝宝语言智能的发展。比较聪明的宝宝当看见妈妈把大萝卜放在小兔子旁边时，会回头看妈妈，表示异议。

5个小朋友

●益智目标▶

训练宝宝的数字敏感度及言语能力。

●亲子互动▶

妈妈准备5 个小纸卷，在一头用彩笔画上小动物，如小猫。

将纸卷套在宝宝的手指上，妈妈逐个扳着宝宝的手指数小猫，如："一只小猫，两只小猫……"

●专家在线▶

宝宝的数字敏感度虽然还不明显，但经常这样给宝宝做游戏数数，宝宝的大脑中就会形成各种数字的概念，从而发展初步的数学智能。

算盘珠多与少

●益智目标▶

训练宝宝感知物体的轻重。

●亲子互动▶

妈妈拿出15个算盘珠，5个穿一串，10个穿一串。

把穿好的10个算盘珠放在宝宝手里，让宝宝提一提，然后告诉宝宝："这是重的。"

然后再把穿好的5个算盘珠放在宝宝手里，再让宝宝提一提，告诉宝宝："这是轻的。"

●专家在线▶

虽然宝宝现在还不能理解轻重的概念，但他们能通过触觉感知，感觉到物体的轻重。

如果妈妈能给宝宝很好的语言引导，宝宝就会逐渐有轻重的概念，并能通过不同的游戏积累物体不同轻重的感性经验。

7～9个月

儿歌中的数学

●益智目标▶

训练宝宝对数字递增的概念。

●亲子互动▶

妈妈和宝宝面对面坐好，然后妈妈一边念儿歌一边做动作："小手拍拍，啪！小手拍拍，啪啪！小手拍拍，啪啪啪！"

这样反复几次，引起宝宝的兴趣，然后妈妈再握住宝宝的手，边念儿歌边拍手，让宝宝逐渐领会递增的概念。

●专家在线▶

游戏中，宝宝会被节奏明快的儿歌所吸引，并通过对儿歌的兴趣感知数字的递增，从而初步理解数学的概念。

宝宝理解"1"

●益智目标▶

帮助宝宝初步理解"1"的概念。

●亲子互动▶

妈妈和宝宝一起游戏时，先拿起一块积木递给宝宝，然后伸出一根手指，代表"1"个。重复几次后，妈妈再伸出一根手指，让宝宝去拿积木，看宝宝能否拿对。如果宝宝拿对了，妈妈要及时给予宝宝鼓励。

●专家在线▶

多次和宝宝进行此游戏，宝宝会逐渐理解一根手指代表"1"的概念，并逐渐产生数字意识，从而开始初步学习数学。

各异的积木

●益智目标▶

训练宝宝的图形认知能力。

●亲子互动▶

妈妈准备形状各异、色泽鲜艳的积木，然后将积木给宝宝。

宝宝看到积木后会用手抓握、倒手或对敲。妈妈在旁边指导宝宝，告诉宝宝拿起的积木是什么颜色、什么形状。通过分析手中的积木形状，然后再找积木形状轮上的洞穴的形状，一一对应放进去。

●专家在线▶

用图形代替语言来训练宝宝的形象思维，是个非常好的方法。对宝宝讲解问题时，要多利用图形来讲述，易于理解。宝宝从4个月起，就逐步有了色彩和立体感，通过上面的游戏，能促进宝宝对各种形状和颜色的认知能力。

小小搬运工

●益智目标▶

让宝宝感受生活中的数字，促进其数学智能的发展。

●亲子互动▶

准备两个盒子和几件小玩具。

妈妈将玩具一个个地放到其中一个盒子里，并让宝宝注视。

然后再将盒子中的玩具一个个取出，放入另外一个盒子里。引导宝宝用相同的方法，将盒子中的玩具一个个取出，放入第一个盒子中。

宝宝每拿起一件玩具，妈妈都在一旁数数，让宝宝感受到动作与数字之间的关系。

●专家在线▶

这个时期的宝宝，手指的灵活性已经非常高了。这个游戏不仅能继续锻炼宝宝手指的灵活性，促进宝宝的身体智能发展，更重要的是能帮助宝宝了解每次拿玩具的动作与玩具数量之间的关系，从而初步感受生活中的数字，提高其数学智能。这个时期的宝宝可能会出现只关注某一个或者某几个玩具的现象，这时妈妈不要强迫宝宝再去取别的玩具，可以反复强调某几个数字，加深宝宝的印象。

钻山洞

●益智目标▶

训练宝宝的数字理解能力。

●亲子互动▶

妈妈膝盖着地，手撑地，搭成一个“山洞”，然后在“山洞”的前方摆好玩具，鼓励宝宝钻过“山洞”去拿玩具。

宝宝在爬过妈妈的“山洞”后，妈妈要告诉宝宝：“宝宝钻了一个山洞，再钻第二个山洞”，然后引导宝宝转身再钻一次“山洞”。

宝宝钻完“山洞”后，妈妈要告诉宝宝：“宝宝钻了两次山洞。”并引导宝宝重复游戏。

●专家在线▶

宝宝这个时期已经逐渐能理解“1”、“2”等概念了，不过，宝宝也要对应父母的语言才能更加明确。

通过上述游戏，能加深宝宝对数字的理解，丰富其数学智能。同时，还能训练宝宝练习爬行，练习肢体协调性，刺激左右脑的发育。

10～12个月

比多少

●益智目标▶

训练宝宝感知“多少”的笼统概念。

●亲子互动▶

在宝宝伸手可以触及的地方放两堆数量明显不同、形状也不同的糖块。

妈妈引导宝宝认识多和少，指着少的说：“这堆少，宝宝快来捡捡。”帮宝宝把少的糖块捡到小碗里。

捡完了之后，妈妈再指着多的说：“这堆多，宝宝再来捡捡。”帮宝宝把多的糖块捡到另一个同样大小的小碗里。

将两个小碗放在宝宝面前，比较碗里糖的多少。

●专家在线▶

这时的宝宝多以无意注意为主，往往以学习模仿为主。随着宝宝的生理、心理发展，对事物的多少也会逐渐有所察觉。

食指代表“1”

●益智目标▶

训练宝宝认识“1”的概念。

●亲子互动▶

妈妈给宝宝拿东西的时候，可以先问宝宝：“宝宝要几个？”

妈妈可以自己拿起一个，并举起食指说：“一个，这是一个。”当宝宝也举起食指的时候，妈妈马上给宝宝递上一个，并要强调说“一个”。

如果宝宝还要，妈妈可以再一次重复以上游戏。

●专家在线▶

“1”的字形简单，发音容易，但让宝宝真正理解“1”的丰富含义，却只能是个由浅入深的渐进过程。游戏中，经过多次举起食指就可以得到一件东西的训练，宝宝就会逐渐将食指与“1”的概念联系起来，从而使宝宝对数字的感觉从抽象化转变为具体化。

套杯子

●益智目标▶

让宝宝感知杯子的数量关系，初步形成对数的概念。

●亲子互动▶

把5个规格相同的纸杯一字摆放在宝宝的面前。

妈妈从一侧拿起一个纸杯，放在最后一个纸杯上，并一边数着一、二、三……然后依次拿起纸杯放上去，演示给宝宝看。

让宝宝学着妈妈的样子自己做，妈妈要为宝宝数数。

●专家在线▶

虽然宝宝在数量上还不能有明确的概念，但对一个和多个已经开始有明确的认识。

当宝宝把所有杯子套到一起时，似乎所有的杯子都变成了一个杯子，此时宝宝就会感知到数量的增多和减少的关系。

捡豆豆

●益智目标▶

教宝宝练习数1、2，强化数字概念。

●亲子互动▶

在床上铺上纸张，把蚕豆放在纸上，

妈妈同宝宝一起把蚕豆捡到瓶子里。

当宝宝用手指把蚕豆逐粒放入瓶中时，妈妈要在一边数1、2这两个数，每捡两颗记一次数。

●专家在线▸

练习用食指和中指捡东西放入瓶中，可锻炼宝宝自由控制手指的能力，也可培养宝宝数数的能力。

蚕豆对于这个时期的宝宝来说还是比较不好消化的，所以建议父母在游戏结束后及时收走，以免宝宝噎住，产生危险。或者也可以用棉花糖之类较软的物体代替。

小豆豆放入大杯子

●益智目标▸

帮助宝宝分清大小，知道小的东西可以放入大的容器里面。

●亲子互动▸

妈妈准备好几个珠子和一个大的杯子或瓶子。

妈妈和宝宝坐好，然后和宝宝一起将珠子装入大的杯子或瓶子中，并告诉宝宝："我们一起把小珠子放入大杯子内。"

将珠子从杯子中倒出来，再引导宝宝来装。

●专家在线▸

通过这个游戏，可以训练宝宝分清大小的能力，知道大的容器可以装小的物品，从而丰富数学概念。

宝宝玩腻了之后，妈妈可以改用其他方式和宝宝做这个游戏。比如可以将一个小的动物玩具放到盒子里，告诉宝宝，这个小动物回家啦，然后让宝宝模仿妈妈的动作，也把玩具放进盒子里。

区别1、2、3

●益智目标▸

发展注意力、记忆力和手的技巧，形成简单数的概念。

●亲子互动▸

在宝宝的注视下，用大纸把1块糖果包上，并鼓励宝宝打开纸把糖果找出来。

当宝宝打开的时候，妈妈要对宝宝说"1块"，并把糖果奖励给宝宝。

当着宝宝的面，分别把1块糖和3块糖包起来，边包边说："这是1块，这是3块。"

然后再让宝宝都打开，问宝宝要哪一包。

反复玩，如果宝宝总是要3块的那包，说明宝宝已经能区分1和3了。

然后再分别包上2块和3块，重复上述游戏。

●专家在线▸

数学来源于生活，利用日常生活中的各种事物，丰富宝宝的数学经验，充分调动宝宝的各种感官体会数学概念，这是帮助宝宝学习数学的重要手段。

玩具排排队

●益智目标▸

训练宝宝对事物的排序能力。

●亲子互动▸

给宝宝找来三个玩具，在娃娃的前边放上小鸭子，在娃娃的后面放上小猴子。

妈妈问宝宝："谁在娃娃前面？""谁在娃娃后面？"让宝宝指认。

鼓励宝宝移动玩具，再接着提问。

●专家在线▶

宝宝一开始可能对排序并不是很敏感，但通过这个游戏可以培养宝宝对数目顺序的认识，父母每天都要对宝宝进行这样有目的的数目顺序训练，宝宝就会逐渐熟悉排序这一概念。

宝宝要搬家

●益智目标▶

训练宝宝的数学能力，并锻炼他的肢体能力。

●亲子互动▶

把玩具筐放在沙发上，把各种玩具堆放在远处的地板上。

请宝宝把玩具捡起来，然后放到筐里。

宝宝每成功地将一个玩具搬运到筐里，妈妈就要为宝宝数一次数，并告诉宝宝玩具数。

当宝宝全部搬运完毕，妈妈抱着宝宝，再一次将玩具数一遍。

●专家在线▶

因为在游戏中加入了数学的成分，所以有益于提高宝宝对数字的感知能力，能为宝宝今后学习数学奠定基础。而且，这个游戏还能帮助宝宝锻炼肢体配合完成动作的能力，对宝宝以后的独立行走大有意义。

我是小当家

●益智目标▶

学习平均分配，简单地感受除法的概念。

●亲子互动▶

妈妈为宝宝端来一盘水果。

先问宝宝：“这是什么？”让宝宝注意盘子里的东西。

妈妈对宝宝说：“请宝宝给我们分苹果，一人分一个。”

宝宝分时，妈妈要在一旁说“爸爸分一个”、“妈妈分一个”、“宝宝也分一个”。

接着再让宝宝分其他的水果。

●专家在线▶

在这个时候，宝宝对平均分配还没有什么概念，但宝宝可以在父母的帮助下感知物品的分配方式以及多少的概念，从而为以后的数学学习打下基础。如果经常做这类游戏，就会加深宝宝对除法的记忆。

盒子里的礼物

●益智目标▶

提高宝宝的认知与思考能力。

●亲子互动▶

妈妈为宝宝准备3～6 个不同尺寸的盒子，由小至大叠套在一起，让宝宝将自己喜欢的小玩具或爱吃的食物放进最小的盒子里。盖上盒盖，把它放进较大的盒子里，再盖上较大盒子的盖。以此类推，按顺序把盒子放在更大的盒子里，直至放到最大的盒子里。给宝宝看这个大盒子，告诉他：“我要送给你一件礼物，它就在盒子里。”然后引导宝宝一一打开盒子，直到最小的一个盒子被打开，宝宝得到礼物。让宝宝试着按照大小顺序把几个盒子再放回去。

●专家在线▶

这个游戏不仅能锻炼宝宝的探索欲望，还能培养宝宝分类、整理、排序的能力。开始时，有的宝宝会因为无法把较大的盒子放到较小的盒子中而哭闹，这时父母切不可批评宝宝，要耐心地为宝宝做示范，直到宝宝学会。

第七章

形象思维能力

0～3个月

宝宝的图形世界

●益智目标▶

训练宝宝对图形、颜色的感知能力，发展宝宝的图形认知能力。

●亲子互动▶

在宝宝床头上方两侧及周围（最佳视距为20厘米）悬挂一些五颜六色、形状多样的小图片、小条旗、父母的照片、小娃娃、小动物等。宝宝醒来的时候，就会去看这些感兴趣的东西。图片的颜色要鲜艳亮丽，形状也要多样，几天一换。如果有可能，所选的玩具最好也能发出声音，让宝宝看的同时也能听到美妙的声音。

●专家在线▶

图形既是具体的，也是抽象的。在宝宝的成长环境中，图形无处不在，盘子是圆形的，电视是方形的……然而几何图形又是高度抽象的，例如球就是一切球体物的抽象与概括。图形的基本形象性符合新生儿的思维特点，所以新生儿都愿意亲近图形。而在这种亲近中，宝宝又会对各种图形逐渐认识，从而逐渐掌握各种图形的空间关系，逐渐提升形象思维能力。

看父母的口形

●益智目标▶

帮助宝宝认识口形的变化，锻炼宝宝的形象思维能力。

●亲子互动▶

父母面对宝宝做口形的游戏，比如爸爸张口，妈妈也张口；爸爸伸舌，妈妈也伸舌；爸爸咋舌，妈妈也咋舌。看宝宝会不会模仿父母的动作，跟着张口、伸舌、咋舌并发出声音。刚出生的宝宝就会吸吮，口的动作比其他部位更灵活，所以学得很快。

●专家在线▶

父母在给宝宝做动作的同时，要注意宝宝模仿得是否正确。有的宝宝发育得比较慢，一开始的时候可能只是看着，不会跟着父母做动作，这时候就要求父母要有足够的耐心，反复做这个游戏，慢慢地宝宝就会跟着一起做了。

我和玩具是一家

●益智目标▶

为将来宝宝识别各种图形作基础性准备。

●亲子互动▶

妈妈为宝宝准备好各种材质的玩具，如布娃娃、橡皮小鸭子、塑料积木等。

在宝宝醒着时，将各种玩具在宝宝身边一个个地拿出来，边拿边说出玩具的名字，如："这是可爱的小鸭子。"

帮助宝宝充分触摸各种玩具，感受到各种不同玩具的材质和形状。

●专家在线▶

父母在帮助宝宝触摸各种玩具时，可以帮助宝宝感受各种不同的材料，感觉柔软和坚硬，了解各种不同事物的外形轮廓和特征，通过形态锻炼宝宝理解是此而非彼的能力。同时，不同材质的玩具还能刺激宝宝精细的触觉分辨能力。

变换的图形

●益智目标▶

培养宝宝的图形认知能力。

●亲子互动▶

父母为宝宝准备一些不同颜色的图形，比如红色的三角形、黄色的圆形、绿色的长方形等。

让宝宝躺在床上，然后出示不同的图形给宝宝看，每种图形让宝宝看1分钟，同时观察宝宝的反应。每天进行这样的训练，每次不要超过5分钟。

●专家在线▶

形象思维智能强的人，对形象的图和画都很感兴趣，喜欢看书中的插图和图表，这种特征在很小的时候就会表现出来。

发展这种智能，能让宝宝以后善于形象地把握事物，有利于培养观察能力、形象思维、对空间关系的把握能力等。

4～6个月

摸图画

●益智目标▶

培养宝宝的形象分辨能力及认知能力。

●亲子互动▶

父母在宝宝室内的墙壁上挂上色彩鲜艳的图画，有人物、动物、水果等，最好选用那种特制的凹凸不平的图画。

父母一手托住宝宝的屁股，一手拦腰抱住宝宝，抱着宝宝看图画，并向宝宝介绍："宝宝看看，这是红红的大苹果。""小汽车，嘀嘀嘀，跑过来，跑过去。"边说边握着宝宝的小手，帮助宝宝触摸图画中的内容，宝宝会边看边听。有时宝宝的表情会出现变化，或者高兴得手舞足蹈。

●专家在线▶

这个游戏训练了宝宝的视觉观察能力和形象思维能力，因为2个月的宝宝会有一些短暂的记忆，会记住自己喜欢的图画，并做出反应；对于自己不喜欢的图画，也会出现不同的表情。

摸摸玩具宝宝

●益智目标▶

帮助宝宝认识和了解不同物体间的特性，锻炼形态认知能力。

●亲子互动▶

妈妈为宝宝找来各种质地的物品，如木制的拨浪鼓、小毛巾、布娃娃等。将这些东西逐个放入宝宝的小手内，让宝宝握住，并告诉宝宝这些不同质地的东西。比如，将小布娃娃放入宝宝的小手内时，对宝宝说："这是可爱的布娃娃，是布做的，是不是非常柔软？"

● 专家在线 ▶

父母要培养宝宝的形象思维能力，就要注意与具体的形象相结合，所以应该有意识、有计划地给宝宝安排一些富于思维能力的活动，使其在游戏中逐渐提高形象思维智能。

7～9个月

摸摸身边的物品

● 益智目标 ▶

让宝宝感受各种事物的不同特征，并丰富宝宝的触觉。

● 亲子互动 ▶

在宝宝情绪好时，让宝宝抓取桌上的物品，如毛绒玩具、纸质的小盒、塑料玩具、软橡皮制的能捏响的小鸭子等。宝宝伸手拿到某种物品时，妈妈要告诉宝宝玩具是"硬的、软的、空的、响的"等。

洗澡时，还可以让宝宝摸摸浴巾、丝瓜瓤等，或让宝宝感受一下浴巾的柔软，与又硬又粗的丝瓜瓤不同。当然，丝瓜瓤不能用来给宝宝擦身体。

● 专家在线 ▶

让宝宝接触硬、软、粗、细、中空等不同的物体，不仅能增强宝宝的触觉感受、分辨能力，还能让宝宝了解不同事物的不同特征，从而增强宝宝的形态认知能力。

小狗狗动了

● 益智目标 ▶

丰富宝宝对色彩及图形的感觉。

● 亲子互动 ▶

取一块长30厘米、宽25厘米的纸板，将四周的角用剪刀剪圆。用彩笔在纸板上画上图案，如小狗，或剪一些鲜艳的图案贴在纸板上。再在板的四周各凿一个洞，洞的大小应能穿过松紧带，并系上一个小铃铛。

将纸板系在宝宝的小床上，宝宝的脚能触碰到的地方，并稍向床外倾斜，画有图案的一面朝着宝宝，以便宝宝蹬到并看到。在宝宝蹬板过程中，铃铛就会响起，这时妈妈要在一旁拍手鼓励，并愉快地对宝宝说："宝宝看，板上的小狗狗动了，小铃铛也响了"，"宝宝真能干！"

● 专家在线 ▶

宝宝在此时，已经具备了简单的形象思维意识，视觉皮层细胞的联系正达高峰期，能够将声音与图像联系起来。这时的宝宝也非常喜欢将所听到的和所看到的物体对应起来，所以这正是训练宝宝图形认知能力及形态认知能力的好时期。

悬吊玩具

● 益智目标 ▶

训练宝宝的视觉、触觉，增进宝宝的形象思维能力。

● 亲子互动 ▶

将一件色彩鲜艳、较大的玩具悬吊在宝宝的小床上方，距离为宝宝的小手可以抓到，让宝宝双手摆弄玩具玩。

两天后，将玩具换到宝宝的小脚可以触碰到的地方，让宝宝用双脚蹬踢玩具玩耍。再过两天后，妈妈再将玩具调至中间。此时宝宝就会手脚并用玩玩具，非常有趣。

●专家在线▶

7个月时，宝宝开始对周围事物产生浓厚的兴趣。宝宝的眼睛能随活动玩具移动，看见东西就想去抓，手眼动作协调，并能注意到远距离的物体。游戏中，不仅锻炼了身体协调能力、训练观察能力和形态认知能力，还促进了形象思维能力。

看图片

●益智目标▶

锻炼宝宝的图形认知能力。

●亲子互动▶

父母用硬纸板和白纸制作一些两面都是白色的大幅纸卡，然后在纸卡的一面画上脸谱或其他一些常见物体的轮廓图，如水果、蔬菜、人物、动物等，在另一面写出物体的名称。

在宝宝安静清醒的状态下，让宝宝半卧在床上，面朝前方。

妈妈准备好5张卡片，将图形一面朝向宝宝，距离约20厘米，用一个玩具将宝宝的注意力吸引到卡片上。妈妈依次将5张卡片由上方抽起（将宝宝已经看过的最前面的一张由上方抽起，放在全组卡片的最后），并在抽取卡片的同时，用清晰的声音读出卡片上图形的名称。

●专家在线▶

宝宝在看到自己喜欢的图形时，有时会四肢舞动，对图形露出微笑。在玩此游戏时，父母要循序渐进地训练宝宝，不要操之过急，游戏一天进行3次即可。第二天再玩时，可随机减去一张旧卡片，换上一张新的；第三天再减去一张旧的，换一张新的，依此类推。随着月龄的增大，可将黑白轮廓图改为彩色的。

认玩具

●益智目标▶

强化宝宝的认知能力。

●亲子互动▶

在一个玩具小柜内放入五颜六色的玩具。让宝宝坐在床上，妈妈从柜中拿出各种玩具，每拿出一件便告诉宝宝这是什么玩具，具有什么特征。比如让宝宝看到玩具小鸭子时，要告诉宝宝说：“这是黄色的小鸭子，会游泳哦！”宝宝会因色彩的吸引而自己动手去抓，并显得很高兴。

●专家在线▶

和宝宝说话时，指着对应的物品，宝宝的右脑就会反映出这个物品的形象来。宝宝在玩这个游戏时玩具一定要丰富多彩，同时爸爸或妈妈应陪在宝宝左右。游戏不仅能训练宝宝手的精细度，更能强化宝宝的形态认知能力。

一起来看图

●益智目标▶

强化宝宝对基本图形的认知，发展图形认知能力。

●亲子互动▶

妈妈为宝宝准备一些色彩鲜艳、图形较大的宝宝画报，可以是图形，如彩色的大三角形，也可以是图画，如一个颜色鲜艳的苹果。

给宝宝看图，开始先看一些简单的图形、图画，如一个圆、一只小狗等，并告诉宝宝看到的是什么。

逐渐看复杂一些的画报，如景色、花草等。

●专家在线▸

宝宝现在对一些基本的图形已经具有认知能力了，如圆形、方形、三角形等。游戏要强化一下宝宝对简单图形的认知能力，与其他图画一起看还能训练宝宝对各种图形、图画的辨别能力。

10～12个月

五彩棋布

●益智目标▸

提升宝宝对物体色彩和外部轮廓的分辨力。

●亲子互动▸

父母选择黑白相间、内设各色图形的五彩棋布，让宝宝观看。不仅让宝宝看黑白方格，还要让宝宝看中间各种颜色和形状的图案，如红色的五角星、黄色的三角形、蓝色的圆形等，让宝宝在游戏中逐渐认识色彩和物体内部的细微轮廓。

●专家在线▸

这个时期宝宝的视觉范围越来越广，形象思维也逐渐增强，能看到小物体，区别简单的几何图形，观察物体的不同形状，甚至开始出现视觉深度感觉，这实际上是一种形象认知能力。经过上述游戏，宝宝的视觉会愈来愈好，并开始有色彩和形状感觉，形态认知能力也会明显提高。

美丽的家

●益智目标▸

促进宝宝的形态认知能力，提升思维，开发右脑。

●亲子互动▸

妈妈可以用废旧的包装盒制成小房子，并准备卡通图章、粘纸若干，并在小房子的两边分别挖个洞做窗户。

与宝宝一起玩装扮小房子的游戏，引导宝宝在小房子上盖图章、贴粘纸，让小房子变得更美丽。

引导宝宝抱着玩具娃娃来参观小房子，并和父母一起玩过家家的游戏。

●专家在线▸

宝宝现在已经能够分辨物体的外部轮廓和特征了，具备了一定的形象思维能力。游戏中，由于图形具有鲜明的轮廓，加上家长的反复引导，能有效地提升宝宝对物体轮廓的认知能力。

玩方盒

●益智目标▸

发展宝宝的观察力，训练再认记忆及形象思维能力。

●亲子互动▸

找一个空纸盒，在纸盒的表面贴上彩色的图片，然后给宝宝玩。

当宝宝转到其中一个画面时，妈妈就告诉他“这是熊猫”、“这是花园”等。等宝宝对画面比较熟悉后，妈妈可让宝宝听指示指出“熊猫在哪”。画面的内容可以是宝宝感兴趣的任何东西，如动物、花草、交通工具等。

●专家在线▶

游戏时，为防止宝宝撕掉画片，要把画粘牢一些。画片要及时更换，以使宝宝保持新鲜感。在游戏过程中，宝宝不断协调地转动方盒，对左、右大脑的协调发展非常有利。

画三角

●益智目标▶

帮助宝宝认识具体图形，提高图形认知能力。

●亲子互动▶

为宝宝准备一张白纸和几支彩色笔。

妈妈和宝宝一起画三角形。

画好后，妈妈还可以编个三角形的故事讲给宝宝听。

●专家在线▶

10个月的宝宝开始喜欢涂鸦，虽然宝宝画得很凌乱，但是宝宝此时已有了自己的形象思维。父母要多创造机会，让宝宝自己涂画各种线条，但不要把自己的思维强加到宝宝身上，应帮助他逐渐提升对图形的认知和理解能力。

印脚印

●益智目标▶

促进宝宝的图形认知能力。

●亲子互动▶

在宝宝洗澡的时候，妈妈给宝宝准备一些干净的手纸。

让宝宝沾湿的小手或小脚在纸上按印。

妈妈还可以帮助宝宝做出不同的手形，在纸上按下不同的图案。或者找一些菜叶、树叶、水果等，让宝宝分别看看它们印在纸上会是什么效果。

●专家在线▶

当宝宝看到自己在纸上留下的图案时，就会产生自豪感，以后宝宝会经常把自己弄湿，故意留下印迹。或者自己找东西往纸上印。这种训练有助于培养宝宝的图案欣赏能力。

圆和半圆

●益智目标▶

培养宝宝的形象认知能力。

●亲子互动▶

妈妈给宝宝用硬纸板做一个大的圆，并将圆对折。

将两个半圆涂成不同的颜色。

前边宝宝已经认识了圆，妈妈可以先让宝宝再认识一下半圆。

然后对折，告诉宝宝“圆的一半是半圆”、“两个半圆是整圆”，再将整圆打开给宝宝看。

●专家在线▶

这个游戏是在培养宝宝的图形认知能力。

通过把一个圆折叠成两个半圆，展开又成为一个圆，让宝宝感知圆与半圆的关系，并初步了解1/2的概念。

第八章

空间感知能力

0～3个月

小火车，呜呜叫

•益智目标▶

帮助宝宝感受空间中的位置关系。

•亲子互动▶

用颜色鲜艳的纸板剪一个10厘米长、6厘米宽的长方形小火车。拿着小火车放在宝宝面前，吸引宝宝注意。

对着小宝宝柔声说："宝宝快看啊，小火车要开车喽！"然后将小火车从左向右缓缓移动。边移动小火车，边模拟火车运行时发出的"呜呜"声。

当小火车从宝宝身体的一侧移动到另一侧后，呜的一声停下来，然后再换方向，从右向左慢慢反方向移动。

•专家在线▶

在这个游戏中，让"小火车"在宝宝的视线中移动，可以吸引宝宝的视线，帮助宝宝感受空间中的各种位置关系，提升他的空间知觉能力。同时，游戏还能帮助宝宝学习转头，提高宝宝的身体控制能力，锻炼其颈部肌肉。

认方向

•益智目标▶

帮助宝宝辨别左右、上下等方向，提升空间位置判断能力。

•亲子互动▶

妈妈每只手拿一个小玩具，两个玩具的颜色要具有明显的对比度，比如红色和绿色。在宝宝醒着的时候，将小玩具分别举在宝宝面前，距离宝宝的目光约30厘米，并晃动玩具引起宝宝的注意。

举起左手的玩具在宝宝面前晃动时，妈妈可以对着宝宝轻声说："这是左边。"然后放下左手的玩具，再举起右手的玩具在宝宝面前晃动，并轻声说："这是右边。"在对宝宝说"左右"的时候，要注意与宝宝之间方向的差异。

•专家在线▶

有些人特别善于辨别方向和方位，而有些人恰好相反，这种差异其实就是空间知觉智能的差异。宝宝的空间知觉发展很迅速，他们的空间知觉特点是从自我出发，善于以自我为中心，所以他们对空间方位的辨别也是以自我为中心的。1个月的宝宝虽然还难以理解左右、上下的概念，但妈妈经常这样陪宝宝练习，就能让宝宝的空间位置判断能力尽早得到训练和发展。

认手

●益智目标▸

帮助宝宝认识左右手。

●亲子互动▸

妈妈可以握着宝宝的小手，柔声地告诉宝宝："这是宝宝的左手，这是宝宝的右手。"能帮助宝宝判断方位。

●专家在线▸

让宝宝认识左右手这个游戏能培养宝宝的方向感，还能帮助宝宝很好地认识自己。这个游戏还可以延伸到左脚、右脚和左面、右面。

小手不见了

●益智目标▸

发展空间感知能力，提高空间智能。

●亲子互动▸

妈妈准备一块浅色的绒布，在宝宝睡醒后，且正举着小手玩时，妈妈将绒布挡在宝宝的眼睛和小手中间，把宝宝的小手遮住。妈妈用好奇的声音问宝宝："宝宝的小手呢？小手去哪里了？"当宝宝表现出诧异时，妈妈再把布拿开，让宝宝看到自己的小手。

●专家在线▸

2个月的宝宝已经开始喜欢玩自己的小手了，妈妈可以通过这个游戏为宝宝创造发展空间智能的机会，逐渐理解自己与空间的关系。同时，游戏还能帮助宝宝认识自己的手与身体的关系，提高自我认知能力。

举手唱儿歌

●益智目标▸

让宝宝通过游戏认识方位，并锻炼双手的灵活性。

●亲子互动▸

妈妈在宝宝睡醒的时候，一边给宝宝念儿歌，一边举起宝宝的小手。如："这是宝宝的左手，举高高（拿起宝宝的左手举起来）；这是宝宝的右手，手背后（拿起宝宝的右手往他的身后藏）；左手、右手，握握手（拿着宝宝的两只小手往一起握）；左手、右手，好弟兄（拿着宝宝的两只小手一起轻拍）。"

●专家在线▸

这样的游戏可以激起宝宝的活动兴趣。宝宝在参与过程中也能逐渐感受到空间的位置及位置变化，提高空间智能。游戏还能锻炼宝宝的手部肌肉，增强双手的灵活性。

小汽车，嘀嘀嘀

●益智目标▸

帮助宝宝理解空间物体的运动。

●亲子互动▸

妈妈为宝宝准备一辆彩色的玩具小汽车，在宝宝睡醒并空腹时，让宝宝两臂屈曲于胸前，俯卧在床上，然后拿出玩具车，在前面逗引宝宝："宝宝看，小汽车，嘀嘀嘀！"

当宝宝注意到汽车玩具时，妈妈慢慢地移动小汽车，同时发出"嘀嘀嘀"的声音，让小汽车与宝宝的眼睛越来越远。将小汽车移出30厘米左右后，再慢慢地往回移动到宝宝的眼前。反复做2～3次游戏，观察宝宝的反应。

● 专家在线 ▶

宝宝在3个月时，对空间中的一些物体开始产生兴趣。通过这种由近及远、由远及近的视线活动，可以帮助宝宝认识空间，理解空间物体的运动关系，游戏还能锻炼宝宝的颈部肌肉。

4～6个月

斗牛士之歌

● 益智目标 ▶

促进宝宝对空间运动的认识。

● 亲子互动 ▶

妈妈准备一块红色的手帕，然后哼唱着斗牛士的旋律，将红手帕展示给小宝宝看。

随着哼唱的旋律，妈妈要舞动手中的手帕，并配合节奏变换手帕的位置。

然后突然加重尾音，将手帕藏在身后。再次哼唱旋律，将手帕拿出来，在宝宝面前继续舞动。

再次加重尾音，藏起手帕。如此反复2～3次。

● 专家在线 ▶

宝宝对红色的东西非常敏感，如果能随着节奏在宝宝面前舞动红色的手帕等，能吸引宝宝的注意力，帮助宝宝认识空间运动，同时，还能通过哼唱的旋律培养宝宝的音乐智能。

毛毛熊去哪里了

● 益智目标 ▶

训练宝宝的空间认知能力。

● 亲子互动 ▶

妈妈为宝宝准备一个毛毛熊玩具，先给宝宝看毛毛熊，然后对宝宝说："毛毛熊要跑掉喽！"说完迅速将玩具藏起来。

躲过宝宝的视线，迅速将玩具放到宝宝的左侧，然后朝着宝宝的左侧说："毛毛熊在这里呢！"

再将玩具藏到身后，然后再次躲过宝宝的视线，将玩具迅速放到宝宝的右侧，朝着宝宝的右侧说："毛毛熊在这里呢！"

● 专家在线 ▶

宝宝在4个月左右，已经能自己主动转头了。通过这样的游戏，逗引宝宝转头，提高宝宝的身体运动技能，而且还能增强宝宝的空间认知能力，帮他初步了解左右方向，且能帮助宝宝体验愉快的感觉。

摇摇晃晃坐摇篮

● 益智目标 ▶

帮助宝宝感觉空间的变换。

● 亲子互动 ▶

为宝宝准备一条小被子。给宝宝洗完澡后，用毛巾擦干宝宝身体，然后让宝宝仰卧在长方形的小被子上。父母分别抓住小被子的四个角，让小被子离开地面30厘米高。

父母同时缓缓地左右摇晃被子上的宝宝，边摇边对宝宝说："摇摇晃晃坐摇篮，摇摇我们的乖宝宝。"

摇1分钟后，将宝宝放在床上，休息一会儿后可以再继续。宝宝很喜欢这样的游戏，会开心地咯咯笑。

●专家在线▶

4个月左右的宝宝，已经开始有了最初的空间知觉。通过这种游戏，能锻炼宝宝的平衡能力，帮助宝宝感受空间位置的变化，促进宝宝的前庭知觉和小脑知觉的发展，还能锻炼宝宝的运动智能。

远了近了

●益智目标▶

提高宝宝的空间感知能力。

●亲子互动▶

准备一个洗干净的大红苹果。妈妈将宝宝抱坐在身上，爸爸拿着苹果站在宝宝面前。等宝宝看到苹果时，爸爸再慢慢后退，退到约2米的地方，再向前走，边走边对宝宝说："宝宝看，苹果远了"，"苹果近了"。

●专家在线▶

红色的物体非常容易吸引宝宝的注意力，宝宝这时对红色物体是最感兴趣的。通过这个游戏，能让宝宝感受到苹果距离自己的远近，不仅能促进宝宝的视力发育，更重要的是能够训练宝宝的空间感知能力。

和爸爸捉迷藏

●益智目标▶

发展宝宝的空间感知能力，培养宝宝的愉悦情绪，增进亲子关系。

●亲子互动▶

妈妈在床上盘腿而坐，让宝宝面对面坐在腿上，一手挟着宝宝的髋部，一手扶住宝宝的腋下保持平衡。

爸爸躲在妈妈背后，先从一侧伸出手，让宝宝一只手抓住爸爸的手指，另一只手抓住妈妈的胳膊。

爸爸摇晃被宝宝抓住的手，吸引宝宝的注意力，再从妈妈背后的另一侧突然伸出头来叫宝宝的名字。然后，爸爸再换方位出现在宝宝面前。

●专家在线▶

宝宝在4个月时，已经开始对物体有了整体的知觉，能把部分被遮蔽的物体视为同一物体，能分辨自己所在位置的高低。同宝宝一起做上述游戏，就是为了训练宝宝对人或物体的整体方位感，帮助宝宝理解人或事物的立体外形，发展立体空间感知能力。

纸鹤飞飞

●益智目标▶

训练宝宝辨别自己身体的左、右方位的认知能力。

●亲子互动▶

用彩色的纸折一只纸鹤，然后固定在一段铁丝的顶端。

让宝宝握住纸鹤的铁丝柄，妈妈帮助宝宝晃动纸鹤，引起宝宝的兴趣。

妈妈和宝宝让纸鹤按指令飞，并给宝宝念儿歌："花纸鹤，飞飞飞；飞到东来飞到西；纸鹤飞到哪里了？飞到宝宝的身上去。"

●专家在线▶

单纯地帮助宝宝辨别空间方位对宝宝来说很枯燥，很难引起宝宝的兴趣，也很难促进宝宝的方位认知感。对于4个月的宝宝来说，更难以理解左、右、上、下等诸多方位。因此，父母可多和宝宝玩方位游戏，这能很大幅度地提高宝宝的方位感知能力。

7～9个月

抓小球

●益智目标▸

培养宝宝的空间智慧。

●亲子互动▸

抱着宝宝坐在床上，递给宝宝一个乒乓球，让宝宝伸手抓住。

当宝宝看着自己手中的球时，妈妈轻轻用手指由上面将球从宝宝手中捅落在床上。

捡起乒乓球，再次放入宝宝手中。然后再次轻轻用手指由上面把球从宝宝手中捅落。

●专家在线▸

在游戏中，宝宝看到自己手中的物品掉落，眼睛会追随着物品掉落的路线。这个游戏可以提高宝宝的视觉追随能力和双手抓握能力，更重要的是，能增强宝宝的空间智慧，帮助宝宝明白事物的里外变化。

高处看世界

●益智目标▸

激发宝宝的好奇心，提高空间知觉能力。

●亲子互动▸

抱着宝宝到户外散步，引导宝宝看周围的世界，尤其要看高矮不同的东西，如大树、小草等。

将宝宝高高举起，宝宝在高处看到这些事物会更惊奇，并且能逐渐产生高低的概念。

如果宝宝还闹着要做，爸爸可以多举宝宝几次，直到宝宝满意为止。

●专家在线▸

宝宝看东西时，都是从低处看，所以从比成人还高的位置看周围的世界，会更让宝宝感到新奇，这将有利于激起宝宝的好奇心和探索精神，扩大宝宝的眼界。更重要的是，这样的游戏能让宝宝逐渐产生高、低等空间概念，提高宝宝的空间思维能力。

纸飞机，飞飞飞

●益智目标▸

锻炼宝宝的空间智慧。

●亲子互动▸

妈妈用鲜艳的彩纸折一些纸飞机，然后拿起红色的飞机给宝宝看，并告诉宝宝："这是红色的飞机。"

妈妈将飞机轻轻地抛向前方，然后问宝宝："红飞机飞到哪里去了？"让宝宝指指看。

换成另外一种颜色的纸飞机重复这种游戏。

●专家在线▸

尽管宝宝现在还不能完全掌握各种颜色的名称，不过在游戏中，父母可以有意识地强化宝宝对颜色的感觉。同时，游戏中宝宝的视线会追随纸飞机飞行的路线，这就有效地锻炼了宝宝的空间方位认知能力，提高了宝宝的空间智能。

找爸爸，找妈妈

●益智目标▸

训练宝宝的空间方位感。

●亲子互动▸

让宝宝坐在爸爸妈妈中间，爸爸坐在左边，妈妈坐在右边。

爸爸、妈妈拉着宝宝的手，先引导宝宝看爸爸，爸爸要告诉宝宝："爸爸在宝宝的左边呢，妈妈在哪？"

此时宝宝会转过头看妈妈，妈妈再告诉宝宝："妈妈在这里，在宝宝的右边。"

●专家在线▸

此时，宝宝的空间智能还需要父母的帮助，需借助父母的语气和动作来慢慢建立空间方位感。

宝宝对这个游戏腻了以后，父母还可以把宝宝在日常生活中经常会遇到的一些东西放在宝宝左右两侧，让宝宝接着辨认。

小车过山河

●益智目标▸

训练宝宝的空间知觉及对物体恒存概念的理解。

●亲子互动▸

妈妈准备书面纸和小玩具车。将大张书面纸卷成纸筒，在宝宝面前将玩具车由纸筒一端推入，这时宝宝会想找出被藏起来的小车。妈妈再慢慢将纸筒倾斜，让小车滑下来，让宝宝看到。开始可先由妈妈做示范，待宝宝熟悉游戏后，可改让宝宝自己操作。

●专家在线▸

宝宝在游戏中发现自己的玩具不见了，会做出寻找的反应，这表示他对周围的事物有反应。上述游戏能锻炼宝宝的空间感知能力，逐渐提升空间智慧。

膝盖舞蹈

●益智目标▸

帮助宝宝感受空间移动。

●亲子互动▸

妈妈抱着宝宝坐在椅子上，让宝宝坐在妈妈的膝盖上。

妈妈扶住宝宝，轻轻地重复抬起脚跟再放下，带动膝盖上下移动，宝宝也会随之颠起。妈妈慢慢向左移动膝盖，让宝宝的身体也向左倾斜；再慢慢向右移动膝盖，让宝宝的身体跟着向右倾斜，并对宝宝说："左摇摇，右摇摇，我的宝宝高兴了。"恢复到游戏的初始姿态，让宝宝坐直身体。

●专家在线▸

这个游戏可以让宝宝感受空间方位的变换，促进身体空间知觉的发展。

宝宝荡秋千

●益智目标▸

训练宝宝的时间、空间感知能力。

●亲子互动▸

妈妈抱着宝宝去荡秋千，在秋千上晃动；也可以坐在转椅中左右转动；还可以抱着宝宝去坐滑梯。

将宝宝放在小褥子上，妈妈和爸爸各拽住褥子的两端，前后左右轻轻晃动宝宝。

●专家在线▸

宝宝在游戏中，能逐渐体会到上下、左右、前后等空间方位的变换，从而提升对空间位置的判断能力。

举高高

●益智目标▸

训练宝宝对方位变换的感知能力，让宝宝体验游戏的快乐。

●亲子互动▸

爸爸将宝宝举起来，让宝宝双腿分开

坐在自己的颈后。爸爸双手分别握住宝宝的双手，让宝宝保持身体平衡。

爸爸可以顶着宝宝进行多种游戏，比如转圈快走，或者蹲下起来，且边做动作边唱儿歌。

爸爸也可以边唱儿歌边随着儿歌的节奏做动作，让宝宝感受自己方位的变换。

●专家在线▸

和父母做游戏是宝宝非常喜欢的一件事，能融洽亲子关系。而且，宝宝还能从游戏中感受到空间位置的变换，对提升其空间智能有好处。

有的宝宝天生胆子比较小，父母不要勉强宝宝，如果宝宝害怕，父母可以先将宝宝放在比较低矮的桌子或者凳子上，扶着宝宝，给宝宝安全感。等宝宝适应了以后再逐渐增加高度，而且父母要在旁边随时给予鼓励。

认识三维

●益智目标▸

引导宝宝认识三维世界，增加好奇心。

●亲子互动▸

找一个大玩具，高度要超过宝宝趴着时头的高度，放在宝宝面前，让宝宝摸摸。引导宝宝绕着玩具爬一圈，再让他用手摸摸。将宝宝抱起来，让他从高处看到玩具，再让他摸摸玩具。

●专家在线▸

8个月的宝宝空间智能有了进一步提高，会通过一些小的探索和尝试来发现一些新问题。游戏有利于宝宝提高三维空间的转换能力，促进宝宝对空间关系的把握，发展方向感。

10～12个月

里面和外面

●益智目标▸

培养宝宝的立体空间感，让宝宝分清里外的区别。

●亲子互动▸

找一个上方开口的盒子，在里面和外面分别贴上不同的图案。

妈妈把每一个图案都指给宝宝辨认。比如，“娃娃在里边，猴子在外边”。

然后再问宝宝：“娃娃在哪里？”让宝宝去寻找所指之物在哪里。

●专家在线▸

与宝宝玩找图的游戏，能逐步培养宝宝的空间方位感。因为盒子分六面，且有里外之分，经常让宝宝接触这些物品，能促进宝宝观察，逐渐感知。

宝宝玩腻了以后，父母可用更直观的方式训练宝宝的空间知觉。父母可以在宝宝的前、后、左、右放上不同的玩具，然后告诉宝宝，宝宝的前面是小熊、后面是小鸭子、左面是小猫、右面是小狗。这个游戏有益于宝宝对空间感的认知。

爬着找图

●益智目标▸

提高宝宝的位置判断能力。

●亲子互动▸

妈妈找来一个大一些的包装盒，在包装盒的六面分别贴上动物图，比如小猫、老虎、大象等。引导宝宝来看盒子上的图画，比如对宝宝说："宝宝来找找大象在哪里？"宝宝会爬着去找大象。当宝宝找到后，要鼓励一下宝宝，然后再引导宝宝爬着去找其他动物，如老虎。

●专家在线▶

几次训练后，宝宝会逐渐记住盒子上各个图片的位置，当妈妈让宝宝去找某个动物时，宝宝很快会变换位置找到。通过这个游戏，不仅能让宝宝学习新事物，记住每个图的名称，还能帮助宝宝辨识方位，拓展宝宝的空间智慧。

小小建筑师

●益智目标▶

培养宝宝的空间思维能力。

●亲子互动▶

将一些积木放在宝宝身边，妈妈拿起积木一块块地搭建一座金字塔。

当搭建到金字塔的顶部时，留下一块塔尖，将积木递给宝宝，让宝宝将积木放上去。

让宝宝将积木推倒，妈妈再与宝宝一起重复上面的环节。

●专家在线▶

这个游戏可以促进宝宝的空间思维能力和数学智慧的发展，在向宝宝演示搭积木的方法时，还可以帮助宝宝感受到基本的积木建筑结构关系。

宝宝的小屋

●益智目标▶

促进宝宝对立体空间的感知能力，提高宝宝对空间的认识能力。

●亲子互动▶

用冰箱或是洗衣机的外包装盒，给宝宝制作一个小屋，在那边挖上小窗户，并在屋里放上漂亮的小灯。

父母和宝宝一起装扮小屋，让宝宝随意给小屋涂鸦。

宝宝可以进出小屋，并抱着玩具娃娃一起参观，和父母玩过家家的游戏。

●专家在线▶

随着小屋相对空间的缩小，宝宝会更进一步对空间有所认识。在游戏中，宝宝也会认识到大与小的不同，以及空间的不同变化。

拔河比赛

●益智目标▶

让宝宝感受空间的突然变化，锻炼宝宝的平衡能力。

●亲子互动▶

让宝宝坐在床上，妈妈坐在宝宝的背后保护宝宝。

爸爸抓住弹力袜的一端，让宝宝抓住另一端。

爸爸轻轻向后拉袜子，让宝宝也学着爸爸的样子往后拉。爸爸突然松开手，让宝宝自然向后仰进妈妈的怀抱。

反复和宝宝做这个游戏。

●专家在线▶

游戏中的突然变化可以带给宝宝极大的新鲜感，当宝宝突然后仰时，宝宝的头部会在瞬间体验到空间的变化，这对宝宝的平衡力、控制力发展都有很大的帮助。

这个游戏也能用来测定宝宝站立的稳定程度，自己能站得很稳的宝宝，在父母施力不大的情况下，不仅能站稳，还能有向后拉的力量。

第九章

创造性思维能力

0～3个月

伸伸舌头咂咂嘴

•益智目标▸

培养宝宝的观察与模仿能力，训练创造性思维智能。

•亲子互动▸

妈妈可以轻轻地抱起宝宝，对着他的小脸，先张开嘴，然后伸出舌头，咋咋舌头。

妈妈会惊奇地发现，宝宝先是盯着你，然后会渐渐张开他的小嘴，把舌头也伸出来，模仿妈妈的动作。这时妈妈可以教宝宝咋舌，发出细小的声音。

•专家在线▸

父母对着宝宝张开嘴巴，让宝宝看，不久宝宝也会张开嘴；父母伸出舌头咋舌，宝宝也会慢慢跟着做。

这种模仿实际上就是宝宝的创造性思维在起作用，宝宝能通过观察发现事物表现出来的特点，从而自己也做出这样的行为，这正是观察创造能力的体现。经常与宝宝做这样的游戏，可以帮助宝宝的右脑得到有效开发。

宝宝坐轮船

•益智目标▸

帮助宝宝认识世界，提高探索世界的欲望。

•亲子互动▸

宝宝精神状态较好时，妈妈平躺在床上，让宝宝两臂屈曲于胸前方，舒服地俯卧在妈妈的腹部。

妈妈将双手放在宝宝的脊背上轻轻按摩后进行深呼吸，让腹部稍有起伏，并对宝宝说："宝宝坐轮船喽！"让宝宝感受到妈妈腹部的缓慢运动。当妈妈躺在床上时，可以轻轻地举起宝宝，再放下，或搂着宝宝的胸部或腹部，让宝宝向前"飞"，向后"飞"。还可以缓缓地放低宝宝的头，然后放低他的脚，让他慢慢而轻柔地朝各个方向移动，使宝宝沉浸在一种舒适的飞翔感觉。

•专家在线▸

宝宝的创造性思维要从小发展，要让宝宝从小就感受到外界种种新奇的事物。

哪个玩具不见了

•益智目标▸

培养宝宝的观察和推断能力，促进创造性思维智能。

●亲子互动▶

用绳子在宝宝的摇篮上吊两个颜色鲜艳的小玩具，最好是能发出声音的玩具。在逗引宝宝时，先摇晃玩具发出声音，引起宝宝的注意。

也可以拉起宝宝的小手，让宝宝去触摸这些玩具，引起宝宝的兴趣。

三四天后，换下其中的一种玩具，再拉着宝宝的小手去摸，并问宝宝："宝宝看看，哪个玩具不见了？"注意观察宝宝的表情。

连续更换几次后，就能发现宝宝喜欢其中的某种玩具了，然后换下宝宝不喜欢的玩具，留下宝宝喜欢的玩具。

●专家在线▶

2个月的宝宝，对色彩鲜艳的玩具会产生兴趣，通过让宝宝玩游戏，能锻炼宝宝的视觉，并促使宝宝发现事物表现出来的某种特性。有些宝宝会喜欢玩具鲜艳的颜色，有些则喜欢玩具的轮廓。但不论宝宝喜欢这些玩具的哪种特性，对提高宝宝的创造性思维都是大有好处的。

会跳舞的大花球

●益智目标▶

让宝宝通过看和听来促进他的大脑判断能力。

●亲子互动▶

在宝宝的床上方吊一个系着铃铛的大花球，让宝宝能看到。

在大花球上系上一根绳子，绳子的另一头系在宝宝的左侧手腕上，然后妈妈握住宝宝的左手摇动，绳子会带动大花球上的铃铛作响。

妈妈松开手，让宝宝自己玩，宝宝也会挥动四肢甚至左臂，牵动花球，让铃铛响起来。以后，宝宝会逐渐知道挥动左臂能带动花球运动，使铃铛作响。

然后，妈妈再将绳子系在宝宝的右手腕上，宝宝会继续晃动全身，最后知道只有挥动右手腕，才能让铃铛响起来。

以后，妈妈还可以将绳子分别系在宝宝的左、右脚踝上，帮助宝宝感知通过动哪个肢体能让花球运动，使铃铛响起。

●专家在线▶

游戏能训练宝宝的观察和调配动作的能力，宝宝在游戏中身体动的速度越快，就表示宝宝的观察、判断能力越好。这个游戏可以从宝宝第三个月开始，父母每天给宝宝做个记录，看看宝宝是从哪天开始只用一个肢体就能直接拉响铃铛。一般来说，宝宝到了85天左右，几乎妈妈给宝宝套上哪个肢体，宝宝就能动哪个肢体摇响铃铛了。

手帕变变变

●益智目标▶

训练宝宝的观察及推断能力，培养其创造性思维。

●亲子互动▶

游戏时，妈妈先用一条大手帕蒙住自己的脸，然后问宝宝："咦，妈妈呢？妈妈哪儿去了？"

宝宝此时会很奇怪妈妈哪去了，然后妈妈突然扯去手帕露出脸来，并对宝宝惊喜地说："妈妈回来喽！"这会使宝宝十分高兴。 游戏可重复进行，让宝宝逐渐熟悉游戏，当妈妈将手帕盖在脸上的时间保持长一些时，宝宝就会自己动手去抓手帕，使妈妈的脸快些露出来。

●专家在线▸

游戏中，宝宝之所以会慢慢去抓妈妈脸上的手帕，是因为宝宝注意到了拿掉手帕后就可以看到妈妈的脸。这样，就锻炼了宝宝的注意力、观察力及判断能力，丰富了宝宝最初的创造性思维智能。

4～6个月

拉大锯，扯大锯

●益智目标▸

帮助宝宝学会从不同角度感知世界，开启宝宝的新奇想法。

●亲子互动▸

在宝宝睡醒后，让宝宝保持仰卧，并帮助宝宝放松上肢。

妈妈握住宝宝的两个小胳膊，然后慢慢将宝宝拽起来，边拽边念歌谣：“拉大锯，扯大锯，外婆家门口唱大戏，妈妈去，爸爸去，小宝宝也要去。”

将宝宝拉起来后，再轻轻将宝宝放下，让宝宝保持仰卧。重复游戏3～4次。

●专家在线▸

这个游戏首先能锻炼宝宝的腰背部肌肉、骨骼力量及上臂的支撑力，让宝宝的身体发育更结实。

变化的玩具

●益智目标▸

帮助宝宝认识新事物，发展分析判断能力。

●亲子互动▸

妈妈可将宝宝经常玩的玩具安上新的装置，比如在橡皮小狗上系个小铃铛，让橡皮狗既能按出声音，又能摇出声音。宝宝对此会充满新奇感。

●专家在线▸

这个时期的宝宝对新的东西还不太关心，只会将新东西揉得乱七八糟，而且也不知道不同的事物具有不同的特征，只觉得所有的事物都一样。通过这个游戏，可以让宝宝练习冲破旧的认识，探索新方法，帮助宝宝提高探索能力，发展创新思维。

妈妈的扣子好特别

●益智目标▸

训练宝宝的观察能力，促进宝宝观察分析能力的发展。

●亲子互动▸

妈妈穿着带有扣子的上衣抱着宝宝，引导宝宝看妈妈的扣子，拿着宝宝的手一边摸扣子一边说：“宝宝看，妈妈衣服上的扣子好漂亮！”

宝宝会发现妈妈的扣子很特别，圆圆的，上面还有花纹，他会聚精会神地看，并会动手去摸。以后，宝宝会逐渐去摸漂亮的、好玩的、特别的东西，从而发展了观察分析能力。

●专家在线▸

对于妈妈上衣的扣子、拉锁、绣花、皱褶等装饰物，5个月的宝宝在妈妈怀中时，会经常用手去摸。这表示他发现了衣服上的特别点，是他的观察能力得到提高的表现。这一阶段，宝宝的视觉皮层细胞的联系达到高峰，当他看到独特的物品就会动手去摸，支配了手的动作。所以妈妈可以经常和宝宝做类似的游戏，锻炼宝宝的视觉能力、触觉能力、认知能力、判断能力和肢体协调能力。但游戏时不要佩戴有锋利边缘的饰物，以免划伤宝宝。更不要将小饰物留给宝宝，以免误食。

手指头，碰碰头

●益智目标▶

训练宝宝初步的观察推断能力。

●亲子互动▶

在宝宝情绪好的时候，让宝宝仰卧在床上，妈妈伸出一个手指头，给宝宝念儿歌："伸出手指头，见面碰碰头。"同时帮助宝宝伸出一个手指和妈妈的手指"碰碰头"。

妈妈收回手指，再次念儿歌，"伸出手指头，见面碰碰头。"妈妈伸出一个手指头，重复游戏。

以后只要妈妈一念儿歌，并伸出手指，宝宝就会伸出自己的小手指来玩"碰碰头"。

●专家在线▶

游戏不仅能锻炼宝宝的手眼协调能力，更能初步锻炼宝宝的创造性思维，刺激宝宝的观察推断能力。

节奏明快的儿歌也能增强宝宝对节奏感的理解。多练习几次以后，可以训练宝宝用自己的左手和右手玩"碰碰头"。

里面有宝物

●益智目标▶

培养宝宝的好奇心和探索精神。

●亲子互动▶

取一个圆形的罐头盒，放入两颗豆子。将罐头盒在宝宝面前滚动，引起宝宝的兴趣。

将罐头盒递给宝宝，打开盒盖，取出里面的豆子给宝宝看看。

引导宝宝将豆子放入罐头盒内，盖上盒盖，让宝宝用手推罐头盒或用脚踢它。

●专家在线▶

本游戏可以调动宝宝的好奇心，使他对周围环境充满探索的渴望，善于主动发现事物的特征，在不断获取周围环境中的知识与信息的同时使自身的观察力、思维能力也获得发展。

炊事宝宝

●益智目标▶

训练宝宝的组合、推断能力。

●亲子互动▶

宝宝喜欢玩锅碗瓢盆，妈妈可教他如何给锅或瓶子盖盖子。

宝宝在妈妈的帮助下盖好一个盖子后，可再给他另一个不同大小的盖子，看宝宝是否知道盖子应盖在哪。

妈妈还可以把小玩具或零食放在锅中，以便宝宝掀开盖子时能得到一个惊喜。

●专家在线▶

宝宝现在开始对一些安装类的游戏产生兴趣，并乐此不疲，这是宝宝的好奇心开始发展的表现。

在做游戏的过程中，宝宝能因为自己盖好盖子，或在锅中发现自己的玩具而兴奋不已，父母应多创设类似的游戏来提升宝宝的创造性思维，同时还能让宝宝保持愉快的情绪。

7～9个月

找妈妈

● 益智目标 ▸

培养宝宝的分析判断能力，并让宝宝在游戏中感受喜悦。

● 亲子互动 ▸

妈妈和宝宝面对面坐好，然后妈妈用双手遮住脸，说："看不见，看不见"，然后将手放下露出脸来，宝宝一定会开心得手舞足蹈。

妈妈还可以在游戏中增加点新鲜感，比如原来用来遮脸的双手，打开后可以放在头顶做成兔子耳朵的模样，说："小兔子来啦！"或伸出食指变成牛角，并触摸宝宝的痒痒处。

妈妈还可以用纸板做成面具，画上动物的头像，如小猴子、小松鼠等，然后戴在脸上，让宝宝来找妈妈。

● 专家在线 ▸

培养宝宝的创造力，是开发右脑的方法之一。通过一些以拼插、组装、游戏等活动形式为主的益智类玩具，让宝宝自己识图，以后还可按照图示组装，这就是创造性活动，同时也是启发宝宝进行右脑思维的一种形式。游戏中，妈妈通过遮住脸，让宝宝来分析判断自己在哪里；还可用纸板面具逗引宝宝，让宝宝识图来找妈妈。这些游戏都能提升宝宝推断、分析规律的能力。

认物与找物

● 益智目标 ▸

理解语言，认识物品，训练记忆力和解决简单问题的能力。

● 亲子互动 ▸

准备一个大一些的纸箱或塑料桶，内装10个大小不同、形状不一的乒乓球、小圆盒、小娃娃等。把宝宝熟悉的几件玩具放在他面前，先说出玩具的名称，再拿起来给宝宝看或摸，然后放进一个小盒子里。放完后，再边说边把玩具一件件从盒子里拿出来。从中挑出几件，隔一定距离放在宝宝面前，说出其中一件的名称，看他是否看或抓这件玩具。当面把一件玩具藏在枕头底下，并露出小部分，引导他用眼睛寻找或用手取出。

● 专家在线 ▸

多次游戏后宝宝就会明白，看不见的玩具并没有消失而是在别的地方，他会逐渐寻找消失的东西，这有助于宝宝建立客体恒存的概念，而且提升宝宝的好奇心、主动探索和解决问题的潜能。

攻城

● 益智目标 ▸

培养宝宝解决问题的能力，并提高运动能力。

● 亲子互动 ▸

在宝宝面前挡上几块硬纸板，注意要让硬纸板很容易被推倒。

父母在纸板的另一边叫宝宝的名字，引导宝宝推开纸板爬过来。

宝宝爬过来后，父母要对宝宝的行为表示鼓励，抱抱宝宝，亲亲宝宝。

● 专家在线 ▸

成长环境决定一个人的情感承受能力，让宝宝能面对压力，使其大脑产生控制恐惧感的情绪，从而提升解决问题的能力。

如果父母长期不在家，或者宝宝是由奶奶、姥姥照顾的，那由父母来引导宝宝做这个游戏可能不会达到预期的效果。

所以，父母平时就需要与宝宝建立信任和亲密的关系。研究证明，越早得到父母的亲情和照顾的宝宝，心理承受能力越强。

搭积木

●益智目标▸

促进宝宝手脑并用，并提高观察思考及组合能力。

●亲子互动▸

给宝宝准备一些积木玩具。

将积木放在宝宝面前，然后和宝宝一起搭建楼房、汽车等。

可以将颜色不同的积木搭配在一起，并告诉宝宝你搭建的是什么。

让宝宝动手来搭建积木，当宝宝将一块积木放到另一块积木上面时，要给予宝宝鼓励和肯定。

●专家在线▸

8个月的宝宝已经会运用两只手玩积木了。他会知道将一个积木放在另一个积木上面时，就会比单独一个积木高，而且还能用积木叠成不同的形状。通过这样的游戏，不仅能锻炼宝宝手部的灵活性，更能刺激他的感官及思考能力，并初步学会物体间的组合。

独自玩耍

●益智目标▸

培养宝宝独立思考的能力，享受独自玩耍的乐趣。

●亲子互动▸

妈妈多为宝宝准备一些小玩具、小物品，如塑料杯子、小碗、木槌、汤匙等，让他摸一摸、敲一敲，甚至放入嘴里尝一尝也可以。

也可以拿些干净的纸让他自己撕扯着玩，宝宝只要拿到纸就会撕得粉碎，玩得十分开心。

●专家在线▸

专心都是需要从小培养的，父母要尽可能给宝宝创造环境让他自己玩耍，且不要打断游戏中宝宝的专注情绪，让他长时间独自专注于一种游戏或一个玩具中，时间越长越好，这样可以培养他的专注力及思考能力。宝宝也会从这种独自游戏中慢慢创造出一些有趣的东西来。

配配看

●益智目标▸

培养宝宝的思维创造力及手指的灵活度和专注力。

●亲子互动▸

妈妈找来一个盒子，在盒盖上挖两个大小不同的洞，洞口以让宝宝插入的物品的宽度为准。

把盒子和要插入的物品一起交给宝宝，让宝宝根据自己的想象力将物品插入盒子。

●专家在线▸

一般的积木或组合玩具常会用到重叠、插入、盖上或拔出等动作技巧，这些动作可让宝宝充分根据自己的想象去做，并能锻炼宝宝手指的灵活性。这个游戏可以运用日常生活中的一切物品。

10～12个月

舀珠子

●益智目标▸

让宝宝学会自己用勺子舀东西，不仅为自己吃饭作准备，还提高了宝宝的创造力。

●亲子互动▸

妈妈给宝宝准备好两个碗和一把勺子，然后在其中一个碗内放一些珠子。

妈妈先给宝宝做示范，用勺子将珠子从一个碗舀一些到另一个碗里。宝宝对妈妈的行为会非常感兴趣，跃跃欲试。

妈妈将勺子给宝宝，让宝宝拿好，并鼓励宝宝用勺子将珠子从一个碗舀到另一个碗里。

如果宝宝做对了，妈妈要给予鼓励。如果宝宝做不到，妈妈要多示范几次。

●专家在线▸

宝宝现在对一切事物和行为都充满好奇，而且喜欢模仿父母做一些事。通过上述游戏不仅能锻炼宝宝手部的灵巧性，还能为以后宝宝自己用勺子吃饭作准备，而且游戏也刺激了宝宝的创新能力，宝宝会用勺子和碗做许多动作。

玩沙子

●益智目标▸

利用沙子的可塑性，培养宝宝的创造能力。

●亲子互动▸

准备一个小桶，一把小铲子，一个小模子，帮宝宝把潮湿的沙子装进小桶里。

然后把沙子倒出来，并教宝宝用模子做“馒头”，或是堆“大山”。也可以鼓励宝宝自由地进行其他的制作。

●专家在线▸

10个月的宝宝，手部的动作越来越精细，他们也能利用手边的一些工具做出一些自己想做的事情，这时父母要多带宝宝到户外接触一些新的事物，并给宝宝一个自由发展的空间，让宝宝在玩的过程中逐渐提高创造能力。

宝宝要让妈妈抱

●益智目标▸

培养宝宝的分析、判断能力，以及解决问题的能力。

●亲子互动▸

将宝宝抱到沙发旁的地毯上。

妈妈走到沙发的后面，然后对宝宝说：“宝宝快过来，让妈妈抱抱。”

让宝宝学会绕过障碍物去找妈妈。

妈妈不断地更换位置，进一步引导宝宝学会绕过障碍物。

●专家在线▸

在这个时候，宝宝已经能够扶着物体行走了，宝宝也能在游戏中根据声音去寻找人。当宝宝不能直接让妈妈抱的时候，通过引导，宝宝会很快学会绕过障碍物，这就锻炼了宝宝的观察和解决问题的能力。

宝宝会看书

●益智目标▸

有意识地培养宝宝的注意力和观察力。

●**亲子互动**▶

给宝宝找一本构图简单、色彩鲜明的儿童图册。

妈妈与宝宝一起看，每幅图停留七八秒钟时间，并对宝宝做简单的讲解，如“这是一只小花猫，它在喵喵叫”、“这是漂亮的小房子”……

看过几幅之后，问宝宝：“小花猫在哪里？给妈妈找一找。”

如果宝宝不知所措，妈妈要帮宝宝找到小花猫的图，并对宝宝说：“原来小花猫在这里。”

●**专家在线**▶

宝宝开始对周围的许多事物感兴趣，宝宝的无意注意有了进一步的发展，能够比较长时间地集中注意某一事物，以及专心地玩弄一个玩具，或留心周围人的言语和行动。通过这个游戏，能培养宝宝对事物的观察、思考能力，从而逐渐提升其创造性思维。

小球上积木

●**益智目标**▶

训练宝宝的观察力和肌肉动作。

●**亲子互动**▶

给宝宝两块积木和一个乒乓球。

让宝宝把两块积木搭起来，再把乒乓球放上去。乒乓球总是从积木上滚下来，这时给宝宝拿来第三块积木。让宝宝把这块积木与另一块积木摆成一个角度，然后把乒乓球放在这两块积木组成的角度中间，这时乒乓球就成功地放上去了。让宝宝重新做一次。

●**专家在线**▶

这时的宝宝手眼协调能力进一步完善，通过这个游戏，可以进一步训练宝宝的观察力和肌肉的动作能力，并认识物体的立体感、物与物之间的关系，以及圆形物体可以滚动的概念。

开盖取物

●**益智目标**▶

培养宝宝的分析事物规律的能力。

●**亲子互动**▶

当着宝宝的面把一个小玩具放到盒子里，并把盒子的盖子盖上。

打开盒子，把玩具取出来，然后再放进去，并把盒子盖好。

把盒子交给宝宝，并对宝宝说：“宝宝，把玩具拿出来。”

引导宝宝打开盖子取出玩具。

如果宝宝兴致不高的话，父母也可以把玩具换成宝宝喜欢的食物。

当宝宝把食物拿出来的时候，父母除了夸奖宝宝之外，也可以让宝宝吃一点食物，激发宝宝继续游戏下去的热情。

但不要给宝宝吃太多，以免宝宝吃不下饭或者胀肚。

●**专家在线**▶

重复做这个游戏。宝宝通过观察，会记住并分析出取到玩具所要做的动作，从而培养了宝宝观察和分析事物的能力。在宝宝已经能很熟练地完成这个游戏之后，父母可以将此游戏延伸。父母可以分别拿出装糖果的盒子和装玩具的盒子，在宝宝面前将物品取出，让宝宝把玩之后，再放回盒子里。示范一次之后，再让宝宝模仿父母将物品装到相应的盒子里。这样还能增加宝宝的生活自理能力。

第十章 逻辑思维能力

0～3个月

看明暗

●益智目标▶

锻炼宝宝的视觉观察及对比能力，训练逻辑思维智能。

●亲子互动▶

找来一张白纸和一支黑色的笔，然后将白纸对折，用笔将纸的半面涂黑，另半面空白。

在宝宝清醒时，将这张涂好的纸举到离宝宝眼睛30厘米的地方晃动，逗引宝宝观看。

●专家在线▶

此游戏可在宝宝出生后半个月进行。妈妈应注意观察宝宝的眼球是否会在黑白两个画面上转动。通过这样的游戏，不仅能发展宝宝的视觉，更重要的是能训练宝宝对两种事物的对比判断能力，培养逻辑思维。

宝宝“哗哗哗”

●益智目标▶

培养宝宝“识把”的条件，训练宝宝主动表现的能力。

●亲子互动▶

妈妈注意观察宝宝的排泄规律。

在摸清宝宝的排泄规律后，每次到了宝宝要排便的时间，妈妈就将宝宝抱起，让宝宝背靠自己的前胸，并用双手托稳宝宝的双腿，并对宝宝说“哗哗”声，刺激宝宝排便。

如果宝宝真的形成了条件反射，某天识把了，妈妈不要忘了亲亲宝宝，作为对宝宝的鼓励，并告诉宝宝：“宝宝可真棒，学会哗哗啦！”

●专家在线▶

宝宝早日学会“识把”，可促进宝宝内脏的充盈感，刺激宝宝大脑，从而支配宝宝的排泄系统。养成“识把”习惯的宝宝，有排泄要求时会自己用动作和声音等发出信号，要求父母去“把”他。这种信号对宝宝的智力发育非常有益，是促进宝宝神经系统建立的一种益智行为，对宝宝的逻辑思维锻炼有帮助。

跳舞的玩具

●益智目标▶

刺激宝宝的好奇心，提高宝宝的分析、对比及判断能力。

●亲子互动▶

妈妈准备一台录音机，几盒舒缓、宁静、愉悦的音乐磁带，再准备一些玩具，如转铃、风铃、摇铃、小猫、小狗、小鸭等。

游戏开始时，妈妈把会转动的玩具悬挂在宝宝的床前上方，每次悬挂一种即可。然后播放音乐，伴随着音乐让玩具缓缓地移动，刺激宝宝去看，并用目光追逐玩具。

如果玩具本身有声音，就不必再放音乐，如电动飞鸟。若再用音乐，就会干扰宝宝的注意力，影响游戏效果。

每样玩具挂上一段时间后，再换上其他玩具。

●专家在线▶

3个月的宝宝，两侧眼肌已经能互相协调了，能比较熟练地追视各种运动的事物。这个游戏不仅能训练宝宝学会视线的转移，能培养宝宝对颜色、事物的分辨能力，并逐渐学会区别各种事物间的特征，提高其逻辑思维。

4～6个月

红色的小豆豆

●益智目标▶

培养宝宝初步的观察力，以及简单的思维、分析能力。

●亲子互动▶

妈妈先在桌上铺一张彩色的餐巾纸，在纸上放几粒爆米花。在引起宝宝注意后，妈妈捏起一粒放入口中咀嚼，并做出很好吃的表情。这时，宝宝一定也会急着想吃到。妈妈可捏起一粒放入宝宝口中，看看宝宝的反应。如果宝宝想吃，他会用口水化开爆米花咽下去；如果不喜欢，就会吐出来。这样，宝宝就有了初步的注意细小物体的经验。

妈妈再铺一张白色的餐巾纸，在上面放一粒红色的小豆豆，最好是膨化食品，宝宝会伸手去摆弄并专心地玩上几分钟。如果宝宝未发现红色的小豆豆，妈妈可抖动餐巾纸，让小豆豆滚动，引起宝宝注意。

●专家在线▶

4个月左右的宝宝，手指还没有捏取能力，但视觉分辨率开始精确，能看到细小的物品，对于自己感兴趣的物品，愿意去观察和探索。所以，父母应该多创造机会，训练宝宝对物体的观察能力，从而促进宝宝多思考、多分析。

宝宝的魔法盒

●益智目标▶

训练宝宝的判断、推理能力。

●亲子互动▶

准备一个音乐盒，在宝宝身体的一侧打开音乐盒，引起宝宝注意。

关上音乐盒，停顿一下，再次打开音乐盒，引起宝宝的惊奇。

反复两三次，让宝宝注意到音乐声音与音乐盒开关之间的关系。

变换音乐盒的位置，再重复此游戏。

●专家在线▶

在游戏中，当宝宝听到声音后，会主动寻找声源。妈妈在游戏中可变换音乐盒的位置，帮助宝宝练习转头。这个游戏不仅能训练宝宝的听力，更重要的是能培养宝宝对声音和物体的判断、推理等逻辑思维智能。

藏猫猫

●益智目标▶

训练宝宝的分析、判断能力，提高逻辑思维智能。

●亲子互动▶

妈妈用手帕蒙住自己的脸，然后问宝宝："妈妈去哪了？"

在宝宝寻找时，突然拉掉手帕露出笑脸并叫一声"喵儿"，逗宝宝笑。

然后将大手帕蒙住宝宝的脸，让他学着将手帕拉开，父母高兴地叫一声"喵儿"。

这个游戏的目的就是让宝宝自己操纵游戏，由他去蒙脸，自己拉开，有意识地发出声音和父母藏猫儿。

●专家在线▶

这个游戏能让宝宝理解暂时看不到的事物仍然是存在的，并要设法去找到它，从而锻炼了宝宝肯定或否定某种事物存在的能力，逐渐增强逻辑思维智能。

神秘的玩具

●益智目标▶

培养宝宝的判断、推理能力，感知事物存在的永恒性。

●亲子互动▶

妈妈准备一个色彩鲜艳的小玩具，要小得能够被你用手握住。

让宝宝仰卧在床上，妈妈用玩具逗弄宝宝，让宝宝看到玩具，并让宝宝拿着玩具玩一会儿，再将玩具拿近你的脸，并和宝宝说话，吸引宝宝的注意力。

将玩具轻轻地从宝宝的手里拿过来，放入自己的手里藏起来。合上双手，让宝宝看到妈妈紧握的拳头。

问宝宝："宝宝找找，玩具哪里去了？"等上几秒钟，当宝宝看上去被弄糊涂时，再摊开你的手，并向宝宝展示玩具，告诉宝宝："宝宝的玩具在这里。"

●专家在线▶

宝宝来到这个世界上后，他要花许多时间试着分辨他周围的环境。

5个月的宝宝，逐渐会认识自己周围的日常事物。宝宝越感兴趣的东西，他认识得越快。上述游戏中，宝宝在妈妈的逗引下，逐渐理解了玩具的客观存在性，从而锻炼了逻辑思维能力。

当练习一段时间以后，宝宝就会主动在妈妈的手里寻找玩具，从被动游戏转为主动掌握并控制游戏，然后父母可以推广到藏和寻找，使游戏深入下去。

捏响玩具宝宝

●益智目标▶

帮助宝宝初步理解逻辑因果关系。

●亲子互动▶

给宝宝准备一个能捏响的玩具，如塑料娃娃。妈妈拿着玩具在宝宝面前做示范，用手捏响玩具娃娃。让宝宝自己抓住娃娃，妈妈握住宝宝的手，帮他捏响玩具。慢慢地，宝宝就会自己尝试捏响玩具。

●专家在线▶

培养宝宝最初的因果关系推理能力，是培养宝宝早期逻辑思维智能的一部分。上述游戏中，锻炼了宝宝最初的感知逻辑因果关系。

7～9个月

找玩具

●**益智目标**▶

锻炼宝宝的记忆力和判断力，提高逻辑思维能力。

●**亲子互动**▶

让宝宝看着妈妈把玩具小鸭子放在桌上，并用手帕盖上，然后问宝宝："宝宝的小鸭子去哪里了？"

宝宝可能懂得小鸭子被手帕盖着了，于是用手扯开。如果还不懂，妈妈可帮他把手靠近手帕，让他扯开帕子见到小鸭子。要多次训练，让宝宝逐渐学会找玩具，一问便扯开手帕。

●**专家在线**▶

宝宝的思维能力开始逐渐增强，此时父母多与宝宝玩一些锻炼记忆力和判断力的游戏，能帮助宝宝提高思维能力。不过，玩具要经常更换。在用碗扣时要用带把手的喝水碗（杯），宝宝不断揭碗，还能促进手指小肌肉的锻炼，增强手指力量。

扔玩具

●**益智目标**▶

培养最初的思维能力。

●**亲子互动**▶

将几个小型玩具用三四十厘米长的绳子固定在宝宝的坐褥垫上，妈妈先教宝宝拿起一个扔出去。

当把身边的玩具都扔完后，再教宝宝拉绳，将玩具拽回来。然后再扔，反复训练。慢慢宝宝自己就懂了，借助拉绳能将玩具拉到身边。

●**专家在线**▶

这时的宝宝已会找寻玩具。这个游戏除了增加宝宝的认知能力外，还能培养宝宝最初的思维能力，激发宝宝的欢乐情绪，且能锻炼手臂力量。由于在扔的玩具中，质地有软有硬，如布娃娃、软硬塑料的小鸭、小鹿，还能发展宝宝的触觉。

敲锣打鼓的乖宝宝

●**益智目标**▶

训练宝宝的分析能力，提高思维积极性。

●**亲子互动**▶

妈妈找来小塑料瓶、奶粉桶等不同材质的空盒子和筷子。让宝宝坐卧在床上，妈妈将各种游戏材料散落在宝宝面前，然后示范性地敲击铁皮罐子。妈妈敲完后，鼓励宝宝也来敲一敲。妈妈还可按照宝宝敲击的节奏模拟发音，如"咚——咚——"。

●**专家在线**▶

宝宝基本能坐起来后，活动能力大大增加，操作能力也随之提高。此时，父母要多给宝宝提供各种材料让宝宝敲击、触摸，这样能有效提高宝宝的分析推理能力及逻辑思维。

汽车快，宝宝慢

●**益智目标**▶

培养宝宝初步的对比能力。

●**亲子互动**▶

妈妈为宝宝准备一个电动小汽车，然后在客厅里和宝宝一起做游戏。

发动小汽车，让小汽车跑起来，然后引导宝宝追视；妈妈也可以抱着宝宝去追小汽车，并对宝宝说："汽车比宝宝跑得快哦！"、"宝宝比汽车跑得慢！"

反复游戏几次，让宝宝逐渐明白快和慢的概念。

●专家在线▶

随着宝宝视力的发育，宝宝已经能逐渐学会追视不同速度的物体，并通过自己的感受来区分物体移动速度的快慢了。妈妈也可以带宝宝上街，当看到汽车从身边开过时，妈妈假装抱着宝宝追两步，然后对宝宝说："汽车比宝宝跑得快哦！宝宝追不上汽车。"

宝宝也会逐渐通过类似的游戏提高对比能力，加强逻辑思维。

会传手的宝宝

●益智目标▶

训练宝宝的分析判断能力，并提高手的操作技巧。

●亲子互动▶

递给宝宝两个小玩具，让宝宝一手拿一个玩具玩耍。妈妈再拿来一个玩具放在宝宝面前，引导宝宝对这个玩具产生兴趣，看宝宝怎样拿第三个玩具。

开始时，宝宝可能会扔掉其中一个玩具去拿第三个。妈妈可坚持逗引宝宝几次，直到宝宝能将其中一个玩具递到另一只手再拿第三个为止。但开始时宝宝可能会扔掉其中一个去拿第三个，或者用一只手将两个玩具抱在怀里，然后用一只手去拿第三个。

●专家在线▶

7个月左右的宝宝，当手中有玩具时，父母再拿第三个玩具逗引他，他也会想拿第三个。对此，父母要不断示范，将一只手打开，把两个玩具放到打开的手里，然后再用另一只手去接第三个玩具，帮助宝宝学会传手，从而提高宝宝的判断能力和手的操作技巧。

体验阻力

●益智目标▶

让宝宝通过游戏感受空气的阻力，提高判断推理能力。

●亲子互动▶

妈妈在宝宝面前放一块积木、一张纸片和一片羽毛，让宝宝分别扔出去。

宝宝会发现，积木是重重地落在地上，纸片是漂移一阵才落下，而羽毛会在空中飘浮很长时间。

反复游戏，让宝宝体验。

●专家在线▶

让宝宝从小积累关于空气阻力的体验，可为其从理论上理解这些物体的概念打下潜意识的基础。更重要的是，游戏能激发宝宝探索周围世界的兴趣，提高逻辑思维能力，促进智力发展。

打开纸包

●益智目标▶

训练宝宝的分析推理能力，提高逻辑思维。

●亲子互动▶

当着宝宝的面将一个玩具用纸包起来，再把纸包交给宝宝。

开始时，宝宝拿到纸包后会把纸撕破，拿出玩具。

父母再用另一张纸把玩具包起来，并当着宝宝的面将纸包打开，将玩具拿出来。

反复包好打开几次后，让宝宝知道不用撕纸，只要把纸包打开就能拿到玩具。

当宝宝学会打开红包并拿出玩具时，父母应及时给予宝宝表扬。

●专家在线▸

这个游戏是让宝宝边动手边思考，最后把纸包打开取出玩具，不仅锻炼了宝宝的手部的灵活性，更重要的是锻炼了宝宝对问题的思考推理能力。

拉布取小车

●益智目标▸

发展宝宝的手部动作，锻炼宝宝的逻辑思维能力。

●亲子互动▸

妈妈在桌子上放一块颜色鲜艳的布，布的一头靠近宝宝，另一头放一个宝宝喜欢的玩具。

当宝宝看见玩具时就想拿到，但不能马上拿到。妈妈对宝宝说："宝宝要玩小汽车，看妈妈拿小汽车给宝宝。"

妈妈慢慢拉动布，将玩具拿到。

照原样将布和小汽车放好，引导宝宝模仿着拿玩具，等宝宝自己拿到小汽车后再给他玩。

●专家在线▸

游戏过程中，布成了工具，会使用工具的宝宝，表明他的逻辑思维正在逐渐进步。

妈妈也可以用拉绳拴好玩具，引导宝宝看妈妈拉住绳子的一端将玩具拉过来。宝宝见过一次取玩具的方法，就会懂得用各种物品取玩具，如用报纸、毛巾等。

奇妙的物体

●益智目标▸

培养宝宝的辨别思考能力。

●亲子互动▸

妈妈准备两个小布袋，一些黄豆和一些棉花。

将黄豆和棉花分别装入两个布袋内，用绳子绑好袋口。

妈妈提着两个布袋在宝宝面前一上一下、一左一右地摇晃，吸引宝宝伸手来拿。

宝宝拿到袋子后，会体会到物体带来的不同感官刺激。

●专家在线▸

宝宝需要通过各种游戏来提升思维能力。游戏中，妈妈教会宝宝如何识别软和硬的物体，训练宝宝对不同物体的感受能力，同时刺激宝宝逐渐思考两种感觉间的不同。

妈妈还可以适当地拉开袋子和宝宝的距离，让宝宝向袋子方向爬行，锻炼宝宝的协调能力。

一个一个跑出来

●益智目标▸

促进宝宝推理能力的发展，同时训练手眼协调能力。

●亲子互动▸

准备一个空面巾盒，几块手帕，小铃铛和小玩具2～3个。

将手帕一一连接起来，扎上小铃铛和小玩具，然后放入面巾盒里，盒口留出一截手帕。

将面巾盒放在宝宝面前，妈妈示范，慢慢拉出手帕和纱巾，并问宝宝："一个一个跑出来，这都是什么？"

让宝宝也来拉拉，妈妈要用夸张的表情和语言表示开心，鼓励宝宝。

• 专家在线 ▸

这些看似简单的拉扯动作，其实可以刺激和培养宝宝的理解、判断和预测能力等，并训练宝宝集中注意力，锻炼记忆力，对提升宝宝的逻辑思维大有帮助。

10～12个月

大小个排队

• 益智目标 ▸

发展宝宝的认知概念，帮助宝宝认识世界。

• 亲子互动 ▸

将父母的物品和宝宝的物品，如衣服、袜子、鞋子、枕头及水果之类，大小分明的东西并排在一起。

反复对宝宝说："这是大的，这是小的。"小的排在前边，大的排在后边。通过游戏令宝宝分辨大小，认知事物的不同。

也可以在实际生活中给宝宝创造机会教他分辨大小。例如到户外看到停放的车辆有大卡车、小轿车，就反复教他："这是大车，这是小车。"

• 专家在线 ▸

这一游戏重在培养宝宝对事物的观察和分析能力，学会对大小物品的分类和对比，认识事物的不同特征。

布娃娃坐小船

• 益智目标 ▸

培养宝宝的分析和推理能力。

• 亲子互动 ▸

将布娃娃放在平铺的枕巾上，让枕巾的边缘正好贴近宝宝的手。

妈妈拿起枕巾上的娃娃，在宝宝面前摇摆，引起宝宝的注意，然后放回枕巾。

如果宝宝把手伸向娃娃，妈妈就要拉动枕巾，让宝宝抓不到娃娃，然后鼓励宝宝拉动枕巾拿到娃娃。

反复游戏，直到宝宝注意到枕巾与娃娃的关系为止。

• 专家在线 ▸

随着宝宝接触事物的增多，宝宝的智商也在不断地增长。在游戏过程中，宝宝也越来越懂得寻找解决问题的办法了。在这时，父母应该多做这方面的游戏，引导宝宝多思考，提高逻辑思维。在宝宝抓枕巾的时候，父母要注意观察宝宝的手势是否还停留在"大把抓"上，如果是的话，父母要轻轻帮宝宝调整手指的位置。

听音乐转手腕

• 益智目标 ▸

提高宝宝解决问题的能力。

• 亲子互动 ▸

妈妈在宝宝面前通过转动手腕使拨浪鼓响起来，这时把拨浪鼓递到宝宝手上。

让宝宝学着妈妈的样子转动手腕。

当宝宝学会转动手腕使拨浪鼓响起来之后，妈妈用拍手打出音乐节拍，并让宝宝也用拨浪鼓随之响应。

●专家在线▶

如果宝宝从小就喜欢音乐，当父母边听音乐边打拍子的时候，宝宝也会跟着一起做。这个游戏在反复多次以后，宝宝就会发现只有转动手腕的方法才能使拨浪鼓响起来。这样宝宝就会逐渐地掌握其声音与动作的内在关系。

小小分装站

●益智目标▶

帮助宝宝认识不同的物品，培养宝宝的归类能力。

●亲子互动▶

给宝宝准备两个空盒子，三个水果，三个玩具，并将这些东西放在宝宝面前。

妈妈手持一个盒子，对宝宝说："把水果放在盒子里。"并指导宝宝完成。再拿起另一个盒子，让宝宝把玩具放进去。最后将两个盒子摆在一起告诉宝宝，这个盒子里装的是水果，那个盒子里装的是玩具。

●专家在线▶

这一游戏主要是培养宝宝的归纳总结以及判断分类等逻辑思维智能。

拉绳找玩具

●益智目标▶

训练宝宝的判断能力。

●亲子互动▶

妈妈当着宝宝的面，将宝宝喜欢的玩具用一根绳子拴好，然后将玩具放在桌子上离宝宝较远的地方。

妈妈再找来两根绳子，放在与拴玩具的绳子平行的位置，然后对宝宝说："宝宝来拉拉看，看看能不能拉到玩具。"

如果宝宝拉错了，妈妈可以做一下示范，然后再让宝宝来拉绳子。宝宝拉对后，一定要给予宝宝鼓励。

●专家在线▶

宝宝在10个月时，分析判断能力逐渐增强。上述游戏能帮助宝宝知道利用物品充当工具也能达到目的，是宝宝使用工具的开端，从而进一步发展宝宝的分析判断能力，提高其逻辑思维智能。

"这"是我的

●益智目标▶

培养宝宝的判断能力，让宝宝认识自我。

●亲子互动▶

妈妈把宝宝的东西如玩具、衣服等，和自己的东西放在一起。

让宝宝认出哪个是自己的，哪个是妈妈的。

把宝宝的玩具与其他小朋友的玩具放到一起，让宝宝认出自己的。

●专家在线▶

周围的环境对宝宝这种自省的逻辑思维能力有着至关重要的影响。通过各种游戏，可以促进宝宝的心理发展，从而产生自我意识，并慢慢地明白什么东西是他人的、什么是自己的这种初级社会意识。

妈妈吃"饺子"

●益智目标▶

训练宝宝的分析判断能力。

●亲子互动▶

让宝宝仰卧在床上，抬起宝宝的小脚丫，让宝宝看到自己的小脚丫。

接着对宝宝说：“妈妈要吃饺子。”然后大大地张开嘴，将嘴巴凑近宝宝的小脚丫。

在嘴巴离宝宝的小脚丫只有一小段距离的时候，放开宝宝的小脚丫，并夸张地做咬的动作。

反复多次进行吃“饺子”的游戏。

●专家在线▸

在游戏中，宝宝通过识别真动作和假动作，提高自己的分析和判断能力。另外，在游戏中的“饺”和“脚”同音，可以让宝宝初步感受到语言的奇妙，提高宝宝学习语言的兴趣。

积木过空档

●益智目标▸

训练宝宝的连锁思维能力。

●亲子互动▸

找一把椅背与椅面有空档的椅子，让宝宝站在椅子背后。

妈妈在椅面上竖直放一块长方形的积木。

让宝宝通过空档把长方形的积木拿过去。

当宝宝怎么也拿不过去时，妈妈把积木放倒，让宝宝顺利地拿过去。

反复做，并更换其他的长方形玩具。

妈妈也可以给宝宝预备一套专门开发宝宝智力的积木玩具，这些玩具上面会有不同形状的缺口，一种缺口只能容纳一种相应的积木填入。在宝宝摸索的时候，妈妈不要在旁边指导，如果宝宝向妈妈求助，妈妈也要先鼓励宝宝自己寻求答案，实在不行的时候再给宝宝做示范，这样能增加宝宝的印象。

●专家在线▸

这个游戏可以在宝宝的脑子里形成一连串的连锁思维，能让宝宝初步理解空间位置要互相适应的道理，并能培养宝宝独立思考的习惯和自立的性格，为宝宝以后独立生活作准备。

都是“灯”

●益智目标▸

运用词语的概括作用发展宝宝的思维。

●亲子互动▸

妈妈抱着宝宝在屋内寻找每一盏灯。比如来到台灯前，对宝宝说：“这是灯。”然后把台灯打开，再关上。

接着再去寻找其他的灯，比如吊灯，也对宝宝说：“这也是灯”。同样打开再关上。然后问宝宝：“灯在哪呢？”引导宝宝寻找。

如果宝宝找对了，别忘了要赞扬宝宝。

●专家在线▸

通过对已知事物进行分析研究，得出这一事物的共同特征的能力，是人的一种重要的逻辑思维智能。

这个游戏重在让宝宝总结出一个共性，那就是灯都是会发光的。当宝宝掌握了这一能力，下次再见到他并没有接触过的灯时，也会认出那是灯。但是不要让宝宝一直盯着灯看。

情商开发篇

——用爱激发乐观本质，培养宝宝未来的高情商

第一章

语言能力：让宝宝喜欢上沟通

0～3个月宝宝的语言能力及促进方法

从宝宝出生到3个月，他已经会发出各种类似元音的声音了，这是宝贝最早的发音游戏。宝贝天生就具备学习和使用任何一种语言的能力，爸爸妈妈千万不要忽视宝宝强大的语言能力，他可是能听懂好几种语言的小天才呢！

语言水平

当听到平缓的声音时，宝宝会睁大眼睛，皱眉，微笑，活动减少，表现安静；当听到突然出现的较大的声音时，宝宝会出现颤抖等受到惊吓的动作。

当眼受到光的作用时，宝宝的瞳孔缩小，触及眼睛时，宝宝会眨眼或眯眼，眼睛出现不协调的运动等。

能自动发出各种细小的喉音。

当妈妈与宝宝说话时，宝宝会注视妈妈的面孔，有时还能上下点头。

宝宝偶尔能发出类似“a”、“o”、“e”等的元音，有时还能发出咕咕声或嘟嘟声。

当和宝宝讲话时，如果父母升高音调、减慢发音速度、加重某些音节或眼睛和嘴比平时大，都会引起宝宝的注意，甚至能够使宝宝微笑。

除元音和哭声外，有时还能自由地发出两个音节的音。

当有人逗引时，在短时间内宝宝会高兴地笑。

见到令他高兴的物体时，宝宝会出现呼吸加深，全身用劲等兴奋的表情。

让宝宝俯卧，当物体（如悬挂的彩色气球、玩具等）从距离宝宝脚上方10～15厘米处向头部移动，至脸上25～30厘米时，宝宝会对进入视野的物体跟踪注视。将物体从宝宝头的一侧，慢慢移动到头的另一侧（移动180°），当物体移到中央时，宝宝会两眼跟随着看，眼的追视范围小于90°。

促进发育方法

●激发宝宝的说话兴趣▸

刚出生的宝宝就会对声音做出反应，但他的发音器官还不完善，只是细小的喉音，2星期左右能分辨人的声音与其他的声音。父母一定要抓住好的时机，多和宝宝说话，多给宝宝赞扬和微笑，多激发宝宝的说话兴趣。

●刺激宝宝语言发育▶

从出生起就要为宝宝提供优雅的音乐环境，多给宝宝倾听美好的音乐，可让宝宝保持心情愉快，培养宝宝注意力和愉快的情绪，刺激语言能力的发展。

●回应引导发音▶

宝宝啼哭之后，父母可以模仿宝宝的哭声。这时宝宝会试着再发声，几次回声对答，宝宝就会喜欢上这种游戏似的叫声，渐渐地宝宝学会了叫而不是哭。这时父母可以把口张大一点，用“啊”来代替哭声诱导宝宝对答，循序渐进的教宝宝发音。如果宝宝无意中发出一个元音，无论是“啊”或“噢”都应以肯定、赞扬的语气用回声给以巩固强化，并且记录下来。

●模仿宝宝的发音▶

对于宝宝伊呀学语发出的呢喃声，父母要尽可能去模仿。这样的回应会使宝宝很兴奋，就像拿到了一个新玩具。为了得到应答，宝宝会更积极的学发声。

●定时听音乐唱儿歌▶

在宝宝清醒的时候，可在宝宝入睡前、吃奶时，经常播放一些舒畅、美好、愉快、优美的音乐和歌曲，给宝宝提供一个优美的音乐环境，促使宝宝尽快进入梦乡和激发其愉快的情绪。父母还可以经常给宝宝念一些有趣的儿歌，刺激宝宝听觉，唤起宝宝的情感。

●让宝宝感受多种声音和音调▶

有时宝宝哭个不停，哭泣时，可以轻轻抱起宝宝，用手指在他嘴上轻拍，让他发出“哇、哇、哇”的声音，也可以将宝宝的手放在妈妈或爸爸的嘴上，拍出“哇、哇、哇”的声音。这些都可以作为宝宝发音的基本训练，使宝宝感受多种声音、语调，促进宝宝对语言的感知能力。

●经常和宝宝说话▶

当给宝宝喂奶、换尿布时，妈妈可经常边说边喂，边说边换尿布，给予宝宝一些有益的语言刺激。无论什么样的生活场景都是跟宝宝说话的好机会，比如爸爸上班外出可以对宝宝讲：“宝宝，我上班去了，再见！”下班回家时可说：“宝宝，你好吗？我回来了！”尽管宝宝还不可能懂得父母的这些语言，但是这些有益的语言刺激总有一天会带给宝宝意想不到的收获，因此，父母要不厌其烦地尽量多和宝宝说话。

●培养声音辨别能力▶

父母各在宝宝的小床两边，妈妈向宝宝唱一首儿歌时，宝宝看着妈妈，爸爸向宝宝唱同样一首儿歌时，宝宝也会转头看着爸爸。然后两人轮唱一首歌但不宜交替太快，一定把一首歌唱完，唱歌时可以带表情有动作但不接触宝宝，使宝宝完全靠听觉来分辨爸爸和妈妈的声音。

4～6个月宝宝的语言能力及促进方法

4～6个月是宝宝的连续音节阶段。在这个阶段，宝宝明显地变得活跃起来，发音增多，兴奋时发音更多，可出现一些重复、连续的音节，而且能够发出辅音。

语言水平

能自发地发出笑声或对父母的逗弄做出反应。

声音较正常，哭声坚定有力。

开始咿呀学语，发出一连串不同的语音。

开始学会用各种各样的笑声来表达他内心的喜悦和对周围事物的好奇。

会用声音表达不高兴。

会用不同的节律咿呀学语，听起来仍像胡乱发出的音调，但如果仔细听，会发现宝宝会升高和降低声音，好像在发言或询问一些问题。

当宝宝看到熟悉的事物时，能发出咿咿呀呀的声音，还会对自己或玩具“说话”。

当宝宝听到响声时，宝宝会对声音做出反应，试图寻找声源。

开始将元音与较多的辅音（通常有f、v、s、sh、Z、k、m等）合念了，而且声音大小、高低、快慢也有了变化。

咿呀学语、发出兴奋声音时，宝宝的动作也多了，而且大多对女性的声音有反应。

宝宝可通过发声表达高兴或不高兴，会抱怨地咆哮、快乐地笑、兴奋地尖叫或大笑，对不同的声调做出不同的反应。

别人叫自己的名字时有反应，会转过头来。

促进发育方法

•语言理解能力训练▸

妈妈平躺在床上，将宝宝放在腹部，用双手托住宝宝腋下，将宝宝举起，移到妈妈胸前，让宝宝看到妈妈的脸。一边跟宝宝游戏，一边念儿歌：

“我的宝宝在哪里？”

“哦，他在这里。”（将宝宝举到妈妈胸前）

“我的宝宝在哪里？”（将宝宝放到妈妈腹部）

“哦，他在这里。”（将宝宝举到妈妈胸前）

“我的宝宝在哪里？”（将宝宝放到妈妈腹部）

“哦，举高高了！”（将宝宝高高地举到妈妈胸前）

游戏时一些有趣的语言刺激可以帮助宝宝更好地体验语言环境，提升宝宝对语言的理解能力。

•逗引学发声▸

拿一色彩鲜艳带响的玩具，在宝宝面前一边摇一边说：“宝宝，拿！”“拿！”鼓励宝宝发出“na”的声音。看到其他的物品或者卡片等，也可以用同样的方法鼓励宝宝发音，训练宝宝逐步由单音向双音发展。

•叫名字逗引宝宝发声▸

父母用亲切的声音在宝宝背后叫他的名字，逗引宝宝。当宝宝把头转向父母时，要亲切和蔼地向宝宝笑笑，并说：“啊，是在叫你呀！真乖。”通过这种交流方式逗引宝宝发出声音。

•鼓励宝宝发出更多的声音▸

父母要经常与宝宝谈话并逗引和鼓励宝宝发音。当宝宝发声时，父母要及时回应，尽可能多和宝宝“交流”。这样可以使宝宝产生愉快的情绪，鼓励宝宝继续咿咿呀呀发出更多的声音。另外，父母和宝宝说话时一定要结合周围环境，面对宝宝一字一字地发出单个音节，以便宝宝看着口形模仿。

●摇铃鼓，鼓励宝宝发声▶

父母用铃鼓在宝宝背后轻轻摇动，逗引宝宝将头转向父母，然后继续摇响铃鼓吸引宝宝的注意力，等宝宝对铃鼓产生兴趣后，将铃鼓递给宝宝，并不断地跟宝宝说话逗他高兴地发声。

●给予宝宝音乐与语言的熏陶▶

不时给宝宝放些优美动听的音乐，并结合日常生活，给宝宝朗读一些有趣的小儿歌，如宝宝看到金鱼缸里的小金鱼、布娃娃甚至宝宝的身体部位等，父母都可以找一些与此相关的有趣的儿歌念给宝宝听，提高他对语言的感受力。

●培养宝宝对语言情感的辨别能力▶

在陪宝宝玩耍时，父母要经常带着感情色彩跟宝宝说话，让宝宝在玩和听的过程中，逐步提高对语言的辨别能力。

●简单辅音训练▶

父母要经常对着宝宝发出各种简单的辅音，如爸—爸（ba—ba）、妈—妈（ma—ma）、拿—拿（na—na）、打—打（da—da）、拍—拍（pai—pai）、娃—娃（wa—wa）等让宝宝模仿发音。

●听音指认▶

让宝宝听到“妈妈”、“爸爸”这些词汇时，不但眼睛看着妈妈或爸爸，还要教宝宝用手分别指认。也可以让宝宝坐在床（沙发、椅子）上，在宝宝的面前摆上玩具狗、猫、鸡等。父母如模仿小猫“喵喵”的声音时，让宝宝去拿，看宝宝能不能做到。若做不到的话，父母可以拿给宝宝，并告诉宝宝：“这就是小猫，它会‘喵喵’地叫。”然后再模仿小狗“汪汪”，模仿小鸡“唧唧”等动物的叫声，逗引宝宝去拿相应的玩具。

7～9个月宝宝的语言能力及促进方法

7~9个月时，宝宝开始模仿熟悉的声音了，然后慢慢模仿不熟悉的声音，这时的宝宝已经开始发出“ma”、“ba”等的声音了。

语言水平

宝宝对自己玩弄出来的咯咯声很感兴趣，同时对父母在和他接触时所发出的一些简单声音会有反应。

宝宝嘴里含着唾液时发出的声音与平常的声音是不一样的，但他总是兴致勃勃地耍弄口水声音。

能无意识地发出“ba—ba”、“ma—ma”等双唇音，但他并不明白话语的意思。

与人玩或独处时会自然地发出各种声音。

咿呀学语时会模仿父母的语调，会大叫，感到满意时会发声。

当宝宝听到“不”等带有否定意义的声音时，能暂时停下手里的动作，但很快可能又继续做他停下来的动作。

当宝宝听到附近熟悉的声音时，会做出反应，如听到叫自己的名字、电话铃声等就会转头或转身。

会用身体语言与人交流。如见到亲人时伸手要求抱、不同意时摇头、如果有人把他的玩具拿走还会哭闹。

开始有明显的高低音调出现，会用声音加强情绪的激动。

当父母在宝宝面前边说“欢迎”、“再见”边用手势表示时，宝宝也会跟着模仿，并逐渐会用手势来表示“欢迎”和“再见”。

会注意听别人讲话或唱歌，并对自己名字以外的一两个字有反应，如“不行”等。

能发简单的音，但发音不一定准确。如：边哭闹边发“不”的同时摆手表示不同意；想让父母帮他拿某个东西时，会指着东西看着父母的脸发“啊啊”的音。

促进发育方法

●给宝宝讲故事▶

给宝宝讲故事，是促进宝宝语言发展与智力开发的好办法，虽然这个月龄的宝宝可能还不能够听懂故事的含义，但只要妈妈或爸爸一有时间就声情并茂地讲给宝宝听，就能培养宝宝爱听故事的好习惯。

●学押韵▶

通过听押韵儿歌，熟悉语言特点，培养表达能力，从而提高宝宝的语言能力。

选一首父母最常教宝宝念的儿歌，而且每句最后一个词要押韵。如“小娃娃，嘴巴甜，喊妈妈，喊爸爸，喊得奶奶笑掉牙……”念时，故意加重每句最后一个字的语气，并将前面的字拉长，念成“小娃——娃”，以强调最后那个押韵的字。然后紧接着说：“宝宝，说‘哇’”，然后再念一遍“小娃——”故意不说出“娃”字，等宝宝说出来。这样反复进行。

●在交流中学习语言▶

这个时期的宝宝，喜欢模仿成人说话，会发单音节的词，也常会无意识地发出“爸——爸”、“妈——妈”的声音。能够懂得一些简单的命令，如问爸爸或妈妈在哪儿时，宝宝知道用眼睛去寻找，甚至用手做出指的动作。如果妈妈说：“宝宝把手伸给妈妈”，宝宝一般都会听懂，并会把小手伸给妈妈。

●认物发音▶

在宝宝床上放置各种玩具，和宝宝玩认物游戏。如对宝宝说“宝宝把小狗给我”，“宝宝把小鸭子给我”。在宝宝情绪愉快的时候，问问宝宝：“爸爸在哪里？妈妈在哪里？”“阿姨在哪里？小朋友在哪里？”鼓励宝宝用眼光去追寻或用手指，并模仿发出“ba”、“ma”等音节。

10～12个月宝宝的语言能力及促进方法

10～12个月的宝宝处于语言能力发展的高峰期，此时宝宝已能够对简单的语言要求做出反应。这时虽然宝宝说话较少，但能用单词表达自己的愿望和要求，并开始用语言与人交流。已能模仿和说出一些词语，所发出的一定的“音”开始有一定的具体意义了。

语言能力发育水平

能将语言与适当的动作配合在一起，如：“不”和摇头、“再见”和挥手等。

会一直不停地重复某一个字，不管问什么都用这个字来回答。

宝宝对熟悉的字会很有兴趣地听，对于某些指令能听得懂并能照着做，如“把积木给妈妈”。

长时间地咿呀学语，可能会说些惯用语，含混的一个长句中可能包含有意义的字眼。

除了“爸爸”、“妈妈”外，还能说两三个字。

模仿父母说话时，模仿的语调缓急、脸部表情比模仿的语音要准确。

能说出有意义的单字，如走、拿、水等。

除了“爸爸”、“妈妈”外，还会说2～3个单字，如“不要”、“byebye”等；还能模仿动物的声音。

会主动地称呼“爸爸”、“妈妈”。

知道具体的事物是什么，在哪里。如当妈妈问他“洋娃娃在哪里？”时，他会用眼睛看或用手指，来表明他认识这些事物。

促进发育方法

●正确引导宝宝说话▶

宝宝会用“妈书”代替“妈妈拿书”，妈妈先面对着他说一遍“妈妈拿书”，再把书给他，这样的示范很有意义。宝宝会用“球球”指代所有圆形物品，妈妈要清晰地告诉他这个具体物品的准确名称，如“皮球”“线团”“圆豆”“鸡蛋”等。

走在外面，看见树叶随风飘落下来，对他说“树叶落下来”，鼓励他跟着说，如果他说不出来也没有关系，他会在大脑里储备自己的词汇库。

●说再见▶

每天爸爸妈妈上班去，或者家里来了客人要走的时候，都是训练宝宝说再见的好时机。父母也可以互相配合，一人假装出去，另一人带着宝宝跟他玩说再见的游戏。

●向宝宝解释一切▶

无论做什么，父母都可以随时向宝宝作些解说，帮助他认识各种日常用品，认识各种动作，让宝宝将“实物”、“动作”和语言联系起来。

●给宝宝听音乐、念儿歌、讲故事▶

每天花一些时间给宝宝放一些儿童乐曲，提供一个优美、温和、宁静的音乐环境，提高他对音乐的理解力。儿歌琅琅上口，是宝宝非常感兴趣的东西，多给宝宝念一些儿歌，可以激发他对语言的兴趣，提高他对语言的理解能力。在此基础上，还可试着讲一些有趣的生活故事（最好结合周围环境，自编一些短小动听的小故事讲给宝宝听）。

●听音乐起舞▶

父母弹奏或播放一些带有舞蹈节拍的乐曲，训练宝宝听到乐曲后，手舞足蹈，做些相应动作（如拍手、招手、点头、摇手等简单动作）。

●鼓励宝宝开口说话▶

当宝宝能有意识地叫“爸爸”、“妈妈”以后，父母要利用各种机会引导他发音，学会用诸如“走”、“坐”、“拿”等单字来表达自己的动作或意思。当宝宝有什么要求时，父母要尽量鼓励他用语言表达，如果宝宝不会表达，可以帮助宝宝说出他的要求，教他用语言表达。

如果宝宝一有要求就立刻满足他，会阻碍他学习说话，对宝宝的语言发展会有滞后的影响。

第二章

社交能力：让宝宝拥有好人缘

0～3个月宝宝社交能力及促进方法

宝宝的社交能力与其所处的生活环境有很大关系，培养宝宝的社交能力应从小开始，这是宝宝不断成长和积累的一个过程。

社交能力发育水平

宝宝对父母给予的抚慰会有高兴的反应，不喜欢疼痛的感觉。

宝宝会对人脸或人声报以微笑，而对妈妈的微笑会行注目礼，可直视对方眼睛，当看到人脸时会安静下来，会依着抱自己的人的身体调整姿势，有时手会抓、拍手，会寻找、吸吮乳房，会认出父母亲的声音。但大部分时间，脸上没有什么表情。

当有父母逗宝宝时，宝宝会做出一定的反应，如发声、微笑、手脚胡乱挥动等。

除了母亲外，宝宝会对其他人，如父亲或兄姐微笑。

当别人和他“对话”时，他的整个身体将参与“对话”，手会张开，一只或两只手臂上举，而且上下肢可以随别人说话的音调进行有节奏的动作。

宝宝有时会模仿别人的面部表情，如别人说话时他会张开嘴巴，并睁开眼睛；别人伸出舌头，他也会做同样的动作。

促进发育方法

• 让宝宝感受到关爱 ▸

父母应该经常拥抱、抚摸宝宝，尽量使宝宝的肌肤和父母贴得近些，也可以有意抚摸他的四肢。最重要的是，当父母在进行这些活动时，应当把自己爱的情感投入其中，与宝宝的目光对视，给他讲悄悄话，让宝宝感受到父母的关爱，感受愉快的情绪。

• 让宝宝多了解环境 ▸

宝宝出生后半个月起，父母可以每天抱起宝宝片刻，沿着房间环视室内四周景象，一边看一边向宝宝讲述室内的摆设，让宝宝了解周围环境。

• 用表情和宝宝交流 ▸

宝宝出生后，对人脸表现出明显的兴趣，如果父母的脸在宝宝适宜的视线范围内出现，他会饶有兴趣的注视。而且宝宝具有天生的模仿能力，如果这时父母对着他微笑，宝宝也会露出浅浅的微笑来呼应。可能新生儿的微笑不太明显，只是嘴角稍微抽动了一下，但这就是他在和父母交流。这种交流能够促进宝宝社交能力的提高。

●模仿宝宝的表情▶

父母可以去刻意模仿宝宝的动作与表情，他同样会因此而兴奋不已。反过来，假如父母做了一些夸张的动作，宝宝也能学得惟妙惟肖。宝宝通过模仿父母的表情，慢慢了解不同的心情是用不同的表情表现出来的。

●创造宝宝对外交往的机会▶

现在基本上是独生子女，而且大都住的是楼房，别说是宝宝，就是成人与邻居的交往也不多。所以，爸爸或妈妈要从长远着想，尽量为宝宝创造与他人交往的机会，多让宝宝见见生人，或者让邻居抱一抱，让宝宝对更多的人微笑，愿意与更多的人交往。但应该注意的是，不要带宝宝到人多的公共场所，以免感染疾病。

●找爸爸▶

妈妈抱着宝宝，爸爸躲在妈妈的身后轻轻叫宝宝名字。宝宝听到声音后会转头找爸爸，一旦找到了，他会手舞足蹈地扑向爸爸。这时，爸爸可抱住宝宝转个圆圈以表示亲昵。

●照镜子▶

妈妈抱着宝宝坐到镜前，让宝宝看着镜子。宝宝首先认识妈妈并不认识自己。妈妈拿起宝宝的手去摸摸镜子，宝宝看着镜中的人也在动手。妈妈笑着说："这是宝宝。"宝宝开始笑，镜中的小人也笑。宝宝把头伸过去同镜中的小人碰碰头、用身体去撞、用脚去踢、在镜前做各种动作。宝宝很喜欢镜中的小朋友，如果给一个小镜子让宝宝自己玩，宝宝会对着它做各种表情：亲亲它、同它撅嘴、做哭的样子、同他说话、无论对他做什么，镜中的小人都同宝宝一模一样。镜子使宝宝快乐，虽然宝宝不完全明白镜子中的就是自己，但是它做的同宝宝一样，能使他高兴。这个游戏能让宝宝看到妈妈，也看到一个像自己的"小人"；从镜中看到不同位置的东西，还能引起宝宝探索外界的兴趣。

4～6个月宝宝社交能力及促进方法

4～6个月的宝宝喜欢接近熟悉的人，能分出家里人和陌生人。爸爸妈妈可以经常抱宝宝到邻居家去串门或抱他到街上去散步，让他多接触人，为宝宝提供与人交往的环境。

社交能力发育水平

见到熟悉的面孔，能自发地微笑，并发声较多，但见到照片并不如此。

照镜子时，会注意到镜子中自己的影像，还会对着镜中的自己微笑、说话，开始调整对人的反应。

让宝宝平躺，父母将他拉着坐起，他会微笑，有时还会出声。

以假咳嗽或咋舌出声吸引别人的注意，希望和别人玩耍。喜欢被人抱起，坐起时会发声，躺下时不安分。洗澡时会拍水作乐、踢腿、抬头。

当宝宝看到奶瓶、母亲的乳房时，会表现出愉快的情绪。

当宝宝吃到奶时，会用他的小手拍奶瓶或母亲的乳房，以表达自己满足后的喜悦。

当宝宝看到一个他渴望接触和触摸的东西而自己又无法办到时，他就会通过喊叫、哭闹等方式要求父母帮助他。

照镜子时，能分辨出镜中的母亲与自己，对镜中的影像微笑、“说话”，可能还会好玩地敲打镜子。

会用微笑、发声与人进行情感交流，会流露出期待之情，挥手或举手臂要父母抱；当被父母抱着时会用小手抓紧父母；如果在他哭泣时父母对他说话，他会停止哭泣。

会模仿别人的表情，模仿时会皱起眉头，对着人脸微笑；能区分出陌生人和熟人。

照镜子时，仍然会对镜中的影像微笑，但已能分辨出自己与镜中影像的不同。

当两手轮流握物时，能觉察到自己身体的不同部分，并知道自身与外界的不同。

能分辨出成年人与儿童，会用伸手、发音等方式主动与人交往，会对陌生的宝宝微笑，还会伸手去触摸其他的宝宝。

当父母给宝宝洗脸时，如果他不愿意，他会将父母的手推开。

促进发育方法

●微笑着与人交流▸

当宝宝清醒时，父母突然出现在他面前看着他但不做任何表示，宝宝看着看着面部会露出微笑。经常跟宝宝玩这样的游戏，可以刺激宝宝，让他学会微笑着与父母交流。

●藏“猫猫”▸

面向宝宝，用一张白纸突然遮住自己的脸，稍过片刻后再将纸迅速拿开，看着宝宝说话微笑，反复几次，宝宝会对这个游戏产生浓厚的兴趣，随即高兴地笑出声来，并伴有四肢的活动。

●改善宝宝的情绪▸

随着月龄的增加，宝宝的情绪会逐渐复杂起来。其中，表现最突出的就是微笑。微笑即是宝宝身体处于舒适状态的生理反应，也是表示宝宝的一种心理需求。从这个月开始，宝宝对妈妈或爸爸情感的需要，甚至超过了饮食。如果宝宝不是饿得厉害的话，妈妈的乳头已经不是灵丹妙药了。如果妈妈或爸爸对宝宝以哼唱歌曲等形式加以爱抚，宝宝或许会破涕为笑。所以，妈妈或爸爸应时刻从环境、衣被、生活习惯、玩具、轻音乐等方面加以调节，注意改善宝宝的情绪。

●培养亲子感情▸

爸爸或者妈妈下班回到家第一件事就是要记得和宝宝“说话”，主动逗他玩或给他放些音乐，给他一些愉快的体验。时间长了，宝宝就会和爸爸妈妈建立起感情，每次爸爸妈妈下班回家，宝宝看到后都会开心地笑着，手舞足蹈地表现出十分兴奋的模样。

●反复玩藏“猫猫”游戏▸

父母可以和宝宝反复玩藏“猫猫”的游戏，先由父母掀去遮在脸上的纸，接着鼓励宝宝自己掀，并在揭开纸的时候，发出“喵”的声音，同时发出笑声。也可继续玩照镜子的游戏，和妈妈一起在镜子里观察彼此的五官和表情，配合相关的语言和动作逗引宝宝发笑。

●举高高▸

父母将宝宝抱好，然后高高地举起来，接着再放下来。游戏时可以通过肌肤接触或愉快的语言交流带给宝宝更多快乐的体验，但一定要注意安全，既不能吓着宝宝，更不能做抛接动作。做几次这样的游戏后，只要抱起宝宝，他就会做好举高高的准备。举高高可增进亲子关系，同时也是宝宝非常喜爱的游戏之一。

●克服认生的弱点▶

6个月的宝宝开始认生，因此，要不断采取逐步过渡的方法，帮助宝宝克服认生的弱点。因为宝宝见到“半生”的人就要好一些，所以可以从安排一些有过来往的邻居、亲戚，甚至爷爷、奶奶、外公、外婆和他接触入手，让他慢慢熟悉周围的人群，克服认生的弱点。风和日丽的日子可以带宝宝外出看看，让他有更多机会不断接触陌生人、陌生事、陌生环境，逐渐提高适应陌生人、陌生环境的能力。

●强化母子亲情▶

妈妈下班回家时，家里的父母应抱着宝宝迎上去说：“妈妈来了，妈妈来了”。边说边将宝宝交给妈妈。妈妈接抱宝宝后，可以对宝宝说：“叫妈妈！”“叫妈妈！”同时要耐心亲切地教宝宝发出“妈妈”的音节。这个时期的宝宝常常会主动与他人搭话，因此，父母无论在做什么事情，都应当停下来尽量地向宝宝做出回应，利用一切机会与宝宝亲切对话，为其创造良好的语言环境。

●学会伸双手求抱▶

父母要利用各种形式引起宝宝求抱的愿望，如跟宝宝说抱他上街，找妈妈，拿玩具等。抱宝宝前要向宝宝伸出双臂问他：“抱抱好不好？”以这样的形式鼓励宝宝将双臂伸向你。

●不要冷落宝宝▶

这个月的宝宝非常依恋父母，一旦妈妈和爸爸等亲人突然离开时他就会产生惧怕、悲伤等情绪。所以，妈妈或爸爸不要突然离开你的宝宝，更不能怕宝宝不老实而用恐怖的表情或语言来吓唬宝宝。

7～9个月宝宝社交能力及促进方法

7～9个月的宝宝可以很快学会拍手、摇头、身体扭动、踏脚等动作，而且能单独表演。这一时期宝宝学习的每一个动作，爸爸妈妈都要及时给予表扬鼓励，才会增强宝宝的自信心。

社交能力发育水平

照镜子时，会对镜中的影像微笑、亲吻或拍打等。

很多宝宝能自动发出“爸爸”、“妈妈”等音节，开始时他并不知道是什么意思，但见到父母听到叫“爸爸”、“妈妈”就会很高兴，宝宝会渐渐从无意识地发音发展到有意识地叫爸爸、妈妈。

见到新鲜的事情会惊奇和兴奋，从镜子里看见自己，会到镜子后边去寻找；有时还会对着镜子亲吻自己的笑脸。

开始观察父母的行为，当父母站在他面前，伸开双手招呼他时，他会微笑，并伸手要求抱。

会模仿父母的行为，如父母给他一个飞吻，要求他也给一个，他会遵照父母的要求表演一次飞吻；当父母与宝宝玩拍手游戏时，他会积极配合并试图模仿。

能听懂、理解父母的话和面部表情，并逐渐学会辨识别人的情绪，如被表扬时会高兴地微笑、被训斥时会显得很委屈、看到妈妈高兴时就微笑、听到爸爸责备时就大哭等。

看见妈妈拿奶瓶时，会等着妈妈来喂自己。

会在家人面前表演，受到表扬和鼓励时会重复表演。

喜欢玩捉迷藏、拍手等游戏，并会模仿父母的动作；当与父母玩捉迷藏时，会主动参与游戏。

对其他宝宝比较敏感，看到别的宝宝哭，自己也会跟着哭。

促进发育方法

●邀请宝宝跳个舞▶

在音乐和动作中调动宝宝与人交往的情绪。

准备一些简单、欢快、轻松的曲子。妈咪打开音乐，轻声问宝宝："宝贝，可以和你跳个舞吗？"在宝宝的耳边哼歌，同时一只手托着他的头部，一只手抱着他的背部，随着音乐向前向后晃动宝宝的身体。还可以一边称赞宝宝："宝宝跳得真好！"曲子结束时，妈妈应该说："谢谢宝宝陪我跳舞。"

●认识自己▶

每天抱宝宝照镜子2～3次，边照镜子边告诉他镜中人是谁，如"这是宝宝"，"这是爸爸"等，还可以给宝宝化妆，让他看到多彩多姿的自己，带给他愉快的情感体验，也让他认识自己。

●带宝宝去串门▶

通过带宝宝到户外与别人进行交往，可以训练宝宝的人际交流和社会交往能力。

妈妈或爸爸抱着宝宝到邻居家去串门，或抱着宝宝走亲戚。到了邻居家或亲戚家，告诉你的宝宝现在到了谁的家中了，当邻居或亲戚伸手来抱宝宝的时候，比如是阿姨要抱宝宝时，妈妈或爸爸要告诉宝宝说："快亲亲阿姨，让阿姨抱抱吧，阿姨最疼爱宝宝啦！"或者让你的宝宝在邻居或亲戚面前表演"再见"、"飞吻"、"挤眼"、"摇头"等技巧。如果邻居家或亲戚家也有宝宝的话，可以让你的宝宝与这个宝宝相互看看，相互摸摸。

10～12个月宝宝社交能力及促进方法

10～12个月，爸爸妈妈可以培养宝宝和同龄小伙伴多接触。小伙伴在一起，容易引起表情和动作以及声音呼应，使宝宝感受有伙伴的快乐。这样可以让宝宝们在互相帮助和分享玩具的同时，培养人际交往能力。

社交能力发育水平

对其他的宝宝较敏感，如果看到父母抱其他宝宝就会哭。

宝宝偏爱一样或数样玩具，并对洋娃娃显露出温柔之情。

宝宝开始表现出个性特征的某些倾向性。如：有的宝宝不让别人动他的东西，别人一动就会哭；有的宝宝看见别人的东西自己也想要；有的宝宝会很"大方"地把自己的东西送给别人或与别人一起分享；也有的宝宝会伸手把玩具给人，但不松手。

会做模仿游戏，如：拍手欢迎、挥手再见、拍洋娃娃睡觉等。

宝宝会察言观色了，尤其对父母和看护人的表情，有比较准确的把握。

喜欢和爸爸妈妈依恋在一起玩游戏，看书画，听父母给他讲故事，喜欢玩藏东西的游戏，喜欢认真地摆弄他喜欢的玩具和欣赏家里的东西。

宝宝对母亲的依赖加深，开始企图以软或硬的方法使母亲改变心意。

宝宝可能会依母亲的要求达到目标，听从命令，可以控制自己的行为，但不总是听话。

在游戏中总是寻求赞赏，避免被责备，拒绝强迫性的教导。

有时会将玩具扔在地上，然后希望父母帮他捡起来，但父母捡起来给他后，他还会再扔，并在反复扔玩具的过程中体会乐趣。

对陌生的人和地方感到害怕，和母亲分开会有强烈的反应。

会表现出对人和物品的喜爱。

宝宝反抗的情绪逐渐增强，有时会拒绝吃东西，还会在母亲喂食或睡午觉时哭闹不休。

喜欢模仿父母做一些家务事，如果家长让他帮忙拿一些东西，他会很高兴地尽力拿，同时也希望得到父母的夸奖。

如果父母当着宝宝的面，用手捏带响的玩具，让它发出声响，然后把玩具递给宝宝，他拿到后也会模仿着捏。

宝宝在玩摆在桌面上的玩具时，往往故意把玩具扔到地上，希望父母能帮他捡起来。如果父母捡起来，他还会继续这种扔玩具的游戏。

促进发育方法

●让宝宝体验成功与快乐▶

在宝宝为家人表演某个动作或游戏做得好时，如果听到妈妈和爸爸的喝彩称赞，宝宝就会表现出兴奋的样子，并会重复原来的语言和动作，这就是宝宝初次体验成功和欢乐的一种外在表现。所以，当宝宝取得每一个小小的成就时，妈妈和爸爸都要随时给予鼓励，这有利于宝宝形成良好的心态。

●平行游戏▶

多邀请家里有宝宝的朋友来做客，找出一些相同的玩具，让宝宝同小朋友一块玩，给宝宝提供互相模仿、互不侵犯的平行游戏机会。

●用动作表示配合或表达愿望▶

在日常生活中，要积极训练宝宝学习配合父母的要求，养成良好的生活习惯。如进餐前，知道伸出双手让父母给他洗手。吃完饭后，能配合父母给他擦脸、洗手和收拾用具等。除此之外，还要训练宝宝掌握一些向父母表达愿望的动作，如将玩具或食品放在他的面前，如想要，训练他点头表示同意；如不想要，教会他用摆手表示不同意。

●指认动物▶

在家里挂一些动物图片，或摆放一些小动物玩具，告诉宝宝每种动物的名称和叫声，然后问“小狗在哪里？”让宝宝用眼睛寻找，用手指，并模仿“汪汪”的叫声。小鸡、小鸭、小猫、小羊等类推。

●能观察和分辨大人的表情▶

大人要在日常生活中多用自己表情的变化来启发宝宝分辨他人情绪的能力，让他在和大人的接触中，逐渐体验到大人喜、怒、哀、乐的各种表情。

●听音拍手▶

给宝宝播放一些节奏明快充满童趣的乐曲或儿歌，和宝宝一起拍手打节奏……如果全家都能参与进来，这种活跃温馨的家庭气氛会带给宝宝很多快乐的情绪体验。

第三章 适应能力：让宝宝拥有自信

0～3个月宝宝适应能力及促进方法

培养宝宝充满自信、善于与人交往的性格要尽早开始，早期教育对于宝宝日后性格及能力的形成，可以起到事半功倍的效果。在胎儿和新生儿期，宝宝的适应能力主要体现在母子间的交往，而宝宝的适应能力则主要表现为与他人的交流。

适应能力发育水平

在宝宝觉醒状态下，用一个小塑料盒内装少量玉米粒或黄豆，在距离他耳旁10～15厘米处轻轻摇动，发出很柔和的咯咯声，他会转动眼球或转动头向发出声音的方向。宝宝喜欢听高调的声音，喜欢听人说话，当妈妈叫他时，他会转过头来。

宝宝喜欢看颜色鲜艳的物品，让宝宝俯卧，当物体（如悬挂的彩色气球、玩具等）从距离宝宝脚上方10～15厘米处向头部移动，至脸上25～30厘米时，宝宝会对进入视野的物体跟踪注视。将物体从宝宝头的一侧，慢慢移动到头的另一侧（移动180°），当物体移到中央时，宝宝会两眼跟随着看，眼的追视范围小于90°。

宝宝满月后，视觉集中的现象就越来越明显，喜欢看熟悉的父母的脸。这时候的宝宝，眼睛清澈了，眼球的转动灵活了，哭的时候眼泪也多了，不仅能注视静止的物体，还能追随物体而转移视线，注意的时间也逐渐延长。

宝宝已能辨别出声音的方向，能安静地倾听周围的声音、轻快柔和的音乐，更喜欢听爸爸妈妈对他说话，并能表现出愉快的表情。

抱着宝宝来到桌边，然后把醒目的玩具放在桌上，很快宝宝就会注意到玩具。

把桌上的玩具拿走，再抱宝宝来到桌边，宝宝能注视桌面。

平躺时，父母拿着玩具在宝宝上方时，宝宝很快就能注意到。

把醒目的物体放在宝宝视线内，宝宝能持续地注视。

宝宝仰卧，头偏向一侧，然后拿拨浪鼓给他看。宝宝注意到拨浪鼓后，再慢慢地把物体从一侧移到另一侧，宝宝的双眼能跟随拨浪鼓转移。然后将拨浪鼓从宝宝头上部向胸上部移动，宝宝的双眼能跟随拨浪鼓上下移动。

仰卧时，把悬环拿到宝宝胸部上方，引起宝宝注意后，拿着悬环围绕宝宝面部转圈圈，宝宝的目光有时能跟随悬环转动。

抱宝宝坐在桌旁，提着毛线球从桌面的一端慢慢移向另一端，宝宝能完全地注视着线球从这一端到另一端，但有时视线是不连续的弧形。

促进发育方法

●锻炼宝宝的视觉能力▶

爸爸或妈妈可以慢慢拿些玩具在宝宝眼前移动，宝宝的眼睛和追视玩具的距离以15～20厘米为宜。训练追视玩具的时间不能过长，一般控制在每次1～2分钟，每天2～3次为宜，否则会引起宝宝的视觉疲劳。

●进行听觉能力训练▶

父母可以用音响玩具对宝宝进行听觉能力训练，这样的玩具品种很多，如各种音乐盒、摇铃、拨浪鼓，以及能拉响的手风琴等。在宝宝醒着的时候，父母可在宝宝耳边轻轻摇动玩具，发出响声，引导宝宝转头寻找声源。进行听觉训练时，需注意声音要柔和、动听，不要持续很长时间，否则宝宝会失去兴趣而不予配合。

●锻炼宝宝眼睛的灵活性▶

妈妈可以拿着玩具沿水平或上下方向慢慢移动，也可以前后转动，鼓励宝宝用视觉追踪移动的物体，或者抱着宝宝观看鱼缸里游动的鱼或窗外的景物。

●刺激宝宝的听觉能力▶

妈妈可以用有声响的玩具在宝宝身旁摇动，宝宝会随着声音追视发出响声的地方。或者抓着宝宝的手，一起摇动会出声响的玩具，也可以在宝宝手腕上绑上一副摇铃。

●锻炼宝宝的视觉反应能力▶

把几个不同表情的绒布娃娃头缝合在一起，中间缝一根吊带，把娃娃头吊在宝宝手能够到的地方，让宝宝拍打，观察他喜欢什么表情的脸。此时宝宝的手眼协调能力极弱，拍打完全是无意触碰，你可以送上手去帮助他触碰。宝宝喜欢看脸，不同娃娃的表情，可以刺激宝宝的视觉。

●锻炼宝宝的注意力▶

准备两种特点鲜明，容易区分的玩具，你先藏起一个，再藏另一个，然后两个同时藏起来，每次藏玩具时都应注意观察宝宝的反应和表现。也可以妈妈或爸爸手执一个色彩艳丽的玩具，先在宝宝眼前放一会儿，等宝宝对这个玩具产生兴趣时，再突然把玩具藏起来，并观察宝宝有没有惊奇的表情，再把玩具拿出来在宝宝眼前晃晃。这个游戏只要反复几次，宝宝就会做出寻找的表现。

4～6个月宝宝适应能力及促进方法

家长可以带宝宝到大自然中去，接受大自然中各种现象的刺激，如小鸟啼声、流水声、雷声和阳光、彩虹等，让宝宝分辨各种现象，促进宝宝适应自然。

适应能力发育水平

当有物体出现在视线范围内时，宝宝就会立刻去看；当听到摇响玩具的响声时，会立刻明确地注意到发出响声的物体。

看到玩具后，宝宝会挥动双臂想要抓住玩具，想抓但经常抓不准，不是抓得太低、太远就是太近。

让宝宝平躺，当有玩具进入宝宝视野时，宝宝就会注意到；如果拿着玩具在宝宝头部上方左右移动，宝宝的双眼及头也会左右转动，角度可达180°，如果将带柄的玩具放在宝宝手中，他会握住玩具的柄，并举起来看。

如果将玩具放在宝宝附近，他会接近并用手去接触玩具，有时还能用双手同时抓握玩具。

当宝宝手里拿着一个玩具时，如果父母拿来另一个玩具，宝宝也会明确地看着另一个玩具。

如果将玩具放在宝宝能触及的地方，宝宝会伸手完全靠近并抓住玩具；如果将玩具放在稍远的位置，有时宝宝会有试图够取的迹象。

如果父母将宝宝正在注视着的玩具拿起来，宝宝会顺着父母手的方向寻找玩具。

父母拿着两个同样的玩具，一个放在宝宝的手中，另一个放在稍远的地方（在宝宝视线范围内），宝宝的目光会追视另一个玩具；如果将两个玩具都放在宝宝手中，再拿一个同样的玩具放在稍远的地方（也在宝宝视线范围内），宝宝就会注视第三个玩具；如果将两个玩具同时放在宝宝身边，宝宝看到后有时会设法接触和抓握两个玩具。

宝宝看到小物体或小玩具，会将它拿起来，再放到嘴里。

让宝宝平躺，当他看到自己的小床上挂着的摇铃时，他会伸出双手试图够取、抓握摇铃；拉着手腕让宝宝坐起，将拨浪鼓放在他的面前，他仍会够取并抓握拨浪鼓。

能觉察到双手与手中之物的关系，当父母把宝宝手中的玩具拿过来放在他能看见的床上的位置时，他会自己滚过去追着玩具，并把玩具拿在手里；如果玩具掉到地上，他会低头寻找。

如果在宝宝面前摆放三块积木，当他拿到第一块后，开始伸手想拿第二块，并注视着第三块。

宝宝对看到的东西能很快、很坚决地伸手去拿，手很稳定，通常宝宝的眼睛会注视着伸手去拿的东西，但也可能闭起眼睛直接稳定地拿起东西。

促进发育方法

•视线转移训练 ▸

妈妈或爸爸用声音或动作吸引宝宝的视线，并让视线随之转移。或让宝宝的视线从妈妈转移到爸爸，或者在宝宝注视某个玩具时，迅速把玩具移开，使宝宝的视线随之移动，也可以用滚动的球从桌子一侧滚到另一侧让宝宝观看。此外，还可以在窗前或利用户外锻炼的时机，让宝宝观察户外来往的行人或汽车等移动物体。

•声响感知训练 ▸

声响感知训练可以通过视觉、听觉与手部触觉之间的协调促进宝宝感知事物能力的发展。训练时，妈妈或爸爸可用松紧带的一头，把色彩鲜艳的玩具吊在床栏上，把另一头拴在宝宝的任意一个手腕或脚踝上，然后妈妈或爸爸触动松紧带使玩具发出响声。开始时，宝宝会手脚一起动或使出全身的力气摇动松紧带使玩具发出响声，经过若干次训练之后，宝宝就能知道该动哪一只手或哪一只脚，才能使玩具发出响声。当宝宝体验到自己的成功之后，就会高兴万分、信心百倍，逐渐学会自己弄响这些可爱的玩具。

●听觉感知训练▶

妈妈或爸爸可以先拿一些可以发出响声的玩具，弄出响声让宝宝注意倾听。等宝宝有了反应之后，妈妈或爸爸从宝宝身边走到另一个房间或躲在宝宝卧室的窗帘后面，叫着宝宝的名字让宝宝寻找。如果宝宝找不到，妈妈或爸爸可以露出头来吸引宝宝，直到宝宝注意为止。进行这种听觉感知训练，声音要由弱到强，距离要由近到远，循序渐进地锻炼宝宝的听觉能力。

●寻找玩具训练▶

妈妈或爸爸可将色彩鲜艳而带响的玩具，从宝宝的眼前扔到一边，宝宝听到玩具发出的声音，并看到妈妈或爸爸把他喜欢的玩具扔了，就会随声追寻。当宝宝追寻到玩具后，妈妈就要表现出惊喜的样子边说："宝宝真棒"，边把玩具捡回来还给宝宝。宝宝得到妈妈的表扬后，会更加积极的寻找玩具，准确度也会越来越高。经过多次训练之后，妈妈再用不会发出声响的绒毛玩具扔到更远的地方，锻炼宝宝的追寻能力。也可以把一只小铃铛，先在宝宝身体一侧摇响，然后当着宝宝的面把铃铛藏起来，但要露出一部分，让宝宝去找。

●增强宝宝的感官刺激▶

在增强宝宝的感官刺激中，听觉的感官刺激是最基本的，并且可以在日常生活中随时、随机进行。比如，当你打开电视机、开动吸尘器、往浴缸中放水、热水壶响了或门铃、电话响了时；当飞机从窗外的天空飞过、鸽子的叫声或消防车在窗外的街上疾驶经过时，都可以用亲切而清晰的声音告诉宝宝这是什么东西发出的声音，并同时将相应的物体指给宝宝看。这样做不仅会让宝宝对声音的反应更加敏锐，而且还因你重复告诉他的那些东西的名称，而有助于宝宝认识和记忆更多的字汇。同时，你在重复告诉宝宝那些东西的名称时，口形的变化还会刺激宝宝的模仿力，进而激发宝宝的发音和语言能力。

● "逗逗飞"游戏▶

让宝宝仰卧或靠坐在妈妈怀中，妈妈把着宝宝的小手，一边将宝宝两手的食指指尖相对靠住，然后面向宝宝一字一字地念"逗，逗，飞——"、"逗，逗，飞——"，同时把宝宝两手的食指指尖分离。由于这个游戏表情活泼、语调夸张，可以使宝宝充分获得神经末梢的感觉刺激。

7～9个月宝宝适应能力及促进方法

宝宝在妈妈的精心照料下，自然会产生一种依恋之情，只要妈妈及家人在身旁，他就觉得安全，而出现生人会出现焦虑，甚至恐惧。因此，爸爸妈妈平时就要对宝宝进行多方面适应能力的训练。

适应能力发育水平

当宝宝看见吸引他的东西出现在眼前时，不再两手同时伸出够取，而是伸出一只手去够。

当宝宝拿到东西后，他会翻来覆去地看看、摸摸、摇摇，表现出积极的感知倾向。

将能发声的小手鼓放到宝宝手里，宝宝会主动摇动手里的手鼓。

宝宝能用手里拿着的硬物自上而下地敲击硬平面。

父母将摇铃拿在手里摇晃，然后放到宝宝身边，宝宝会拿起摇铃，模仿父母主动摇铃。

拿着洋娃娃逗引宝宝，宝宝会追逐父母手中的洋娃娃。

将小球放在广口瓶中，然后拿给宝宝，宝宝能将广口瓶中的小球倒出来，当看到被他倒出来的小球时，他会伸手够取。

当宝宝从盒子中取出积木后，会拿积木拍打盒子。

对别人的游戏感兴趣。

会用手指去拿小东西，会用双手去拿大东西。

当父母用布将积木盖住一大半，只露出积木的边缘时，宝宝能找出被布盖住的积木。

如果宝宝发现小洞，他会将手指伸入小洞。

会一手拿一样东西，也会将手上的东西丢掉，再用手去拿另一样东西。

把拨浪鼓放在宝宝身边，宝宝会握住鼓柄将拨浪鼓拿起并摇响。

促进发育方法

•认识身体第一个部位▸

和宝宝对坐，先指着自己的鼻子说“鼻子”，然后把住宝宝的小手指着宝宝的鼻子说“鼻子”。每天重复1～2次，而后抱着宝宝面向镜子，把住宝宝的小手指他的鼻子，再指自己的鼻子，重复说“鼻子”。持续7～10天的训练后，当父母再说鼻子时，宝宝就会用手指自己的鼻子。

先指着自己的眼睛说“眼睛”，然后把住宝宝的小手指他的眼睛说“眼睛”。持续训练一段时间，然后采用同样的方法继续训练宝宝指认“耳朵”、“口”、“手”等各个部位。

•模仿父母的动作▸

宝宝具有模仿的天性，比如，观察到父母用杯子饮水，经过一段时间的模仿，他也会在父母给他端住杯子的条件下，咕嘟咕嘟地喝水；看到父母用拍手表示“欢迎”，用挥手表示“再见”，宝宝也会模仿这些动作。因此，父母应留意在生活中寻找引导和培养宝宝的机会，提高其适应能力。

•看图认物▸

宝宝情绪愉快时，可给他看一些色彩鲜艳、图像清晰的动物、水果、人物等图片，父母在一旁指点，帮助宝宝理解图片的含义。开始认图时，每次只给一张，不要一次给得太多，经过多次复习，在宝宝确实认识后，再给宝宝添加新的图片。

10～12个月宝宝适应能力及促进方法

活动是宝宝的本性，在活动中，宝宝的身体可以得到锻炼，从而提高抵抗力。爸爸妈妈可以通过游戏让宝宝多多运动，这样可以增进宝宝身体的适应能力。

适应能力发育水平

宝宝能将容器中的小物品抓出，如果物品从容器中掉出来，宝宝的视线会跟随物品移动。

如果看到父母将物品藏起来，会去寻

找被藏起来的物品，但即使宝宝看到物品被藏在很多地方，也只会在同一个地方寻找。

模仿的动作更多了，如：用肥皂擦身、喂别人食物等。

开始表现出偏好使用身体的一侧及一只手。

看见桌面上的小东西，会用一只手的食指去拨弄。

宝宝会自己用勺子舀食物往嘴里送，并会伸手帮忙扶着杯子喝水，父母给他穿衣服时也会伸手帮忙。

开始探索容器与物体之间的关系，会摸索玩具上的小洞。

父母在宝宝面前将玩具放进盒子里，再把盒盖盖上，宝宝能主动地掀开盒盖，拿出玩具。

喜欢用手指拨弄小物品，如摇铃里的小铁片或小纸片等。

模仿动作增加，如模仿父母涂鸦、推着小汽车走、按铃等。

会辨认事物的特质，如“喵”表示猫，看到鸟会用手向上指等。

如果父母将玩具藏起来，宝宝会主动找被藏起来的玩具，而且会不只找一个地方，如盒子里、枕头底下等都会翻找。

能较刻意且正式地模仿，模仿不在面前的人的动作。

新买回来的玩具，宝宝能自己打开玩具的包装。

促进发育方法

●用手指表示“1”▸

问宝宝“你几岁了？”然后教他竖起食指表示自己1岁，通过这种方式让他建立最原始的数的概念。当宝宝明白怎样表示自己1岁之后，可变更对象，继续强化他关于“1”的概念，如让宝宝理解一个苹果，一块饼干，一个玩具的概念。

●学会观察▸

经常带宝宝到动物园或者户外观察动植物的特点，如小白兔的耳朵长，大象的个子大等。需要注意的是，父母一定要以宝宝为主体，从他感兴趣的事物入手，选择他情绪比较好的时机鼓励宝宝学会观察，而且每次时间不宜太长，1～2分钟就足够了。

●学会比较▸

给宝宝两个水果（也可以用其他物品代替），一大一小，让宝宝学习分辨大小。也可以尝试让宝宝分辨上下、里外等概念。

●学认红颜色▸

红色是宝宝最感兴趣的颜色，教宝宝颜色可以从红色入手。红色的积木，红色的水果，红色的汽车……所有红颜色的东西都可以拿来作教材，成为帮助宝宝掌握颜色概念的敲门砖。

●学用杯子喝水▸

每次给宝宝喝水前都对宝宝说：“宝宝喝水了，看看杯子在哪里呢？”诱导宝宝朝杯子的方向注视或用手指杯子。当宝宝看到杯子，父母应该很热切地对宝宝说：“啊！杯子在这里呢。”然后教宝宝说“杯子、杯子”数次，再在杯子里装少量水，让宝宝独自拿着杯子喝水。

附录：好习惯让宝宝受益一生

纠正宝宝吸吮手指的习惯

宝宝吸吮手指的原因

宝宝的生理需要得不到满足，当宝宝饥饿而得不到满足时；或者，当宝宝身体某一部位不舒服时，吮吸手指似乎可以缓解身体的不适感。宝宝的心理需要得不到满足，因为宝宝对周围环境的认识能力有限，他们对父母有强烈的依恋感，需要得到他们的关心照顾和爱抚，从而获得心理上的安全感。如果宝宝对安全感的需要得不到满足，就会通过啃咬手指来缓解内心的紧张和不安。

转移宝宝的注意力

当宝宝吸吮手指时，父母应转移他的注意力，尽量把手拿开，多让他进行动手游戏。爸爸妈妈可以把玩具递到他手中，这样就无法吸吮手指了。不论采取什么阻止措施，都不要采取强制性方法。如果宝宝在睡觉前吸吮手指，父母可以让宝宝拿着玩具或将他的两只手握在一起。

切忌强制粗暴的方式

在矫治过程中，切忌强制粗暴的行为。有些父母缺乏耐心，态度粗暴，甚至打骂、恐吓宝宝；还有些父母用纱布把宝宝的手包上，以此来阻止宝宝的这一行为。这些不良的矫治方式，往往加重了宝宝的心理负担，效果往往只会适得其反。

改善宝宝的不良口腔习惯

舌舔

如果宝宝不停地用舌尖舔上下前牙，会导致开合。如果常舔下前牙，可导致下颌向前移位，形成下颌向前凸的反合。如果用舌头同时舔上下前牙或经常吐出，会使上下颌均向前移位，导致双颌前突畸形及开合。

咬唇

如果宝宝有咬上唇的习惯，会导致下颌前凸，前牙反合，上前牙拥挤并向舌侧倾斜；咬下唇可以使下颌后缩，下牙拥挤，上牙前凸呈“鸟嘴状”。

啃物

如果宝宝爱咬铅笔、咬被角、咬枕头等，容易在上下牙之间造成局部间隙。而且如果长期使用一处牙齿啃咬物品，就会形成咬物处牙齿的小开合。

下颌前伸

许多宝宝喜欢模仿这个动作，久而久之就成了习惯，导致双颌形成反合。

培养宝宝的正确坐姿与走姿

幼儿期正是生长发育极迅速的阶段，宝宝在这个时期骨骼中钙、磷等含量少，有机物含量多，所以骨骼硬度小、弹性强、柔软，不容易骨折、断裂，但很容易变形。另一个特点是各个器官功能均不定型，容易发生变化。因此，在这个时期意保持宝宝健美的体形极为重要。

保持正确的坐姿和走姿

宝宝连续坐的时间不宜超过30分钟，且要保持正确坐姿：身体端正，两腿并拢，腰部挺直，两眼平视前方，两臂自然下垂放在腿上，这样的姿势才不会引起宝宝椎骨变形。

宝宝因其腿部力量仍很差，在行走时常以重心前移带动脚的位移，走起来像跑，头重脚轻，动作不协调，深一脚，浅一脚。父母帮助引导宝宝稳定协调地走路很有必要。正确的走路应目视前方，上体正直，双臂自然下垂，手指自然弯曲，两臂以肩关节为轴前后自然摆动，下肢协调动作，抬头挺胸。走路时双脚勿向外撇，避免形成“八字脚”，双脚也不能向里钩，这样也容易形成异常的走路姿势。

正确姿势有利健康

收腹、挺胸、抬头、前视、站直，不弯腰、不侧弯，两肩平面对称，两手自然下垂，两足靠拢，自然站立。这种姿势可使胸腔容积扩大、腹腔压力减少，有利于呼吸及血液循环，有利于全身健康。从小培养宝宝良好的体态，不仅使其外形美观，而且有利于宝宝全身，特别是内脏器官的健康发育。

让宝宝形成规律的生活习惯

有秩序的工作和学习，有条理的生活习惯在宝宝日后的成长发展中起到很重要的作用，而这一良好习惯是要从小养成的。

让宝宝形成时间概念

生活是要有规律的，而规律生活的具体表现则是时间概念。通常宝宝的时间概念以生活中具体的内容为准，如洗漱后才可以吃早饭，午饭后要午睡，晚上爸爸回家后一起吃晚饭，饭后爸爸妈妈要和宝宝在一起做游戏，然后吃水果，睡觉前要洗澡等。

宝宝在掌握了这些时间概念后就能按此更有规律地生活，如当宝宝要求做某事时，妈妈告诉他“等晚饭后”或“等妈妈收拾完以后”时，他就会耐心等待。

培养宝宝的次序感

父母应在日常生活中培养宝宝的次序感，如早上要洗漱完之后再吃饭；晚上睡觉脱衣时要按脱下的次序依次放好，这样便于第二天早上起床时穿拿；要把家中的日常用具放在固定的地方等。生活中处处都是“有序可依”的。另外，父母也可通过提问来练习宝宝对次序的练习。比如穿衣时可问：“可不可以先吃饭，再洗手？”“可不可以先睡觉，再脱衣服？”等。

培养宝宝的饮食习惯

饮食习惯主要包括饮食和排尿排便习惯两个方面。要从小训练宝宝不挑食的习惯，养成按时吃奶或吃饭，定时排尿或排便的习惯。

让宝宝养成好的饮食习惯，要注意以下几点：

1.不能操之过急，要有耐心。

2.不要用强迫、哄骗或威胁的方式，防止宝宝产生逆反心理。

3.保证早、中、晚三餐及点心的正常饮用，少吃零食，宝宝餐前有饥饿感就不会挑肥拣瘦。

4.父母以身作则，带头吃多种食物，对不吃蔬菜的宝宝可菜肉混食，如吃饺子、菜饭等。

5.根据宝宝的月龄进行营养教育，如在拣菜或在厨房做菜时，结合当天食谱介绍食物营养，潜移默化地使宝宝懂得吃多种食物是保证身体健康的需要。

培养宝宝的运动习惯

让宝宝多运动，对宝宝很有好处。初期不要把宝宝包裹太严，要让宝宝的小手、小脚、小胳膊、小腿能够自由活动。在某些偏远地区，到现在仍有把宝宝包在小被子里，然后上下拿绳子捆绑起来的育儿习惯，宝宝的手脚连动也动不了，实不可取。

前几个月，宝宝还不会走路的时候，父母可以让宝宝躺在床上，经常和宝宝玩做操的小游戏，妈妈一边轻轻拉动宝宝的小胳膊小腿（注意动作要轻），一边和宝宝说话：“小宝宝，妈妈和你来做操。伸伸手，伸伸脚，再转转头”等宝宝再长大点，父母就可以慢慢帮助宝宝学习爬行、站立、走路等运动方式了。适度运动也是为了让宝宝在白天有一定的活动量，晚上会睡得香甜。户外安静、有花有草有水有人、温度适宜的地方，是带宝宝散步的好地方。

培养宝宝的卫生习惯

0～1岁宝宝的卫生，主要是洗澡和日常保养的问题。经常给宝宝洗澡，既可保持宝宝皮肤清洁，提高宝宝的身体免疫力，促进新陈代谢，而日常的保养小习惯，可以促进宝宝身心健康发展。

勤清洗：洗脸、洗澡、洗屁股、洗脚，勤换洗衣服等，要教宝宝知道什么是肮脏和干净。

饭前便后洗手：这是防止病从口入的关键环节，父母应加强督促，让宝宝做到习惯成自然。

吃饭用餐具：初学吃饭的宝宝，要教会他用勺等餐具取食，杜绝用手抓饭菜。

用具专用：手帕、毛巾、牙具、食具和水杯等，要个人专用，不随便乱用其他人的东西。

让宝宝形成正确的是非观

有的父母只是满足宝宝的生理需求，对宝宝的无理取闹经常无条件地迁就忍让，这样宝宝就会形成不正确的是非观，养成许多不良习惯，甚至影响一生。

统一是非标准

父母应在宝宝饮食、排便、睡眠、卫生、礼貌等方面建立良好的制度，严格执行并取得全家人的共识与行动的一致。如宝宝睡醒之后会躺着自己玩，这就是做得好；如果没缘由的大哭大闹，就是表现不好。此时，无论谁都不要理会他，慢慢宝宝就知道了自己做得不对。

客观评价宝宝的行为

父母可以利用表情动作、简单的语言对宝宝的行为加以肯定或否定。如小便知道坐便盆了，爸爸妈妈可以非常高兴地拥抱亲吻宝宝，并充满喜悦地说："宝宝真能干！"。当宝宝表现差时，可以置之不理。但是父母一定要客观地评价宝宝的行为，不能根据自己的心情去判别宝宝的是与非。

教宝宝正确的行为

爸爸妈妈可以带宝宝多外出活动，与成人及小伙伴交往，教宝宝正确的礼貌行为。如用动作表示"你好""再见"等；分给别的小伙伴玩具；到公园不攀折花草等。在宝宝养成良好的行为习惯的同时，他也一点点明确了人生是非。

如何让宝宝守规矩

始终保持一致性

如果宝宝伸手拿不干净的食物，遭到批评，那么就会使他迷惑不解。这个动作是能做还是不能做的呢？因此，如果父母想让宝宝知道这个道理，就需要反反复复地告诉他，前后一致地要求他，那么最后宝宝才能学会并懂得这个道理。

给宝宝"讲道理"

毋庸质疑，给宝宝讲道理讲不通，说教失败的情况肯定很多。做父母的都会知道，当自己的宝宝筋疲力尽的时候，他们很容易被激怒，乱发脾气。所以，当你的宝宝很累了或者很饿的时候，你最好明白这是坚持讲究礼貌的最差时机。如果你还坚持，就等于向宝宝"宣战"了。

做个好榜样

你的宝宝始终以你为他的标准。这就意味着作为父母，你不得不一直保持良好的行为举止：经常说"谢谢"、"请"等，爸爸妈妈要用自己的行为向宝宝证明什么是讲礼貌。

避免宝宝的危险行为要从自身做起

因为还很小，有些危险行为还不可能期望他自己有能力去避免，所以父母必须做好预防措施。比如，宝宝出于本能，都愿意把东西放进嘴里来发现它的不同。这就需要父母把小发卡和其他有潜在危险的小东西收藏好，以免他拿到以后吞食下去。

培养宝宝良好的心理素质

营造温馨的家庭氛围

家人和睦是宝宝感到快乐、安全的首要条件，只有在这种环境下，宝宝才会身心健康，做事情也更能集中注意力。如果家人不和、经常争吵或父母离异，宝宝的心灵就会因此受到不良影响，这种不良影响也会在宝宝对事物注意力的专注程度上表现出来。

建构柔和安全的家居环境

事实上，完全安静的环境并不是培养宝宝专注力的最好环境。相反，一些柔和温馨的声响可能对宝宝集中注意力起着不可忽视的积极作用。因此，父母可视宝宝的情况播放一些柔和的音乐，借此安定宝宝的心灵，也可在家中多摆些绿色的观叶植物，缓解宝宝的不安情绪。此外，家里物品的摆放要有规律、有秩序，居室安静无噪音、无过多的人吵闹、聊天等。

给宝宝自由的心灵空间

如果是宝宝不喜欢的事情，他就没有兴趣去尝试或者探索，注意力当然也就无法集中。许多父母喜欢用自己的判断力来为宝宝做决定。比如，父母可能觉得《海的女儿》写的不错，文字优美，故事曲折，可是宝宝可能偏偏喜欢《三只小猪》。因此，当父母给宝宝读《海的女儿》的时候，他就很容易分心了。再比如，宝宝初次搭建积木的时候，总是不得要领，如果父母总因为宝宝搭得不好，就着急地给予宝宝各种指导，一会儿说他这个不对，那个不对，或者干脆伸手去帮着宝宝摆弄，那么父母的唠叨与干扰就会影响宝宝的探索行为，让他对搭积木的活动失去兴趣，他自然也就无法集中注意去做这件事情了。因此，当宝宝专心做一件事时，不要总去打扰他，而应当给他独自安静地玩一会儿的机会。

跟着宝宝的兴趣走

兴趣是最好的老师，也是吸引宝宝的最强有力的因素。无论什么事物，即便成人认为有足够的理由吸引宝宝，或者别的宝宝也对这个事物特别感兴趣，但是只要宝宝本身不感兴趣，宝宝就缺乏认识这个事物，对这个事物产生兴趣的动力，他当然也就无法集中注意力去观察某个事物，或者参与某项活动了。

比如，如果宝宝喜欢球，而不喜欢书，那就和他一起玩球好了，谁说玩球不是一种学习呢，它一样能锻炼宝宝的动作协调能力，让他在玩球的过程中掌握更多的有关知识。如果父母硬要逼着宝宝读书，自然只能适得其反了

考虑到宝宝的能力

在学习、游戏时，尽量选择与宝宝年龄相适合，符合宝宝身心需要的内容，这样宝宝才会充满信心地去做每一件事情，否则宝宝就会拒绝学习，对父母期望他关注的事物失去兴趣。

宝宝的注意力也会很快被别的事物所吸引，长期这样，宝宝就会养成注意力不集中的习惯。比如，父母不要强迫宝宝去做两三岁宝宝才做的事，比如认字。虽然有些宝宝很小就对文字感兴趣，但如果你家宝宝没这个兴趣，就不要强迫他尽早学习文字，否则，宝宝的自信心就会在这样不适合他年龄的活动中丧失，他也会因此厌倦学习。

及时给予鼓励

不管宝宝是喜欢唱歌、跳舞，还是喜欢搭积木，只要他做了，父母就要及时给予表扬，这样，当他再次做同样的事情时，就会更加专注，更加上心。父母的表扬对宝宝来说永远都是一种良性的刺激。

培养宝宝的专注力

培养宝宝的专注力首先要消除宝宝影响注意力的因素。比如，宝宝在玩小汽车，父母最好不要在旁边放上毛绒玩具、拼插玩具等，这些玩具会严重地分散宝宝的注意力，使刚刚还在玩着小汽车的宝宝，转眼间就对小汽车失去兴趣，盯上其他的玩具，结果是哪样都玩不了多会儿，哪样对他都没有吸引力。

其次在宝宝游戏的时候，要为宝宝安排安静、简朴的环境。比如，室内、墙壁上不要有太多的装饰，以免分散宝宝的注意力；给宝宝一个相对安静的环境，注意不要人来人往，有太多的走动；成人说话不要大声，音响、电视等音量不要开得太大等等。

宝宝情绪异常时的安抚要点

1.当宝宝无理取闹时。当宝宝为不合理的要求未被满足而哭闹时，你切不可因心软而改变立场。你可以走开，一会儿再回来，仍然用同样的方式跟他说话。

用这种方式向宝宝表明，你对事情的立场是坚定的，但在情绪方面，你愿意和他分享，因为你理解和在乎他的感受。甚至，你可以告诉宝宝，他不开心，你也难过，因为你是很心疼他的。但他的要求不合理，是不可以答应的。 用这样的方式，你可以慢慢地改变宝宝的情绪模式，使他逐渐学会用更有效的方法来处理同样的情况。

2.与心爱的事物分手时。心爱的玩具不小心被摔破、弄坏或丢失了，宝宝免不了会号啕大哭，伤心不已，这时也是对他进行情绪教育的最好时机。小宝宝对时间和金钱的价值没有意识。一件只花了几元钱买回来的玩具，可能是他最心爱的，一旦摔破了，他的悲伤不亚于一个成年人一下子失去了价值数万元的东西时的感受。如果家长不理解这一点，不去安慰宝宝，结果往往是宝宝哭得更伤心了，因为他觉得父母一点儿也不理解他内心的苦痛。

既然宝宝为摔坏的玩具哭泣，就说明这件玩具的价值对他来说是巨大到应该为失去它而哭泣的。父母应该肯定和接受他的情绪："我看到你这么伤心，一定是因为你非常喜欢这件玩具。来，坐在我身边，跟我说说你现在心里的感觉。"

3.当你火冒三丈时。有时候，宝宝实在顽劣，弄得你火冒三丈。若没有及时控制住，就可能口不择言地呵斥宝宝，甚至噼里啪啦地揍他一顿。

结果，不仅破坏了亲子关系，也可能给宝宝幼小的心灵留下创伤。察觉到盛怒来临的迹象后，最有效的方法是让家人带走宝宝，或自己离开"事发之地"，冷静10分钟，然后回想过去自己曾经表现得很冷静时的情景，或者回忆一段轻松开心的时光。看到父母能够控制自己不乱发脾气，这对宝宝是很好的榜样教育。你也可以把这种冷静技巧教给宝宝，让他从小就学会做情绪的主人。

1岁决定宝宝一生大全集

【文字撰稿】
宋犀堃　北京阳光图书工作室

【文字编辑】
周艳波

【封面设计】
罗雷

【版式设计】
阮剑锋

【美术编辑】
吴金周